巨流河

齐邦媛

生活·讀書·新知三联书店

齐邦媛

一九二四年生，辽宁铁岭人。
国立武汉大学外文系毕业，一九四七年到台湾。
一九八八年从台湾大学外文系教授任内退休，受聘为台大荣誉教授。

教学、著作、论述严谨；编选、翻译与文学评论多种，
引介西方文学到台湾，将台湾代表性文学作品英译推介至西方世界。

在武汉大学求学时的齐邦媛

序

巨流河是清代称呼辽河的名字，她是中国七大江河之一，辽宁百姓的母亲河。哑口海位于台湾南端，是鹅銮鼻灯塔下的一泓湾流，据说汹涌海浪冲击到此，声消音灭。

这本书写的是一个并未远去的时代，关于两代人从巨流河落到哑口海的故事。

二十世纪，是埋藏巨大悲伤的世纪。

第二次世界大战之后，欧洲犹太人写他们悲伤的故事，至今已数百本。日本人因为自己的侵略行为惹来了两枚原子弹，也写个不休。中国人自二十世纪开始即苦难交缠，八年抗日战争中，数百万人殉国，数千万人流离失所。生者不言，死者默默。殉国者的鲜血，流亡者的热泪，渐渐将全被湮没与遗忘了。

我在那场战争中长大成人，心灵上刻满弹痕。六十年来，何曾为自己生身的故乡和为她奋战的人写过一篇血泪记录？

一九四七年我大学毕业，在上海收到一张用毛笔写在宣纸上的"台湾大学临时聘书"来外文系任助教。当时原以为是一个可以继续读书的工作，因在海外而添了些许魅力。两年后，一九四九年底，我父亲由重庆乘最后一班飞机来到台湾的情景令我惊骇莫名；一直相信"有中国就有我"的他，挫败、憔悴，坐在我们那用甘蔗板隔间的铁路宿舍里，一言不发，不久即因肺炎被送往医院。在家人、师生眼中，他一直是稳若泰山的大岩石，如今巨岩崩塌，坠落，漂流，我五十一岁的父亲从"巨流河"被冲到"哑口海"。

六十年来在台湾，我读书、教书、写评论文章为他人作品鼓掌喝彩，却无一字一句写我心中念念不忘的当年事——郭松龄在东北家乡为厚植国力反抗军阀的兵谏行动；抗日战争初起，二十九军浴血守华北，牺牲之壮烈；南京大屠杀，国都化为鬼蜮的悲痛；保卫大武汉时，民心觉醒，誓做决不投降的中国人之慷慨激昂；夺回台儿庄的激励；万众一心，一步步攀登跋涉湘桂路、川黔路奔往重庆，绝处求生的盼望；漫长岁月中，天上地下，在四川、滇缅路上誓死守土的英勇战士的容颜，坚毅如在眼前；那一张张呼喊同胞、凝聚人心的战报、文告、号外，在我心中依然墨迹淋漓未干。那是一个我引以为荣，真正存在过的，最有骨气的中国！

半世纪以来，我曾在世界各地的战争纪念馆低回流连，寻求他们以身殉国的意义；珍珠港海水下依然保留着当年的沉船，爱丁堡巨岩上铁铸的阵亡者名单，正门口只写着：Lest ye Forget！（勿忘！）——是怎样的民族才能忘记这样的历史呢？

为了长期抗战，在大火焚烧之中奔往重庆那些人刻骨铭心的国仇家恨，那些在极端悲愤中为守护尊严而殉身的人；来台初期，单纯洁净地为建设台湾而献身、扎根，不计个人荣辱的人。许多年过去了，他们的身影与声音伴随我由青壮，中年，一起步入老年，而我仍在蹉跎，逃避，直到几乎已经太迟的时候。我惊觉，不能不说出故事就离开。

此书能完成，首先要感谢学术翻译名家、"中央研究院"欧美研究所所长单德兴先生的信心与坚持。多年前，他计划做一系列英美文学与比较文学在台湾发展的访谈，邀我参加。我认为自己并不知全貌，可谈较少，半生以来，想谈的多是来台湾以前的事。他认为治学和人生原是不可分的，又再度热诚邀访。遂自二〇〇二年秋天起，与原拟访问我谈女性处境的赵绮娜教授一起访问我十七次。不料，访谈开始不久，德兴的母亲、我的丈夫前后住进加护病房。那一段时期，我思想涣散，无法思考访谈大纲与布局，也无法做所需资料的准备，所谈多是临时记忆，主题不断随记忆而转移。尔后，我花了一年时间，挟着数百页记录稿奔走在医院、家庭，甚至到美国"万里就养"的生活里。晨昏独坐时，我试着将散漫口语改成通顺可读的文字，但每试必精疲力竭；大至时光布局，小至思考幽微之处，口述常不能述及百分之一。我几度罢笔，甚至信心全失，但它却分分秒秒悬在我心上，不容我安歇。

直到二〇〇五年初春，我似那寻觅筑巢的燕子，在桃园山峦间找到了这间书房，日升月落，身心得以舒展安放，勇敢地从改写到重写。在这漫长的五年间，德兴从访谈者成为真心关切的朋友，安慰，鼓励，支持。不仅是点燃火炬的人，也是陪跑者。世间有这样无法回报的友情，只能用他虔信的佛教说法，是善缘。但缘分二字之外，我仍有不尽的感谢。

当我下定决心重写，拿出纸和笔时，一生思考的方式也回来了。提纲挈领写出一二章时，我已年满八十，第二次因病被送进医院，出院后对自己继续写下去的信心更少，有一种"月落乌啼霜满天"的心境。这时，接到台大中文系李惠绵教授的电话，说她的新书《用手走路的人》要出版了。

惠绵是我"错过了却跑不了"的学生。她念研究所时原应上我的"高级英文"课，因需做重大的脊椎侧弯矫正手术而错过了。第二年她回校上课，换我遭遇车祸，一年未能回到教室。但她常常随原来那班同学，驶着轮椅到医院看我，甚至爬上三层楼梯到家里看我。对于她，我有一份患难相知的深情。她奋斗不懈，终于修得学位、留校任教，如今已是中国戏曲表演理论专家，我甚欣慰。二〇〇六年她在与赵国瑞老师邀集的一场春酒宴上，看到我不用计算机纯手工写出三十多页文稿，感到十分惊喜。惠绵说，她要帮我整理口述记录的全部大纲,要帮助我继续写下去。

在这场春酒之后十天左右,简媜的一封信好像从天上掉下来,到了我的书房。她说看了我的初稿,听惠绵说我正在孤军奋战,"需兵力支持。若您不弃,我很愿效绵薄之力,让这书早日完成"。这样诚意的信由简媜这样的作家写来,只能说是天兵天将降临。收到她的信,我在屋里走过来踱过去,不知如何能压得住迸发的欢呼。

简媜是台湾中生代优异的散文作家之一,出版《水问》《女儿红》等十余本散文集,多篇被采作中学国文教材,受年轻学子喜爱。她才思丰沛,观察敏锐,在她笔下的台湾本土文化,缤纷多彩,自成一个情韵优美、人情馨暖的社会。

这两位聪慧的小友,成了我的超级援军。从此,她们联手用了许多心思,以各种语气催促我写下去;逼重了怕我高龄难挨,轻了怕我逃避拖延。表面上打哈哈,语气里全是焦急。渐渐地,她们由援军升为督军。简媜在她美国之行报平安的信中,居然问我:"您大学毕业了没?"——她临走的时候,我仍徘徊在第五章抗战胜利与学潮的困苦中。

她想象不到的是,这一问助我走出困境。跨过了大学毕业那一步,我的生命被切成两半,二十三岁的我被迫开始了下半生;前半生的歌哭岁月,因家国剧变,在我生身的土地上已片痕难寻了。而后半生,献身于栖息之地台湾,似是再世为人,却是稳定真实的六十年。

将我的手稿输入电脑,容忍我不停地增补、删减的黄碧仪,事实上是我的第一位读者。她曾问我:"您父亲是个读书人,为什么会跑去搞革命?"大哉斯言!这样的问题由二十多岁的年轻人提出,别具意义,仿佛那些远去却未安息的亡灵也都等着这一问!

感谢哈佛大学讲座教授王德威以"如此悲伤,如此愉悦,如此独特"这样切中我心的评论,为此书做真正的导读。他是研究中国现代文学的专家,兼蓄历史眼界与文学胸襟,对我所写的时代和家乡有深刻的了解,也因此能见人所未见,点明这是一本"惆怅之书"。书中人物有许多也是他生命中的人物,自幼耳闻目睹,他知道他们打过的

序

这是我的三位天使：简媜（左）、单德兴（中后）、李惠绵（右）。他们与我并无"渊源"，是乘着歌声的翅膀，自天降临到我的书桌上。

每一场仗，跑过的每一条艰难路，知道他们所秉持的理想和圣洁的人性光辉，决不能粗陋地以成败定英雄。感谢他鼓励我，回应时代暴虐和历史无常的最好方法，就是以文学书写超越政治成败的人与事。

书写前，我曾跟着父母的灵魂作了一趟返乡之旅，独自坐在大连海岸，望向我扎根的岛屿。回到台湾，在这间人生最后的书房，写下这一生的故事。即使身体的疲劳如霜雪重压下的枯枝，即使自知已近油尽灯枯，我由故乡的追忆迤逦而下，一笔一画写到最后一章，印证今生，将自己的一生画成一个完整的圆环。天地悠悠，不久我也将化成灰烬，留下这本书，为来自"巨流河"的两代人做个见证。

齐邦媛
二〇一〇年七月台湾桃园

目 录

序　　1

第一章　歌声中的故乡　　1

第二章　血泪流离
　　　　——八年抗战　　41

第三章　"中国不亡，有我！"
　　　　——南开中学　　61

第四章　三江汇流处
　　　　——大学生涯　　99

第五章　胜利
　　　　——虚空，一切的虚空　　137

第六章　风雨台湾　　179

第七章　心灵的后裔　　215

第八章　开拓与改革的一九七〇年代　　253

第九章　台大文学院的回廊　　285

第十章　台湾、文学、我们　307

第十一章　印证今生
　　　　——从巨流河到哑口海　335

后记　如此悲伤，如此愉悦，如此独特
　　　——齐邦媛先生与《巨流河》　王德威　375

齐邦媛纪事　389

《巨流河》参考书目　395

第一章 歌声中的故乡

巨流河

　　二十世纪来临的前一年，我的父母出生在中国东北辽河流域相距二十里的乡村。他们所继承的丰饶大草原，本是"天苍苍，野茫茫，风吹草低见牛羊"豪迈牧者的原乡，但是两千年的中国史，几乎全是这大草原的征战史。自汉唐盛世，成就了多少汉族英雄人物；而蒙古人和满族人，也曾策马中原，建立了前后四百多年的元、清两朝。齐家是自山西太原府来的汉人，定居在辽宁省的铁岭县，我家庄院范家屯距清朝"龙兴之地"赫图阿拉很近，距沈阳一小时车程。我童年在祖母身边曾听长辈说，长城修到铁岭就停了；十七世纪，清朝进了北京以后，康熙皇帝下诏不再修长城。自秦到汉、唐、宋、明，边患未断，明末，满族大军长驱直入，长城延袤数千里，何能阻挡？
　　到了清末民初，东三省一百二十三万平方公里的大草原已确属中国版图，可是内忧外患，国势日弱，引来接壤数千里的俄国边患和日本的侵略。她土地资源的丰饶，使她成为灾难之地，但是大草原上世世代代骑射千里的倔强灵魂却也无人能够征服。
　　我出生在多难的年代，终身在漂流中度过，没有可归的田园，只有歌声中的故乡。幼年听母亲幽怨地唱《苏武牧羊》，二十年后，到了万里外没有雪地冰天的亚热带台湾，在距北回归线只有百里的台中，她竟然在我儿子摇篮旁唱"……苏武牧羊北海边……"我说："妈，你可不可以唱点别的？"她有时就唱《孟姜女》。她说自从十九岁嫁到齐家，一个月后丈夫出去读书，只曾在暑假中回家几次，

第一章 歌声中的故乡

回国后参加革命,放逐流亡,不能还乡。她守着幼小儿女,和苏武当年盼望小羊长大再生小羊一样,支撑几乎无望的等待。直到三十岁她才出了山海关,坐了三天两夜的火车,终得一家团聚。从此,随夫越走越远离家乡。除了《苏武牧羊》,她从没有唱过一首真正的摇篮曲。

我生长到二十岁之前,曾从辽河到长江,溯岷江到大渡河,抗战八年,我的故乡仍在歌声里。从东、西、南、北各省战区来的人,奔往战时首都重庆,颠沛流离在泥泞道上,炮火炸弹之下,都在唱:"万里长城万里长,长城外面是故乡……"故乡是什么样子呢?"我的家在东北松花江上……"唱的时候,每个人心中想的是自己家乡的永定河、黄河、汉水、淮河、赣江、湘江、桂江、宜江,说不尽的美好江河,"江水每夜呜咽地流过,都好像流在我的心上"。

1 生命之初

我生于一九二四年元宵节，在家乡辽宁，这时经常是摄氏零下二三十甚至四十度的天气。我母亲在怀孕期间生病，所以我是个先天不足的婴儿。出生后体弱多病，快满周岁时，有一天高烧不退，气若游丝，马上就要断气的样子。我母亲坐在东北引用灶火余温的炕上抱着我不肯放。一位来家里过节的亲戚对她说："这个丫头已经死了，差不多没气了，你抱着她干什么？把她放开吧！"我母亲就是不放，一直哭。那时已过了午夜，我祖母说："好，叫一个长工，骑马到镇上，找个能骑马的大夫，看能不能救回这丫头的命！"这个长工到了大概是十华里外的镇上，居然找到一位医生，能骑马，也肯在零下二三十度的深夜到我们村庄里来。他进了庄院，我这条命就捡回来了。母亲抱着不肯松手的"死"孩子，变成一个活孩子，一生充满生命力。

在那个时代，初生婴儿的死亡率据统计是百分之四十左右，我那样的生命很像风中的一盏小油灯，母亲的呵护，还有命中这些"贵人"围成灯罩似地为它挡风，使它不致熄灭。

不久，这位医生又到我们村庄来医病。母亲抱我去看他，说："这孩子是您救回来的，她爸爸在德国念书，还没有给她取名字，您给她取个名字，纪念这个缘分吧！"这位医生为我取名"邦媛"，在我生命之初，给了我双重的祝福。

我长大后知道此名源出《诗经·君子偕老》："子之清扬，扬且之颜也。展如之人兮，邦之媛也。"前几年有位读者寄给我一页影印自宋朝范成大《明湖文集》的文章，居然有一段："齐邦媛，贤德女子……"我竟然与数百年前的贤德女子同名同姓，何等荣幸又惶恐！在新世界的家庭与事业间挣扎奋斗半生的我，时常想起山村故乡的那位医生，真希望他知道，我曾努力，不辜负他在那个女子命如草芥的时代所给我的慷慨祝福。

2 铁岭齐家

我的幼年是个无父的世界。两岁时曾惊鸿一瞥看到父亲,风雪夜归,凌晨又重上逃亡之路。隔了一天,我祖母、母亲带着哥哥和我,逃到一个比我们村庄还小的小村子里的亲戚家躲了一些时日,因为张作霖的军队在搜捕参加郭松龄兵变的齐世英,要把他一家都抓了杀掉。而我在那儿却每到天黑就哭喊:"我要回家!我要回家!"使得她们加倍困苦,又怕连累别人,只好回家,听天由命。

铁岭齐家,在十八世纪初由山西徐沟县(现并入太原市)到奉天(沈阳)任职文官开始到落户,到我父亲是第八代。庄院位于范家屯西边的小西山,距离中东铁路的乱石山站大约五里,家产约有四百垧(东北话读作"天")田地(一垧约十亩),在当地算是中等大户。

我祖父齐鹏大,共有四兄弟。少年时,他不愿在乡下守着家产做"庄稼人",跑去读军校,出身保定老速成学堂。之后在张作霖的奉军里由营长做起,又从团长升为旅长,二十多年对张大帅忠心耿耿。我父亲是他的独子,留学德国回家,满脑子救国救民的新思想,竟参加郭松龄反张作霖的革命行动,从天津挥兵出山海关到兵败,只有一个月。那时我祖父驻防河北保定,并不知情,奉军上下认为张大帅一定会杀我祖父,谁知他居然对部下说:"父一辈,子一辈,不要算那个账,齐鹏大跟我这么多年,对我没有二心。他儿子浑蛋,留洋念书念糊涂了,但是不要杀他爸爸。"后来我祖父在一次小战役中受了轻伤,染了风寒而死,去世时只有五十岁。张作霖出身草莽,但是他有那一代草莽英雄的豪壮与义气,不与日本人妥协,在皇姑屯火车上被日本人埋伏炸死,结束了传奇式的军阀时代,留下东北那么大的局面;其子张学良继承名号、权势及财富,但是没有智慧和尊严,东北自主强盛的希望也永未实现。

我的祖母张从周是满族人,十八岁由邻村嫁来齐家,生了一子两女,祖父从军之初她随夫驻防各地,后来因为家产需人照料而回乡定居。祖父母的庄院是祖母独自撑持的家，由她与我母亲，这两个长年守望的寂寞女人，带着三个幼儿、二十多个长工，春耕秋收过日子。我跟着哥哥满山遍野地跑，去拔小西山的棒槌草、后院的小黄瓜、黑浆果……冬天到结冰的小河上打滑溜，至今印象清晰。祖母是位雍容大度、温和仁厚的人，对我母亲——她独生子的媳妇，充满了同情与怜惜。但是在那个时代，她也是由媳妇熬成婆的，她知道哪些规矩不能改变，所以虽然她对媳妇好，绝不找麻烦，对媳妇说话声音也很柔和，但规矩还是规矩，虽然家里有许多长工与佣人，但公婆吃饭时，媳妇必须在旁垂手侍立，这是"有地位人家"的样子。祖母对我最为怜惜，命也是她救的，后来我到北平西山疗养院，害她流了许多眼泪，至今我仍愧疚地记得。

爷爷回家是件大事，那年代官威很大，门口站着四个盒子炮（卫兵）。衣食讲究很多，稍不合他标准就发脾气，全家都似屏息活着，直到他返驻防地才敢喘气。我父亲说祖父也颇有新思想，但太权威，没有人敢和他辩论。我出生不久，爷爷由驻防地回家，看了一眼炕上棉被包着的小婴儿，他威风凛凛地在大厅上坐下说："把那个猫崽子丫头给我拿来看看！"不知是什么原因，那个不必"抱"的不足五斤重的婴儿竟激发了他强烈的保护天性，他下令："谁也不许欺负我这个孙女！"（尤其是我哥哥，他那壮硕的长孙）那虽是个重男轻女的时代，齐家人口少，每个孩子都宝贵，这道军令使我在家中地位大增。

祖父在军中，四十"寿诞"的礼物是一个二十岁娇弱清秀的侍妾。他移防或者去打仗的时候就把她送回老家。不久，她染肺病死了，我祖母很照顾她，把她新生的男孩（取名齐世豪）带大，这个小叔叔和我同年，常常一起玩，经常受我哥哥和堂哥们的戏弄。小叔在我祖母呵护中长大，华北沦入日军手中后，他高中毕业被征参军，有一天穿着日军制服在一个乡镇巷内，被中国的反日地下工作者由背后枪杀。

祖母寂寞抑郁一生,独子十三岁即离家去沈阳、天津、日本、德国读书,只有暑假回来,留学回来又参加革命,从此亡命天涯,一生分离直到她去世。一九三一年九一八事变之后,她带两个姑姑和小叔到北平去住。她中年后经常卧病在床。我两位姑姑出嫁后原来很好,大姑姑(大排行称"四姑")齐镜寰,曾随夫石志洪去日本留学,有智慧亦有胆识。一九三三年后,我父亲回北方组织领导地下抗日工作那几年,一直到抗战胜利之前,她曾多次在北平火车站等地掩护地下工作者出入山海关;每次接送人都说是她的表弟,车站的人熟了,曾问她:"你怎么那么多表弟?"其实心中大约也明白,大家都恨日本人,没有人点破,而且她常常抱着小孩子,逢年过节不露痕迹地"送礼"——传递情报。在台湾还有几位"表弟"记得她,非常钦佩感

齐邦媛的大姑姑齐镜寰(前排右一)曾随夫石志洪去日本留学,有智慧亦有胆识。一九三三年后,齐世英(前排中)回北方组织领导地下抗日工作,齐镜寰曾多次在北平火车站等地掩护地下工作者出入山海关;还常常抱着小孩,逢年过节不露痕迹地"送礼"——传递情报。

念大姑姑。抗日战起，两位姑父因曾参加抗日工作，不能留在沦陷区，都与我家一起去大后方，先后病死重庆，两位姑姑带着七个孩子留在北平，与我祖母同住，尽了一切孝道。祖母因癌症逝世时，只有六十四岁。那是抗战的第一年，我们在南京沦陷前二十天逃到汉口，稍作喘息，又奔往湖南湘乡，住了半年，又千辛万苦地由湘黔公路跋涉数千里到了四川，之后在重庆才辗转得知祖母已去世一年了。我父亲终生深感歉憾。

3　牧草中的哭声

我外祖父裴信丞是汉人，外祖母是蒙古人，住在距我家二十里外的小镇新台子。外祖父是位富绅，家里开了磨坊，田产很多。一九○四年，他陪一位县督学蒋先生到"范家屯小学"视察，对小西山村来的齐氏兄弟齐世长（世英的二堂哥）和齐世英印象深刻：两人立志升学，长大了要报效国家。那天，在修身（公民）课上，他们听见身量瘦小的齐世英问老师，为什么日本人和俄国人（日俄战争，一九○四～一九○五年）在我的家乡打仗？他小时上私塾时，看到南山头的炮战，俄国人跑了，日本人得胜，停战之前日军曾在我家庄院驻留一两个月，直到我祖父派人回来。几年后，裴家与蒋家托地方上体面人士来提亲；蒋督学的女儿和我二伯父同岁，裴家小姐毓贞与我父亲同龄，在容貌上可说都是俊男美女，家世亦门当户对，双方家长同意就订了婚。那时我父亲与二伯父已去沈阳念中学，没有表示意见的机会。暑假中，我父亲随家中长辈到新台子镇去，说想看看裴家庄院种的东北稀有的葡萄树，就看到我十四岁的母亲。她对那见过一面的未婚夫印象不错，觉得比嫁给乡下丈夫好太多了，大约有一些美梦，想的只有美好的一面，从此对外面世界也有相当的憧憬。

我父亲自幼年受二伯父的影响最大。二伯父比他大四岁，充满了新思想。辛亥革命的消息传到沈阳，他就剪了辫子，九岁的弟弟很羡慕,也自己剪了辫子。他曾跟着哥哥去总督府前参加请愿开国会,跪了好几个钟头。初中的时候,因为不满学校的课程,两兄弟私自到天津考上英国教会办的新学书院,之后又赴日求学。我父亲以优异的成绩考上官费,进东京一高,一年后分发到金泽第四高等学校。就在十九岁那年暑假,家中召他回去娶媳妇——祖母生病,家中需人持家。父亲不肯回去,祖父请一位堂叔专程去日本说服他回家,或者是把他捉回家。我父亲一直到老了还跟我们讲,那时若要他结婚,他有几个条件:第一,不要跪拜、不穿红衣、脸不盖红布,他要骑马,不坐轿;第二,他要把娶了的媳妇带到外国,跟他一起读书。如果答应,他就回来;如果不答应,他就不回来,家里都答应了。等他回家,除了让他骑马之外,其他全按老传统办。他一个月后就又去了日本。

我母亲十九岁嫁到齐家之后,十年间没有离开过那座庄院有形和无形的门。我父亲是独子,传统中所有媳妇该做的事她都得做;稍有空暇就得裁制衣服、纳鞋底、绣鞋面,最舒心的是绣枕头,自己画花样。她没有朋友,没有所谓社交,每年能回两次二十里路外的娘家已感天恩浩荡了。在我记忆中,在家乡的母亲,不是垂手站在桌边伺候祖父母吃饭,就是在牧草中哭着。十年间,我父亲曾在暑假回去过四五次,最多住两三个月。有一年,我母亲怀孕很想吃樱桃,那时樱桃只在每年七八月收成一次,在乡下就有挑担子的小贩,从镇上到各乡村兜售。有一天小贩来到村子口,我那二十一岁的父亲就跑到村口去买,没袋子装,就用长袍的大襟兜着樱桃回来。那一兜樱桃,从村口走到庄院,九年中支撑她许多孤寂的岁月。

这一年,他从日本回家过暑假,说毓贞这名字俗气,为她改名为纯一。

后来,他从日本直接去了德国,平安家书和照片都是寄给祖父母的,开端写着"父母亲大人膝下敬禀者",信尾提我母亲的名字,"同此问好"。那时大约不好意思或不敢写所谓情书私信给妻子,两个同龄的人在成长过程走着全然不同的路。女子留在家乡，庄院屋子里是忙不完的家务：灶边烹煮三餐，过年前擦亮上供的器皿，不断的节庆准备，洗不尽的锅、碗，扫不完的塞外风沙……到了十月，看着长工将大白菜、萝卜放进地窖，一年又将尽。而那十九岁男子，在广大的世界，纵情于书籍、思想，参与青年人的社团、活动……两个人的路越走越远，她已无从想象他遨游的天空如何宽广深远，两人即使要倾诉情愫，已无共同语言诉说天渊之别的人生经验。

支持母亲在孤独等待中活下去的主要力量当然是哥哥和我的诞生。好似留下信物或者替身，父亲每年暑假回家，第二年春天我哥哥振一出生，再两年春天生我，三年后我的弟弟振道出生。在人丁稀少的齐家，我们的出生有太大的重要和意义。但是在那个年代，医药落后，幼儿的死亡率很高，我弟弟三岁那年在室内跑跳，双手按上了火炉，带去沈阳治烫伤，住在姑姑家被表妹传染了脑膜炎，十四天后就死了。

我母亲完全不能接受幼子突然死亡的事实，哭泣自责，渐渐陷入精神恍惚的状态。在传统社会，一个年轻媳妇"没事"就哭，是很不吉祥的事，她只有趁黄昏伺候了晚饭后，在夕阳余光中躲到牧草丛中哭泣。后院空地上长满了一人高的牧草，从春天雪融时的嫩绿到降雪时的苍茫，庇护着她压抑的哭声。雪融之后，她还带着我去一里路外的祖坟，仆倒在我弟弟那小小的新坟上痛哭。我记得祖坟四周种了松树，在初春的风中猛烈地摇撼，沿着老坟周围则开满了粉红色的花，在我母亲哀切幽咽的哭声中，我就去摘一大把花带回家，祖母说那是芍药花。我长大后每次见到芍药花，总似听到母亲那哀伤压抑的哭声。它那大片的、有些透明，看似脆弱的花瓣，有一种高贵的娇美，与旁边的各种野花都不一样；它在我日后的一生中，代表人生许多蔓延的、永不凋谢的美与悲伤的意象，尤其是以前那些世代女人的痛苦。

母亲从祖坟回家后，常呆呆傻傻地坐在炕沿，双眼茫然看着窗外，连祖母喊她有时都听不见。每年清明上坟之后，大地解冻，生出许多蕨草，有一种名叫"曲末菜"，苦涩鲜嫩，村中女子都去小河对岸荒地挖曲末菜，我当然高兴跟着。到了荒地，看一阵阵人字形的雁群由南方飞回，雁声凄楚。母亲常常站起来，痴望许久，等人都走光了才回家。

4 辞乡

有一天早上，我姥爷突然来拜望我祖父母。有人到新台子去，告诉他，女儿毓贞前两天在给公婆煮早饭时，失神落魄，手随着柴火伸到柴灶里去，连疼痛都不知道……她已经失神落魄好久了。而且，还听南京来人说，我父亲与一些时髦的留学生住在一起，男男女女都有。姥爷终于得到我祖父母同意，允许他送我们母子三人去南京与我父亲团聚。如果父亲不收留，他再带我们回娘家。我清晰地记得那年秋天，树叶子差不多全掉了，高粱地也收割了，两个长工套上马车，把我们送往五里外的火车站，"乱石山站"——那一带的山石用来供应铺设中东铁路所需的石头。为了上京，我穿了件全家到沈阳做的红底闪蓝花棉袍，兴奋极了。

马车出了村口不久，路旁就是一排排秃山，乱石嶙峋，一棵树也不长，我就问："妈，这叫什么山？"已被我各种问题吵了一早晨的她就说："这叫'鬼哭狼嚎山'。"这个山名加上我母亲的神情，让我牢牢地记着。

如今，她去投奔一个已离家多年的丈夫，牵着两个稚龄儿女，走向数千里外一个全然无法想象的大城；在那里没有家人，连亲戚都没有，心中的惶惑、畏惧，岂不正如进入鬼哭狼嚎的世界？她知道前途未卜，但也绝不愿再回到那已度过十年隔绝孤寂的塞外小村里，过活寡似的生活。我一生对文学的热爱和观念，其实是得自我那没有受过中学以上教育的母亲，她把那苍莽大地的自然现象、虎狼豺豹的威

11

胁,和那无法言说的寂寞人生化作许多夏夜的故事,给我童年至终生的启发。她的乡野故事有些是温柔的盼望和悲伤,有些充满了人心的悸动,如同鬼哭狼嚎山,毫无修饰,强烈地象征着她那时对南方大城的畏惧,和对自己命运的忧虑。

我童年最清晰的记忆是姥爷牵着我哥哥、妈妈牵着我从沈阳上火车,火车没日没夜地开,车窗外是无止境的庄稼地。秋收已许久了,黍梗和高粱秆子都刈割净了。除了稀稀落落的防风林,看到天边,都是黑褐色的泥土地。姥爷说,明年三月解冻了才能翻耕。

出了山海关到北平,转津浦铁路到南京,火车走了三天两夜。在下关车站,她透过车窗从火车进站浓郁的白色蒸汽里,看到月台上等着的那个英俊自信、双眼有神的陌生男人,正挺拔地站着(直到晚年,他的腰板始终挺直不弯)。蒸汽渐散,从车门走下来的则是他

一九三〇年初到南京,母亲裴毓贞(中坐者)带着长子齐振一(右一)长女齐邦媛(右三)与乡亲孟昭毅(左一)、叶占春(左二)合影。

十九岁时被迫迎娶的妻子;此时,她脚步迟疑,牵着我的手像榆树落叶那么颤抖,娟秀的脸上一抹羞怯的神色遮住了喜悦。月台上,站在她身旁的是两个穿崭新棉袍的乡下孩子。

姥爷在南京住了十来天,就又坐上火车回关外老家去了,他临走的时候,我妈妈哭得难分难舍。姥爷和姥娘生了四个儿子才生这个女儿,手心里捧着长大,如今他要把她留在南方这举目无亲的人海里了。那些年,妈妈常对哥哥和我说:"你们若是不好好读书,你爸爸就不要我们了。"

我很小就懂得忧愁,睡觉总不安稳。夜里有时醒来,听见隔室爸爸轻声细语地和妈妈说话。他的声音温和沉稳,我就安然入睡。

我到南京不久就被送到附近小学上一年级。刚从东北乡下出来,长得瘦小,人又很土,南京话也听不大懂,第一天上学,只听懂老师说:"不许一会儿喝水、一会儿撒尿的。"觉得上学很可怕。好不容易有几个朋友,有一个同学对我表示好感,送了我一块红红绿绿的花橡皮,我在乡下从来没有看见过,好高兴。过了两天,他不知道什么事不高兴,把橡皮要回去了,令我非常伤心。我到今天还记得那块橡皮,所以我开始旅行时,到世界各地都买漂亮橡皮。

另一个印象深刻的事,是那一年初春雪融的时候,上学必须穿过那条名为"三条巷"的巷子,地上全是泥泞,只有路边有两条干地可以小心行走。我自小好奇,沿路看热闹,那天跟哥哥上学,一不小心就踩到泥里,棉鞋陷在里面,我哥哥怕迟到就打我,我就大哭,这时一辆汽车开过来停下,里面坐着我的父亲,他叫司机出来把我的鞋从泥里拔出来给我穿上,他们就开车走了。晚上回家他说,小孩子不可以坐公务车上学,公务信纸有机关头衔的,我们也绝不可用。一则须知公私分明,再则小孩子不可以养成炫耀的心理。

在我第一次挨打(似乎也是仅有的一次)之后,他也是用同样的语气告诉六岁的我,这里不是可以满山遍野跑的乡下,城市公园的花是不能摘的,摘了更不能一再撒谎,"我打你是要你记得"。这最初的印象，使我一生很少说谎。即使要跟人家说一点善意的谎话，都很有罪过感。

5　渡不过的巨流河

在我记忆中，我的父亲齐世英一生都是位温和的君子。他说那实在是他理想的开始，做人要有个人的样子。

他少年时曾跟祖母到祖父的军队驻防地住过，体验过军营生活，也看到许多北方的乡村，深深感到一般国民知识的闭塞，对国家和自己的命运几乎全然无知，在淳朴的美德后面常常是冷漠和愚昧。他十五岁到天津上新学书院那三年，受的是英国式教育，要养成彬彬有礼的绅士。在天津他经常听到"关里人"对张作霖奉军粗鲁的嘲笑。新学书院每日如升旗典礼一样，有读基督教《圣经》的早课，虽未强迫学生皈依，却引领他开始思索心灵问题，人生在世意义为何？

十八岁考取官费到日本读书，他更进一步认识到一个现代化的国家，国民普遍的教养是清洁守法，教育程度高些的讲究温恭的礼节，鼓励知识的追求，对国家有强烈的效忠思想，所以日本那么小，却已成为亚洲强国。

他进入东京一高预科读好日文，一年后分发至日本中部面对日本海、十六世纪后有"加贺百万石"之称、有精致艺术文化传统的金泽第四高等学校（日本当时全国只有八所高等学校）理科。该校各项功课皆强，且注重语文教育，除日文外，每周英文、德文各八小时，他在此三年，打好一生阅读的扎实基础。最初常去教会，读些基督教的书，但无法感到满足，进而读哲学书籍。当时有一位影响他很深的老师西田几多郎，本在金泽四高任教，后来到京都帝大教哲学，引导他阅读哲学、经济学和社会主义的书，尤其是河上肇《贫乏物语》等，让他深感社会充满种种不平。由于没那么多钱买书，他和书店约好，把书买回来以后，不要弄脏，看完后送回书店可以拿回八折的钱再买别的书。金泽多雨，冬天积雪甚深，常能闭户读书，日积月累，他由一个聪明好动的少年，长成一个深思耽读的青年。

二十二岁，他追随堂兄的脚步，到德国柏林留学，读哲学经济系，认真地念了马克思的《资本论》和不少社会主义论著。但觉得心中许多不能解的疑问，终极思考的基础不能建立，颇感彷徨。那时德国刚刚战败，通货膨胀，中日银洋都很值钱，他与同学们生活可称优裕，常在一起玩乐，多了一些认识德国社会的机会，却耽误了读书的时间。下学期转学到海德堡大学，受教于历史哲学派大师李凯尔特（Heinrich Rickert）和阿尔弗雷德·韦伯（Alfred Weber，是已故马克斯·韦伯〔Max Weber〕之弟），既是慕名而去，便全心倾听，也常在课余发问。历史哲学派由政治经济的思想史分析人生现象，在研究过程阐明理性思考之必要，也提醒他区域现实的不同，不可以冲动热情地强以理论（如《资本论》）套在大政策上——这对他是一生的启发，使他坚定地相信，只有真正的知识和合理的教育才能潜移默化拯救积弱的中国，而不是激动热情的群众运动。不择手段只达目的的革命所遗留下的社会、文化问题需要更多的理性解决，才能弥补。

那两年时光，课后过了桥，在尼卡河畔思考徘徊，是他一生仅有的幸福时光。春日河水激流常令他想到辽河解冻的浊流，青年壮志也常汹涌难抑，他记起五岁那年，穿了一双新棉鞋，走在辽河岸上，围绕着妈妈，兴高采烈地又跑又跳的情景——有个声音在他心中呼唤：回去办教育，我美丽苍茫的故乡啊！我一定要拼命练好一身本事，用最理性的方式回去办教育……我今日所学所知，终有一天会让我报答你养育之恩。

他一生第一个大挫折是堂兄因肺结核逝世于德国南部的Freiburg，最初尚隐瞒一阵，但不久伯祖父在家乡去世，儿子为何不能奔丧？他只好捧着堂兄的骨灰回家。回到沈阳，家中坚决不许他再出去，追求学问的梦至此中断，那一年他二十六岁。丧事结束后，他离开庄院又回到沈阳城，想另寻途径，再走进修之路。在那个时代的沈阳，一个

一九二三年,齐世英由德国回到家乡时,对建设中国成为现代化的国家,有满腔的热血与识见。

官费留学生从德国归来，是件很受重视的事。祖父在奉天武备学堂的同学好友郭松龄将军认为他住在旅馆不方便，邀他搬到郭家。塞外一月，冰雪封途，最适作长夜之谈，两人从地方事、国事到天下事，无所不谈。郭将军敬重的客人来访亦常邀他聚谈，归国青年得以宏观家乡处境，他在日本和德国所见，亦引听者极大兴趣。尤其谈到德国在第一次世界大战战败后，经济几近崩溃，民间生活艰苦，但人民处处流露民族的自尊和走出困境的坚定意志。他们石头建基的老楼旧厦，廊柱依然修整，门前路树，石砌街巷，有文化根基深厚的稳定感。而东北当时在日俄觊觎下已处危境，参加军阀混战有何意义？中国的老百姓何日才能普遍受到足够的教育，走出浑浑噩噩受人摆布的境地？——他不知道，这些大家都充满强烈愤慨和改革使命感的雪夜长谈，因缘际会，改变了他一生的命运。

自古以来，塞外传奇人物都是骁勇善战的骑射英雄，保住江山，进而生聚教育。郭松龄将军，光绪九年（一八八三年）生于沈阳县东乡渔樵寨村。家贫，十五岁就读私塾数年，进奉天武备学堂，毕业后随朱庆澜（一八七四～一九四一年）军入川，在四川新军加入同盟会。三十三岁由陆军大学毕业后，由已任广东省省长的朱庆澜推荐，在孙中山的护法军政府担任警卫军及韶关讲武堂教官。他有学识，有见解，讲课时督促青年成为有民主思想的爱国军人。辛亥革命后全国军政混乱，他在军中由北至南尝遍了国家动荡之苦，对局势具有宽阔的视野，回到新创办的东北讲武堂任战术教官。当时奉军少帅张学良是他的学生，对郭教官极为佩服，邀他加入奉军，改革军队成立新军，凡事倾诚合作。两次直奉战争中，郭军以战略战术皆立战功。但是进关参战，意义何在？故乡沃野千里，农耕缺人，而青年官兵伤亡异乡，遗族处境悲惨，实在应停止征战，教育生息。

在由欧洲回国的青年人眼中，新军的理念是很有吸引力的。那时的郭将军已是新军领袖，地位显赫，仪表堂堂，凡事能决能行。郭夫人韩淑秀女士，燕京大学毕业，伉俪情深，两人皆好读书，接受新思想,交友、谈话多以天下国家为己任。郭将军与张学良等原已筹备成立一所中学,教育军人遗族子女,以尽袍泽之情,名为"同泽中学"。知我父亲回国后志在办教育,培育家乡青年新思想,便派他出任校长,参酌英、德、日本学校制定规章,奠定良好基础,延请各地优良师资。在伪满洲国之前,同泽中学未受政局影响,一直办得很好,之后还加办"同泽女子中学"。同时也筹划办一所真正研究学问的大学,不受当权者支配,不以培养官员为目的。

同泽中学成立,校舍尚未兴建完成时,先借用沈阳城东山咀子军营一部分新修的营房,其余的由军官教育班使用。那一年夏天先招考了三班十四岁以下的学生(到台湾后曾任海军总司令的宋长志即是那时的学生)。这样有远景的工作,真是一个青春梦的实现!年轻的校长兴高采烈地忙碌工作,师资、课程、学生的教导……要全心去做。东山咀子营房距沈阳约二十里,有修建营房用的小火车进城,他的心情真似那小火车头一样,充满了勇往直前的干劲。

这样快乐的日子不到一年即告终止。一九二五年,十一月初旬一天晚上,郭将军电话召他立刻进城面谈,那时小火车车头已经熄火,商量之后,再升火,把他送到城内。郭将军说奉命又须率兵进关,先到天津,邀他随军前往,校务请教务主任代理一下,第二天即须出发。到天津后数日,郭将军住进意大利租界的意国医院,对他说,此次入关,要对抗二次奉直战后孙传芳召集的五省联军,巩固奉军在河北、山东、安徽、江苏等省的地盘。郭军是常胜军,但是他早已厌倦这种穷兵黩武的政策,官兵伤亡惨重,不知为何而战。进驻天津后,他即邀集核心干部、团长以上军官开会,愿随他回师者,在和平开发东北方案上签字,不愿者,留在天津李景林部队。除了几位追随张作霖多年,不便参与"造反"的将领外,大家都签了名。

郭将军邀请我父亲负责回师时争取国际支持,首先须取得日本驻满洲铁路的军队保持中立。在天津参加的还有几位关内的政界名人,如饶汉祥(曾任黎元洪的秘书长)、殷汝耕、高惜冰、杨梦周、苏上达、樊光、林长民（林徽音之父）和卢春芳等。已允出任外交处长的王正廷尚未到任（后来出任国民政府外交部长），先由齐世英代理外交事务主任。大家对郭军回师沈阳、不去参加军阀内战的革新理想很有信心。回师前夕，郭将军对大家说："此事成功固好，若失败则大家皆须亡命。"

十一月二十二日，郭将军挥师前往河北滦州，通电请张作霖停战下野，将军政权交给张学良。电文内容是：进关参战官兵伤亡惨重，遗族无依，民生困苦。日俄对东北侵略日亟，必须休养生息，储备实力以御外侮，永远不再参加内战。振兴教育，全力建设资源富甲全国的家乡。张作霖接电后，次日来电报，不提息战下野要求，只邀郭将军回沈面谈。摆明是鸿门宴。郭军隔一日再由滦州发出第二次通电，未见回复，即开拔前往攻打。由秦皇岛北上，出了山海关，沿海岸线打到连山，遇到百年不遇的大风雪，气温降到摄氏零下二十度，海面封冻，人马可行。当夜郭军前锋第二军，由海面穿过突袭张作霖守军，夺下葫芦岛，三天后进驻锦州。消息传到沈阳，全城震动，张大帅紧急动员数十辆大卡车满载元帅府聚敛的财物，运往满洲铁路的日本事务所仓库存放，往返十多次才运完。大帅府四周堆满木柴和大汽油桶准备逃离时将帅府烧掉，省议会、各总商会等联名致电郭将军，其进城后，"我公要求、目的、前途决可达到……务望暂时停止军事活动"。——此时奉军与日本沿满铁驻军达成牵制郭军的协议，并且急调吉林与黑龙江的驻军来助，在巨流河东岸布阵迎战。郭军十二月二十日攻占新民市，在巨流河西岸备战，前锋部队已可看到沈阳灯火，只待主力部队到新民市即将强行渡河。但是长途行军，风雪严寒，冬衣补给不够，到锦州休养数日，给了张军调兵时间。此一延迟也给了对方许多渗透分化的机会，困难增加，军心复杂，骁勇善战的郭军，在对方喊话"吃张家饭，不打张家人"时士气动摇。巨流河对峙三日，原可一鼓作气渡河，郭军右翼先头部队霁云已率部强渡，打到了距奉军总指挥部仅十华里的兴隆堡，但在关键时刻，郭军射出的炮弹却因有人卸了引信而没有爆炸。二十四日清晨，郭军参谋长邹作华等三人已成奉军内应，逼迫郭将军投降，且发出请降通电。

郭将军率卫队二百余人离开新民，如骑快马，轻易可以脱险，另求再起，但是郭夫人及文人饶汉祥等人不会骑马，郭不忍独自逃生，同坐马车往南走，被对方骑马追上，奉命就地枪决，以免生变。

临刑前，郭松龄遗言："吾倡大义，除贼不济，死固分也；后有同志，请视此血道而来！"

郭妻韩淑秀说："夫为国死，吾为夫死，吾夫妇可以无憾矣。"郭松龄四十二岁，韩淑秀三十六岁。尸首运回沈阳市，在小河沿广场曝尸三日，始准家人收殓。郭氏夫妇的尸体曝放在小河沿的大广场上，基督圣诞之日，上天降雪，覆盖了冰封土地上的尸身，成了最洁净和平的棺椁，没有人敢去祭拜，遥远哭泣的亲友流下的眼泪也立刻冻结成冰。

参加郭军倒戈的人原都难逃一死，但是与张作霖一起由绿林出道打天下的老弟兄张作相，性格宽厚，有高度智慧，劝他说："不能这么办，他们都是家乡子弟，冤冤相报，将来那还得了！"这一句话不知保全了多少性命。叛军归回原职之后，更加效忠卖命，也延长了奉军的政治生命。

后来得知投效郭军的林长民随郭将军出亡途中，中流弹死亡。饶汉祥在解往沈阳途中，押解的兵问他："你是做什么的？"他说："我是写字的。"士兵说写字的不要，推他下车，得以保住一命回到天津黎元洪家。

但是，张氏父子特别悬赏捉拿齐世英，认为张家送出去的留学生回来反对他，煽动郭军兵变，非捉来杀掉不可。那许多年里，他们认为东北就是张家的，政府公开考试遴选的官费留学生就是张家派的，只能效忠他一家。

十二月二十四日天刚一亮，齐世英即去新民临时司令部准备全面渡巨流河，谁知郭将军竟已被迫于午夜出亡。在乱军中，他带了外交处的五个人,殷汝耕、刘友惠、杨梦周、苏上达和后赶上的卢春芳,步行涉险到新民市的日本领事馆寻求暂时躲避,因为前二日曾为日军沿满铁铁路驻军问题交涉,与日方见过数次,此时未多问答,即给予政治庇护。

奉军包围日本领事馆,要求将这六人引渡。日本驻沈阳总领事吉田茂加派十名警察至新民,不许奉军进领事馆一步,以保护政治犯,由他出面去办交涉,并送去行李、威士忌酒以示敬意。

吉田茂(一八七八~一九六七年)这个人道的决定不仅救了这六个人的性命,也显示出他一生敢作敢为有担当的政治勇气。他的父亲竹内纲是日本自民党前身的领袖,将庞大家产留给他作从政资本。他的岳父牧野伸显是明治维新后一代的宫中重臣,世世代代培养宏观政治智慧。他在沈阳总领事任内观察中国北方政局,很看不起张作霖,认为他坐拥东北这样富饶的土地,不知培养生民社会福祉,提高文化教育,而穷兵黩武是无知短视。据说他在领事馆内谈起张作霖时,不称官衔,也不呼名,就直呼"马贼",他个人对郭松龄的革新思想极为尊敬。他由外交界出身,深信在正常的国际局势中,日本如果能与一个现代化的近邻保持良好密切关系,同样可以得到合理的利益。第二次世界大战后,吉田茂出任日本战败后第一任首相,利用美国占领军优厚的协助,不仅使日本自政经废墟中重建,后来成为经济强国,且在他任内培育了许多大臣人才,成为历史上称为"吉田学校"的佳话。

齐世英和他的落难兄弟,六个人睡在新民领事馆八个榻榻米的偏房里,整整半年被奉军日夜围困,白天连院子都不敢去,怕挨冷枪。由领事馆人员口中得知郭将军已死,遗体在沈阳小河沿广场曝尸三日,军队已全收编归制,六个人蛰居在此,出门一步即是死亡。他们曾千里追随的撼动山河的郭军回师壮举,有如过眼云烟,一切都在囚墙外的天地,吹过去了,散了。

漫漫长日,漫漫长夜,日日夜夜,他想了又想:"一路上打的都是胜仗,为什么当沈阳灯火可见的夜晚,我们就是渡不过巨流河?那一天午夜,如果我住在设于马车店的临时司令部,参谋长他们通电投降奉军,到逼迫郭将军出亡的那一段时间,我会派人送郭夫人去新民日本领事馆取得庇护,然后随郭将军及卫队快马闯出去,奔回锦州,巨流河西岸都是郭军,撤回锦州,保住实力,可以卷土重来……"思前想后,憾恨围绕着巨流河功败垂成的那一战。巨流河啊,巨流河,那渡不过的巨流莫非即是现实中的严寒,外交和革新思想皆被困冻于此?

春耕解冻的时候,奉军又进关参加直、鲁、豫军阀的混战。京奉铁路离日本领事馆只有五百米左右,从传来的声音断定,运兵车和铁轨摩擦损坏得很厉害。奉军这样不予人民生息,即使他不追杀,齐世英也不能回去了,唯一的盼望是早日脱困,另寻生路。"但是,今生只剩我一人,我也要反抗恶势力到底!"

一九二六年七月初一个下弦月的夜晚,他们终于在日本领事馆同情郭军的书记中田丰千代和警察金井房太郎协助下,翻墙化装逃出稍微松懈的包围线,沿着铁路步行六十里,到兴隆店由日本友人接应到达皇姑屯。二十七岁的齐世英和四十八岁的吉田茂第一次作了长夜之谈,彼此颇为投缘。吉田茂很欣赏齐世英有教养,有见解,是个磊落的青年;他虽是执行日本政府那时的"中立"政策,而在庇护政治犯与助他们脱险的行动上,大约也有些浪漫情怀吧。年轻人不仅感谢他及时伸出的援手,第二次世界大战后再次相见,两人又各是一番人生,也进一步钦佩吉田茂的国际观和战后培养政治人才的远见。

齐世英化装由辽宁到朝鲜釜山乘渡轮到日本,再换火车去东京,车到京都便被记者追踪,次日报上乱报一些猜测,只好正面接受访问,说明郭军革新理想及回师前后真相,消息也迅速传至中国各地。到东京时,浅草区有一剧场正在上演以郭松龄为题材的一出话剧,邀他们去当贵宾,剧中有不少属于齐世英的戏。原是一场改变东北命运的壮举,如今只是人间一出戏剧了。

第一章　歌声中的故乡

由日本回到天津，那时北洋政府的一些新旧人物间的恩恩怨怨，仍在余波荡漾之中。故乡是回不去了，也没有能力和心情回到德国读书。在天津意租界见到了郭将军的朋友黄郛先生，他曾雪中送炭，寄钱到新民领事馆（北伐军攻克上海，黄出任上海市长，后任国民政府行政院长）。黄郛劝他先去上海，多作观察，再定行止。齐世英又从上海去武汉，因为郭军回师之举，是南方各种革命分子都同情的，他在飘然一身、亡命天涯的心情下，与留德、留日的同学也都陆续见面，都能开怀畅谈。那时仍是第一次国共合作期间，和共产党人李汉俊、詹大悲、耿伯钊等人也曾聚餐谈话，参加他们野外召开的群众大会，听各党派演讲，仔细阅读他们的宣传小册，认真思考后，认为国民党的民族、民权、民生主义对中国实际状况是最稳健的做法。一九二六年底，他在上海加入了国民党，并不是投奔任何人。蒋先生在南昌第一次见面时说："你不像东北人！"这句话令他很难忘记。蒋先生那时尚不是唯一的权力中心。三十年后，他在台北把齐世英开除国民党籍，大约是政术娴熟的浙江人终于发现，温和英俊的齐世英骨头又倔又硬，是个不驯服的真正东北人。

加入国民党后他多次往返于上海、汉口之间，也随黄郛到国民党总部的南昌去，蒋先生与黄郛情谊甚重，餐聚时常邀他参加，在此认识了陈果夫、立夫兄弟。宁汉国共分裂后，他在南昌、九江和杭州认识了许多风云人物，了解国民党的状况，也认清了国共的关系。这一年中他曾多次到日本去，进一步观察、研究日本社会。在郭军革命中，他见识到政治大起大落的局面，深知参与政治不能不懂军事，希望能系统地研究现代军事。遂于一九二八年，由政府授予陆军中尉军阶，正式报考进入日本训练在职军官的步兵学校（陆军大学需三年才毕业）。开学前被派下部队，在高田三十连队任队附（相当于副连长），白天上课，晚上住在部队，每周末坐夜车到东京去，常与中央派去日本留学的军官（多为黄埔一期）相聚，因他毕业于金泽四高，日语文白皆好，被尊为日本通，常可助人。有时与日本老同学叙旧，接触面甚广。日本人一般对中国东北（他们称为满洲）都有兴趣，因他是参与郭松龄起义的革命者，而乐与交谈，使他听到日本觊觎东北的种种真心话，内心深为故乡担忧。在此期间，他进一步研读日本的军事史、幕府时期的武士精神、明治维新后的军事现代化和二十世纪扩张主义的萌芽。

那三年，一个二十七岁的北国青年，兵败亡命，浪迹天涯，从郭将军家围炉夜话至长江，遇见了许多当时正在创造中国近代史的人物，因缘际会，作了许多长谈；谈抱负，谈理想，投契相知，这些长谈铸造了他一生的政治性格和风骨。

6 九一八事变

一九二八年六月，日本关东军在南满铁路皇姑屯站炸死了张作霖，一九三一年九月十八日，日军一夜之间占据了沈阳，造成中国近代史上最沉痛的九一八事变。对于我那自以为苦尽甘来的母亲，这是晴天霹雳，刚刚挥别的那个充满孤寂回忆的冰雪大地，成了一个回不去的故乡，钟爱她的父母将难于重见了。

对于我父亲，这一天似乎是迟早会到来的；自他五岁看到日俄战争的炮弹落在我家后山之后，自从郭松龄为改变东北命运而战、兵败后被曝尸沈阳广场之后，雄踞东北的张作霖被炸死，他的儿子张学良匆促继承霸权，既无能力又无魄力保护偌大的疆域，只能眼睁睁地看着东北成为一片几乎茫然无主的土地。故乡断送在"家天下"的无知之手，令人何等悲愤！

日本人从世纪初修南满铁路贯穿东北半壁江山，已处心积虑等候这一天三十年了。日本关东军自"九一八"之后控制了所有对外讯息，铁路、公路、电讯全都切断。但是从沈阳到黑龙江，他们一路受到地方自卫力量的抵抗，一年后才全部占领。至一九三四年，成立满洲国，作为一九四〇年"大东亚共荣圈"的起点，准备对中国展开全面侵略。这漫长的一年,张学良在哪里?纵横天下的奉军而今安在?

一夜之间,中国好似在睡梦中被砍掉了脚的巨人,突然惊醒,全国游行,呼喊口号:"打倒日本帝国主义!誓死复土!"但喊声只有自己听见。那时的世界仍在殖民地时代,有制裁力的强国几乎全是殖民国家(被英国殖民的印度到一九四七年才得以独立,法国的安南在一九四五年才以越南之名独立,这都是第二次世界大战数千万亡魂换得的)。当时的国际联盟曾为九一八事变组成一个"李顿调查团",然而毫无成果,世界上从无真正公理。

九一八事变后一年中,我父亲思量再三,思考实际工作的种种可能。自从他加入中央政府工作两年来,联络、布置在东北的工作人员多是教育界人士,沈阳沦陷后已全撤到北平,成立了流亡办事处;有些人也到了南京报告故乡局势,呼吁中央有效援助吉林和黑龙江省内风起云涌的义勇军。张少帅继承的奉军精华已在他声称"不抵抗"的情况下撤入关内,地方上不甘坐待沦亡的人,有枪即起。稍大声望的称为义勇军抗日。

无数青少年不愿受日本教育,纷纷逃到平津;有的投靠亲友,有的流落各方。那时的中央对东北局势既无认识亦无对策,我父亲知道唯一能做的只有自己回北方去,深入虎穴,了解实况。这是东北人称为"夹着脑袋干"的孤注一掷。

他先辞掉中央工作,在极端秘密中(只有陈立夫一人知道)由上海乘船,用赴德经商的赵姓商人护照到日本神户换船转往俄国海参崴。乘两天一班的火车经绥芬河到哈尔滨去。到哈尔滨后,住进一家白俄人开的旅馆,找到了仍在变局中苦撑的徐箴(电话局局长,胜利后出任辽宁省主席,一九四九年初撤退来台时,由上海搭太平轮,全家在船难中沉没于台湾海峡)、臧启芳(地亩局局长)和周天放(教育局局长)等秘密工作同志,得以详知"九一八"后家乡抗日行动近况。辽宁几乎全部被日本人占领,只有荆可独、许俊哲和石坚(字墨堂,抗战末期,被日本人逮捕,判处死刑,他手下大将、年轻的律师梁肃戎被判十五年监禁,胜利时幸获自由,撤退来台湾另有一番奋斗)等人以文官身份掩护发展义勇军工作。

吉林方面,在日本占领之前活动最有力的是韩清沦和盖文华,他们策划当地东北军与民间武力结合成为声势浩大的义勇军,抵挡日本人北进,在长春血战一月后终于被日本人占领,盖文华与八位同志被捕,砍下的头颅挂在城楼上。

齐世英从哈尔滨出发,经由王宾章、宇章五兄弟负责的最北据点——黑龙江临时省会海伦,去会见当时声势最盛的义勇军首领马占山和苏炳文等人,了解到他们弹药缺乏,装备与粮食补给已朝不保夕的情形;张家军队剩下的已停止抵抗,中央又远在数千里之外,交通已切断,义勇军只有赤手空拳、满腔热血和刺骨的朔风,无法阻挡日本关东军。大局既已无望,他此行唯一的成就,是劝服他们不要投降,武力不能为敌所用,亦不可妄作牺牲,尽一切能力安顿义民回乡,留住潜伏呼应的爱国之念。日本人在一九三二年占领黑龙江后,他协助安排马占山与苏炳文进关,在南京、上海受到民族英雄式的接待与欢迎,对日后全国抗日的民心有很大的鼓舞作用。

直接到东北工作既已不可能,他将敌后工作做了安排后回到南京。蒋委员长对他说,政府在上海成立东北协会,从此由他负责中央与东北地下抗日工作的联系,以及东北进关人员的安顿事宜。做长久的打算,绝不放弃。

7 城门楼上的头颅

那时,祖母带我两位姑姑也从东北到了北平。父亲已先托人把我母亲和我兄妹由南京送到北平,对朋友们说是要去照顾婆婆。父亲由哈尔滨回到北平后,决定尽可能地留在华北,用种种方式和东北的地下抗日工作人员联系,以便掌握局势。那时候北平不太安全,没有什么保护,时常有日本奸细搜集资料,因此我们就搬到天津的法租界。

哥哥则留在北平陪祖母,我母亲有时还能从天津去探望他们。这期间,母亲开始扮演这一生的新角色:接待来自家乡的革命志士的家人和学生。记得有一天,有位盖伯母和我妈妈在屋子里哭,妈妈叫我带她两个小男孩到院子里玩,盖家小兄弟说:"不知为什么我爸爸的头挂在城门楼上。"二〇〇一年,在沈阳已复校的中山中学"齐世英纪念图书馆"开幕时,有人赠我《勿忘九一八》纪念画册,有一张全页照片:古城楼上,清晰的一排血淋淋的壮汉头颅,怒目龇牙,血淋淋的国恨家仇全未放下。与我童年记忆印证,永难磨灭。

　　但是,即使在租界,仍然不很安全,姓"齐"很惹眼,所以父亲就常常改姓。

　　我记得我们最常姓"王"、"徐"。姓"王"的时候,我在读天津"老西开小学"三年级。因为家里不敢让一个小女孩在大城市里跑路,就雇黄包车接送。我记得我坐黄包车离开学校的时候,有时会有调皮的同学在后面喊:"王八圆!王八圆!"我被喊得很生气,回去就哭。

　　过了一阵子,父亲又改姓"徐",因为改姓,我不得不换一所学校。那学校有一些英国传教士,会教一点口语英文,可是三、四年级时学的英文,平时不用,后来就完全忘了。

　　姓过一阵子"徐"后,我还姓过"张"。因为父亲必须不断地改姓,母亲也不断地做"王太太"、"徐太太" ……我上学前常常问:"妈,我今天姓什么?"一个七八岁的孩子问"我姓什么",真的很可笑。

　　在危机四伏、不断搬迁的日子里,母亲不再是个哭泣的女人,她与我父亲两人的感情,在那样动荡的局势下开始建立起稳固的根基,她觉得能与他共患难是幸福的,那种全心全意的接受与奉献,给我成长过程最大的安全感。她八十三岁去世前不久,我们曾谈到新时代女性有选择权的婚姻,我问她现在是否仍会选择嫁给爸爸?她当时未答,过了几天,她说:"我还是会嫁给他。他虽不是'家庭第一'的男人,但他是温和洁净的真君子。"

从天津回到南京后,我家先租屋住在傅厚冈街。

那是一间小小的新房子,对面有一大片空地,长满了高大的槐树,初夏时开着一串串淡黄色的香花,是我终生的最爱,和芍药花一样,给我强烈的家的幸福感。

每天早上,我和邻巷的同学段永兰及她的表哥刘兆田,沿着新修的江南铁路铁轨去上"鼓楼小学",路上有开不尽的蒲公英和杂色小花。

一九三三年刚放暑假的时候,妈妈生了我的大妹妹,爸爸为了纪念故乡辽宁,为她取名"宁媛"。

她是个圆圆胖胖极健康可爱的婴儿,白天笑口常开,但常常到了晚上就哭一阵。妈妈怕她吵爸爸睡觉,只得抱着她满屋子走。

刚来帮忙带孩子的李妈愁于帮不上忙,有一天求一位来南京述职的地下抗日同志杨梦周先生(他那时住在我家,等待去新疆投效盛世才),帮她写了一副她家乡安徽凤阳的敕令:"天皇皇,地皇皇,我家有个夜哭郎,行人君子念三遍,一觉睡到大天亮。"求我哥哥上学时贴在大路的电线杆上。

我们天天经过都注意,有没有停下念三遍的人,又很怕被爸爸发现会生气。他参加南京中央政府最大的理想就是破除迷信和陋习,全民建设新中国。

我读鼓楼小学的时候南京充满了新气象,我已经九岁了,记得到处都是"新生活运动"的标语;我们小学生还去帮忙贴标语,诸如"不许吐痰"、"振作图强",等等。

这些话今天已经没有人讲了,可是回想我们刚来台湾时,"不许吐痰"还是一个奋斗的目标,街上还挂过标语,此外还有:勤俭、不喝酒、不赌博、破除迷信……

一九二八年到一九三七年以南京为首都的中国充满了希望,到处都在推动新建设。那段时期,近代史上有人称为"黄金十年"。日本有正式记录提到,军方主张早日发动战争,不能再等了,因为假如现在不打中国，待她国势强盛起来，就不能打了。

8 撒石灰的童年

一九三四年夏天，突然间我得了病。

我从小气管和肺就不好，那一年暑假得了两次肺炎，生命垂危，几度又是气若游丝的状况。

我父母很忧愁，有位医生跟他们说："她这种肺，应该到北方干燥的地方，会好一点。"祖母那时还住在北平，得知我的病情，写信说："把她送到北平来吧。"祖母身体也不好，因为父亲的关系，经常上德国人开设的"德国医院"就医。

我记得跟父亲坐津浦铁路到北平去，自己并不知此程的真正目的，只因为父亲亲自带我，让我感到很快乐。

火车好似走了两天两夜，第二天过黄河铁桥的时候，我第一次坐到餐车吃饭。父亲把牛排切成小小的一块块给我，教我怎么切、怎么拿刀。在火车经过长长的铁桥发出雄浑的轰隆声中，我第一次和爸爸面对面坐着，那幸福的感觉我记得清清楚楚。

北平德国医院的医生诊断后，对我父亲说："这孩子如果这样下去，恐怕保不住了，你最好把她送到疗养院。"

父亲又亲手牵着我，把我送到离城二十里、位于西山山麓由德国人和中国人合资开设的"西山疗养院"，那位德国医生保证我到那里可以得到很好的照顾。

疗养院采用西式管理，病人是一个人住一间房。虽然我是院里唯一的小孩，也得一个人住。

每到晚上，我一个人睡在房里就很怕，住了整整一年也怕了一年。

那时候肺病是重症，有些人会治好，有些人治不好。因此院里经常有人死去，死后院方会在病人住过的屋子里撒石灰。本来我不懂，

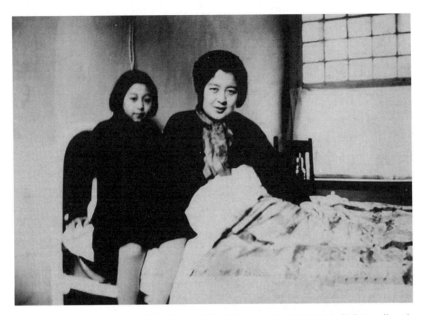

一九三四年夏天，得了肺病的十岁小女孩齐邦媛（左）住进北平西山疗养院，第一次体会到害怕与孤独。病友张姐姐（右）喜欢文学，却给她留下"撒满石灰房间"的悲惨记忆。

后来我知道，一撒石灰，就是有人死了。死亡是什么，我不知道，但是一看到撒石灰就开始哭。

院中有一位送饭的老王，是个白白壮壮的男人，那时大概三四十岁吧。他有个女儿和我差不多大，他叫我"丫头"。每次我一哭，老王就说：

"丫头别哭！我去给你煮土豆！"

土豆就是洋芋，那是我小时候最爱吃的。我到今天和好朋友出去吃饭，谁有一个煮好的、圆的洋芋，都会给我。每想起这事我仍悲伤难抑。

六十多岁的祖母每个礼拜六坐二十里路轿子到疗养院看我。每回她要走的时候，我就哭哭啼啼地想下床追，但又不能下床，就在床上喊：

"我跟你回家!我跟你回家!"

祖母的轿子走很远了,还听到我在哭,但又不能带我走。有一次临走时,她也哭了,眼泪在皱纹里是横着流的,至今我才明白何以古人文章里说"涕泪横流"……

疗养院有一位女病人,我记得叫做张采苹,大概二十五六岁,我叫她张姐姐,老王说她是失恋生病的。她觉得我这个小孩蛮灵的,对我很有兴趣,她讲什么我都懂,便常常偷偷叫我到她的病房(医院不许我们到别人病房去)。她有很多新文学的书,大多是一九三五年左右的中文翻译作品。她的书我都看了,至今还记得一本林琴南译的《茶花女》,当时很喜欢他的笔调。

有一天下午,我记得很清楚,有人在她的房间撒石灰,我就问老王:

"张姐姐的房间为什么撒石灰?"

老王说:"丫头,我去给你煮土豆。"

虽然我不太晓得死是怎么回事,但是知道她也死了。那是我一生中第一次看到死亡跟我的关系,因为石灰撒到我朋友的房间去了。

我想那时候我大概闹得太厉害了,整天哭哭啼啼的,把祖母闹得够受。我一生常常怀念祖母,她自我诞生之初开始,直到多病的老年还要为孙女这么操心,我常常觉得亏欠她太多。几年后,我们由汉口颠沛流亡许久到重庆,辗转得到她逝世的消息,我始终很难相信,那冬天抱我的温暖身体会变冷。

我父母亲七十岁的时候,搬到内湖安居直至去世,那是我们团聚最多最快乐的时期,也是父亲与我谈话最多最密切的时期。有一天晚饭后,他送我到湖边等公车,我对他说当年在西山疗养院的心情和它影响我终生胆小怕黑暗。

"你们好残忍,把我一个人送到那荒山上的医院去。"

他叹息说:"我们那个时代,很少人懂得儿童心理学,我多年投身革命,出生入死,不知道小孩有那么复杂的心理。那时我用每月三

巨流河

小学毕业时的齐邦媛（左），手臂瘦得像童军棍，剪着一头与一般女孩不同如今看来却非常时尚的"型男"短发。右为大妹宁媛。

分之一的薪水把你送去疗养院,只希望你能活下来,亲友都说我是很好的父亲呢!"

我们坐在等车的板凳上,无言许久,车到了才惊觉。

他一定在想:"如果那时我懂这些,我会怎么做?"但是我知道自己是幸运的,父母生我、养我,辛辛苦苦留住我。

住疗养院那一年在无可奈何中,把读书当作唯一的消遣,渐渐成了终身的兴趣。书好像磁铁,会吸引我。有时回想这深植我生命的书缘,大约可称之为因祸得终身之福吧。

记得出院时,在一位留学回来的表叔家看到中文版的亚当·斯密《国富论》(Adam Smith, *An Inquiry into the Nature and Causes of the Wealth of Nations*),当然看不懂,但也看得很快乐。我似乎抓到什么就看什么,同时也看《小朋友杂志》,里面有画阿猫、阿狗的漫画,我很看不起,可是我也看。我还记得用号码连一连画一只狗,这些我也做。

一年后医生说我病好了,父亲把我接回南京。我的大妹妹已经快两岁了。

最初我仍回鼓楼小学上学,但是同学都不跟我玩,后来才明白,因为他们的家长知道我曾得过肺病,上过疗养院。我还记得有个同学名字叫万芳,本来跟我最要好,是个长得娇滴滴的小美人,有一天她突然跟我说:"我妈妈叫我不要跟你玩。"我不知道自己做了什么错事,不懂人家是怕传染。

后来家搬到新社区的宁海路,正好就把我转到山西路小学。因为是转学生,所以来往的都是转学的和降班的边缘人,相处得不错。我作文特别好,老师对我很照顾,身体也渐渐健康进步,无忧无愁地就小学毕业了,那一年有很多可爱的回忆。

9 母亲和她的乡亲

一九二八年六月,统治东北的张作霖被日军炸死后,东北已近群龙无首，张学良已与南京中央议妥，新年前挂中华民国国旗，这有名的易帜盛事，使北伐革命减少了最大的阻力。

这年秋天，黄埔军校（由广州迁往南京后已改名中央军校）第八期在全国招生，党部请我父亲协助在东北招考学生。父亲面见蒋委员长，建议将初选合格的一百多名东北青年全部录取，使多年来只有地方观念的青年能有国家观念，成为具有现代军事知识的革命种子。因此，自第九期至第十二期，军校教育长张治中委托父亲派人到东北每年招收一百名高中毕业生。九一八事变后，东北学生几乎占军校生总数的四分之一，家乡沦为日本人占领地的青年人，自黄埔毕业后分发至各军种成为抗战的生力军，但能回东北的并不多。

除了军校，每年因招生而同时来到南京的还有中央政校和中央警官学校的二三十个学生，我父母每星期日轮流招待这一批离乡背井的东北孩子。我们家也由傅厚冈街迁到新社区的宁海路，一则是地方大适于招待客人，再则，我母亲又怀孕待产，不久生下我第二个妹妹静媛。那一定是她一生中最幸福的岁月吧，三十多岁才做了一个家的女主人。

那栋新建的米黄色小楼有个相当大的院子，我母亲很快种了各种层次的花草。由她二楼卧室的窗子望出去是南京最高的紫金山，中山陵在它南麓，从环绕山顶的云雾颜色就知道天气的阴晴。

照顾东北到南京的学生是我父亲的工作之一，每星期招待他们吃饭却是我母亲的快乐，也是她思念故乡最大的安慰。家中请了一位山东厨师老宋（他和我们流亡到四川十年），每星期日请一桌黄埔军校和政校的学生吃北方面食，在我母亲心中，每个人都是她的娘家人。她喜欢听他们说话，讲家乡春夏秋冬的情景，讲亲人，讲庄稼……

搬到宁海路后，她发现房子后面有一个不算小的后院，就买了大大小小的缸，除了最热的夏天，她都会带着李妈不停地渍酸菜（白菜用开水烫过，置于缸内发酵一个多月后即成脆白的酸菜），又托人由北平买来纯铜火锅。七七事变前在南京那些年，齐家的五花肉酸菜火

第一章 歌声中的故乡

锅不知温暖了多少游子思乡的心!

母亲又认为东北的大酱最好吃,就是台湾说的甜面酱(但不甜)。东北因黄豆又多又好,一般家里都会做这种酱。母亲想做大酱,但做的过程其实蛮可怕的,得先让黄豆长霉。父亲知道了,就反对:"你在院子里搞什么?"母亲说:"我摆在后院里,又不给人看见!"父亲觉得又脏又恶心,不让她弄,但我母亲下定决心,还是偷偷做了一缸。等这些黄埔军校的学生来,母亲给他们切一段段的黄瓜,蘸大酱吃,然后又端出酸菜火锅。有人一边吃一边掉眼泪,因为想起家来了。很多人一生再没回去过。

到台湾八二三炮战时,父亲和"立法委员"到战地去,金门防卫司令王多年将军说,他是我父亲主持招收的黄埔十期学生,忘不了我母亲的家乡菜。从南京打到四川的征途,许多黄埔学生照顾中山中学的弟妹和我一家人,也是对我母亲感恩。在母亲葬礼上,曾任驻马拉维"大使"的赵金镛说,怀念当年在政治大学读书时我母亲对他的关怀,家乡沦陷后还给他零用钱……

那一年,我姥爷设法又来了一趟南京,看到他疼爱的女儿在前院种花和后院大大小小的缸间兴高采烈地忙着,终于放了心。回家后两年,他平静地去世,心中不再牵挂。

母亲虽然有了持家的幸福,却常常一面忙一面轻声地哼唱着,我不知道她唱什么,但是当她抱我妹妹的时候,我清清楚楚地知道她在唱《苏武牧羊》,唱到"兀坐绝寒,时听胡笳,入耳心痛酸"一句不漏,重复地唱着直到小孩睡着了,有时还独坐一阵子。

十多年后,抗战已经胜利了,她曾经回到家乡祭拜姥爷和姥娘的墓,回过她枯守了十年的齐家小西山故居,接着却又被迫逃离北方,奔往更遥远的台湾。在台中,我儿子的摇篮旁,已经二十年后了,她又轻声地唱起《苏武牧羊》,那苏武仍在北海边牧羊,穷愁十九年……直到她埋葬于台北淡水之前的三十八年间,她未再看到心中的北海。

10　流亡的大家庭

创立国立东北中山中学,我父亲认为是他应当做的事。

一九三二年他由南京回北方,冒死出山海关潜回东北故乡,却只见到义勇军等地下武装抗日的穷途末路。地下工作同志认为他应该回到南京,以他在中央已经建立的地位和东北协会,对家乡做更有效的帮助。

于是,他先在北平成立"东北青年教育救济处",由流亡的文教界人士照顾"满洲国"成立后不愿做日本顺民而逃到平津的青年。他们有些流落街头,冬天冻饿在路边。救济处搭了些帐篷,先给他们饮食和基本照顾。

一九三四年南京政府团拜时,父亲结识了当时的行政院次长彭学沛先生,知道他也来自北方,说动他拨下五万银洋,立刻与北平的李锡恩、黄恒浩、周天放等友人开始办校,于一九三四年三月二十六日在借到的报国寺、顺天府、原警高旧址等地成立"国立中山中学",招收了约两千名初一到高三的流亡学生。这是中国第一所国立中学,因为父亲说服教育部,在风雨飘摇的局势中,只有国家才能稳当地保障这样救亡图存的学校的存续。

第一任校长由原任吉林大学校长的李锡恩出任(他与我二伯父世长在德国同学,与父亲亦有相同的政治理想,父亲视之为兄)。教师几乎全由流亡北平的大学教师担任,我的哥哥原本就读于北平崇德中学,来投考被录取读高一。

到了一九三六年秋天,华北的局势已是山雨欲来风满楼,国民党中央直接支持的人与事渐渐难以生存,于是父亲和黄恒浩、高惜冰等几位东北抗日同志在南京郊外二十里的板桥镇买了一块地,先建了些基本校舍和几所教职员宿舍,将中山中学由北平迁来南京。

落脚之后,学生自己动手平操场、建围墙和校门。进校门前,可远远看到那泥砖墙上巨大的八个字:"楚虽三户,亡秦必楚。"每天清晨升旗典礼,师生唱着共同命运写照的校歌(郝泠若词,马白水曲):

第一章 歌声中的故乡

一九三〇年代，齐世英（中）与友人梅公任（右）、黄恒浩（左）在国势风雨飘摇中戮力办学。

白山高黑水长，江山兮信美，仇痛兮难忘，有子弟兮琐尾流离，以三民主义为归向，以任其难兮以为其邦，校以作家，桃李荫长，爰荫与太液秦淮相望。学以知耻兮乃知方，唯楚有士，虽三户兮秦以亡，我来自北兮，回北方。

在板桥初创时凡事艰苦，而且大家都年轻，我父亲总是乐观地往长远想。然而，这样清苦但安定、充满未来期望的日子只过了一年半，南京也容不得身了。离开南京后，漫漫长途，日子比板桥还苦，在半个中国的土地上颠沛流离，吃尽了饥寒之苦。

11　张大非，家破人亡的故事

我哥哥随中山中学由北平迁到南京之后，每个星期六中午会带五六个同学回家。吃过晚饭，他们坐江南铁路的火车回板桥，哥哥在家住一晚。

母亲在她自己的幸福中，觉得每个没有家的东北孩子都是她的孩子。在南迁之后，抗战八年之中，所有中山学生都是没家的孩子，差不多每个人都有凄楚的故事。

张大非初到我家的时候，没有人注意他。他静静地坐着，很少说话，也不参加游戏。吃饭时，妈妈总叫他坐在她旁边，不断地给他夹菜。

在这之前，我只知道爸爸要哥哥去找一位姓张的学生——他的父亲在"满洲国"成立之初是沈阳县警察局局长，因接济且放走了不少地下抗日同志，被日本人在广场上浇油漆烧死。

哥哥终于在同学中找到了他。他比我哥哥大三岁，除了打篮球，不参加任何课外活动，也很少与人说话。透过那一年毕业和他一起打球的撑竿跳国手符保卢（是那时女生的偶像）知道他的身世，哥哥才找到他。

那一年过年除夕，他们留在学校，全校包饺子过年。初二下午，

第一章　歌声中的故乡

张大非与哥哥回我家。当天外面开始下雪，很冷，屋子里生了火，饭后坐在壁炉边，妈妈问他离开家乡的情况。

他说他父亲被烧死之后，在日本人追杀之前，一家八口四散逃亡；他与一个弟弟、妹妹连夜逃往营口投奔姑姑，进了一所教会办的中学，每天早上学校有早祷会，由"主祷文"开始："我们在天上的父，愿人尊父的名为圣，愿父的旨意行在地上如同行在天上。我们日用的饮食，求主赐给我们……"在这里他可以尽情求告一个父亲的保护和爱，于是他信奉了基督教。

第二年"满洲国"成立，日本推行皇民化教育，他已十五岁，一个人进关，到北平投奔叔叔。失学了一年，叔叔家也不适久住。那时在北平、天津街上流落的东北青年很多，冬天街旁常有冻饿路倒者。

有一天，他在极端困顿中在报国寺旁游荡，看到院子里搭了几个帐篷，庙门上贴着"国立中山中学"招收东北流亡学生的布告。他考取了初三，入学后全体学生食宿一切公费，从此有了安身之所。

学校功课水准很高，原以为自己有了前途，谁知过了两年，华北在日本由"满洲国"进逼之下已风雨飘摇，渐渐岌岌可危，中山中学被迫南迁。离开北平时，只能辗转告诉在家乡却已无家可言的母亲，将随学校南迁，到了南京板桥却始终得不到母亲的消息……

我永远记得那个寒冷的晚上，我看到他用一个十八岁男子的一切自尊忍住号啕，在我家温暖的火炉前，叙述家破人亡的故事——和几年前有个小男孩告诉我他爸爸的头挂在城门上一样悲惨。

窗外，妈妈种的几棵小树在风雪中摇晃，弯得近于折断。自此，我深深地记住他的名字——逃到营口后，他把原来父母取的吉祥名字"张乃昌"改为"张大非"。

从此，每个星期六午后，我会在哥哥那群喧闹的同学中，期待他那忧郁温和的笑容。他最喜欢带我那三岁的大妹妹到院子里玩，有时帮妈妈抱襁褓中的二妹，偶尔会到我常坐的椅子旁看我新买的书。有一次，他带来他自己的那本小小的、镶了金边的《圣经》给妈妈和我看，说这是离家后唯一的依靠。当时我虽不懂，但多年后我明白，为什么在他淡淡的落寞中有一种和平、宁静，我似乎又找到了一本深奥待解的书，很有吸引力，可是他又随身带走了。

那一年初春，中山中学大门外面盖了一些小平房，很小的木架泥墙小房子。妈妈每星期去住四五天，因为她又怀孕了，很喜欢再过一过乡村生活，每天可以种些菜。此外，另几家东北出来的老师家眷，更能慰解她的真正乡愁。

我每周末也会去板桥，可以满山遍野跑一跑，好似回到六岁前的童年。张大非常常来，他最喜欢抱我那两个妹妹，看我妈妈做家事，仍然很少说话。

有一天吃过中饭，哥哥和七八个同学说要去爬不远处的一座小山——牛首山。我看着那山羡慕许久了，就追着赶上跟了去。

下午四点钟开始下山的时候，突然起了风，我比他们走得慢，渐渐一个人落后了。哥哥和那些大男生已跑下山，我仍在半山抱着一块小岩顶，进退两难。山风吹着尖锐的哨音，我在寒风与恐惧中开始哭泣。这时，我看到张大非在山的隘口回头看我。

天已渐渐暗了，他竟然走回头，往山上攀登，把我牵下山。到了隘口，他用学生的棉大衣裹住我三十多公斤的身躯，说：“别哭，别哭，到了大路就好了。”他眼中的同情与关怀，是我这个经常转学的十二岁边缘人很少看到的。

回到家，哥哥对妈妈说：“以后再也不许她跟着我！那么小座山，她上去那么慢，又下不来，动不动就哭，烦死人了。”

初夏，我们搬回南京城里，妈妈待产。

我们的一生和中国的命运不久就全变了，我再也没有回到那小屋子的缘分。

数十年间，我在世界各地旅行，每看到那些平易近人的小山，总记得他在山风里由隘口回头看我。

第二章 血泪流离
——八年抗战

1　战云密布

一九二八年北伐成功，全国统一，国民政府定都南京，各省精英前来，同心合力建设新中国。那十年不仅是国家的黄金十年，也是我父亲一生的黄金十年。

从山海关外来到南京的齐世英，受到相当的欢迎。郭松龄兵谏张作霖虽然失败身死，但他要求奉军退出军阀的中原争逐、回乡厚植本土实力、抵抗俄日侵略的兵谏宣言已播报全国。所以，由推翻帝制的革命党组成的国民政府，很欢迎这第一位由东北来的革命青年参加建国工作，他的国民党党员证是辽字一号。

但蒋委员长接见他时竟说："你不像东北人！"这句话中有相当复杂的意义。在北伐期间，人们对奉军的印象是骁勇善战、强悍，甚至粗鲁。而这位二十七岁的东北革命者却温文儒雅，如玉树临风（卢春芳评语）。他通晓英、日、德三种语言，两年前尚在海德堡大学研究历史哲学，是个很难归类的人物。他向蒋先生说愿意在外交、文化和教育方面工作；蒋先生答，这么大的一个中国，我们能做的事太多了。于是派他到中央政策委员会（当时尚未定名）做委任参议，随钮永建、黄郛、陈果夫、陈立夫等人工作，进而结交天下士，成为政府中的知日派。

日本对中国侵略的野心，自一八九五年甲午之战订下《马关条约》，割让台湾以后，日益加剧。一九〇五年日本人在中国东北打败了俄国，取得了铁路控制权，以后不断在中国各地制造事端。一九一五年强订"二十一条"不平等条约，一九二八年造成"山东五三惨案"，一九三一年（九一八事变）占领沈阳，一年后成立伪满洲国。这一连串的侵略行动，国民政府是清楚的，但是喘息未定之际，只能加快脚步，建军、办工业、组训民众。南京那十年，好似要拼命去增强一个百年沉疴老人的体力，那般辛劳却充满了希望和信心。

一九三〇年我母亲万里寻夫，带我兄妹来到南京，看到的是一个到处在建设的、欣欣向荣的首都。我父亲和他年轻的朋友们忙着向老天爷求取时间（buying time）推动各种加强国力的现代化建设，因为他们知道日本军部正加紧侵略的步伐，日军说："若不快动手，中国要站起来了！"

2　七七事变

一九三七年七月七日，卢沟桥战火扭转了近代中国的命运，也奠定我一生奋斗的态度。

战争血淋淋的大刀切断了我病弱的童年，我刚刚在碎石新铺的小学操场唱完当时已情境不符的毕业骊歌："长亭外，古道边，芳草碧连天……"童年即遽然结束了。

中国三大火炉之一南京的夏天还没有过完，八月十五日起日机已经开始轰炸了，第一枚炸弹投在明故宫机场。

三天前，我的母亲在机场对面的中央医院分娩，生了我的小妹星媛。医院在强震中门窗俱裂，全院纷纷逃生，她抱着婴儿赤足随大家奔往地下室，得了血崩之症。两天后全院疏散，她被抬回家，只能靠止血药与死亡搏斗。

卢沟桥炮响后一个月，日本军队进入北平（天津已先沦陷）。八月十三日，由上海日租界出兵的日军发动了淞沪战争，不久苏州、无锡等城失守，京沪铁路全断，华北的日军沿津浦铁路南下，南京成为孤城；北伐完成之后，作为现代中国象征的首都南京，不得不撤退居民。

空袭警报有时早上即响起，到日落才解除。日机一批接着一批来轰炸，主要是炸浦口、铁路军事重地及政府机构。政府已开始紧急疏运人员和资料往西南走，留下的人在临时挖建的防空室办公，每天早上出门连能否平安回家都不知道。

八月间，中央将军事委员会改为抗战最高统帅部，准备全面抗战。父亲被任命为第六部秘书，部长是陈立夫。

到了九月，整个南京市已半成空城，我们住的宁海路到了十月只剩下我们一家。邻居匆忙搬走，没有关好的门窗在秋风中噼噼啪啪地响着；满街飞扬着碎纸和衣物，空气中弥漫着一种空荡的威胁。

早上，我到门口看爸爸上班去，然后骑一下自行车，但是滑行半条街就被慑人的寂静赶回家。每天天亮后警报就来，家中人多，没有防空设备，听着炸弹落下的声音，大家互相壮胆，庆幸不住在城市中心。

夜晚，我一个人睡在父母隔室。月光明亮的时候敌机也来，警报的鸣声加倍凄厉；在紧急警报一长两短的急切声后不久就听到飞机沉重地临近，接着是爆裂的炸弹与天际的火光。我独自躺在床上，听着纱窗的扣环在秋风中吱嘎吱嘎的声音，似乎看见石灰漫天撒下：撒在紫金山上中山陵走不完的石阶上，撒在玄武湖水波之间，撒在东厂街公园，撒在傅厚冈街家门口的串串槐花上，撒在鼓楼小学的跷跷板上。死亡已追踪到我的窗外，撒在刚刚扎上竹棚、开满了星星似的茑萝花上。

我永远也忘不了，每天愁苦病弱的母亲，黄昏时勉强起床迎回眉头深锁的爸爸，总有再庆团圆的安慰。

父亲一向积极乐观，然而此时他必须面对的不仅有国家的难关，还有必须独力设法把南京郊外中山中学师生送到汉口再往西南走的这个难题，有家眷的同事已先往西南去了。

3 从南京逃到汉口

十月中旬，在父亲安排下，先将女生和初中学生七百多人经江南铁路送往安庆，由老师及东北协会有家眷的人带领，到安庆再乘江轮去汉口。第二批三百多高中男生，在板桥等候下一班可以排到的车

第二章 血泪流离

船。南京只剩下由北平迁来全程参与建校的黄恒浩先生和新聘的校长王宇章。王校长原是黑龙江抗日地下工作的王氏五兄弟的二哥,入关后在中央军校任教官,现在临危受命,要将全校一千多名师生带往抗战后方,我家也和这第二批师生一起撤离南京。

行前一个月,父亲顾虑偏远地区的治安问题,向第六十七军军长吴克仁要了一百支步枪交给学校,且给学生军事训练,以备路上保护师生安全。

由家里到火车站的路上,几乎看不到行人,到了车站才知道人都涌到车站来了;成千上万,黑压压地穿了棉袍大衣的人,扶老携幼都往月台上挤,铺盖、箱笼满地,哭喊、叫嚷的声音将车站变成一个沸腾的大锅。

中山中学高中班学生背着枪,扎上绑腿,努力保护着两百多位师生上了教育部保留的车厢。我哥哥和表哥裴连举(我大舅的儿子,原也在中山念书)及十九岁的张大非,用棉被裹着我母亲把她抬上车,让她半坐半躺在一个角落,再把我和三个妹妹由车窗递进去。我的腰上拴了一个小布包,装着两个金戒指和一点钱,还有在汉口可以联络到的地址。

火车里,人贴人坐着、站着、蹲着,连一寸空隙都没有;车顶上也攀坐满了人,尽管站长声嘶力竭地叫他们下来,却没人肯下来。那时,每个人都想:只要能上了车离开南京就好。

这天近午,我父亲站在秋风已经寒冷的火车站外,二十天后将被日军屠城的鬼蜮街口,看着挤得爆满、连车顶上都攀满了难民的火车沉重地驶离站台,他的心也载满了忧愁。日机昼夜不停地沿着长江轰炸,五百多里的长路,这些系在他心上的生命能否安然躲过一劫?

车过第一个隧道,突然听到车顶上传来哭喊声:"有人给刷下去了!有人掉下去了!"车内的人却连"援手"都伸不出去。

火车似爬行般开着,听到飞机声就躲进邻近的隧道,到芜湖换船时天已全黑了。

为了躲避白天的轰炸，船晚上开，码头上也不敢开灯，只有跳板上点了几盏引路灯。我们终于走到码头，跌跌撞撞地上了船。蜂拥而上的人太多，推挤之中有人落水；船已装不进人了，跳板上却仍有人拥上。只听到一声巨响，跳板断裂，更多的人落水。

黑暗的江上，落水的人呼救、沉没的声音，已上了船的呼儿唤女的叫喊声，在那个惊险、恐惧的夜晚，混杂着白天火车顶上被刷下的人的哀叫，在我成长至年老的一生中常常回到我的心头。那些凄厉的哭喊声在许多无寐之夜震荡，成为我对国家民族，渐渐由文学的阅读扩及全人类悲悯的起点。

那时的长江运兵船是首都保卫战的命脉之一，从上游汉口最远只能到芜湖。上海已在十天前全面沦陷，最后的守军撤出后，日本军机集中火力轰炸长江的船只，南京下关码头外的江上航道几乎塞满了沉船。上游下来到芜湖的增援部队下船后，空船即装上中央机关的人员和重要文件（故宫的古物也在内），夜晚开船驶回汉口，清晨后若是晴天，即驶往江岸有树木的地方掩护慢行，船顶上布满了树枝伪装，我们搭的大约是最后一批运兵船。为了阻止日军的陆上攻势，十二月一日，我军炸毁芜湖铁桥和公路桥梁，后来的船只能到更上游的安庆。而南京到安庆的火车已不能开，几乎全成了轰炸的目标，所有的人，生死只有委之于命运。

芜湖上溯到汉口原是两天一夜的航程。我们在长江边上躲了两个白天，幸好初冬白日渐短，三个夜晚之后，在蒙蒙亮的曙色中，船靠了汉口码头。在船舱席地而坐的学生，再搭渡轮到武昌一所中学，暂住在他们的礼堂，与前一批同学会合。我们一家住到爸爸托人代订的旅舍等他，以免失去联系。

4　国破家亡

然而，我的家人却面临更大的生死挑战。

第二章 血泪流离

从南京火车站到芜湖军用码头,母亲虽有人背扶,却已受到大折腾,在船上即开始大量出血。船行第三天,所有带来的止血药都止不了血崩,全家人的内衣都继床褥用光之后垫在她身下。

船到汉口,她已昏迷。清晨,由码头抬到一家天主教医院时只剩一口气。同时抬到医院的,还有我那十八个月大的妹妹静媛。她尚未完全断奶,刚会走路十分可爱。在船上时,大人全力救助我母亲,静媛自己走来走去,有时有人喂她一些食物,船行第三天即吐泻不止,送到医院时住在一间小儿科病房。医生诊断是急性肠炎,她住在医院右端,由我姑妈镜纯带着我照看;妈妈住在左端加护病房,由我舅舅看着医生们尽一切力量稳住她已微弱的生命。我的三舅裴毓庆,原是一位小学校长,在平津失守后,出东北设法逃到南京和我们一起到大后方去。

第五天早上,我伏在妹妹床边睡了一下,突然被姑妈的哭声惊醒;那已经病成皮包骨的小身躯上,小小甜美的脸已全然雪白,妹妹死了。在我倦极入睡之前,她还曾睁开大眼睛说:"姐姐抱抱。"如今却已冰冷。

天主教修女护士过来抚下她的眼皮,对我说:"你的眼泪滴在她脸上,她上不了天堂。"姑妈叫我先到走廊上站一会儿再进去。我再进去时,他们已将那小小的身体包在一床白色的毯子里,把她抱出去。

那时天已经大亮,雨仍在下。陌生的城市,陌生的铁灰色的冬日天空。十三岁的我,似是爬行般,恐惧忧伤,来到左端我母亲的病房门口。

她已经认不出我了,在她床前围立几位医师和护士,刚刚为她输了血,却仍不苏醒。年长的医师示意我舅舅到门口说:"你们准备一下吧。我们会继续救,但希望不大。"

舅舅只得在学生陪伴下,在那全然陌生的城市找到棺材店,订了一个大的,买了一个小的,又去订做我十六岁的哥哥和我的孝服。回到医院,我母亲的心跳已弱。

舅舅奔回病床边,对着气若游丝的母亲喊叫:"毓贞,你醒醒

47

啊！你可不能死啊，你的孩子都这么小，你可不能死啊！"

多年之后，我母亲仍然记得那天早上，在我舅舅的呼喊中，她由一片漫天笼罩的灰色云雾里，听见了自己的名字。她似乎看见我哥哥和我，牵着、抱着三个幼小的身影站在雪地里，她奋力挣扎想拉住我们，就这样，跌跌撞撞地往前走……

我一个人站在母亲病房门口，听着舅舅呼唤母亲的名字，感到寒冷、孤单、惊恐。这时，我看到张大非从大门进来，跑着过来。我刚停的眼泪又倾泻而出，对他说："妹妹死了，我妈也要死了！"

他走进病房，在床前跪下，俯首祈祷。

当他走出来时，他对我说：

"我已经报名军校，改名叫大飞，十一点钟要去码头集合，临走一定要看看妈妈，你告诉哥哥，我能写信时会立刻写信给你们。"

接着，他拿出一个小包放在我手里说：

"你好好保存着吧，这是我要对你说的话。"然后他疾步走出了医院大门。

后来他在信中告诉我，他几乎是全程跑步，到了码头，赶上报到。一路上他止不住流泪，一年多以来从我的母亲处重温母爱温暖，今日一别，不知能不能再看到她？

他放在我手上的小包是一本和他自己那本一模一样的《圣经》，全新的皮面，页侧烫金。自那一天起，我在所有的车船颠簸中都带在身边，至今六十多年仍然清晰可读。

在扉页上，他写着：

邦媛妹妹：

    这是人类的生命，宇宙的灵魂，也更是我们基督徒灵粮的仓库，愿永生的上帝，永远地爱你，永远地与你同在，祝福你那可爱的前途光明，使你永远活在快乐的园里。阿门！

主内四哥张大飞
一九三七·十一·十八

在那一天之前，没有任何人用"可爱的前途"对我病弱磨难的生命有过如此的祝福。

5　南京大屠杀

十二月七日，父亲到了汉口，他与抗战最高统帅部最后撤离南京的数十人随蒋委员长先到宜昌，再乘军船到汉口。

这个家终于有了爸爸，他又黑又瘦，在南京的最后几天连饮食都难于供应。我有生以来第一次看到他那样的大男人流泪，他环顾满脸惶恐的大大小小孩子，泪流满面，那一条洁白手帕上都是灰黄的尘土，如今被眼泪湿得透透地。

他说："我们真是国破家亡了！"

在生死之间徘徊的母亲，因为能看见父亲活着回到家中，忧心有了安顿，活了下来。

爸爸每天一早就由汉口过江，到已移驻至武昌卫戍司令部的抗战最高统帅部看战报，参加抗战大局的调度。抗日战争已五个月，原曾夸口三个月内占领全中国的日军，面对的是一个苏醒的中国。

日本将轰炸京沪、芜湖、南昌的火力全部调来日夜轰炸武汉，原本人口稠密的市中心只剩下许多高楼的断垣残壁，夜晚，沿着江岸的火光彻夜不熄。敌机的数目多了，我们的空军迎战，打落许多太阳旗日机，人们在死亡的威胁下，仍站在残瓦中欢呼，空军成为最大的英雄。

十二月十三日的下午，传来街上报童喊着卖"号外"的声音。舅舅冲下楼买了一张：

>南京沦陷，日本军队由中华门开入我们的首都，开始放火抢劫，大屠杀。

第二天报纸头版写着，南京城陷，头两天之内，保卫战伤亡达五万人，妇孺老弱惨遭屠杀者十余万人，日军甚至有比赛屠杀之恶行。

同一版登载一则外电，科学家爱因斯坦、英国哲学家罗素、法国作家罗曼·罗兰和美国哲学家杜威，联名发表宣言吁请各国人民自动组织抵制日货，不与日本合作，以免助长日本侵略能力；同时当以全力援助中国，直至日军完全退出中国，放弃侵略暴行为止，声援的有各国民间团体及总工会等。但是无论在什么时代，国际正义的声音总是湮没在强权的炮火下。三个月后，希特勒挥军并吞奥地利。哲人学者眼睁睁看着自己的原乡欧洲沦入极权恐怖控制之下，对中国的同情能有什么效果？

芜湖失守后，我军为延阻日军溯长江而上的攻势，以轮船十八艘及大批帆船沉入马当江面，成为第二道封锁线，由九江集中实力保卫武汉。日军在南京的邪恶暴行促成了全国长期抗战的决心，西南各省全部通电投入抗日前线，十二月二十六日，共产党发表宣言：支持蒋委员长抗战到底的主张。

6　从汉口逃到湘乡

政府下令疏散武汉居民与难民，工厂、军政设备、学校，全部南移往贵州、四川去，重庆已正式成为首都，逃难的人必须尽快沿湘桂路往西南走。

父亲多方奔波设法，在湖南湘乡永丰镇找到一座祠堂——璜璧堂。地方人士答应他，祠堂里可以收容一千个学生。

从汉口到湘潭县的湘乡，又是五百多里路吧。学生、老师从汉口出发，有车搭车，无车走路，大约跋涉一个月才到永丰镇。

父亲找了一辆车，载着我母亲、另一位老师的母亲，还有一位太太，我和剩下的两个妹妹也往湖南去。半路上，赶上学校的队伍，我哥哥在队伍后面走，舅舅叫我哥哥上车，在司机座位旁边挤出个位子。

第二天到一个站上，父亲从后面赶来了，他问我哥哥为什么坐车。

舅舅说："车上有空位，你只有这么一个儿子，就让他坐车吧！"

父亲说："我们带出来的这些学生，很多都是独子，他们家里把独子交给我们，要保留一个种，为什么他们走路，我的独子就该坐车？"就令车子赶上队伍，叫我哥哥下去，跟着队伍走。

这迁移的队伍白天赶路，晚上停在一个站。一路上，我们住了无数宿点。学生都被安排住在各处学校的礼堂、教室或操场，当地驻军会分给一点稻草和米，大家都睡在稻草上，每餐还能有一些煮萝卜或白菜。

哥哥被赶下车跟队伍走后，我整天闹着也要跟着走："为什么哥哥可以走，我就不可以走？我为什么要坐车？"他们只好让我也跟着队伍走。

我走了不到一天，夜里在稻草上睡到半夜就发高烧，第二天一早被送回我母亲那儿，从此以后我也不敢再提。

农历年前，我们到了湘乡，发现光是一个湖南就有很多不同的方言，而湘乡跟湖南其他县市又不一样。

湘乡是齐白石的故乡，非常具有地方色彩。璜璧堂距湘乡又有几十里路，在永丰镇，是明朝一支皇族的祠堂。这祠堂大到居然能有近百间房舍，不但住得下学生，而且能够上课。我们家则跟家眷一起搬进另一处祠堂——扶稼堂。

这是逃出南京后第一次有个家的样子，这时我们才敢告诉妈妈静媛妹妹已死的真相——在汉口时，爸爸谎称已托韩伯母带着随第一批师生疏散到湖南去了。至此，也才告诉她裴连举表哥和张大飞从军的事。她知道后大为悲恸，病又复发，卧床许久才康复。

7 我的家在东北松花江上

在璜璧堂安顿后，惊魂甫定，不久农历年到了。除夕夜风雨交加，全校集合包饺子，这是中山创校后的传统，许久没吃过热饭的孩

51

子们，兴高采烈地吃了真正家乡味的年夜饭。

元宵节饭后，有一些人到祠堂外小河边的空地燃起几堆火，几百个人围坐在火边。

有人说，现在离家一天比一天远了，日本人占领半个中国，如今仍在追杀不已，哪一天才能回到家乡？一时之间，哭声弥漫河畔，一些较小的女生索性放声号啕。

在这样的哭声中，国文老师郝泠若带着大家唱那首传唱后世的《松花江上》（张寒晖词曲）：

> 我的家在东北松花江上，
> 那里有森林、煤矿，
> 还有那满山遍野的大豆、高粱。
> 我的家在东北松花江上，
> 那里有我的同胞，
> 还有那衰老的爹娘。
> 九一八！九一八！从那个悲惨的时候，
> 九一八！九一八！从那个悲惨的时候，
> 脱离了我的家乡，抛弃那无尽的宝藏。
> 流浪！流浪！整日价在关内，流浪！
> 哪年哪月，才能够回到我那可爱的故乡？
> 哪年哪月，才能够收回我那无尽的宝藏？
> 爹娘啊，爹娘啊！
> 什么时候才能欢聚在一堂？

此歌写出后，由当时在中山中学教音乐的马白水老师教唱。不久，这首歌从湖南唱到四川，伴着近千个自东北漂流到西南的流亡学生。八年后，同样一群学生又唱着这首歌由西南回到支离破碎的家乡。这时代悲剧下的流亡三部曲，通过一首歌在河岸哭声中唱出了游子的漂流之痛，唱遍了万里江山。初来台湾时，仍伴着无数哭声唱了将近十年。

8　周南女中

由于我才小学毕业，还得上学，而中山中学不收我，怕我动不动就发烧生病拖累他们。因此，父母把我一个人送到长沙的周南女中，念一年级。

周南女中在湖南是有历史的名校，在台湾还有校友会。

我记得班上的导师是黎世芬老师。我到台湾后近二十年，由台中搬回台北，常常在报纸上看到他的名字，当时是中国广播公司董事长。我去拜望他，他看到我还记得我。我功课虽好，但老是生病，动不动就晕倒，发高烧，送医院……由于学生一律住校，家长把孩子托付给学校，校方有照顾的责任。他用湖南话说："你这个娃儿，真是麻烦唷！"

在那短短的一学期，我书念得很好，凡事都很认真。日本人打进汉口时，我们学校参加长沙爱国大游行，全市像沸腾一般。我参加学校鼓乐队，老师问：

"你要做什么？"

我说："我要敲大鼓。"

因为那时候抗日的感受很强烈，一定要用大鼓才能表现出来。但我体重只有三十几公斤，瘦得像只猴，根本背不动大鼓，黎老师成全我，叫一个壮一点的同学背着鼓，我在旁边敲。所以游行时，我是打大鼓领队的，这也反映出学校对由北方逃难来的学生的宽容与同情。

来台湾后，我还留着一本当年的小小纪念册，里面有老师和同学们写的一些祝福的话。在现实的剧变之中，在育儿、烹煮三餐的空隙里，有时我仍会想起孱弱的十三岁和长沙游行时全市鼎沸的爱国心，以及自己在鼓声中的惶惑与愤怒。

我们到湘乡后两个月，哥哥收到张大飞由入伍训练基地写到学校的信——他们的年轻教官中有几位是黄埔八期到十二期的东北学生，知道中山中学到达湖南，落脚在湘乡永丰镇。

他信上第一句话就是问妈妈身体如何？（他不敢问："她仍活着吧？"）请我们务必回信，他在信内写了哥哥和我两人的名字，或许是怕哥哥不一定回他的信。

信中，他也说明从军的理由："我已经十九岁了，毕业时超过二十岁，到时不一定考得上公立大学。日本人把我们逼成这样，我也没有心情念书或等待一个没把握的未来。我家有三个哥哥和弟弟，我如今如愿考进了空军官校，可以真正报效国家，为我父亲复仇。"

他说入伍不久即考入空军官校，训练很苦，但每天吃得很饱："我自离开家，除了在南京你们家之外，很少吃这么好的伙食。"体力好，入伍训练也受得住。他问我有没有看《圣经》？可以先从《新约》看起。哥哥在学校很忙，他命我立刻回信。

我到了长沙上周南女中前，给他回信说清楚家中和妈妈的身体情况，告诉他赠我的《圣经》放在腰袋里，逃警报都带着，只是不懂为什么耶稣说人打你的左脸，你连右脸也让他打？

长沙在两次大火前夕，处境日益艰难，父母只好把我先接回湘乡，准备随时再往前逃。

我至今仍记得我们在永丰镇过的好日子。湖南有丰饶的物产、淳厚的民情和世代厚植的文风，湖南人因执著与自信常被人称为"湖南骡子"。那儿是个鱼米之乡，我今生走过很多地方，很少看到那样肥美的萝卜和白菜。在战火还没有烧到的时候，日子过得太平安宁，与世隔绝，真像沈从文《边城》里翠翠的美好故乡。

在《国立东北中山中学金禧纪念集》书中许多人也写到，湖南湘乡那近一年的学校生活虽仍在逃难中途，但山明水秀，丰衣足食，竟成为一段美丽的回忆。

9　从湘乡逃到桂林

一九三八年十月二十一日，日军由海路在大鹏湾登陆攻陷广州，全市陷于大火。十一月在长沙,我军误以为日军将至,竟下令放火烧城,做焦土抵抗。十二月二十一日,蒋委员长发表《武汉撤退告全国军民书》,誓言全国一心,转战西南,绝不投降。

此时,距日本军部在侵华开始时向天皇和人民狂言保证三个月内占领全中国已一年三个月。而中国的西南,比日本想象中的还要神秘,险峻的疆土,将数百万入侵的日军缠住八年,许多人成为异国亡魂,连归乡的路都找不到!

母亲带我们跟着中山中学,在父亲安排下离开被敌人钳形包围的湖南,乘湘桂铁路火车先到桂林,之后再经贵州到四川去。

到桂林后,以为可以稍作喘息,父母把我送到桂林女中读初一,读一天算一天;家人住在旅馆,我住校,大约读了秋季班一个多月。

那段时间,我有两件极难忘记的事。

白天,只要天晴就有日机轰炸,警报响起我们都往郊外奔跑。有几位高中学姐大约是学校安排的,总带着我跑到一处河边,那儿有许多柳树,我们躲在树下,飞机从头顶上飞过,我看到他们丢下一串串闪光的炸弹,城里的黑烟和火光随之而起。

有时,空战似乎就在我们头上开打,敌我双方互相开机关枪,当看到漆着红太阳的敌机尾巴冒烟往地下坠落时,大家在惊恐中仍会兴奋地鼓掌。有一次,一架敌机落得很近,许多人跑过去看,欢呼不已。

在等待解除警报时,我记得有一位学姐总爱细声唱:"我每天都到浣纱溪,……痴痴地计算,你的归期……"当时我虽已是少女年纪,却觉得在那样的天空下,听这么"颓靡"的歌很不舒服。

另一个深刻的印象是,每天晚上九点熄灯到第二天早上的漫漫长夜中,从宿舍走到厕所,必须经过一条很长的户外走廊;走廊立着庙廊似的柱子,有两三盏大油灯,在黑夜中被风吹得影影幢幢。我总等着有人起来才敢跟着走,那种恐怖的感觉至今记忆犹新。

熄灯后有人爱讲鬼故事，我只有紧紧蒙着头，那时对黄昏将至的恐惧和在西山疗养院一样。幸好不久家随着中山中学离开桂林往贵州走，我才得以解脱。

10 从桂林到怀远

不久，局势更加动荡，从京沪到武汉、湖南的难民全都涌向桂林，所有可供住宿之处全已爆满。

中山中学的师生，男生住在七星岩岩洞内，女生住进临时搭建的草棚。这期间，父亲先往四川找校舍，得地方政府协助，觅得四川中部自流井旁边的一座静宁寺，可以容纳学生住宿上课。

再踏上逃难之路，路却是越走越艰难了。羁留在桂林的师生组成三队，由桂林动身徒步往广西柳州走，再由柳州先往广西宜山县一个接洽好的小镇怀远，看清情势之后往重庆走。

在桂林，父亲得到当地司令部协助借了三辆军用卡车，装运学校的基本设备，母亲则带着家人搭客运长途车到柳州。

舅舅带我坐在行李车上，在堆到极限的行李箱笼之上，我们必须用绳子绑住身体，以免随时被颠下车去。我记得当时颇感"荣幸"，他们允许我坐行李车，而不是和小婴儿们坐客运车。自从在汉口的生离死别之后，我不得不长成大人。

在柳州住了几天，新驻防的装甲兵团长是黄埔八期东北毕业生，他们把我一家人和最后一批老师家眷（多数已先送至四川）送到怀远镇住下。

母亲每天到镇前公路等待中山中学徒步的队伍——我哥哥也随学校队伍步行。走了七百六十里、二十七天后，先行学生出现了。当我母亲看到董修民（父亲好友董其政的独子）挑着行李，破衣草鞋，走近叫她"齐大婶"时，她不禁放声哭了。

那数百个十多岁的孩子，土黄色的校服已多日未洗，自离开湘乡后没睡过床铺,蓬头垢面地由公路上迤逦走来,在其中,她已无法辨认自己的儿子……

在那个苦难的时代,受异族欺凌而在战火的延烧中逃命,竟有机缘看到中国山川的壮丽。从津浦路过黄河铁桥,从南京到芜湖,由芜湖溯长江到汉口,由汉口到长沙,到湘潭、湘乡,在永丰镇那世外桃源看到丰美的土地和文化。万分不舍地离开湘乡后,在那颠簸的湘桂路上看到真正的湘江,渡湘江到株洲、衡阳,往南走,过郴州(难怪我在南开中学时读到秦少游《踏莎行》"郴江幸自绕郴山,为谁流下潇湘去"词句后,至今每逢想起,仍是热泪盈眶)。我几乎可以说横跨了湖南的版图,近来读到毛泽东在一九二〇年曾主张湖南独立,在那个闭塞的年代也不是狂妄。从湖南到广西桂林之后,逃难的人潮在崎岖的山路上往贵州走去,处处是天险,连回首的来路都看不见了。

怀远是个美丽的地方,她和湘乡永丰镇一样,在我记忆中璀璨发光。

怀远有一条我那时认为世界上最清澈的河(宜江的支流),由镇口流过,那里有一座漂亮亭子,我每天都会去坐一阵子,读仅有的几本书,看小小的平底船渡河。

渡船带来的是外面生动的世界,中山中学在怀远住了近三个月,正式恢复上课,一九三九年农历年后还认真地举行期考。

11　九弯十八拐入川

接着,广西局势也紧张了,我家又随着学校沿川黔路入川,投奔抗战的首都重庆。

家眷搭军车,学生则是有车坐车,无车徒步走。从桂林到贵州,再由九弯十八拐的鸥姆坪往四川去,我真正看到了险山峻岭和人用卑微的双足攀越时的艰辛。

孙元良将军，黄埔一期毕业生，北伐、抗日时正规军军长，兵团司令，南征北讨半生。他在逝世前接受胡志伟的访问中，回忆抗战时的逃难情景，有大场面的描写和检讨：

> 我们（抗战初起时）实行焦土抗战，鼓励撤退疏散，然而对忠义的同胞没有作妥善的安置，对流离失所的难民没有稍加援手，任其乱跑乱窜，自生自灭，这也许是我们在大陆失却民心的开始吧！我从汉中长途行军回援贵州时，发觉满山遍野都是难民大军——铁路公路员工及其眷属，流亡学生与教师，工矿职工和家眷，近百万的军眷，溃散的散兵游勇及不愿作奴隶的热血青年，男女老幼汇成一股汹涌人流，随着沦陷区的扩大，愈裹愈多。他们对敌军并无杀伤力，对自己的军队却碍手碍脚。这股洪流的尾巴落在敌军的前面，其前锋却老是阻塞住国军的进路。道路上塞了各式各样的车辆——从手推车到汽车应有尽有，道路两旁的农田也挤满了人，践踏得寸草不留，成为一片泥泞。车辆不是抛了锚，就是被坏车堵住动弹不得。难民大军所到之处，食物马上一空，当地人民也惊慌地加入逃难行列。入夜天寒，人们烧火取暖，一堆堆野火中夹杂着老弱病人的痛苦呻吟与儿童啼饥号寒的悲声，沿途到处是倒毙的肿胀尸体，极目远望不见一幢完整的房屋，顿生人间何世之感，不由得堕入悲痛惊愕的心境，刚劲之气随之消沉，对军心士气的打击是不可低估的。[1]

自离开南京到四川自流井静宁寺，整整一年。颠沛流离有说不尽的苦难，但是不论什么时候，户内户外，能容下数十人之处，就是老师上课的地方。学校永远带着足够的各科教科书、仪器和基本设备随行。

我今天回想那些老师随时上课的样子，深深感到他们所代表的中

---

[1] 胡志伟，《抗日名将孙元良访问记》。台北，《传记文学》，第九十一卷第一期，二〇〇七年七月号，59—60页。

国知识分子的希望和信心。他们真正地相信"楚虽三户,亡秦必楚";除了各科课程,他们还传授献身与爱,尤其是自尊与自信。

中山中学到了四川之后,毕业生会考与升大学比例都在全国前十名(自到汉口后招收了江西、湖北、湖南、四川各地中学生数百人)。进入职场的以军政、文化界最多。

一九四五年抗战胜利,大部分学生回到隔绝十年的家,已不愿再踏上流亡之路;内战期间,决定留在千疮百孔的家乡,驱除"满洲国"余毒,重建民族信心和教育,但他们终身未忘在中山中学那一段患难中情逾骨肉的感情。

一九九〇年代,中山中学在沈阳复校,主要的力量即是来自当年流亡返乡的校友;包括吉林省省长、辽宁省书记、沈阳市长,当年,他们都曾在湘桂、川黔路的漫漫长行中含泪唱过:"我的家在东北松花江上……"

一九八四年,台湾中山校友会出版了一本《国立东北中山中学金禧纪念集》,由当时任警官学校校长的李兴唐、《传记文学》创办人刘绍唐、华航总经理张麟德及谢钟琏、陈明仁、靳士光、凌光武、龙士光、石声久、李光弼、赵淑敏等校友组成的编辑委员会编写集稿成书;全书近六十篇忆往文章,血泪斑斑,任何人读了都会感动。

其中,郑佩高《艰难岁月五十年》,详述颠沛流离十年事,开篇曰:

> 我国立东北中山中学之创立也,在苦难中诞生;其停办也,情景尤其令人心碎。数其岁月,自创校以迄今,恰恰五十年,此五十年中,何尝有一日能使吾人喜乐者?且突破艰难,尝尽苦涩,奔走呼号,弃个人之喜乐于不顾,以促使吾校诞生之诸乡贤,就笔者所知,大半已归道山,其所抱之伟大理想,就今日言之,仍未能完全实现。因知其在天之灵必有深恨!学校由北平南迁之前,平津中上学生集中军训不及一个月,日本提出我中央军退至黄河以南,停止一切仇日抗日活动,学生集训应立即停止等

等无理要求。第二日清晨升旗之后，总队长关麟徵将军（二十九军师长）步上升旗台，涕泪纵横宣布集训解散，并曰："我们的国家至此地步，尚成何国家，此仇此恨不报，能算作男子汉大丈夫否？能称为中华儿女炎黄子孙否？"一时群情激动，俱各痛哭失声，恨不得立即灭此朝食，虽粉身碎骨而无悔……解散后，地上热泪滴处，斑斑成行成列皆分明可见也。……东北沦陷，师生中被俘被杀者极众，至能逃来台湾者，率亦系百死一生，试一追念前尘，能无天地永在震撼之中之感乎？

文章最后，郑佩高注记：

> 九一八事变五十二周年纪念之夕完稿，执笔之际，犹仿佛日寇炮火凌空而过，北大营在火海中也！[1]

除此之外，每逢有人提到中山中学，我最鲜明的印象就是在那一条漫长的逃亡路上，我父亲看我们都算平安上路，就急急忙忙赶去下一站接洽驻军，给徒步走来的学生安排粮食与宿地的情形。

一站又一站，他总是与我生病的母亲与幼妹擦身而过。那时我已经"升级"坐在行李车上，随时注意不要被颠簸摔下车去，哥哥在步行的队伍中。我们有时会远远看到父亲在赶往下一站的军车上，他似乎没有注意到我们，那时在他的心中，那近千人的学生，都是他的孩子，都必须带到安全的、有希望的地方去。

---

[1] 郑佩高《艰难岁月五十年》。台北，中山校友社，《国立东北中山中学金禧纪念集》。

第三章 "中国不亡,有我!"
——南开中学

1 南开中学张伯苓校长

我从幼年离开小西山故乡后，经常活在病痛、转学和灾难之中。在南京虽曾有炉边幸福时日，但妹妹降生、父母欢颜，转眼都如昙花凋谢。我家随着流亡学生颠沛流离半个中国，从西南山路来到重庆，刚入市区，中山中学就有师生五人被日机炸死，战争与死亡的威胁如影随形。之后七年，轰炸宛如随着日升月落而至，不曾稍歇。但重庆是我们流亡的终点，中山中学走了五百里，在自流井大庙静宁寺安顿、复学，弦歌岂止未辍，流亡途中更收留一些新加入的湖南、广西、贵州学生和四川的本地生。

我父亲在重庆四德里租屋恢复东北协会（负责训练东北地下抗日工作，由政府资助，一九四六年东北光复后解散），但落脚不久，房子即被炸毁。父亲托人在沙坪坝镇外找到两所平房，一所住家，一所作协会办公用，后来《时与潮》编辑部亦设于此。

在离开南京整整一年间，我们奔跑了半个中国的土地之后，一九三八年十一月的一个早晨，爸爸带着我坐车由重庆上清寺出发，送我去上学。

我们沿着嘉陵江往上走，车行大约二十公里，过了小龙坎不久，在一片黄土坝子上，远远地出现一群红褐色大楼，在稀疏的树木中相当壮观——那就是沙坪坝的南开中学。在这里六年，我成长为一个健康的人，心智开展，奠立了一生积极向上的性格。

日本人占领东北后，以天津日租界为基地，积极地向华北伸展侵略的魔掌，数年间，天津的南开中学和大学通过游行呼喊自强，号召爱国抗日。校长张伯苓先生（一八七六～一九五一年）深知局势危急，战争只是早晚的问题，因此早在一九三六年即到四川觅地建立分校，由沙坪坝乡绅捐地，各界捐款盖校舍，第一年即招收了一百六十名学生。卢沟桥开战后，南开是第一所被日本人炸毁的学校，也是第一所在后方以长期抗战为信念重建的学校。一九三七年上海失守后，国民政府在十二月一日正式迁至战时首都重庆。南开中学在抗战最艰困的八年中，教育了数万青年，每个人几乎都是张伯苓精神的延伸。

张校长创业立世全靠坚强的爱国精神，他就是校歌里"巍巍我南开精神"的化身，在我成长的六年中，留给我非常温暖的印象。他长得很高，约有一百八十几公分，体形又大又壮，不胖，肩膀很宽，长年穿着长袍，戴一副有颜色的眼镜，我们几乎每天都可以看到高大壮硕的他挺胸阔步地在校园行走。不论前线战报如何令人沮丧，日机轰炸多么猛烈，在张校长的带领下，我们都坚信中国不会亡。

想想在一百二十年前，幼年的他随着浪迹各地私塾教学的父亲到义学辗转读书，生活是何等辛酸！因此，他从小知道教育的重要意义。

十三岁时，考取官费的北洋水师学堂，他听得懂启蒙思想家创校的理想；当年清廷维新派的严复、伍光建等人和一些自英国留学归国的年轻军官，引进西方思想与新知，希望建立强大的现代海军，为国雪耻。这种奋发图强的志气，影响了他一生。

张校长在北洋水师学堂的年纪正是我在南开中学的年纪，我在校六年，听他在周会讲过多次的故事也成为我终生的记忆。

一八九四年，他由水师学堂毕业时，正逢中日甲午之战，北洋海军几乎全军覆没，连一艘可供学生实习的船都没有了。一年后，勉强派到"通济轮"上见习，竟是目睹甲午战场威海卫由战胜国日本人手中移交给英国人占领的场面。他在自己国家的领海上眼睁睁地看着国帜三易，先下清旗再升日旗，隔一日改悬英国旗。

他在晚年回忆当时："悲愤填胸，深受刺激！念国家积弱至此，苟不自强，奚以图存？而自强之道端在教育。"（一九四四年《四十年南开学校之回顾》）他怒忆当年："士兵上身穿一坎肩，前面写一'兵'字，背后写'勇'字，衣服非大必小，不称体，面黄肌瘦，精神委靡，手持大刀，腰怀一枪（烟枪，抽鸦片用）慢吞吞地走出来，将黄龙旗（清朝）降下。旋英军整队出，步伐整齐，精神奕奕，相形之下，胜败可知。"

这样的羞耻使他深受刺激，更因为看到怠惰无知的一般民众，既无纪律和敬业精神也不知国难当头，故思索唯一能振作民心的只有教育——教现代知识，教爱国。他毅然决然离开海军，一心办教育，一九〇八年，由严氏家馆扩大到天津南开（捐得校地在天津西南城角，名南开洼）中学。建校之前，他曾两度前往日本参观各类学校，特别是私立学校，当时不满三十岁的他，满腔热血，誓为教育新中国的子弟献身。

更令人意外的是，一九一七年他已四十一岁，竟决心到美国哥伦比亚大学读书，研究西方教育理念。很多人劝他："你已功成名就，干吗去和那些洋孩子同堂读书！"甚至说："这个脸你丢得起，我们丢不起。"他还是去了，认真研究、见习，做了许多交流活动，实验主义思想大师杜威也是他的老师。回国后，他创设南开大学。

抗日战争之初，日本人恨他发起爱国活动，炸毁南开。当时蒋委员长公开宣称："南开为国牺牲，有中国就有南开。"将南开与北平的北大、清华合为西南联大，在昆明设校，成为抗战期间最好的大学。

抗日胜利后，一九四六年哥伦比亚大学授予张校长荣誉博士，一九四八年胡适和十一位美国学者合撰 There Is Another China 一书贺他七十岁之成就。此书由燕京大学校长司徒雷登汇编，哥大 Crown Press 出版，中译为《另有表现的中国》，意指借由南开精神看到在政治军事动乱不宁的年代，尚有另一个中国在日益进步，充满了高瞻远瞩的理想。

自一九〇四年只有七十五个学生到他一九五一年逝世为止，张校长一直用强烈的激情到处演讲，鼓励"中国不亡，有我！"的志气，宣扬教育救国的理想，他足足说了半个世纪！那五十年间，中国的灾难有种种的新面貌，外侮与内煎并存。抗日胜利，从重庆回到故乡天津，老病缠身的他仍在国共两党之间呼号和平合作建设中国。七十五岁那年去世，临终最大的安慰是看到南开中学和大学在天津原址复校。

张校长的身影永远留在学生心里。在沙坪坝那八年，他住在校内宿舍，每天早上拄杖出来散步巡视，看到路旁读书的学生就过来拍一拍肩、摸一摸头，问衣服够不够，吃得饱不饱。南开的学生都必须住校，在他想，这些孩子都是父母托给他的，必须好好照顾。他那时不知道，他奋斗的心血都没有白费，他说的话，我们散居世界各地的数万学生都深深记得，在各自的领域传他的薪火，永恒不灭。

2 忆恩师

南开教育最令我感谢的当然是学业，那六年奠定我一生进修的基础。除了原有的学业水准，南开中学吸引了许多由平津来到重庆的优秀师资，他们受张校长号召，住进沙坪坝校园的津南村，直到抗战胜利，八年间很少有人离开。

津南村是我所见过最早的眷村，那一排排水泥单栋小房，住着许多令南开人津津乐道的传奇人物。如：数十年来令我追忆难忘的国文科孟志荪老师，最让学生害怕的冷艳数学老师张亚丽。还有校务主任喻传鉴的两位女儿，从美国留学回来也在南开任教；"大喻"教英文，"小喻"教理科。

南开向来注重国际性，所以英文教材难度很高，这是传统。理化方面程度也很强，学生上了大学以后，念物理、化学如入无人之境。数学也教得扎实，我们大概是当时最早教微积分的中学。我那时的功课很不错，只有数学不好，尤其是几何，我搞不清楚为什么有些是虚线、有些是实线？我的观念里只有实线没有虚线。

化学科的郑老憨则是个奇人。全校似乎很少人用他的本名郑新亭称他，他未教女中部，但我们每次听男生学他用山东腔背化学公式，又说他在宿舍里喝点酒给男生讲《三国》，都羡慕得要死。此外，他还说了许多鼓励"男子汉"的壮语。

地理科的吴振芝老师教初中的中国史，提到台湾时叫我们记得"鸡蛋糕"（基隆、淡水、高雄），我们就在背后叫她"鸡蛋糕"。高中时，她教世界地理，常带一本本又大又厚的洋书，给我们看世界各地图片，开启我们的眼界。那一年夏初，她的未婚夫乘小汽轮在嘉陵江翻覆，噩耗传来，我们几个女生从她的单身宿舍门下塞进慰问信，上面写着："老师，我们和您一同哭……"从此以后无人称她外号。一九四八年初，我在台大文学院楼梯上遇见她去看沈刚伯院长，直到她从成功大学文学院院长退休，我们都保持联系，在她生命末程，我也去医院见她最后一面。

我记得有一位数学老师姓伉，是创校元老伉乃如的儿子。他教得很好，在我们女中部十分有名。他的名字我忘了，只记得大家叫他"伉老二"，长得很高，未婚，同学们都觉得他很英俊，我不觉得怎么样。抗战时期大家都穿棉袄、草鞋，他却独树一格，穿着白西装。

那时，他对我们班上一位女生颇有好感，她是南开的校花，就坐在我隔一个位置上。我们经常有小考，伉老师就在我们座位之间走动，往来巡查，有时低头看学生会不会写、有没有问题。每次，当他俯身到那位女同学位置去看的时候，全班同学都怪相百出，挤眉弄眼、推来推去。我们那时用毛笔写字，都有砚台，有一位同学非常生气，觉得他太讨厌了，怎么光是看她，就磨了一盘墨在砚台里，放在桌角上，让它突出桌沿一点，伉老师走过时就撞上了，墨汁淋到白西装，大约有半个身子。他用天津话生气地说："这叫嘛？这叫嘛？"意思是："这叫什么？这叫什么？"女孩子这样整男老师，有时候好可恶。

影响我最深的是国文老师孟志荪先生。南开中学的国文教科书，初一到高三，六年十二册是著名的，主编者就是孟老师。初中时选文由浅入深，白话文言并重，五四以来的作家佳作启发了我们的新文学创作。高中课本简直就是中国文学史的选文读本，从《诗经》到民国，讲述各时期文学发展，选文都是文学精华。

第三章 "中国不亡，有我！"

孟老师教我高二国文那一年，更开创了中学课程少见的选修课，有高二全校的诗选（男女合班）、高三的词选。那两年我已长大成人，除了必须应付别的课程，准备全国大专联合考试之外，日日夜夜背诵诗词。今日静静回首，中国文学史中重要佳作我多已在那两年背了下来。

除了课堂讲授，孟老师对我也像个父亲一样，把认为我能看的书都借给我看，有时候他还会说："今天我们家做炸酱面，你来吃吧。"那也是我记忆中好吃的东西。

南开的老师，以任何时代标准来看，都是注重性灵启发的有识之士；和中山中学许多被学生终身怀念的老师一样，他们都是在战火中由北方逃到四川，追随张校长的办学号召，同甘共苦的。

二〇〇四年，我们四十三班的五十周年纪念集里，受最多人追忆的是孟老师和郑老师（男生说当年有百分之四十的毕业生因为郑老憨而去投考化学和相关科系）。另有一篇傅国涌同学《呼唤人的教育》，写物理名师魏荣爵的故事：有一位孟老师国文课的得意弟子——四十一班的学长谢邦敏，毕业考物理科交了白卷，但在上面写了一首词述志，自思是毕不了业啦。魏老师评阅考卷也写了四句："卷虽白卷，词却好词，人各有志，给分六十。"谢学长考上西南联大法律系，后来在北京大学教书。校园里流传着不少这样的故事，不难理解为何南开的老师们这么令人怀念了。

南开的体育教育也是全国著名的，每天下午三点半，教室全部锁上，每个人必须到操场参加一种球队，除了下大雨，天天练球、比赛，无处逃避。

最初，我以为垒球（当年甚少棒球）比较温和，适合我瘦弱的身体，谁知跑垒却需最大速度，我在饱受嘲笑之后，发现自己事实上是可以跑很快的。我的好友程克咏，不高，但跑得极快，绰号"jeep car"。我经过锻炼，半年后由"靠边站"的后备球员升为班队一垒手，初三那年竟然还成为女中田径校队的短跑、跳高、跳远选手。有位老师称赞我跳高、跳远像没事似的,"飘"一下就过去了。

我父母对我的体育表现实在不能相信。那一天,母亲终于鼓起勇气去看我比赛,大约是一百米赛跑吧,她忧心忡忡,随时准备在我倒地时把我拎回家。至今六十多年,我仍记得跳远跃入沙坑前短发间呼啸的风,一个骨瘦如柴的十五岁女孩,首次觉得人生活着真好,有了生存的自信。

其实,体育课还有一个噩梦,就是踢踏舞。

有位高老师教了我好几年体育,她长得很挺,身材优美。踢踏舞是必修,学生们很规矩地跳,我老是跟不上舞步,她手里拿着小指挥棒,常常敲我脚踝,还说:"你的功课这么好,脚怎么这么笨?"后来她到台湾,我们同学还去看她,我没去,因为被她打太多次了。我真的不会跳,也不知道为什么我那么笨。我就是不会跳踢踏舞,她拿着小棍子是真的敲打,又很诚恳地说我笨,我也觉得很羞愧,一点也不怪她。

3 十八张床的闺房

整个中学时期,每星期六下午三点半,是我们切切盼望回家的时间——数十年来每到此日此时,我仍会期待有快乐的事发生。

南开中学因为建在郊区,所以规定全体学生住校,我家住在二里路外,也必须住校。那时,车辆交通几乎是不可能的,战时口号"一滴汽油一滴血",我未听闻任何人家里有私家汽车。

女生宿舍每一间有十八张木板床,三排各六张,中间只容一人行走,床下有个小木箱放衣服。早晚自修比照上课一样管理,星期六下午三点半可以回家,星期日六点前回校。

我住在宿舍六年,好似在庞大的家庭中长大,充满了团体纪律和个人兴趣冲突的记忆,最有趣的时间是清晨和夜晚熄灯以后。

战时,规模较大的机关、学校都以吹号定起居与上下课的时间,因为迁徙时买不起大钟,更梦不到电子钟。每天破晓六点,天还没有大亮,起床号吹得凄厉而且坚持。我们挣扎着从爬着臭虫的木板床上起来,尤其在冬天真是件辛苦的事。在操场上排成队的时候,山城的雾常常浓得看不清邻班的脸。早操之前,经常是女中部主任王文田训话。几乎每个人一辈子都忘不了她说我们:"心里长草,头上冒烟!"不知为什么,多年后重提此训,大家都会哈哈一阵,开心得不得了。

那些年,不但女生怕她,男生也极怕她,胆子小的直到毕业都未敢走进女中部大门。我至今仍有一段未解之谜,像她那样冷峻的女子(我们背后称她为狮身人面像),女中第一班毕业、留学德国的可怕人物,怎么会在四十多岁去嫁人(名学者李书华续弦)?多年后,我四十多岁去纽约看她,她开门,我刚说:"您还记得我吗?"她就流下泪来,说:"哎呀,我怎么不记得你们这班淘气包呢?"那些年,她在雾中一开口,大家立刻忘记昨夜的梦,她的声音像小钢炮,用天津话说我们"野得没有救了",怎么会用这么温暖的"淘气包"形象记忆我们呢?

更丰富有趣的宿舍生活是在有气无力的熄灯号之后。睡眠不一定随黑暗而至,没有大月亮的晚上,确知不会跑警报,就是那十八张木板床上的人谈心的唯一时间。十七八岁的女孩子,当然憧憬爱情,课内课外的书,字里行间都找得到爱情的暗示(那时很少"明示"),诗词歌赋全是伤春悲秋的情境。但是在那时的中学环境,不允许"谈"爱情,更没有人敢承认有钟情的人,若是敢承认恋爱,大约只有开除了吧。

宿舍生活最大的困扰是臭虫,南开中学校舍里臭虫闹得很厉害。我们回家时,行李都不准进屋子,得先放在院子里晒,再把被子拆去洗,若有臭虫就丢掉,有时连书里面也都是臭虫。张忠谋先生的自传也写到南开中学的臭虫,提到他们向校方抗议的情况。

为了对付臭虫,每隔几个礼拜,我们三四个女生就抬着自己的木床床板去男生宿舍旁的蒸汽室,熏床板上的臭虫,多少会把虫子熏掉一些。后来发现没用,因为臭虫已经多到进了地板、天花板,总不能把屋子拆去烫。晚上，宿舍在考试前会晚一两个钟头熄灯，我们挑灯夜战，就会看到那盏没灯罩、直接由电线接上的灯泡上，一串一串臭虫沿着电线爬下来的恐怖情景，就连地板上也有数不清的臭虫从脚旁爬过来。我们只能一面被虫子爬得痒抓个不停，一面睡，没有一个人不终生难忘的。

臭虫是无可奈何的，学校也解决不了，因为那时没有办法消毒。抗战时没有DDT，若有，就是神奇得不得了的东西。直到我们毕业离开，才脱离臭虫的威胁。至于蚊子、苍蝇，更不用提了。即使如此，南开已经算是很讲究的学校了，餐厅里还有纱罩。只是再怎么讲究，也挡不住困难环境里的卫生难题。回想我们的少年时期，没有一个人不是被臭虫咬大的，真是不容易。唉，那和日本飞机一样可恶的臭虫，也几乎是铺天盖地似地缠住了我们，是另一场噩梦，我若开始写它们，只怕停不了笔。那些年全靠年轻的血肉之躯抵抗。

4 李弥将军的战马

初一、初二两年，我的身体仍然瘦弱，还偶在冗长的晨间升旗训话时晕倒，成为同学的笑柄。天气太热或太冷时，站久了有人就说："看，齐邦媛快要倒了。"我也常常不争气真的倒了。

初二上学期快结束时，天气突然极冷，我们大多数人的脚跟和手指都长了冻疮。那天周会在操场大雾中站久了，我又摇摇欲坠，站在我左边的同学李心娥小声说："把手伸过来，我给你捏捏就好了。"她在我手腕上捏了几下，又在我左额捏了几下，很痛。但是我即能站稳，且呼吸顺畅了。回到教室，她从书桌内拿出一个小瓶子，倒了一些小粒子叫我吃下。我居然违反父亲教我不可随便吃药的告诫，吃了她的药，而且整日感觉很好。

李心娥在初二上学期开学两个月后插班进来。那时全国各省逃难的人都涌向重庆，南开中学因应战时需要，随时收合格学生插班，我

第三章 "中国不亡，有我！"

上初一也是在十一月参加小考即收的。

但是，为了维持教学水准，学校规定学期结束时若有三分之一课不及格即留级，二分之一不及格即退学，不管家长是谁都没有用。暑假后，全校成绩公开贴在行政中心"范孙楼"，红笔多的即是留级，这就是著名的、令人战栗的"红榜"。我还记得有一年看榜时，学生们挤得把楼板都踩塌了。

李心娥插班来的那天，导师带她到门口，大声说："这是新生李心娥。"她实在很矮，排在我左手座位，我那时也是又矮又瘦，坐第一排。她站在教室门口那表情，羞涩畏惧，不就是我到南开以前已经做了六次插班生，每次进陌生教室的表情吗？她既排在我邻座，升旗、早操也靠在旁边，我就事事带着她熟悉新环境，尤其是课程进度，明天要交什么作业等。她几乎什么话都不说，只是感谢地笑着、听着。直到新年前，某个星期六下午，在几乎走空了的宿舍，我看到她一个人坐在床边哭泣。

那天下课，轮到我做值日生，扫完教室回宿舍去取回家的小包，经过邻室，看到她孤单的身影，我恳切地拉着她和我一起回家。

父母亲自从在南京宁海路开始招待东北的黄埔学生之后，直到他们去世，将近半世纪都以素朴丰盛的北方饮食招待客人。到沙坪坝定居后，哥哥考上中大医学院，却一心想做外交官，重考入政大外交系。母亲鼓励他带周末无家可归的同学回家吃晚饭，她最受不了别的孩子没有家、吃不饱饭。

李心娥是我带回家的第一个客人，她和我一样瘦弱，更引起我母亲的关心。我们只知道她是云南人，爸爸是军人，调到重庆驻防，带她来上南开，妈妈没有来。从此，我几乎每周末都请她一起回家。母亲知道她被疟疾折磨所以长不高，对她更加关怀，为她增加营养，和我一样待遇。

一九三九年春天以后，日本飞机加强轰炸重庆，除了下大雨，天天来，连有月亮的晚上也一定来。民间赶修的防空洞只能挡爆炸碎片，若被直接击中则只有毁灭。重庆四周高山之上设立了许多防空监视哨，空袭时便在哨前长杆上挂起一只红色灯笼，并且响起一长一短的空袭警报，敌机侵入一定范围之内，再挂一只红色灯笼，接着响起紧急警报，急促的一长一短的警报响彻山城内外。那种尖锐凄厉的声音，惊心动魄，有大祸临头的死亡之音，尤其月夜由睡梦中惊醒立刻下床，扎上腰带穿鞋逃命，那样的惶惑和愤怒，延续数年的警报声，在我心上刻画了深深的伤口，终生未能痊愈。

南开没办法在平地上修防空洞，只能在空袭警报时立即疏散，每次周会就领学生念口诀："一声警报，二件衣裳，三人同行，四面张望……"

我们女中教室后面是一些小小的沙丘，像千百个狐穴，跑出去时就三人找一丘靠着。天晴时，可以看到两翼漆着红太阳的日本轰炸机，看它机翼一斜，肚子里落下一串串银色的尖锥形炸弹。有时，看到我们的驱逐机从反方向迎战，机关枪的声音在空中响起；有时则看到冒烟的飞机，火球似地向地面坠落。我们心中燃烧着对日本的痛恨，这样的心情，是我生长岁月中切实的体验，很难由心中抹灭。长长的八年，在自己的国土上流离，没有安全感，连蓝天上也是暴力，怎能忘怀？

这一年六月，政府下令七月以后各校学生及老弱妇孺都尽量往树木多的郊区疏散，减少伤亡。有一天，李心娥对我父母说，她父亲邀我们到他驻防地一处名叫黄桷桠的地方躲避一下，暑假后能上课再回来。我父亲问了她父亲大名及军区，知是云南军的一位师长——李弥将军。

暑假开始，母亲、我及两个妹妹过了长江，过江的时候，船夫嚷着："挂球了，快点划，赶快拢岸！"由江岸搭上军车，车行约三十里到一个群山环绕的小镇外的临时军营。李心娥的父亲戎装出来迎接我们，我真想不到瘦弱的她有这么漂亮威武的爸爸。他第三天就到另一区防地去了，直到八月底我们回沙坪坝才回来。

第三章 "中国不亡，有我！"

在黄桷桠军区，我又有另一个颇可自傲的经验。住下后第三天早上，李心娥带我去骑马。幼年时在东北家里，爷爷有马，村镇之间多数男人也骑马，但那是我不可企及的梦啊！这天清晨，勤务兵牵来两匹大马，我们两人都比马背还矮。马兵说每天早上都须蹓马，把我们这么小个的"女娃儿"放在马背上，马都"不晓得"！

李心娥很明显是会骑的，她一跃而上。而我，站在马旁——是师长的马，他们优待我，简直手足无措，想逃走。但见马兵微微一笑，一手托住我左脚放入踏蹬，扶我抬身到马背，再把右脚跨过去找到另一边踏蹬，坐稳在巨大的马鞍上，抓紧了缰绳。由慢步走（trot）到小跑，马兵一直用手牵着辔绳，数日后我居然也敢跑马了（gallop）。三十里外的重庆仍在日机恶毒的"疲劳轰炸"下，成日成夜不能解除警报。而我，住在军营里得了短暂的安全。每天早上在树丛土路上跑马，凉爽的风吹透了我少年的短发。

那种感觉是连梦中也无法想象的，马背上的李心娥，自信、沉稳，和在学校判若两人。她说在云南家乡，随爸爸移防，必须会骑马。而我，在那样的缘分下竟然骑过李弥将军的战马！她所说的滇缅边境的崇山峻岭、激流狭壁引起我无限想象，我那些年常常希望自己是个男孩，长大了也去从军，参加骑兵队，像二十九军的大刀队那种兵，从长城喜峰口到南天门，像我外祖母的蒙古祖先一样，跃马千里，绝不要蹲在沙丘旁，让那么小的日本倭寇到我头上来轰炸我。我们两个来自中国极北端和西南端的女孩，在敌人的轰炸下结成好友，那种真正患难与共的感觉，是太平岁月中长大的人无法想象的。尤其是夜间空袭时，跑了一半，在急促的紧急警报声中，靠月光找栖身的小沙丘，牵着拉着，互相喊着名字，坐下后听远远近近的炸弹，看三十里外城里的火光，两个十五岁女孩分担着不可解的恐惧。解除警报时多半已是凌晨两三点钟，解除警报是长长徐缓的长鸣，好似在长长地吁气，庆幸我们还活着。数百人因为彻夜未眠，跌跌撞撞地往宿舍走，很少人有兴致抬头看刚刚带来死亡威胁的天空。月亮已经落

73

下，星光灿烂，而我那时并不觉得星空美丽。

初三毕业，李心娥随她父亲回云南。战争已逼近西南各省，沿着云南边境新修的滇缅公路需要大量的防卫军力。她最后一次到我家，带了一个锦缎包的玉镯交给我母亲，请我母亲为她收着。说是她母亲的纪念，她已经"不在"了。我至今也不确定是怎样的"不在"，平日她很少提到云南的家庭生活。抗战结束，除了她初回云南写过一封信，我家离开重庆，就断了音讯。十年之后，我家又"逃难"到台湾已数年，在"反攻大陆"声中，报纸上大幅报道国军留在滇越边境的最后守将李弥将军奉命撤退来台，转战万里终能归队，受到英雄式的欢迎。他到"立法院"报告时，父亲约他相见，请他将玉镯还给李心娥，此时才知道心娥亦已嫁人，居住国外。李将军见到玉镯时十分意外，两人谈到当年在抗战中枢的重庆，信心与斗志何等旺盛，而今退守海隅竟是这般局面，感慨万千，只余叹息。

5　童子军日行一善的梦

我在初中三年最快乐的记忆是童子军训练。战时的少年比较勇敢，因为是真正的天真，爱国更绝不落后。

那年重庆被炸得最凶的一次大火后，我们选了一队童子军代表走路进城去共赴国难。走了大半程，只见士兵从未熄的火中抬出无数焦黑尸体由军队运出城，指挥者问带队老师："这些娃儿（四川话）来做什么？赶快带他们回去！"

我们站在路边拼命哭，一面唱："我们，我们是中华民族的少年兵，年纪虽小，志气高……"据说回校后，老师被记了大过。但是那一具具焦黑的尸体，绵延十里，是我半生的噩梦。

我至今仍记得有次到歌乐山麓去练旗语的情形。我认真地传递敌情，觉得自己有用得不得了。又因为童子军必须日行一善，每次经沙坪坝镇上回家的路上，总希望能帮助路旁需要救助的人。但那时的沙坪坝已有中央大学、重庆大学、南开中学等师生数万人,已是有名的文化镇,轮不到童子军去日行一善,颇令我们感到无用武之地。

初三开学不久,有外国贵宾来访,南开是首站,我和另一个同学被派去大门口站岗。那时我刚升为小队长,童军服(即制服)肩上钉了一卷绳子之类的标示,扎上鲜明的紫白二色南开领巾,手持童军棍,自以为是在做很重要的事。

那天,恰好张大飞由重庆去我家——他已开始驾驶驱逐机与日机作战,经过南开门口,到家后对我母亲说:"我刚才看到邦媛在校门口站岗,她的胳臂和童子军棍一样粗。"

我听了不以为意,所有的人都说我太瘦,我反而说胖的人俗气。那时的我,对外表美丑毫无自觉,剪个男发,从不照镜子,甚至对男女有别的种种也很不注意。我的堂姐保冈恰好相反,人长得漂亮,在中山中学读高二,据说是校花。暑假回家,整天照镜子,很看不上我的不修边幅,对我说:"你的童年怎么这么长?"

整个初中时期确实似童年的延长,但从小到处转学的我,从此进入稳定的成长期,在南开优良的读书风气中,得师长之春风化雨,打下了一生读书为人的基础。

那年开学前,妈妈在镇上给我订做了几件浅蓝的和阴丹士林布(洗一辈子也不褪色,到台湾后几乎没看到过)的制服长衫,因为我要上高中了,不能再穿童军服了。有一天早上我穿了一件浅蓝短袖的制服,从家门口小坡走上田埂,走那种长满了草的窄田埂需要灵活的平衡,两旁的稻田在大雨后积满了水,在一低头之际,我看到了稻田水里一个女孩的倒影,那是穿了长衫的我啊!我正伸着双手保持平衡,满脸的快乐与专注。头上的天那么高,那么蓝,变化不已的白云飞驰过去。十六岁的我,第一次在天地之间,照了那么大的镜子。

烽火烧得炽热,炸弹声伴着我们的读书声。不跑警报的时候,埋首用功;跑警报时,课本仍然带着,准备明天的考试。在这种环境长大的孩子,跟今天在幸福环境成长的孩子比起来,较具忧患意识,懂事得早，心灵却也衰老得快一些。在那么艰难的环境，我们每天吃得不好，穿得不好，晚上被臭虫咬，白天要跑警报，连有月亮的夜里也不放过。正因如此，剩下的一点时间就变得无比珍贵，老师说："不好好做人，就会被淘汰。"就像不好好躲起来就会被炸死那样地谨慎恐惧。每天早上升旗典礼，老师们总会说些鼓励的话，南开给我们的这种"敲打的教育"，深深影响我们。在战火延烧的岁月，师长们联手守护这一方学习的净土，坚毅、勤勉，把我们从稚气孩童拉拔成懂事少年，在恶劣的环境里端正地成长，就像张伯苓校长说的："你不戴校徽出去，也要让人看出你是南开的。"

6 炸弹下的文艺青年

一九四〇年暑假，我看榜知道已由初中直升高中，功课压力暂时解除了。漫长的夏日，我常常穿过中大校园往嘉陵江边找小岩石角落坐下看书，那地方似是孤悬江上，没有小径，下面就是相当清澄的江水。

我大量地看古典小说，《水浒传》看了两遍，《红楼梦》看到第六遍仍未厌倦，因为书中男男女女都很漂亮可爱，和战争、逃难是两个世界。《西游记》里的人都不好看，《三国演义》，我想大约只有爸爸才看得懂……

升上高中后，脱下童子军制服，换上了长旗袍；春夏浅蓝，秋冬则是阴丹士林布。心理上似乎也颇受影响，连走路都不一样，自知是个女子，十六岁了。从此，功课不只是功课（数学仍是），而是学问，自觉人间一切课题开始由浅入深，处处启发着我。

最感到幸福的是高二那年，吴振芝老师又轮到教我那一班的世界人文地理，那门课融合了世界历史的重要源流和变迁。吴老师似乎更侧重历史与现实发展，有时她在黑板上画世界地图，希腊、罗马、迦太基；讲述英国的伊丽莎白一世和西班牙无敌舰队、哥伦布航海路线、南北极的探测、印度和中东、非洲的落后与神秘……每一堂课都似瀛海传奇深深吸住我们的目光。课本内容原已相当丰富,老师还常常带些当时稀有的大本洋书和图片给我们传阅,她声调低沉但充满了 feelings（只是"感情"是不够的）,常似在检视偌大地球的沧桑。也许我们那班女生懂得,那二十三四岁的年轻老师刚刚经历了人间至痛,才有那样深沉的声音吧。在成长岁月中读了这样一门课,使我日后对阅读、旅行都有适当的期待,借着少年时代的知识基础和渴望,可以探索别人文化的深度,而不甘于浮光掠影式地盲目赶路。

也是在这幸福的一年,孟志荪老师教我班国文,我也选了他首次开创的"诗选",算一算,一星期有七堂他的课!

他那时大约已五十岁,在我们眼中,已经很老了。他长年穿深深浅浅的哔叽长衫,既不漂亮,也不潇洒（偶尔换黑或白色中山装）;他的声音带着相当干涩的天津腔,但当他开始讲课,立刻引人全神贯注。他的语言不是溪水,是江河,内容滔滔深广,又处处随所授文章诗词而激流奔放。五十年后,重庆南开同学纪念母校的书,写得最多的是国文课,几乎全写孟老师（三十多年前鹿桥在《忏情书》中也有怀念长文）,有一位男同学朱永福的题目即是《激情孟夫子》,详记我们国文教材之成功全由于孟老师主编的态度,讲课"生动精彩,充满激情,任何人听他的课都会被他吸引,感情随他的指引而回荡起伏,进入唐宋诗文的境界,下课铃响后,才如梦初醒,回到现实"。他又说,可惜孟老师抒发感情、嬉笑怒骂的瞬间激情,女生班都看不到。

虽如此,但那时我已长大成人,又逢国难,很能了解孟老师为什么说若没时间读全本《史记》,又想读最好的,就先读司马迁写倒霉不幸人物的传记,《项羽本纪》就比《刘邦本纪》高明得多。从南京到四川这一趟千百里的流亡经验,也让我深深明白为什么孟老师教杜甫诗时,竟声泪俱下,教室里弥漫一股幽愤悲伤,久久难消。

我浸润于孟老师的诗词课整整两年,如醉如痴地背诵、欣赏所有作品，至今仍清晰地留在心中。加上日后在武汉大学朱光潜老师英诗课上也背诵了百首以上的英诗，中英两种诗选中相异又相似的深意与境界，四年之间在我心中激荡，回响。在生命的清晨融合出我这样一个人，如覃子豪《金色面具》诗句：如此悲伤，如此愉悦，如此独特。[1]

7 《时与潮》杂志与辩论赛

高中时，我敢于主编学校的女中壁报并且动手用毛笔挥写一部分版面（我那清晰生硬的印刷体和后来教书写黑板的英文板书使我终身写不出潇洒的字），后来在辩论会上有凭有据地驳倒对方赢得胜利，主要是我有来自《时与潮》杂志社的最新资料，甚至有许多是英文原文、世界权威的著作。

《时与潮》是一九三八年由京沪撤退到汉口后，困坐愁城，几位东北知识青年请我父亲担任社长并筹钱办一本专门介绍国际现况的杂志，使人民知道外面世界的情势，出刊之后相当成功。一九三九年撤退到重庆不久，印刷厂所在的那条街被炸毁，父亲找到一部旧机器，搬到沙坪坝外成立印刷厂、编辑部，从此安定出刊。

战时重庆真可说是人文荟萃的中心，除了政府人员，大多数的知识分子、学生，用各种方式来到重庆，不仅为了不愿做侵略者的顺民，还要前来贡献自己的力量，参加长期抗战。

《时与潮》在汉口出刊不久即建立声誉，到重庆后增加编辑人手就顺利多了。最早的工作人员多是国内名校外文系的高才生，当时已有写作经验的刘圣斌、邓莲溪等先生由东北协会推荐而来（东北与华北沦陷以后，我父亲的工作由组织地下武装抗日转为文化与教育工作），加入阵容。到了沙坪坝，因地利之便，聘请中央大学教授贾午

---

[1] 覃子豪原诗句是："活得如此愉悦，如此苦恼，如此奇特。"

（立南）先生为总编辑，编译人员大多数由中大、重庆大学的教授兼任。四、五年后又公开招聘了许多译写好手，其中最年轻的编辑如吴奚真、何欣、汪彝定等。他们来台后在文学教育、经济方面都很有贡献，《时与潮》是他们大学毕业后的第一份工作。后来，汪先生被中美合作善后救济总署派来台湾，我一九四七年来台大，他常在周末借吉普车带何欣先生与我去台北近郊游访名胜。他们回忆在《时与潮》工作时的挑战、抗日生活的苦乐，以及战后国内外种种变迁，话题源源不绝，数十年后仍常聚谈，趣味无穷。

当年为争取第二次世界大战最新资料，《时与潮》派出刘圣斌先生驻伦敦，邓莲溪先生驻华盛顿，负责搜集、阅读每日报纸（与《泰晤士报》、《纽约时报》等都有中译版权）和最新杂志、书刊，将重要适用的剪报、论述篇章加上大事分析寄往印度，由驻印度特派员沈旭宇交航空班机飞越喜马拉雅山的"驼峰"——战时，英美援华军用与生活物资皆由印度转往重庆，张大飞飞行初期常被派往印度将美援飞机开回中国云南和四川，大约七天可到重庆。编辑部收到后，立刻日夜赶工中译，让《时与潮》的文章一直能保持半月刊的新知要求与时效性。

在那个时代，那样遥远的内陆山城，《时与潮》是很受欢迎的刊物，政府与民间都很重视，几乎每次出刊立即销售一空。许多人说那是水深火热的战线后面的一扇窗户，让我们看到外面的世界。美国参战前后，半月刊经常加印四五次，机器都热得烫手。《时与潮》选材之精准，译笔流畅，立论之高，在那时很少有刊物能与之竞争。

《时与潮》办公室离我家不远，大约五十米，中间隔着大片水田，从家里可以看到办公室的灯光。每期出刊前，父亲为了熬夜看稿干脆睡在办公室，只要是父亲在那儿，我母亲就会看那灯光，灯光没熄，母亲也不睡觉。对他们这一辈的人来讲，这表示感情吧！我记得那灯光总是到凌晨一两点才熄。

每星期六下午三点半我奔出校门，走过镇上唯一的大街，右首

一九三九年,《时与潮》杂志成立一周年。

一条小径引向那幢小小的白色房子,我总是先到编辑部看看爸爸有没有在里面。他周末两天由重庆城里回家,会先到社里看新到的资料和译稿,开会,定下一期篇目。我由沙坪坝经过时,一定会买一大包花生,到爸爸小小的社长室里,坐在他连夜看稿时睡的单人床上剥花生吃(他桌上有稿子,不许我们碰)。如果他不在,我就剥出一大把最好的花生,放在一个土烧小瓦钵里留给他。剥花生大约是他那时代四十岁的人,尤其是政界,绝不会主动做的。有一天,他告诉我以后再不可以坐在他床上吃东西了,因为前一晚有一只老鼠到床上咬了他的鼻子一口。

我上高中以后,编辑部叔叔们大约觉得我该有超过吃花生的知识,对于我由浅入深的问题也比较看得起了,常将他们不用或用过的有趣英文稿子借给我看,有风土异闻、文化趋势等。后来,我随杂志社到防空洞去躲警报时,总编辑贾午伯伯最喜欢说:"来来,

第三章 "中国不亡，有我！"

我来考考你。"他考我的那些章句，指引我读英文文章的重点，早已超出高中英文范围（南开的英文水准已比别校高）。如此日积月累，到大学联考时，英文科英翻中的题目是英军三十八师在缅甸深入丛林与我军会合的故事，对我而言是小场面，如果敢放肆的话，会当场大笑三声。

驻英特派员刘圣斌先生也教了我很多英国的事情和礼貌，他来台后做了"立法委员"，但不久就去世了。另一位驻美特派员邓莲溪先生，从大陆来台湾时坐太平轮，失事丧生。他太太先来，行李也都运来了。他死后，太太打开行李箱，箱里有很多书，她就叫我去选，因为他是外文系的，我拿了一些他的书。睹物思人，回想他们在那间编辑室里日夜赶稿的情景，不胜欷歔。

高二上学期，我被指定参加全校性的辩论社。开学不久，九月下旬即得代表高二出赛。

辩论的题目原是男女生的读书趋向之类，海报贴出后，有一天张校长散步看到了，说："都什么时候了，天天跑警报，还教孩子们辩论这'没有出息'的问题。"指导老师连忙把主题改为"美国会不会参战"。

这题目贴出去，在文化中心之一的沙坪坝引起了大家的注意；那么严肃、重大的问题，高中学生怎么敢去公开辩论？原选出的六个人（正反二方各三个人）也非常惶恐，都想退出。老师说，南开精神就是允公允能、勇敢接受挑战，不可以退出，叫大家加紧准备。

这实在是远超过我们能力的大问题，双方都动员了家长。反方：辩论美国不会参战，有一位同学的父亲是战时一家大报的主笔；我站在正方：美国会参战，有专门分析国际局势的《时与潮》作资料库。其实双方都有资料的后援，这已是同学间公开的秘密。我父亲觉得这题目对一群"毛孩子"来说太大了，只笑着对我说："输了不要哭就好。"编辑部的叔叔们意见甚多，教我由原文资料中归纳为清楚的九项，分给同组三人掌握。整整一个月，我们三人储备了丰富的内容，而且必须保密，老师说，这才能出奇制胜。辩论会的情景仍历历在目，至今仍记得上礼堂讲台时的紧张和后半场答辩时的冷静自信。我一生读书记忆力甚好，能将纸上资料适时用上。当时侃侃而辩，苦战之后我们是赢方。我有生以来首次知道自己可以不做哭娃娃，也第一次明白，胜利的代价不全是快乐。

赢了辩论后的周末，我由女中的"受彤楼"经行政中心"范孙楼"出大门回家。对面的高中男生教室窗口照例站满了"看"女生的人，他们看到我走来，大声地用卢前《本事》的歌词改唱："记得当时年纪小，你要参战，我不要……"然后喊："快步走！一、二，一、二……"我几乎半跑步奔出校门。以后每次经过都疾行而过，因为他们又在喊："飞毛腿！加油！"

三个月后，十二月八日，日本海军在凌晨一点突袭夏威夷的珍珠港，美国对日宣战，西方同盟国家全体对日宣战，全球局势立刻明朗化，中国不再孤独。已独力抗战五年，困顿不堪的重庆立刻成为亚洲最大盟国中心，一切有了希望，我那中学生的"论点"全都正确，年轻的心确曾沾沾自喜了许久。

有一天在饭桌上，爸爸静静地对我说："你赢了辩论会可真不容易，可见读书已知道重点。但是最重要的不是能说什么，而是能想什么。"父亲一生常在我颇为自满的时刻说："可真不容易啊，但是……"引领我进入深一层思索，虽然当时有悻悻然之感，但我一生处逆境时，多能在不服气之后，静静检讨，实得之于父亲的这种开导。

《时与潮》的业绩蒸蒸日上，除了政论半月刊，后来又增加《时与潮副刊》（月刊，介绍生活、医药、社会等各方面新知）以及《文艺双月刊》，创刊后销路也很好。同时，又获美国驻华大使出面将《读者文摘》（Reader's Digest）中文版授权给《时与潮》出版，当然也广受欢迎。

另外，编辑部以特约和兼任方式聘请文学界、学术界著名作者中译许多英、美、法文著作，如：以分析现势及历史为主的《法国的悲剧》、《巴黎地下二妇女》、《罗斯福传》、《拉丁美洲内幕》、《世界大战中的印度》等数十种专书，风行一时。纯文学作品中，最畅销的是《高于一切》(This Above All)，描写英国一位护士和军人的战争生死恋，故事动人，畅销到几乎人手一册。这本书还在翻译时，我已先睹为快。我经常去编辑部凑热闹，当他们休息时，会把原文书借我看，由于只有一本，还是从印度经"驼峰"运来的，万分珍贵，我像秃鹰一样趁他们工作的空隙抢读，有几个晚上我把书带回家，第二天清早赶快去还，因为人家要工作。

除了出版，父亲于一九四一年初春在沙坪坝大街上最好地点租屋设立"时与潮书店"，宽敞明亮。除了陈列自己出版的书刊，也齐备古典作品及战时能搜集到的各种书刊。因为不以营利为目的，所以欢迎学生翻阅，有的书甚至翻破再补。战时，许多学生无钱买书，坦然地去"时与潮书店"一本本翻阅，吸收知识。有些人说，那真是一座最"跟得上时势"的图书馆；也有人（如赵淑敏）回忆，说那是她的启蒙学校。

每周我由南开回家的路上必去"时与潮书店"还书，回校时再去借取新书。只要是能读的书，我很少遗漏。国共合作那几年，有不少俄文中译作品，除了屠格涅夫和托尔斯泰令我敬读膜拜之外，记忆深刻的还有高尔基的《母亲》，另一本《露西亚之恋》，只记得书名很吸引我，内容、作者则忘了。当时左倾文坛捧得最厉害的一本书《钢铁是怎样炼成的》，奥斯特洛夫斯基（Nikolai A. Ostrovsky）著，是一九一七年俄国革命一个工人的自述，那种强烈鲜明的政治意识是当时的我读不懂的。

有"时与潮书店"这样又大又新的书库，我读遍西方名著的中译本。当年敢译书出版的，多数是中文根底深厚又研究西方文学的文学界、教育界人士。在电视出现前的岁月，出版界没有生存的威胁，彼此竞争亦不大，出书是唯一能出头露面的方式，可以建立真正的社会地位。出版界的编辑者都有相当高的眼界与权威，不屑仅以销路为考量。但是那时的白话文比较拘谨，不似今日的轻松流畅。

战时因为纸张品质不好、印刷困难，有一些真正令我感动的书，多翻几次就出现磨痕。高中毕业后等联考放榜那段时间，我买了当年最好的嘉乐纸笔记，恭谨地抄了一本纪德（André Gide，1869—1951）《田园交响曲》和何其芳、卞之琳、李广田的诗合集《汉园集》，至今珍存，字迹因墨水不好已渐模糊。简媜办的大雁出版社在一九八九年春季出版了仿古典线装本的何其芳《画梦录》，我也是以重逢老友之心珍藏的。

在我成长的关键岁月里，《时与潮》带给我的影响极为深远：既奠定我一生追求知识的基础，也打开眼界，学习从宏观角度看事情。这是我最感谢我父亲的地方，虽然我是女儿身，但他对我的教育非常认真。

8　大轰炸

生命充满反讽，今日思之，确实有许多令人啼笑皆非之时。

我开始谈文论艺是在晴天和月夜逃警报的时候。初中时期思想单纯，常在疏散四郊时讲一讲课本上的难题和同学间的小喜小悲，虽然害怕，有时觉得不上课（尤其早上的数学课）出去跑跑也很有趣。但是，跑掉的课都会在昏昏欲睡的晚自习时补上。

高一那年轰炸得最厉害，伤亡惨重。《时与潮》社在政府号召下，也在山坡下修了一个较坚固的防空洞，里面置一张小书桌和许多木凳，可以容纳二十人左右，装了电灯，备有水与干粮，让编辑部可以一面躲警报一面赶稿子。父母亲也叫我空袭时立刻由小径穿过稻田回去躲警报，学校亦鼓励高中的带初中三五人到安全地方躲避。我常带爸爸好友洪兰友伯伯的女儿洪婵和洪娟回去，解除警报后顺便回家吃一顿饱饭再回学校。防空洞外，死亡的威胁不曾停歇，但在活着的分分秒秒里，听大人们谈论时局、分析时事，对我都是宝贵的启发。那时，轰炸的声音在耳内回响，但防空洞内所读书籍的内容也在心里激荡。回校路上，常是我讲述书中故事的时候，这大概是那个年代舒抚恐惧的唯一方式吧。

我有幸（或不幸）生在革命者家庭，童年起耳闻、目见、身历种种历史上悲壮场景，许多画面烙印心中，后半世所有的平静及幸福岁月的经验，都无法将它们自心中抹去；这当中，最深刻、持久的是自十三岁到二十岁，在我全部成长的岁月里，日本人的穷追猛炸。每一天太阳照样升起，但阳光下，存活是多么奢侈的事。

回忆六十年前种种暗夜恐惧的情景，至今仍历历在目。重读抗战历史，即使是最简单、一目数行的《民国大事日志》（一九八九年，台北，《传记文学》），翻到一九四〇年八月，除国际要闻、前线战报外，记载着：

九日：日机六十三架空袭重庆。

十一日：日机九十架空袭重庆，被我击落五架。

十九日：日机一百九十余架狂炸重庆市区。

二十日：日机一百七十架又狂炸重庆，市区大火，民众损失惨重。

二十三日：日机八十余架空袭重庆。

九月十三日：日机四十四架袭重庆，被我击落六架。

九月十八日：东北沦陷九周年，李杜报告，东北义勇军上半年作战共三千二百余次，平均每日对日寇出击二十次。

十月七日：昆明激烈空战。

十二月二十九日：美总统罗斯福发表"炉边谈话"，宣示中、美、英三国的命运有密切关系，美国决心负起民主国家兵工厂之职务，美国将以大批军需援助中国。

在他著名的"炉边谈话"中，罗斯福说，今日世上已无处可寻世外桃源的香格里拉——这是一九三三年英国作家詹姆斯·希尔顿（James Hilton，1900—1954）所著《失去的地平线》（*Lost Horizon*）

地名，举世闻名至今。

一九四一年六月五日，日寇飞机夜袭重庆市，校场口大隧道发生窒息惨案，市民死伤约三万余人。报道指出，日机投弹炸大隧道各面出口，阻断逃生之路，救难人员在大火中打通两三个出口，隧道内市民多已在窒息之前自己撕裂衣服，前胸皮肉均裂，脸上刻满挣扎痛苦，生还者甚少。这一页页血迹斑斑的记载，可见日本人之狠毒，这样的残忍，促使战时抗日的更大团结。这段历史上不容漏载的国仇，我至今仍感愤怒悲伤。

一九四一年八月七日，日机开始对重庆进行日夜不停的"疲劳轰炸"，几乎每日一百多架分炸四川各地，有些小城半毁，其目的在摧毁中国人的抗战心防。至十三日，一周之间，日以继夜，无六小时之间隔。重庆市内饮水与灯光皆断，人民断炊，无家可眠，但在这种凌虐下，抗战意志却更为坚强。此日，八十六架又来狂袭，在蒋委员长驻扎的曾家岩三度投弹皆未命中。同月三十日，袭黄山军事会议会场，死伤卫士数人，国民政府大礼堂被炸毁。

整个八月，在与南京、汉口并称为三大火炉的重庆，仲夏烈日如焚，围绕着重庆市民的又是炸弹与救不完的燃烧弹大火，重庆城内没有一条完整的街，市民如活在炼狱，饱尝煎熬。

有一日，日机炸沙坪坝，要摧毁文化中心精神堡垒；我家屋顶被震落一半，邻家农夫被炸死，他的母亲坐在田坎上哭了三天三夜。我与洪婵、洪娟勇敢地回到未塌的饭厅，看到木制的饭盆中白饭尚温，她们竟然吃了一碗才回学校。当天晚上，下起滂沱大雨，我们全家半坐半躺，挤在尚有一半屋顶的屋内。那阵子妈妈又在生病，必须躺在自己床上，全床铺了一块大油布遮雨，爸爸坐在床头，一手撑着一把大油伞遮着他和妈妈的头，就这样等着天亮……

那就是我最早的青春岁月的场景。死亡可以日夜由天而降，但幸存者的生命力却愈磨愈强，即使只有十七八岁，也磨出强烈的不服输精神，也要发出怒吼。

9　千人大合唱

一九四一年的寒假在大轰炸中度过。开学后,南开合唱团每天抽一小时勤练由李抱忱老师指挥的"千人大合唱"歌曲。三月十二日先在大礼堂唱,后又加一场在重庆市中心被炸毁的废墟上搭棚架(后为精神堡垒广场),全城二十多个合唱团齐聚,同声唱爱国歌曲,希望让全城困顿的同胞听到,让全世界的人听到,让地下的亡魂也听到。我们唱着:

中国一定强!中国一定强!
你看那八百壮士,孤军奋守东战场……

起来,不愿做奴隶的人们,把我们的血肉,筑成我们新的长城,中华民族到了最危险的时候,每个人被迫着发出最后的吼声。[1]

那一夜,歌声震撼云霄,所有人热血沸腾,眼泪没有干过,高声唱出积压在内心深处国仇家恨的悲愤。李老师多年后回忆当时情况:"我上台指挥时,看见团员后面是日机轰炸后燃烧倒塌的楼房,听见一千人雄壮的大汉天声。"那股歌声的力量,是太平时代的人无法想象的。

当晚由"千人大合唱"会场出来,有几辆军用大卡车送我们回沙坪坝。在一个转弯,卡车后面门板被挤松脱落了,我们全都掉落地上,因为跌成一堆,似乎没人受伤,只听到一阵喊叫,大家赶快爬起来去追车子。掉下时被压在最下面的一位男生姓胡,是南开著名的钢琴天才,曾开过校内演奏会。我居然赶紧去拉他起来,急切地问:"你的手伤了没有?"这些年中,我偶尔会想起他,连他的名字都记不得了,不知他后来有没有成为钢琴家?

---

[1]《义勇军进行曲》,田汉作词,全民抗日的歌。中华人民共和国将其作为国歌,来台湾后无人敢再唱。

那晚，我们在残破的公路上一面追卡车一面笑，沿路流过的嘉陵江在月亮初升之时美如仙境，战火死亡阴影下的青春有了片刻喘息，那短暂的欢乐令人永生难忘。

南开校风除了读书风气盛，才艺、社团活动也很多，校内常有各种音乐会、合唱团。个人音乐会中，最著名的是女中音曾宪恩，她唱的《花非花》、《我住长江头》等直扣内心，有人称她为"天使之音"，令我们如醉如痴。五十多年后我参加一九四三级同学会，知道她一直在杭州音专教声乐。另一位难忘的是男高音朱世楷，他因为唱《茶花女》中的《饮酒歌》而风靡全校，许多人迷他迷得快发疯了，每次他唱《都纳故乡》就成为更多女生的梦中情人。四十年后我在南开旅台校友会遇到他，仍有些歌迷情结，白头宫女话当年，说我们女生曾多么为他着迷。他回到美国寄了一张手抄的《都纳故乡》歌词给我，大叹前尘如梦。他深受高血压之苦，不到七十岁就去世了。

南开的另一特色是话剧社，张校长创校后不久即成立，原意是演爱国剧激发爱国心，艺术文化是救国的方式之一。最早，张校长曾自编自导，一九二〇年代周恩来在校读书时曾参加布景工作并饰演女角（男女不同台）。我在校时话剧社倒也不只演出爱国剧，有一年毕业公演王尔德《少奶奶的扇子》，主角鲁巧珍高我一班，平日穿着制服，清丽飘逸，在戏里却举手投足尽是成熟风韵，令大家惊叹。

南开的话剧社公演、音乐会和各种球赛常是沙坪坝盛事，很得中央大学、重庆大学等校支持，坝上有一些共同的"明星"，走在那条唯一的街上很吸引人注意。有一年，南开篮球队和同样常出国手的东北中山中学篮球队有一场轰动的比赛，中山险胜。我幸好已毕业，否则不知该为哪一队加油效忠才对。

10　永别母校

高中三年，除了学业，另一项耕耘与收获是友情。人长大了，志愿渐渐成为友情的要项，从初一升到高三都在同甘共苦的人只剩三十多位，其他人大半在高二时上了理组，我和十来个人分到文组。

一般说来，文组的人是理科不行但文科也未必更好。我的国英文分数高，一直被选作壁报主编，又得过几次征文比赛名次，在不分组的宿舍里，熄灯后讲书里的故事或电影颇受欢迎，保住了几位理组的旧友。

我大约一两个月进城看一次电影，如《茶花女》、《月宫宝盒》、《出水芙蓉》、《晨之翼》、《天长地久》等。有一次谈论《茶花女》中演嘉宝（Greta Garbo）情人的罗伯特·泰勒，我说他只是个小白脸而已，引起他的众多影迷愤怒，问我："那你认为谁最漂亮？"我说亨利·方达，日后她们称他为"你的小黑脸"。想不到来台湾后看到他在《金池塘》中演老人，颇为伤心。因为他的缘故，我也一直很欣赏他那有头脑的女儿简·芳达。

有一次讲《天长地久》的故事，竟惹得她们一片欷歔。五十多年后，我去北京与她们重聚，尚有人提起当时情景。半世纪中多少世间悲欢挨过了，她们竟然还记得中学时的那种爱情向往。

在那段真正是联床夜话的岁月里，我和余瑜之常常上下句接续地背诵孟老师诗词课上的句子，有时我会加上何其芳《花环》诗中名句："开落在幽谷里的花最香，无人记忆的朝露最有光。我说你是幸福的，小铃铃，没有照过影子的小溪最清亮。"有时也吟诵卞之琳《断章》："你站在桥上看风景，看风景人在楼上看你。明月装饰了你的窗子，你装饰了别人的梦。"等。自从知道何其芳是北大哲学系毕业、卞之琳是北大外文系毕业后，他们的诗句就更令我着迷了。

今日想来，令我们这几个十七八岁中学生惊喜得如天外纶音的诗句，如写少女眼泪的"流着没有名字的悲伤"，很可能是受了丁尼荪（Alfred Tennyson, 1809—1892）的名诗《眼泪，无由的眼泪》（*Tears, Idle Tears*）中首句的影响——"眼泪，无由的眼泪，我不知道它们意谓着什么。"（Tears, idle tears, I know not what they mean.）的启发。

中国诗词里当然也有如此意境，但新诗文字的表现清新脱俗，在那艰困闭塞的时代，对我们来说如同天籁。

上了高三，除了加紧准备联考，同学间也渐渐弥漫着毕业的离情。对于南开，我有说不尽又数不清的怀念，尤其是对同学和老师，因为住校，大家都有感情，想到要离开学校，我不知哭了多少天。

快毕业时，老师指定我写一首级歌。我写道："梅林朝曦，西池暮霭，……而今一九四三春风远，别母校何日重归来……"都是那时一个高中女生倾心读了两年古典诗词后，所能作出的幼稚多情的歌。我们的音乐老师为它配上曲谱，优雅动听，在女中部立刻传唱，颇受喜爱，她们把我当成一个小英雄似的。谁知男中部的老师人多，他们选了一位男生写的"数载弦歌辍诵声，纷飞劳燕漫飘零……破浪乘风勉自今"。后来在毕业典礼上唱级歌时，很多女生不愿意唱，我的几位死党竟然也哭起来。只有我们自己知道当时的心情半是惜别半是气恼。我自己半世执教，当然明白那时代的级歌必须沉稳，因为由南开毕业是件很庄重的事啊！想不到在毕业五十年的《四三通讯》刊物里，仍有一位王世泽学长记得这事，写了一篇《关于级歌》的追忆。

夏初毕业后，大多数人都留在学校作联考前最后准备，学校并没有任何补习，老师都已放暑假了。我们住在宿舍里，各种规矩照旧，起床号、熄灯已不再令人痛苦。战争打到第六年，只剩下贵州、四川、西康、青海、新疆和云南仍未落入敌手，每天的战报都是在失陷、克敌的拉锯状态胶着。我们除了考上大学外，别无盼望，渺小的中学女生梦中都没有"乘风破浪"的场景，晚上熄灯后躺在木板床上说不完离情依依，只是没有鼓舞前途的话。

有一夜，我由梦中惊醒，突然睡不着，就到宿舍靠走廊的窗口站着，忽然听见不远处音乐教室传来练唱的歌声："月儿高挂在天上，光明照耀四方……在这个静静的深夜里，记起了我的故乡……"那气氛非常悲伤，我听了一直哭。半世纪过去了，那歌声带来的悲凉、家国之痛、个人前途之茫然，在我年轻的心上烙下永不磨灭的刻痕。我日后读书、进修、教书、写评论文章时都不免隐现那月夜歌声的感伤。

11 大学联考

高三时，我决心考大学只填三个志愿：第一志愿是西南联大哲学系，第二志愿武汉大学哲学系，第三志愿西南联大外文系。中央大学因在沙坪坝我家门口所以不填，我希望上大学可以远行独立。据说男中部有人只填一个志愿，当年的南开精神颇为过度自信，但似乎也很少失败。我之所以选择哲学系，乃是幼稚地想向父亲挑战：你到德国读哲学，我至少也可以远赴云南昆明去读哲学，探索人生深奥的意义。下定决心后，从此全心准备读哲学系，连我最敬佩的孟志荪老师劝我读中文系，我都不听，还力陈浅见哩。

我记得我们准备联考，也和现在的考生一样辛苦。南开中学里有很多学生更辛苦，因为战时他们的家不在四川、重庆，只能以校为家，所以学校的自修室每天开放到晚上九点，愿意的学生可以留校读书，直到联考结束。不过不许点灯，因为怕火灾，虽如此大家还是喜欢去学校读书。我家就在沙坪坝，但我也到学校念书。当年联考也是七月，重庆是三大"火炉"之一，夏天极酷热，我记得铁椅椅背都晒得烫人，可是我们还是坐在那椅子上拼命读，有时坐着还想打瞌睡。

靠着英文和国文遮补了奇惨的数学分数（只有四十八分），我考上第二志愿国立武汉大学哲学系。但第三志愿西南联大外文系竟在放榜后不久，来信通知南开说我的英文分数高，欢迎我前往就读，但是我当时一知半解，执意"追求真理，思考人生"，决心读哲学系。谁知一年后在武大受朱光潜老师劝告，仍转入外文系，一生命运似已天定。终我一生，人生、真理似乎都非我思考能解。

关于南开，使她扬名于世的是校友。南开著名的校友，自第一届的梅贻琦（一九〇八年）和喻传鉴（负责校务数十年）以及后期的周恩来、吴大猷、曹禺（万家宝）、吴纳孙（鹿桥）等，名单可以达"一里路长"。一九四九年国府迁台时，南开出身的有大使十多人，部长四五人。近年在自传中叙述南开中学影响的有张忠谋和中华人民共和国总理温家宝。南开大学与西南联大的校友更多，但这已在我成长教育回忆的"感情范围"之外。

我认为在南开中学已满百年的历史中，家长名单似乎更为精彩，几乎可以自成一本近代史。最早的梁启超、袁世凯、黎元洪、段祺瑞、胡适、张学良、张自忠、翁文灏、汪精卫等。抗战时，在重庆南开我与马寅初的小女儿马仰峰同班三年，抗战时期的名将（大约都在四五十岁年纪）泰半都有儿女送来，因为住校，免去他们的后顾之忧。同学间似乎没有人注意到别人的家世，因为大家都差不多。我至今记得当时与华北名将傅作义的女儿傅冬菊（比我高一班）在宿舍谈文论艺的情形。抗战胜利后，内战的转折点是原在北平"抗共"的傅作义于一九四九年一月响应共产党的"停止内战，和平统一"，后来我读到他的女儿是劝降者之一。在我迷恋诗词、神驰于文学，对政治除了抗日爱国之外几乎是"无知"的那些年，原来另一场风暴已经在酝酿了。

12 来自云端的信

在那个写信是唯一通讯方式的时代，沙坪坝六年，张大飞成了我最稳定的笔友。

我上初中时他已开始飞驱逐机，前两年参加重庆上空驱逐任务，大约曾去我家五六次。我大妹宁媛已经上南开小学，小妹星媛每天也跟着去"玩"（她把小姐姐的书全背得出来）。那时的我是家中唯一爱写信的人，大飞四哥（在他家中排行）不驻重庆时，每周用浅蓝航空信纸写信来，他的家人一直联络不上，他说，我们就是他唯一可报平安的家人了。他写信如写家书，我因此万分感动，必回他的信，那些信如果带出来了，当是多么可贵的战时青年成长史！

我们那样诚挚、纯洁地分享的成长经验，如同两条永不能交会的平行线。他的成长是在云端，在机关枪和高射炮火网中作生死搏斗；而我却只能在地面上逃警报，为灾祸哭泣，或者唱"中国不会亡"的合唱。我们两人也许只有一点相同，就是要用一切力量赶走日本人。

他的生活何等辉煌，而我只有中学女生那一片小小天地。初中时，我常抄些国文课本里感时忧国的文章如《李陵答苏武书》、司马迁《报任少卿书》、韩愈《祭十二郎文》、袁枚《祭妹文》、史可法《答多尔衮书》等。渐渐地也写些课外读的，女孩子最迷的《冰岛渔夫》、《简爱》，甚至《葛莱齐拉》[1]这种"多情得要命"的散文诗，他似乎都很有兴趣地与我讨论，但每封信结尾都有注意身体、不要让妈妈操心之类的训勉。

我上了高中，他已身经百战，信中内容也比以前初中生活大为拓宽。凡是校内一切有意义的活动，周会的名人演讲，我办的壁报，寄前线战士慰劳信，为轰炸后重建新居的捐款活动等，他都很有兴趣。有时我也寄一两本"时与潮书店"的好书给他。这些信，他说，是他唯一的家书，最大的安慰。

渐渐地，他写了更多关于《圣经》的话，并且很欣赏我抄寄给他孟老师诗选、词选的课本，他说这是他灵魂又一重安慰（多年来，他是唯一常常和我谈灵魂的人）。

---

[1]《葛莱齐拉》法·拉玛尔丁著，卓儒译。法国诗人拉玛尔丁（Lamartin, Alphonse-Marie-Louis de Prat de，1790—1869）被认为是法国浪漫诗人之始。他最早也是最重要的诗集《和声集》(*Les Harmonies Poetiques*) 有注曰：在教堂廊柱的阴影中，见柱上悬着一幅童女出殡的图画，棺旁盛开着百合花。——此书为一散文诗体小说，吟咏一个旅行至意大利那不勒斯海湾的十八岁法国青年与渔夫十六岁孙女之爱情，女孩因他离去，忧伤而死，中译全书二百页。中译大约是译者选译，应是抗战前一九三〇年左右出版，初读版本全无记忆。到台湾后，画家陈其茂将所藏台湾版本赠我。全书无序、无后记，版权页载明台北新兴书局出版，一九五五年。

他几乎和我同步修完孟志荪老师的诗词选。他当然喜欢苏东坡和辛弃疾，说那种豪迈是男儿所当有，也同意秦少游的《踏莎行》结语"郴江幸自绕郴山，为谁流下潇湘去"有大气魄，但是对于我很欣赏皇甫松《梦江南》"兰烬落，屏上暗红蕉，闲梦江南梅熟日，夜船吹笛雨潇潇，人语驿边桥"却不以为然，说我年纪轻轻，怎么喜欢这么苍凉的境界！

他的信，从寄到湖南的第一封写他入伍训练的磨砺，到他由美回国选入飞虎队（The Flying Tigers），常常附有照片，从穿着棉军服疾行军到站在鲨鱼嘴飞虎战斗机前穿飞行装的各种照片，七八年来也累积了不少。

在战火中他已成长，开始他丰实的一生（如果那能称为"一生"），这一切因为他被挑选参加了陈纳德（Claire Lee Chennault, 1893—1958）的飞虎队，与美国志愿军并肩作战。一九四一年，在云南的基地，他遇到了美国的随军牧师。多年来他陷于宗教与作战之间的心理冲突，在与这位长老会牧师的谈话中得到了一些纾解，到美国受训时与基地随军牧师朝夕相见，他们认为保卫家乡是正义之战，减少民间无辜的伤亡，是军人天职。这给了他一条精神上的出路，使他能在杀伐与救赎间求取一些心灵的平安。

渐渐地，他不多写战争的事，开始说打完仗后要去当随军牧师，但是仗要先好好打，绝不能让日本鬼子打赢。他的语气中全是英雄气概，充满了张校长演讲勉励我们"中国不亡，有我！"的气概。

陈纳德和中国空军的关系，似乎只能说是一个缘分，他是在美国空军一次竞技小组的飞行特技表演时，受到中国空军代表观礼的毛邦初注意。一九三七年，陈纳德已经四十五岁了，没有功成名就，因病退役，五月底接受了中国航空委员会秘书长宋美龄顾问之聘，乘轮船在中日战争爆发前一个月抵达上海。

他在中国最艰困的时候帮助训练初创的空军。他所招募的美国志愿队，由昆明泥泞的机场迎战，出击日军，成为举世闻名的"飞虎队"，但是飞机前舱漆的是张开大嘴的鲨鱼头，他们以少击多打下了数倍的日机，减少了许多中国军民的伤亡，在抗战中成为家喻户晓的神奇故事。有人称他是冒险家，但是他讲究战略，训练严格，与战斗员同甘共苦，大家才能以高超的技术升空驱敌。

两年后，他回美国度假，坐在家中温暖的壁炉前，竟不禁想着中国战场上那些燃烧的城市，以及中国飞行员所驾驶的老式战斗机从空中掉下来的情景。看到满桌精美的食物时，想到中国农民和他们可怜的糊口之粮，他开始和家乡过着幸福日子的人话不投机了。两个月后，他回到中国，得到蒋夫人和中国空军全力的信托，加紧训练年轻的中国飞行员，增强战备。

珍珠港受突袭后，志愿队正式编入美国陆军航空队，陈纳德于一九四二年三月被任命为驻华第十四航空队指挥官，受蒋委员长领导，总部设在昆明，支援缅甸的英美盟军，主要战场在保卫西南各省。

张大飞于一九三七年底投军，入伍训练结束，以优良成绩选入空军官校十二期，毕业后即投入重庆领空保卫战，表现甚好，被选为第一批赴美受训的中国空军飞行员。一九四二年夏天，他由美国科罗拉多州受训回国，与十四航空队组成中美混合大队，机头上仍然漆着鲨鱼嘴，报纸仍旧称他们为"飞虎队"。

他到沙坪坝我家，妈妈说美国伙食好，他更壮了，也似乎还长高了一些。新晋阶中尉的制服领上飞鹰、袖上两条线，走路真是有精神！此次告别，他即往昆明报到。由报纸上知道，中美混合大队几乎每战必赢，那时地面上的国军陷入苦战，湖南、广西几全沦陷，空军是唯一令我们鼓舞的英雄。

他的信，那些仔仔细细用俊秀的字写在浅蓝色航空信纸上的信，装在浅蓝的信封里，信封上写着奇奇怪怪的地名：云南驿，个旧，蒙自……沿着滇缅铁路往缅甸伸展。他信上说，从街的这一头可以看见那一端，小铺子里有玻璃罐子，装着我大妹四岁时在逃难路上最爱吃的糖球。飞行员休假时多去喝酒，他不喝就被嘲笑。有一次喝了一些就醉了，跳到桌子上大唱"哈利路亚……"从此没人强迫他喝，更劝不动他去跳舞，在朝不保夕的人眼中，他不肯一起去及时行乐，实在古怪。在他心中，能在地上平安地读《圣经》，看书报，给慧解人意的小友写家书比"行乐"快乐多了。

有一封信中，他告诉我：前天升空作战搜索敌迹，正前方云缝中，突然出现一架漆了红太阳的飞机！他清清楚楚地看到驾驶舱里那人的脸，一脸的惊恐。他来不及多想，只知若不先开枪，自己就死定了！回防至今，他忘不了那坠下飞机中飞行员的脸。——我没有看见，但是我也忘不了那在火焰中的脸。

是的，不论在信上他是如何倾诉他的矛盾、苦恼和思家之情，在战火燎烧、命如蜉蝣的大时代里，他是所有少女憧憬的那种英雄，是一个远超过普通男子、保卫家国的英雄形象，是我那样的小女生不敢用私情去"亵渎"的巨大形象。

高二那一年暑假，吃过中饭，我带他穿过中大校园去看嘉陵江岸我那块悬空小岩洞。太阳耀眼，江水清澄，我们坐在那里说我读的课外书，说他飞行所见。在那世外人生般的江岸，时光静静流过，我们未曾一语触及内心，更未及情爱。——他又回到云南，一去近一年。

一九四三年四月，我们正沉浸在毕业、联考的日子里。有一天近黄昏时，我们全都回到楼里准备晚餐了，一个初中女孩跑上来找到我，说有人在操场上等我。

我出去，看到他由梅林走过来，穿着一件很大的军雨衣。他走了一半突然站住，说："邦媛，你怎么一年就长这么大，这么好看了呢。"这是我第一次听到他赞美我，那种心情是忘不了的。

他说，部队调防在重庆换机，七点半以前要赶回白市驿机场，只想赶来看我一眼，队友开的吉普车在校门口不熄火地等他。我跟着他往校门走，走了一半，骤雨落下，他拉着我跑到门口范孙楼，在一块屋檐下站住，把我拢进他掩盖全身戎装的大雨衣里，搂着我靠近他的胸膛。隔着军装和皮带，我听见他心跳如鼓声。只有片刻，他松手叫我快回宿舍，说："我必须走了。"雨中，我看到他半跑步到了门口，上了车，疾驰而去。

这一年夏天，我告别了一生最美好的生活，溯长江远赴川西。一九四三春风远矣。

今生，我未再见他一面。

第四章 三江汇流处
——大学生涯

1　溯江

长江全长六三八○公里，是世界第三长河。我生命中两大转折都是由有家变无家，一路哭泣，溯江而上。从芜湖搭上运兵船逃往汉口时，我刚小学毕业；现在，一九四三年的八月底，我由重庆溯江往川西嘉定（旧称嘉定府）去，是刚刚中学毕业。

上船的那天中午，被妈妈形容忙得"脚后跟打后脑勺"的爸爸竟然亲自送我。从家到朝天门码头大约三十里，车刚过小龙坎，天空就闪电打雷开始下雨。我带着当年出远门的标准行李，一个小箱子和一个铺盖卷；那铺盖卷用毯子包着被褥和衣服卷成一个椭圆形，上面反扣一个搪瓷脸盆，外面加一块油布，用粗麻绳绑紧（一九七六年我在欧洲一飞机场行李盘上看到一个同样的行李卷，从巴基斯坦来，看来这是个全球性的智慧吧，把它摊开来就是一个家）。

由朝天门码头走到船边，似乎有走不尽的滑溜石阶。那场雨可真是倾盆而下，我们走上甲板之前，雨篷的水沿舷泼下，什么伞也挡不住。爸爸穿的白色夏布长衫全湿透了，从头发往鞋上流成一条水柱。我自己是什么光景已全然不知，只记得拼命憋住震撼全身的哭泣，看着他向我的学姐们道谢，下了跳板上岸去，在雨幕中迅即隐没。

多年来我总记不全那趟长江之旅，只记得那场劈头盖脸的雨和全身湿透的爸爸，感怀"哀哀父母，生我劬劳"。

我随着大家将行李放在半干的统舱地上，打开，互相遮掩着把湿衣服换下。敲钟的时候去前舱领来饭菜，坐在各自的铺位上吃。不久天就黑了，灯光仅供照明，舱内的昏暗和江上的黑夜融合，渐渐人声停歇，只剩上水江轮引擎费力的声音。茫茫江河，我在何处？

第二天破晓之前，我由梦中惊醒；梦中有强壮的男子声音喊着："往右边树丛靠过去，愈快愈好，鬼子飞机来了！"我正帮着给妈妈换她身下的血垫子，出了舱门，到处找不到十八个月大、刚会走路的二妹妹——我松手之前，她还在哥哥、张大非他们学生队伍和靠里坐着的伤兵之间摇摇晃晃地走着……醒来时，看到四周全是熟睡的陌生脸孔。六年之后，在同一条江上，我又流着一种割舍之泪。

黄昏时分，船靠宜宾码头，岷江由北来与长江合流。

鲁巧珍同班的冯家禄是宜宾世家，那一晚，招待我们一行六人饱餐一顿，住在她家。那是我第一次见识四川被称为天府之国的富庶与稳定。饭后去市街漫步，且到基督教内地会等地。我所见到的地方士绅宅院和商家行号都有一种世代相传的文化气息，比逃难初期在湖南所见的中国内地文化更多一层自信。

自宜宾再溯江航行的江面又窄了一些，上水船也小了许多。此时正是八月秋汛的时候，江水暴涨激流汹涌，好几次船不进反而稍退，旅客们有人惊呼。我倚在船舷，自以为无人看见，又流下思家之泪，久久不止。我自幼是个弱者，处处需人保护。南开中学离家三里，从没有一天"自由"，填大学联考志愿时，重庆附近的全不填，自以为海阔天空，面对人生可以变得强壮。而如今，仅只沙坪坝三个字即如此可爱，后悔离家，却已太迟。这时鲁巧珍静静来到我身旁说："刚才一个男生说，你们这个新同学怎么一直哭，像她这个哭法，难怪长江水要涨。"接着又说："我去年来的时候也哭了一阵子，现在第二年来心里已平静多了。"在她一九四六年毕业前的三年中，她是我最好的朋友，心情、观念契合，无话不谈，也无事不能了解。

2　白塔街女生宿舍

我所记得的大学生活不是从美丽的乐山城开始，而是由女生宿舍开始。

我一生住了将近十年的女生宿舍，八年在战时，两年在胜利后"复员"初期。当时宿舍的设备很简陋，都是晚上九点熄灯，但气氛大不相同，大学宿舍当然比较自由，在熄灯以前可以自由出入。乐山白塔街的女生宿舍被称为"白宫"，是一幢木造四层楼建筑，原是教会为训练内地传教士而建的，所以勉强可以容纳百人住宿，自成院落也相当安全。因在战时无力修缮，已颇老旧，既不白也非"宫"，但比借住在寺庙或祠堂的六处男生宿舍好很多，大约因为坐落在白塔街而得名吧（我也始终未见白塔）。

唯一的舍监是朱君允女士，她的作风与南开那位无时不在的严师王文田完全不同，很少管我们，连露面都不多。我那时以为她是名剧作家熊佛西的太太，而且离了婚，大约应该是孤高神秘的女子，不必"涉入凡尘"管些衣食住行的琐事。在我记忆中，管我们生活的只有坐在宿舍进门的工友老姚（据说男生称他姚老爹或姚大帅）。今日想来，他岂止是那每天晚上准时拿把大铁钥匙锁大门，放下木门闩的铁面无私的小老头；他里里外外什么都管，一切都了若指掌。那一百多个女生的资料全在他的脑袋里，简直是莎士比亚喜剧里的厉害人物。他长得甚矮，头顶差不多全秃了，我不记得看过他的头发，成年穿一件黑灰色棉袍——暑假时我们都回家了，不知他的穿着，他笑和不笑的时候全排上牙都露在唇外。

我跟学姐们带着那些可笑的铺盖卷进了宿舍大门，似乎是向老姚报到的。他告诉鲁巧珍她们到二楼，领着我过一个小小的天井，左边角落一间屋子，指着最里面的一个上下铺床位的上铺说："你住这里。"那床靠着屋子唯一的窗子，我原有些庆幸，但很快发现，这窗开向白塔街，为了安全起见，由外面用木条封住了。这一夜，天一直没有亮，亮了我们也不知道。

住在我下铺的赵晓兰是数学系的，比我早来三天。她带我到厕所和咫尺之外的餐厅；小天井的右边是一排木板搭盖的浴室，隔成八小间，水泥地上有一个木架放脸盆。往门口走有一个架高的巨大铁锅，每天早上开了门就有水夫由水西门挑水来装七分满，在锅下烧煤，我们拿脸盆走上小石阶去舀水。

我们那间房是全宿舍最后的选择（如果可以选择的话），上下铺木床相当单薄，学校仓促迁来，全市的木匠都忙不及做课桌椅和床，但相较于男生，女生已得了很多优待。我们两人都瘦，但是翻身或上下，床都会有些摇动。上铺没有栏杆，我总怕半夜会摔下去。有一天半夜，我突然发现床微微颤动已许久了，便向下问："你也睡不着吗？"赵晓兰说："我每晚听你躲在被里哭，我也好想家……"从此，我和她有一种相依为命的感情。每天吃完了宿舍的一钵菜和汤的晚饭后，一起到白塔街转陕西街到县街"探险"，找一点可以吃饱的零食。下雨天撑一把伞互相扶着走，石子铺的路长年滑溜溜的，街的转角处就是水西门，从清晨到日落，无数的人从大渡河挑水上来，扁担两端的木桶摇到各家水池已泼了大约三分之一在石子路上。

第一天上课是鲁巧珍带路的，她读经济系二年级。文法学院在文庙上课，总图书馆也在文庙。武大是迁校至后方时带出图书最多的大学，也颇以此自傲。此后四年，我们的教材多由班代表借出书，分配给同学先抄若干再去上课。所以由文庙出来，大家都先去买笔记本。

由文庙门前月珥塘石阶左首上叮咚街，到府街、紫云街，走许久才到嘉乐门大街找到嘉乐纸厂的门市部。进门第一眼所见，令我终生难忘，简直就是乐园中的乐园景象！宽敞的平面柜上、环绕四壁的木格架上，摆满了各种雅洁封面的簿子，各种尺寸大小皆有，浅蓝、湖绿、蝶粉、鹅黄……厚册并列，呈现出人生梦中所见的色彩！

那著名于大后方的嘉乐纸有千百种面貌，从书法珍藏的宣纸，到学生用的笔记簿都是艺术品，是由精巧的手，将峨嵋山系的竹木浸泡在流经嘉定乐山大佛脚下的岷江水制成。一位博物馆专家说，数百年后芳香仍在纸上。我何等幸运，由这样一个起点记忆那住了三年的山城。

由嘉乐纸厂出来，她们带我经安澜门下石阶到萧公嘴去看岷江和大渡河交汇的汹涌激流。那样宏伟开阔，留给我的印象远胜于那座世界闻名、建于公元七一三至八〇三唐朝年间的大佛。由于它的历史和观光价值，乐山城在"文革"后，被"现代化"到难以辨认了。

3　哲学系新生

一年级那一年，大学功课几乎全无挑战，哲学概论和经济学需要听讲，但讲义简单又没有指定参考书，即使指定了也没有书，图书馆里专门的书由各系分配。武大老师似乎都有默契实行低分主义，考得再好也得不到九十分。大一国文和英文不比南开的程度高，进度又很慢。记得英文老师讲一课书时用浓重的湖南口音念"blackbird"，同学们就在背后如此称他。必修的体育简直就是笑话，我不记得有真正的操场。

这一年我有足够的时间想清楚自己的处境与心境。一整年似乎都在飘浮状态，除了那上铺的床和床前两尺长的一片木桌，此外别无属于我的空间。宿舍二楼有一间自修室，窗大明亮，晚上灯光较足，大约有三十个座位，但永远被高年级同学占满。宿舍屋内电灯极为昏暗，白天又无日光，反而是在九点熄灯之后，有功课要做的人点起各人自己的小油灯（最原始的那种有座半凹的瓷碗，倒一些桐油，放二三茎灯芯草用火柴点燃）。考试之前，奢侈一下，点小小的蜡烛。

冬天冷时，唯一的房门也不能开，空气污浊，八个人也都得那么过一周七天，只有盼望暑假回家吃饱一点，睡好一点。后来曾夸张地回忆说，那一年能活着回家是因为宿舍旁边有一个小屋子里詹师傅的家庭式糕饼，至今仍觉得是最好吃的面包；在宿舍里有老姚的花生米，五元一包，小小的纸筒封着一小把，解饥养身，香脆千古。当年女同学在半世纪后的回忆中，无人不提上一笔！

刚到乐山，我几乎是亦步亦趋地跟着鲁巧珍和余宪逸她们的脚步，认识了那个小城。南开校友会是我参加的第一个社团。他们的迎新活动，不只是吃喝，还有一些远足；走二三十里到名胜去坐茶馆，如楠木林，是格调极高的私人庭园，比著名的乌尤寺和凌云寺更令我流连。

我至今仍羡慕至极的茶馆文化，大约是男生的专利吧。男生口中的女生宿舍"白宫",据云比男生宿舍舒服多了。散布在小城的六座男生宿舍,一半是香火不盛的庙宇,一半是简陋搭盖的通铺。它们的名字倒很启人想象,如龙神祠、叮咚街、露济寺、斑竹湾……自修室都不够用,但是旁边都有茶馆,泡一盏茶可以坐上半天,许多人的功课、论文、交友、下棋、打桥牌、论政都在茶馆。他们那样的生活是女生无法企盼的,在那个时代没有任何女生敢一个人上街闲逛,也没有人敢上茶馆。在一千多学生中,男女生的比例是十比一,却是两种截然不同的世界。多年后我读到维吉尼亚·伍尔芙(Virginia Woolf, 1882—1941)《自己的房间》(*A Room of One's Own*),知道世上女子寻求知识时,现实的困境相同。不同的时代有不同的期待、不同的困境,但男女很难有完全的平等。

4　浅蓝的航空信

由于南开学长带领,我在一年级下学期参加了珞珈团契。

由重庆去乐山的江轮停在宜宾的那一夜,我们在冯家禄家遇见了基督教传教会内地会陈牧师的儿子陈仁宽,他在武大读法律系四年级,第二天与我们同船去乐山。他不漂亮,也不太高大,但是有一种青年人身上看不到的俊逸、自信,在众人之中十分挺拔出众。大约有人告诉他,我从上船哭到宜宾,他就以传教者的态度坐到我旁边对我说了一些安慰的话,说他去重庆念南开的时候多么想念宜宾的家。我将随身提包中的《圣经》给他看,不知他那时说了什么话,使我又泫然欲泪地告诉他,我不仅十分想家,也十分惦念送我《圣经》的人,他正日夜在空中逐敌作战……世界上大约确有一些缘分,使你在第一次相遇即敢于倾诉心中最深的感觉。

学校开学之后,他把我介绍给珞珈团契的顾问——武大理学院院长桂质廷先生,他带我参加了团契,使我经常获得温暖的照顾。在校四年之间,我在每年例行的庆祝圣诞演出"耶稣诞生"默剧中，被指定演马利亚。契友说我瘦瘦高高，有一种忧郁的神情，所以适合此角。

陈仁宽在毕业之前一年，除了在团契聚会之外，从未到女生宿舍找我，始终维持一种保护者的兄长态度，毕业后立即去欧洲留学，常写长信给我。信中鼓励我成熟地融入真正的大学生活，常说些读书、思考之事，欧洲和中国一样在翻天覆地的激战分裂之中，他也有深于年龄的观照。多年后他回到中国大陆，全断了音讯，大约十年前校友通讯《珞珈》有杨静远的文章，说一九八〇年间与已改名为公绰的陈仁宽小聚，他在对外翻译公司和外交学院工作，想来应是顺遂吧。

那一年间，我内心生活的重心集中在与南开同学的通信上，从不同的学校写来不同的活法。共同之点当然是怀念沙坪坝。

在我踏进女生宿舍，向门房老姚报到的时候，他看了我的名字，从左边一个柜格取出一封信给我，说："人还没来，信就先到。"然后看了我两眼，好似作了特殊登记。信封上的字迹是张大飞的，寄信地址是云南蒙自一个军邮的号码。同样浅蓝的航空信笺，多了一种新的、浓密又压抑的牵挂，不言相思，却尽是相思。他惦念我的长江航程，惦念我离家后的生活："你做了大学生是什么样子呢？寄上我移防后的新通讯处，等你到了乐山来信，每天升空、落地，等你的信。"据我多年的了解，他所说的"落地"，就是作战平安归来的意思。

他的信几乎全是在备战室里写的，在溽热潮湿的云南边陲之处，面对着抢工修复的飞虎队跑道，一个身经百战的二十五岁青年，用一贯写家书的心情，安慰着一个十九岁的想家女孩，告诉她不要哭哭啼啼的，在今日烽火连天的中国，能读大学，是光明前途的开始。

每个星期一下午由文庙回来，老姚都笑吟吟地给我一封寄自云南的信，浅蓝的纸上除了想念，更多是鼓励。也寄来一些照片，全副武装和漆着鲨鱼嘴的战斗机的合照：三个精神奕奕充满自信的漂亮人物，起飞前在机舱里的照片，很难令人联想到"生命是死亡唇边的笑"。飞虎队在那些年是传奇性的英雄，陈纳德说："昆明的中国人，怎么会从P—40飞机头上的鲨鱼徽得出飞虎这个名字的，我永远也闹不清。"美国参战后，飞虎队正式改编为中美空军混合大队。

他收到我那些苍白贫乏的信，大约也无话可说，和我一样共同怀念起南开中学的诗词课了。每次升空作战，风从耳边吹过，云在四围翻腾，全神凝聚，处处是敌机的声息，心中别无他想。但是，一切拼过，落地回来，一切的牵挂也立刻回来。营地有三天前的旧报，战争陷入苦战阶段，川西离战场远，什么消息都没有。他说："我无法飞到大佛脚下三江交汇的山城看你，但是，我多么爱你，多么想你！"

连续两周未接航信，白天拥挤的小小方庭，月亮照进来的夜晚，可供忧思徘徊，因在山水边城，与世界隔绝，只剩下遐思噩梦。终于收到他由昆明来信，说受了点伤，快好了，下周就回队上去。从此我写信再也不写自己太平岁月的烦恼，也不敢写自己担忧，尽量找些有趣的事说，如逻辑课的白马非马之辩，如经济学各派理论的冲突，乐山土话把一切单位皆用"块"——一块星期，一块房子，一块笔记本……男生第八宿舍是两年前大轰炸后罹患昏睡症死亡的学生公墓，等等。最大的浪漫是告诉他，我去找了叮咚街水滴落地发出叮咚声音的树洞。无知如我，终于开始悚然警觉，正因为我已成年，不论他钟情多深，他那血淋淋的现实，是我所触摸不到的。

他回到队上，信上邮戳又是蒙自、个旧、云南驿、腾冲……我在地图上追踪，从战报上看到，飞虎队正全力协助滇缅公路的保卫战，保持盟军对日战争补给的生命线。

伤愈之后，他对死亡似乎有了更近距离的认识。他的信中亦不再说感情的话，只说你已经二十岁了，所有学习到的新事物都是有用的，可以教你作成熟的判断。

刚进大学的我，自己的角色都扮演不好，除了想家念旧，和对偏远隔绝的抱怨，一切都没有想清楚的时候，一年就要过尽了。

5 大成殿上
——初见朱光潜老师

我这样的飘浮状态,到了一年级将结束时有了急遽的变化。

全校的大一国文和英文最初是考试后不分院系以成绩编班,最后以共同考试算成绩作升级或转系的标准。武大没有医学院,一直以外文、经济、法律和电机系为最热门科系,淘汰率也最高。考试后不久,有一天一位同学回宿舍说在文庙看到刚贴出来的布告,大一英文全校统考我考了第一名,分数很高。我听说后,并没有太大的意外或激动,因为心中只想着如何对父母说,允许我去昆明,转西南联大外文系。此心已不在乐山。明知是十分难于开口,也不易得到同意,当晚一夜难眠。全宿舍的人都在收拾行李,过十几天就放暑假,大家都要回家了。我面临这一生第一次自己要解决的难题。

第二天下午,老姚郑重地给了我一份毛笔写的教务处通知,命我去见教务长朱光潜先生。

朱先生当时已是名满天下的学者。十五岁以前,他在安徽桐城家中已背诵了十年的经书与古文才进入桐城中学,二十一岁公费就读香港大学。毕业后到上海教书,和匡互生、朱自清、丰子恺、叶圣陶、刘大白、夏衍等人办杂志,创"立达学园",创办开明书店。二十八岁,公费进爱丁堡大学进修英国文学,也修哲学、心理学、欧洲古代史和艺术史,又到法国巴黎大学修文艺心理学,在德国莱茵河畔的斯特拉斯堡大学加强德文,并写出《悲剧心理学》论文。留欧八年中,他经常流连于大英博物馆图书馆,一面读书一面写作,官费常断,为了稿费在开明书店《一般》和《中学生》刊物写稿,后来辑成《给青年的十二封信》,这本书和《谈美》是中学生以上都必读的"开窍"之书。

这么一位大学者怎会召见我这个一年级学生呢?说真的,我是惊骇多于荣幸地走进他那在文庙正殿——大成殿——森然深长的办公室。而那位坐在巨大木椅里并不壮硕的穿灰长袍的"老头"(那一年朱老师四十七岁,在我那个年龄人的眼中,所有超过四十岁的人都是"老人")也没有什么慈祥的笑容。

他看了我,说:"你联考分发到哲学系,但是你英文很好,考全校第一名,你为什么不转外文系呢?"

我说我的第一志愿是哲学系,没有填本校的外文系,不是没有考上。高中毕业的时候,父亲和孟老师都希望我上中文系。

他又问了我为什么要"读"哲学系,已经念了些什么哲学的书?我的回答在他听来大约相当"幼稚无知"(我父亲已委婉地对我说过),他想了一下说:"现在武大搬迁到这么僻远的地方,老师很难请来,哲学系有一些课都开不出来。我已由国文老师处看到你的作文,你太多愁善感,似乎没有钻研哲学的慧根。中文系的课你可以旁听,也可以一生自修。但是外文系的课程必须有老师带领,加上好的英文基础才可以认路入门。暑假回去你可以多想想再决定。你如果转入外文系,我可以做你的导师,有问题可以随时问我。"

这最后一句话,至今萦绕我心头。

6　外文系的天空

暑假我与同伴欢天喜地由五通桥搭岷江江轮到宜宾,由长江顺流而下回了重庆。家,对于我有了更美好的意义。被联考冲散的中学好友也都在各家相聚,有说不完的别后经验要倾诉。一年前我独自一人被分发到遥远的川西,回到沙坪坝,好似失群的孤雁回到大队栖息之地,欢唱不已。战事方面,日本飞机因为美国参战而损耗太大,已无力再频繁轰炸重庆,主力移到滇缅路,每次出袭都被中美十四航空队大量击落。这一年夏天,重庆虽然仍是炙热如火炉,因为不再天天跑警报,重建与修复的气氛,很适合我们这群叽叽喳喳到各家重聚的大一女生。有月亮的晚上,我们常去嘉陵江边唱歌和谈心。那大约是我一生中最快乐的夏天，也是真正无忧的假期。

回到家当然要和父母商量转系的事。爸爸虽未明说"我早就知道你念不了哲学系"，但他说，你感情重于理智，念文学比较合适。我又故作轻松地说西南联大去年发榜后曾欢迎我去外文系，南开同学在那里很多，我也很想去，如果战争胜利，我也可以回到北大、清华或南开大学……爸爸面色凝重地说，美国参战后，世界战局虽大有转机，我们国内战线却挫败连连；湖南沦陷，广西危急，贵州亦已不保，"你到云南，离家更远。乐山虽然也远，到底仍在四川，我照顾你比较近些。其实以你的身体，最好申请转学中央大学，留在沙坪坝，也少让我们悬念，局势如变更坏，我们一家人至少可以在一起"。

我回家不久收到大飞哥的信，他坚决不赞成我转学到昆明去，他随时迁移驻防基地，实在没有能力照顾我，战争现况下，连三天假期都没有，也没有办法回四川看我，望我安心地回乐山读书，大家唯一的生路是战争胜利。这时他的口气又是兄长对小女孩说话了。

在这期间，我也曾请教《时与潮文艺》的主编孙晋三教授有关朱光潜先生的建议。孙先生当时是中央大学外文系的名教授，极受我父亲的尊重。在他主持之下，《时与潮文艺》登载沈从文、巴金、洪深、吴组缃、茅盾、朱光潜、闻一多、朱自清、王西彦、碧野、臧克家、徐訏等的新作品，他们不仅当时广受读者欢迎，亦是现代文学史上的重要作家。而柳无忌、李霁野、方重、李长之、徐仲年、于赓虞、范存忠、陈瘦竹、戴镏龄、俞大缜、叶君健等人翻译的各国经典作品，也都可以看出那个时代文人的高水准。每期都有文坛动态和国内外艺文情报，是一九四二至一九四五年间的珍贵记录。可惜抗战胜利不久国共战争即起，我父亲已无力支撑三份期刊，《时与潮文艺》于一九四五年停刊。

孙先生说："一九四四年五月版，朱光潜先生有篇《文学上的低级趣味》，是从文学教育者立场写的，很清楚也很中肯，在武大外文系上朱先生的课，该是很幸运的事，何况他亲自劝你转系，还自愿担任你的导师，更是求之不得的事了。文学教育贵在灵性（或慧根）的启发，武大外文系有方重先生、陈源（西滢）先生、袁昌英先生、陈寅恪先生等，根基是很充实的。西南联大外文系并不更强，而且也没有朱先生注意到你的这种缘分。"

孙先生的分析使我下定决心回武大，说不出什么原因，那溯江数百里外的江城，对我也有一些世外桃源般的魅力吧。

暑假结束，我早一周回乐山，准备办转系手续，而且与赵晓兰约好，早些去登记宿舍房间——二年级已升至餐厅上木造的一排新屋，希望能有一个靠窗书桌。

父亲安排我与一同学搭邮政送信快车去乐山；战时为了公务和大学生便利，每车正式收费搭载二人，需验证件，以保障信件安全。我们两人和邮务员轮流坐在驾驶台和数十袋邮件之间，觉得自己都重要起来。靠在郑重捆扎、绑牢的邮包上打瞌睡，想象袋中每封信的情愫与收信人的喜悦。每到一站，邮务员呼叫邮袋上的地名，然后他姿态优美地掷下一包，下面投上一包。我后来读到一本清朝史，说中国邮政是最早现代化的政府制度，服务人员水准高，最可信赖。到台湾后，邮政仍是安定的力量之一。千百年来书信传递由驿马到绿色邮车，在在都引起我的丰富想象，我曾有幸被当作邮包由川东快递到川西，这段特殊经验不可不记。

第一晚到成都，我们去住南开好友的宿舍。战时迁去成都华西坝的有北平的燕京大学、南京的金陵男大和金陵女大、山东的齐鲁大学，加上当地的华西大学，十分热闹。第二天清晨再上车，邮政车绝不抛锚，沿路有保护，安全稳定，经过眉山也装卸邮袋，但只能在飞驰而过之际看看路树而已。当日全天不停，直接驶往乐山邮局门口。这一次旅程我已知道前面的生活是什么样子，自己将如何面对，到成都又见识到四川真正的古都风貌，心情较去年舒缓许多。

7　朱光潜先生的英诗课

进入外文系二年级即有朱老师的"英诗"全年课，虽是紧张面对挑战，却也有些定心作用，我立刻开始用功。朱老师用当时全世界的标准选本，美国诗人帕尔格雷夫（Francis T.Palgrave）主编的《英诗金库》（*The Golden Treasury*），但武大迁来的图书馆只有六本课本，分配三本给女生、三本给男生，轮流按课程进度先抄诗再上课。我去嘉乐纸厂买了三大本最好的嘉乐纸笔记本，从里到外都是梦幻般的浅蓝，在昏暗灯光下抄得满满的诗句和老师的指引。一年欣喜学习的笔迹仍在一触即碎的纸上，随我至今。

朱老师虽以《英诗金库》作课本，但并不按照编者的编年史次序——分莎士比亚（William Shakespeare, 1564—1616）、弥尔顿（John Milton, 1608—1674）、格雷（Thomas Gray, 1716—1771）和浪漫时期（The Romantic Period）。他在上学期所选之诗都以教育文学品位为主，教我们什么是好诗，第一组竟是华兹华斯（William Wordsworth, 1770—1850）那一串晶莹璀璨的《露西组诗》（*Lucy Poems*）。

那幽雅静美的少女露西是谁，至今两百年无人确定，但他为追忆这早夭的十八岁情人所写的五首小诗，却是英国文学史的瑰宝，平实简朴的深情至今少有人能超越。最后一首《彼时，幽黯遮蔽我心》（*A Slumber Did My Spirit Seal*）是我六十年来疗伤止痛最好的良药之一。我在演讲、文章中背诵它，希望证明诗对人生的力量，当年朱老师必是希望以此开启对我们的西方文学的教育吧。这组诗第三首《我在陌生人中旅行》（*I Travelled among Unknown Men*），诗人说我再也不离开英国了，因为露西最后看到的是英国的绿野——这对当时爱国高于一切的我，是最美最有力的爱国情诗了。

朱老师选了十多首华兹华斯的短诗，指出文字简洁、情景贴切之处，讲到他《孤独的收割者》（*The Solitary Reaper*），说她歌声渐远时，令人联想唐人钱起诗："曲终人不见，江上数峰青"的余韵。

直到有一天，教到华兹华斯较长的一首《玛格丽特的悲苦》(*The Affliction of Margaret*)，写一妇女，其独子出外谋生，七年无音讯。诗人隔着沼泽，每夜听见她呼唤儿子名字："Where art thou, my beloved son, …"（你在哪儿，我亲爱的儿啊……）逢人便问有无遇见，揣想种种失踪情境。

朱老师读到 "the fowls of heaven have wings, …Chains tie us down by land and sea"（天上的鸟儿有翅膀……链紧我们的是大地和海洋），说中国古诗有相似的"风云有鸟路，江汉限无梁"之句，此时竟然语带哽咽，稍微停顿又继续念下去，念到最后两行：

    If any chance to heave a sigh,（若有人为我叹息，）

    They pity me, and not my grief.（他们怜悯的是我，不是我的悲苦。）

老师取下了眼镜，眼泪流下双颊，突然把书合上，快步走出教室，留下满室愕然，却无人开口说话。

也许，在那样一个艰困的时代，坦率表现感情是一件奢侈的事，对于仍然崇拜偶像的大学二年级学生来说，这是一件难于评论的意外，甚至是感到荣幸的事，能看到文学名师至情的眼泪。

二十多年后，我教英国文学史课程时，《英诗金库》已完全被新时代的选本取代，这首诗很少被选。不同的时代流不同的眼泪。但是朱老师所选诗篇大多数仍在今日各重要选集上。

英诗课第二部分则以知性为主，莎士比亚的几首十四行诗，谈到短暂与永恒的意义，雪莱（Percy Bysshe Shelley, 1792—1822）的《奥兹曼迪斯》(*Ozymandias*) 也在这一组中出现，威武的埃及君王毁裂的头像半掩埋在风沙里，"boundless and bare, The lone and level sand, stretch far away"（寂寞与荒凉，无边地伸向远方的黄沙）。

朱老师引证说，这就是人间千年只是天上隔宿之意，中国文学中甚多此等名句，但是你听听这 boundless 和 bare 声音之重，lone and level 声音之轻，可见另一种语言中不同的感觉之美。

至于《西风颂》（*Ode to the West Wind*），老师说，中国自有白话文学以来，人人引诵它的名句："冬天到了，春天还会远吗？"（If Winter comes, can Spring be far behind？）已到了令人厌倦的浮泛地步。雪莱的颂歌所要歌颂的是一种狂野的精神，是青春生命的灵感，是摧枯拉朽的震慑力量。全诗以五段十四行诗合成，七十行必须一气读完，天象的四季循环，人心内在的悸动，节节相扣才见浪漫诗思的宏伟感人力量。在文庙配殿那间小小的斗室之中，朱老师讲书表情严肃，也很少有手势，但此时，他用手大力地挥拂、横扫……口中念着诗句，教我们用 the mind's eye 想象西风怒吼的意象（imagery）。这是我第一次真正地看到了西方诗中的意象。一生受用不尽。

8　眉山的明月夜

这一年的寒假开始，我和同班同学参加一个在五通桥活动中心办的冬令营。第一天晚饭时，突然有人找我，是一位工学院的南开学长，他们二十多人被征召去重庆作专业工程支援，车子直开重庆，我可以搭便车回家，他们开学时返校再带我回乐山。

世界上会有这么好的事情！由于乐山和重庆没有直达车，我提着小小的行囊跟他们上车时，兴奋得头昏眼花，差点掉到路边的土坑里。车上有四位南开学长，所以很"安全"。原是打算在午夜前开到成都，第二天直驶重庆。谁知开出九十里左右到眉山郊外车子就抛锚了，全车的工程"专家"也修不好，只好分批找店过夜。

我和八位男生待在一间最好的旅舍，其实是一家大茶馆，里间有一些床铺，给公路上经常抛锚的行旅过夜。冬天的夜晚，没有路灯，屋子大而深，有一股阴森森的寒冷。老板安排我住在他们夫妻的外间，刚要收拾床铺时，突然外面传来呼喊说："来了，来了，快收拾起！"

老板惊慌地告诉我们，最近年关难过，山里有些股匪夜里出来到处抢劫，已经来过几次了，给点钱大约可以应付应付，但是这个女学生可不大方便，怎么办呢？

老板娘急中生智，从柜台下面拖出一个很大的、古色古香的长方形木柜对我说："你就藏在我们的钱柜吧！"叫我立刻进去躺平，盖上巨大的木盖，再请一位矮胖的学长打开铺盖睡在上面——我们那时的青年人皆营养不够，大多数都瘦，所以我记得他，他性情开朗，也很英俊。

幸好钱柜把手下面各有一孔，我躺在里面不致窒息。外面呼喊嘈杂的声音，桌椅推翻的声音令我恐惧得心脏几乎停止跳动，来不及想睡在柩材里的恐怖。终于渐渐静了下来，听得出关上木大门沉重的声音，那位余学长掀开钱柜的盖子说："过去了，可以出来了。"

我出来的时候，发现所有躺着的同学头下都有几本书。因为他们知道四川强盗都不抢书，"书"、"输"同音，而且据说四川文风鼎盛，即使盗匪也尊敬读书人。

同学之中有人一年多前曾和我同船由重庆到乐山，看我从长江哭到岷江，这一晚遇到这么可怕的事，居然没哭，还问他们有没有受伤，颇感惊讶。实际上，我成年后，在遇到危险或受到威胁时是不哭的。

第二天天亮即开车，不经成都，采近路，直开重庆，有人去沙坪坝，可带我到家门。车子驶出眉山县界的时候我头脑才清楚，眉山，眉山！这不是苏东坡的故乡吗！不就是他悼亡词《江城子》"十年生死两茫茫，不思量，自难忘"的眉山！昨天晚上，在那样戏剧性的情境，我曾落脚在苏东坡诗词中乡愁所系之乡，但全然不知是否是明月夜，更梦不到短松冈，连三苏祠堂都无缘一瞥。那时也想，既在岷峨区域上学，再去不难。在当年，这其实是很难的事，年轻女子向往旅行都是奢侈的。

意外地回家度了一个寒假，真是福分啊！父母关切，幼妹逗趣，每天丰衣足食，睡在温暖的厚褥子上，常是充满感恩之心。这是我在父母家中过的最后一个年,再团聚已是到台湾之后了。

9　战火逼近时
　　——初读济慈

回到学校最企盼的是重回英诗课。

寒假中我曾向孙晋三先生请教英国文学浪漫时期的诗,主要是雪莱(那时我尚不知济慈),由他借给我的书上也抄了一些深层次的资料。这样的事使我全神贯注,忘了战争的威胁。

太平洋的英美盟军已渐占上风,转守为攻,美军收复菲律宾(麦克阿瑟当年撤退时曾有豪语:"我会回来!")登陆硫磺岛后,逐岛血战开始。但是国内战线令人忧虑,已无路可回的日本人打通了我们的粤汉铁路,全国知识青年呼应蒋委员长"十万青年十万军"的征召,

南开校友为送王世瑞(前左二)参加"十万青年十万军"合影留念。后排右二为齐邦媛。

有二十万学生从军,我在武大工学院的南开校友王世瑞已在放寒假前投考空军官校去了。在那陆军战事失利,渐渐由贵州向四川进逼的危急时刻,只有空军每次出击都有辉煌战绩,可叹人数太少,伤亡亦重,中美混合十四航空队成为人人仰望的英雄。

我已许久没有收到张大飞的信了,我无法告诉任何人,那寄自奇怪地名的浅蓝信纸的信,像神迹一样消失了。三江之外的世界只有旧报上的战讯了。

回到英诗课,朱老师先讲英国浪漫诗的特色,教我们抄八首雪莱的诗。所有初读雪莱诗的年轻人都会被他奔放的热情所"冲激"吧,爱情和死亡的预感常在一行诗中以三个惊叹号的形式出现。那种坦白单纯的喊叫是我在中国诗词中没有读过的,如《印度小夜曲》中的"I die! I faint! I fail!"(我死了!我昏了!我败了!)而我那青春苦闷心情的最高共鸣是他那首《哀歌》首句:"O World! O Life! O Time!"("啊,世界!啊,人生!啊,光阴!"后来的版本删去惊叹号)简直就是我喊不出来的郁闷。我所悒念的不仅是一个人的生死,而是感觉他的生死与世界、人生、日夜运转的时间都息息相关。我们这么年轻,却被深深卷入这么广大且似乎没有止境的战争里!朱老师说这诗不算太好的诗,但有雪莱本色。青年人为情所困,想突破牢笼而如此喊叫。纯宣泄性的诗总有点浅,经不起岁月的冲刷。自从一九四五年二月我读了这首诗后,国家和我个人生命都不断地在剧变之中,数十年间,"O World! O Life! O Time!"仍不断地在我心中激荡,没有更贴切、更简单的语言能如此直述迷茫。

英国哲人罗素(Bertrand Russell,1872—1970)七十五岁时写完他的《事实与虚构》(*Fact and Fiction*),讲述十五到二十一岁,心智成长过程中,对他影响最大的书。其中有一篇是"雪莱的重要",说他少年时读到雪莱诗中如真似幻的情境,深感着迷。成年后见识日增,遇到一些深沉宁静的境界,会有似曾相识的感动。雪莱短的情诗,他都熟读在心,也渴望会产生那样虽然有些苦涩但却痴迷的爱情："我爱他诗中的绝望、孤立和幻想景致之美……"这成为他想象力和感情的光源。据说马克思和恩格斯当年谈天时最爱谈雪莱，对这位出身贵族、才情飘逸的诗人的反传统精神十分倾慕。

朱老师坚信好文章要背诵，我们跟他念的每首诗都得背。英诗班上不到二十人，背书和私塾一样，无人能逃。"教"和"背"之际，每首诗由生变熟，有老师几句指引，确能得其真意。几首小诗之后，教到雪莱那首自怨自艾、充满悔憾的《沮丧》（Stanzas Written in Dejection-December, Near Naples），此诗亦因他相当正确地预言了自己溺海死亡，而令后世珍惜。

一九四五年，极寒冷的二月早上，我们四个同班同学由宿舍出来，走下白塔街，经过湿漉漉的水西门，地上已有薄冰，每人手里捧着手抄的英诗课本，仍在背那首《爱字常被亵渎》（One Word Is Too Often Profaned）和这首《沮丧》，它的第三节有一行贴切地说出我那时无从诉说的心情："没有内在的平静，没有外在的宁谧"（nor peace within nor calm around）。

四个人喃喃背诵，有时互相接续，从县街转入文庙广场，由宽阔的石阶进了庙门，迎面看到棂星门旁石柱上贴了一大张毛笔布告，墨汁淋漓似乎未干：

二月二十五日早晨，美国巨型飞机一千八百架轰炸东京，市区成为火海，日本首相惶恐，入宫谢罪。

站在这布告前的数百个中国大学生，经历战争八年之后，大多数的人全靠政府公费生存；衣衫褴褛，面黄肌瘦，在大石板铺的文庙正庭，无声无言地站着，读到这样的复仇消息，内心涌出复杂的欣喜。

终于，这些狂炸我们八年的日本人，也尝到自己家园被别人毁灭的痛苦，也知道空中灾祸降临的恐怖了。自侵占东北以来，他们以征服别人为荣，洋洋自得地自信着，他们家乡的樱花秋叶永远灿烂，却驱赶别的民族辗转沟壑，长年流离！

我也无言无语，沉痛而欢欣地站在那石柱之前，想象一千八百架轰炸机临空时遮天蔽日的景象,似乎听到千百颗炸弹落地前尖锐的呼啸,爆炸前灼热的强风,房屋的倒塌和焚烧,地面土石崩溅的伤害……啊,难以忘怀的青春岁月!死亡在日光月明的晴空盘旋,降下,无处可以躲藏……

那些因菊花与剑而狂妄自信的男人,怎样保护那些梳着整齐高髻、脸上涂了厚厚白粉、大朵大朵花和服上拴着更花的腰带、穿着那种套住大脚趾的高跷木屐的女人,踢踢踏踏地跑呢?有些女人把在中国战场战死的情人或丈夫的骨灰绑在背袋里,火海中,这些骨灰将被二度焚烧……

上课钟把我们带回现实人生,从石柱走向右排配殿第二间教室,又接续着背雪莱那首和我们完全不同的太平世界里优美的《沮丧》。我们所有的人都知道,若能像他那样在往复的海浪声里死亡,是多么美丽。

朱老师上课相当准时,他站在小小的讲台前面,距我们第一排不过两尺。他进来之后,这一间石砌的配殿小室即不再是一间教室,而是我和蓝天之间的一座密室。无漆的木桌椅之外,只有一块小黑板,四壁空荡到了庄严的境界,像一些现代或后现代的 studio。心灵回荡,似有乐音从四壁汇流而出,随着朱老师略带安徽腔的英国英文,引我们进入神奇世界。也许是我想象力初启的双耳带着双眼望向窗外浮云的幻象,自此我终生爱恋英文诗的声韵,像山峦起伏或海浪潮涌的绵延不息。英文诗和中国诗词,于我都是一种感情的乌托邦,即使是最绝望的诗也似有一股强韧的生命力。这也是一种缘分,曾在生命某个飘浮的年月,听到一些声音,看到它的意象,把心拴系其上,自此之后终生不能拔除。

当然,最强烈的原因是我先读了雪莱的《云雀之歌》,再读到济慈的《夜莺颂》(*Ode to a Nightingale*),忘记了朱老师英文中的安徽腔,只看到人生万万千千的不同。多年之内一再重读,自己上讲台授课,读遍了能读到的反响,深深感到人生所有"不同"都可由《云雀之歌》的欢愉、《夜莺颂》的沉郁中找到起点。命运、性格、才华，人生现实亦环环相扣，雪莱那不羁的灵魂，一面高飞一面歌唱，似星光银亮与明月的万顷光华，像甘霖，像流萤，像春日急雨洒上大地，而我们在人间，总是瞻前顾后，在真心的笑时也隐含着某种痛苦。诗人说："我若能得你歌中一半的欢愉，必能使世人倾听！"

10　雷·马·屏·峨

在读和背《云雀之歌》的时候，校长王星拱突然在文庙前广场召集师生，宣布一个重要的讯息：战事失利，日军有可能进犯四川，教育部下令各校在紧急时往安全地区撤退。指定武大由嘉定师管区司令部保护，在必要时撤退进入川康边境大凉山区的"雷马屏峨"[1]彝族自治区。同学们都已成年，不可惊慌，但必须有心理准备。

在大学很少见到校长，更少听他训话。我记得那天在初春的寒风中，中国早期的化学学者、武大创校人之一的王校长穿着他的旧长袍，面容清癯，语调悲戚，简短地结语说："我们已经艰辛地撑了八年，绝没有放弃的一天，大家都要尽各人的力，教育部命令各校，不到最后一日，弦歌不辍。"

这之后六十年，走过千山万水，"雷马屏峨"这四个字带着悲壮的声音在我心中不时响起，代表着一种最后的安全。人生没有绝路，任何情况之下，"弦歌不辍"是我活着的最大依靠。

我给父母写了一封信，如果重庆失守，我到"雷马屏峨"如何找到回家之路？十天之后，爸爸写来一封快信，简短有力地写着："国内战线太广，目前确实费力，但盟军在太平洋及欧洲局势日渐好转。吾儿随学校行动可保安全，无论战局如何变化，我在有生之年必能找

---

[1] 雷波、马边、屏山、峨边，四地在四川宜宾县境。当时的政府早作原住民生存集居规划，且装备若干国防安全设施，有相当程度的军事保护。

到你。"

　　那是一段真正惶恐的日子，夜晚睡在木板床上，想着必须步行三百里旱路的艰困情景。女生宿舍中有高班同学传说，嘉定师管区的军人说：这些女学生平时那么骄傲，随军进山的时候就骄傲不起来了。也有人说，这是左派"前进分子"故意制造分化的谣言。有些高班的男同学向学校建议，指派二百男生和女生队伍一起随军进山。

　　在这样惶然不安的日子里，一九四五年四月初，在弦歌不辍的文庙，我第一次读济慈的诗《初读查普曼译荷马》（*On First Looking Into Chapman's Homer*），这大约是所有人读他的第一首，用人们称为"戴着脚镣跳舞"的十四行诗的格律写他初读史诗新译时，如同探险家发现了新山峰的狂喜。

　　我读不懂他的狂喜。炸弹正在我的世界四面落下，落弹的呼啸和迸发的火海，由近而远，又由远而近，将我困在川西这座三江汇合的山城里。如今连这里也没有安全了。我不懂他怎么能与朋友"发现"了新的诗体，由天黑读到天亮，黎明时，在星光下步行三英里回到寄居的小楼，一口气写了这十四行不朽的喜悦，托快邮送到朋友眼前……自从这首诗后，他五年间用尽了一生的才华，二十六岁呕血而死。

　　五年，对我是很长的时间，二十六岁也尚遥远，而我过了今天不知明天是什么样子？爸爸信中说在他"有生之年"必能找到我，他今年四十六岁，"有生之年"是什么意思？我心中有不祥之感。

　　朱老师再上课时，对我们的处境一字不提，开始进入第二首济慈诗《夜莺颂》的讲解。他说，世人读过雪莱的《云雀之歌》再读这《夜莺颂》，可以看到浪漫时期的两种面貌，以后你读得愈多愈不敢给 Romanticism 一个简单的"浪漫"之名。济慈八岁时父亲坠马死，十四岁时母亲肺病死，二十四岁时，在病重的弟弟病榻旁，面对渐逝的生命，悲伤无助，尝试在艺术中寻求逃离人生之苦，遂构思此诗。在温柔之夜听夜莺之歌，如饮鸩毒而沉迷，如尝美酒而陶醉，然而夜莺必不知道人间疾苦："Here, where men sit and hear each other groan."（这里，我们对坐悲叹的世界。）诗人坐在花果树丛，"在黯黑的浓郁芳香中倾听，在夜莺倾泻心灵欢欣的歌声中，迎向富足的死亡，化为草泥"。（"Still wouldst thou sing, and I have ears in vain-To thy high requiem become a sod."）

阅读和背诵这首《夜莺颂》都不是容易的事，济慈的心思出入于生死之间，诗句长，意象幽深丰富。相较之下，读雪莱《云雀之歌》则似儿歌般的轻快了。此诗之后，又读三首济慈小诗：《惧诗未尽而死亡已至》（When I have fears that I may cease to be / Before my pen has glean'd my teeming brain）另一首，《为何欢笑》（Why did I laugh tonight? No voice will tell）和《星辰啊，愿我如你恒在》（Bright star, would I were stedfast as thou art）在这短短的两个月中，我经历了人生另一种境界，对济慈的诗，有心灵呼应的知己之感。

11 "前进"的读书会

在乐山的两年，我的生活似乎分成了两个世界。由水西门作界线，左转出去往文庙走，上课，看布告，读壁报，看各种展览（名家如徐悲鸿、关山月、丰子恺、凌叔华等，当然以地方人士和师生作品为主）；从水西门右转白塔街回到宿舍，则是一个吃喝起居与人共处的现实世界。

我与赵晓兰搬到新房间不久，同房一位法学院同学邀我俩晚饭后去"读书会"。我想去读些新书多么好，便兴冲冲地去了。

会场有三十多人，男生多于女生，那天正在讨论俄国作家高尔基（Maksim Gorkey, 1868—1936）的《母亲》（The Mother），这本书我在南开时读过，很感动。下一次指定的是肖洛霍夫（Mikhail Sholokhvo, 1905—1984）《静静的顿河》（Silent Don）。书由大家传着轮流看，女生宿舍由我同室的侯姐姐（她休学回来复学，比我们大两三岁）负责。我跟她去了三次，会场的讨论非常激昂热烈，充满了政治控诉，唱很多俄国民谣和《东方红》等歌。

在南开中学时没有晚上的活动，我周末回家，也从未听说有读书会，所以对我而言是新鲜事，在家书中很兴奋地提到。不久，父亲来信说："现在各大学都有'读书会'，是共产党吸收知识分子的外围组织，如今为了全民抗日，国共合作，所有社团都公开活动，吾儿生性单纯，既对现在功课有很大兴趣，应尽量利用武大有名的图书馆多读相关书籍，不必参加任何政治活动。国内局势仍在低潮，前线国军真可说是在浴血守土。吾儿只身在外，务望保持健康，面临任何事时都必须沉得住气。"（这样的信，这些年中我仍字字默记在心。）

自此以后，我便不肯跟侯姐姐去读书会，推说功课忙要背书，还把抄的笔记给她看，济慈的《夜莺颂》又长又难，我刚去图书馆借了本冷门的原文书，时时在查字典。她便只带赵晓兰去了。回来后更大声地唱那些《喀秋莎》、《东方红》等歌。从此不跟我说话，在走廊上碰到我，故意把头猛然扭过去不看我。而真正令我伤心的是，赵晓兰也渐渐不理我了，住在咫尺之内却形同陌路。

于今回顾，共产党借由读书会吸收年轻学生是有迹可寻的。

抗战时期，有一半的年月是国共合作的，毛泽东与周恩来都曾在重庆。毛泽东本人曾被选为一九三八年成立的国民参政会参政员（张伯苓任副议长，当年任议长之汪精卫竟于一九四〇年一月与日本签订卖国密约，不久去南京组成伪国民政府！）之后，毛泽东前往重庆开会表示支持一致抗日的立场，同为参政员的我父亲曾与他相遇有过简短谈话。

共产党的《新华日报》，自一九三八年初在汉口正式出刊后亦移至重庆，直到抗战快结束才停刊。在报纸是唯一新闻来源的时期，他们的言论影响了许多知识分子与学生。

周恩来是南开校友，常到学校看张伯苓校长，也多次以校友身份在周会演讲。大家最喜欢学张校长介绍他时的天津腔："现在，我让恩（Neng）来跟你们讲话。"充满了对这位杰出学生的温情。

他顾念老校长的立场，只谈健国强身，赶走日本倭奴，成为世界文化大国等，似乎从未为共产主义宣传。事实上，他本身独特的吸引力就是最好的宣传，很多人借由他温文儒雅、充实渊博的风格认识了共产党。

一九四三年我念高三，正是轰炸最厉害的时候。高三时分到理组的傅绮珍，多年在校与我友好。她高高壮壮的个子，俊秀乐观，终日笑口常开，功课人缘都好。后来她考上中央大学，留在沙坪坝，我远走川西乐山。暑假我回家，初时也见面谈谈，后来听说她与陈春明等六人与中大的一些男同学去延安了——这件事当时令我非常惊诧与难过。我一直认为她是我的好朋友，看课外书，写壁报，办活动等等常在一起，她跨了这么一大步，竟然从不曾给我一点暗示，临行也没有一句告别。直到武大这读书会我才渐渐了解，傅绮珍是不可能告诉我的。她们也许早就参加读书会之类的活动，被左倾团体吸收，成为"前进分子"，而"幼稚"地痴迷文学的我，早已不是她的"同路人"，更何况赵晓兰这新交。

就在这时，校长宣布了教育部命令准备紧急时撤退到"雷马屏峨"的指示。女生宿舍人人惊慌，幸好上课时老师态度稳定；他们都是有家眷的，说大家共患难，不要怕。有几位四川本省的同学请假回家去了（学校允许补课、补考）。我们宿舍三楼有两间阁楼，因为顺着屋顶斜了一边，里面可以摆两张平床，两个小桌，只有一面有窗，另一面开着一片天窗，爱热闹的同学不喜欢住，而且低班的也轮不上。她们和我这间共用一座楼梯，有一天在楼梯上遇见历史系的李秀英，她说她的室友被未婚夫接回叙永去了，说兵荒马乱的，先结婚再说。所以她那间阁楼空了一个床位，她知道我一直羡慕人少的屋子，欢迎我去与她同室。我几乎是跑步去舍监室，申请到了那个床位。那小小的木板床、小木桌，头顶上一尺半见方的天窗，对我简直是华美的宫殿！

在我收拾行李和书籍搬房的时候，侯姐姐用她惯有的大嗓门，

第四章 三江汇流处

不指名地说：" 有些人家长在重庆做高官，还每个月领公费，享受民脂民膏，真是脸皮厚！每天口中念着云雀夜莺的，不知民间疾苦，简直是没有灵魂！"其他的人都低下头假装看书，没有说话，我想了想，也不知道该说些什么，只有和赵晓兰说声再见，赶快把东西搬到三楼去。

把新的铺位安好，坐在床上想想刚才的那一幕，心中十分难过。记得刚住进时，她要我们叫她姐姐，对我殷勤照顾，有时连洗澡小室都帮我先占一间，吃饭时在板凳上留个空位给我。还不到两个月，怎么就如此凶恶攻击呢？当天晚上，躺在小床上，看到天窗外，繁星满天，第一次想到也许是上帝给我讯息，叫我看看广大的穹苍，原谅别人的伤害？但是我年轻的心却无法吞噬那翻脸无情的攻击。

第二天到文庙上课，我到生活指导组去问："伙食公费是给哪些学生？"那位半工半读的职员很不耐烦地说："开战以来所有公立大中学的战区学生都有公费。"我问："如果战区学生的家长在政府工作，有固定收入，也给公费吗？"他注意地看了我一阵子说："从来没有人来问过这个问题，你叫什么名字？什么系的？"他写下我的名字后，板着脸说："你回去写个呈文来说要放弃公费，学校给你转呈教育部。"然后就把咨询窗口关上了。

不到三天，文法学院同学间便传说我去申请放弃公费。鲁巧珍问我怎么回事，我告诉她只是去问了一下公费的资格而已，并没有多说一句话。她听说前进（左倾）的同学要拿这做个题目攻击教育部。当天晚饭后，我上楼经过原来房间，那位姓侯的"姐姐"在她靠门的座位上看到我，大声说："有的人怕别人不知道她是权贵余孽，自己在到处炫耀呢！贪官污吏的女儿！滚出去！不要以为你有什么了不起！"——这是我独立为人第一次见识到政治的可怕与谎言。在我生长的家庭，革命与爱国是出生入死的，有情有义的，最忌讳翻脸无情，出卖朋友。

从此以后六十年来，我从不涉入政治，教书时连校园政治也不参与。

12　三江汇流之处

　　住在小阁楼的斗室一年三个月，真是一生难得的欢畅，心情比屋子更感窗明几净。李秀英有个固定的男朋友，在城里找了个工作等她毕业，每天晚饭后到宿舍来找她出去，每晚舍监必来各室点名，她常常在九点锁门之前飞跑回来。所以晚上我有三小时独处，可以听不到纷杂的干扰。第一次可以自在地读书或清理满腹心事，是以前从来没有的幸福时光。小小的天窗开向大渡河岸，夜深人静时听见河水从窗外流过，不是潺潺的水声，是深水大河恒久的汹涌奔流声。渐渐地，在水声之上听到对岸有鸟鸣，就在我小窗之下也有呼应，那单纯的双音鸟鸣，清亮悦耳，却绝没有诗中云雀之欢愉，也没有夜莺的沉郁，唱了不久就似飞走了，又在远处以它那单调的双音唱几声。初听的夜晚我几乎半夜不眠地等它回来。这怎么可能？在我虽然年轻却饱经忧患的现实生活里，竟然在这样的夜晚，听到真正的鸟声伴着河水在我一个人的窗外歌唱！

　　白天我问同学，现在河岸唱歌的是不是杜鹃鸟？她们说是布谷鸟，听到它唱"布谷！布谷！"是催农人插秧了。用"暮春三月，江南草长，杂花生树，群莺乱飞"这样的美文也写不出这江岸之美。白天我把小天窗斜斜地开着，无数不同的鸟声随同阳光流泻而入，令人竟至坐立难安，必须走出这斗室去寻找歌声的来源！半日没课的日子，我常抓起待背的诗本，出水西门，由水夫们挑水上下的石阶下去，往右边河岸走去。在那看似荒草湮没的河岸，有一条依稀可辨的小径，引向一堵废砖墙下，如果有勇气跨过去，便可以发现一片小小草坪面对河水。草坪后面是一丛树，树后面是我宿舍的楼，在三四楼之间斜建而上的，是我那间斗室。那扇小小的天窗，在阳光下闪闪发光，似在反映我的惊喜！再往前走二十尺，河岸转折，就无路了。这

第四章 三江汇流处

是一块不可能被人发现的、我私有的乐园,和嘉陵江畔岩壁上的石窟一样,是我的避世净土。

我发现这地方纯由一个"缘"字。

一年级下学期某个早晨,我由那间陋室出来稍晚,走向大门时,看见一个挑水的老者在上锅炉的石级上摔倒,头撞在阶上血流满脸,旁边的水夫扶起了他,却不知如何止血。我当时立刻奔回房间,拿出家中带来的药盒,棉花、红药水、纱布、胶带,帮他止血包上,用的全是童子军的重庆救灾训练所学。在南开六年全无我用武之地,如今能在自己落难离家时"日行一善",自己也感动了一番。

我把那瓶红药水和纱布等送给伤者,两位水夫在旁边对我说这是他们的领班,因为老婆生病,儿子不争气,他都五十岁了还得出来挑水。这之后每天早上我都注意看他有没有换药,直到伤口结疤。在那个时代,药护观念是相当原始的,我那童子军知识在此已不算太落后了。那天早晨,当我站在水西门外的草丛中张望时,那位老水夫正在河里用水桶挑水。他看我拿着书,便走过来,小声地指给我绕右一条小径再转前行,可以找到一块读书的地方:"这边人杂,我会告诉他们不打扰你。"

这真是我最富足的产业啊!在乐山之后的两年,我从没有告诉人这个地方,和那江上的岩洞一样,对我是圣灵之地。那一年我二十岁,面对重重威胁的人生,觉得随时可能失去一切,孤苦无依。唯一必须留下的是自己的心灵,这一颗切切思慕知识、追寻善和美的心灵,而这河岸小片净土,曾是我安心置放心灵之地。

初搬上阁楼时,夜闻布谷鸟啼,竟似济慈在租屋院内听到院里筑巢的夜莺歌唱的心情,很想去找找鸟儿筑巢的树,在河岸窗下方向搜寻多次,当然是找不到的。暮春三月,岂止江南杂花生树,莺飞草长!坐在河岸那里,晴天时远远看得见青衣江上帆船顺流而下,后面是无垠的江天。青衣江至今仍引人遐想,千年前李白初过乐山,有诗《峨眉山月歌》:"峨眉山月半轮秋,影入平羌江水流。夜发清溪向三峡，思君不见下渝州。"平羌就是青衣江。羌族与彝族是川西原住民，不知在哪个朝代被汉人"平"了，把江名改了，纪念征服，但是世世代代的人仍以清溪般的心情称它原名青衣江。这来自神秘西康邛崃山脉初融的雪河，注入在我脚下浊流汹涌、咆哮的大渡河后，左转流进岷江，在山岬角冲击之后，到了全城取水的水西门外，江水变得清澈，流过唐朝依山所建高七十一米的大佛脚下，温柔回荡，从没有浑浊的时候，天晴正午可以隐约看见江水中横过一条清浊的分界。

面对这样壮丽的江山，不由得我不千百遍地念着张若虚《春江花月夜》中"江畔何人初见月，江月何年初照人"的诗句，我自知如此渺小，如此无知，又如此彷徨无依；但是我也许是最早临此江流，背诵英国诗人济慈的中国女子吧。我沿着自己那一段河岸前前后后地踱着，背诵了济慈的《夜莺颂》、《希腊古瓮颂》（*Ode on a Grecian Urn*）、《秋颂》（*To Autumn*），背到《无情的妖女》（*La Belle Dame Sans Merci*）的最后几句[1]：

> I saw their starv'd lips in the gloam
> With horrid warning gaped wide,
> And I awoke, and found me here
> On the cold hill's side.
> 在幽暗里，死亡勇士的瘪嘴
> 大张着，预告着灾祸；
> 我一觉醒来，看见自己
> 躺在这冰冷的山坡。

背诵间竟因它的阴森感觉而匆匆跑回宿舍，第二天又去背既长又难且迷人的《圣亚格尼节的前夕》（*The Eve of St. Agnes*）第一段。诗句的背诵和我青春迸发的诗思，与那样的季节那样的天地融合成一种永远不

---

[1] 中译参考查良铮先生一九五〇年代中译《无情的妖女》（*La Belle Dame Sans Merci*），洪范书店二〇〇二年《济慈诗选》。

能淡然处之的人生情怀。在当时曾被同学嘲为"不食人间烟火"的恍惚者，于日后漫长的一生，却转为一种无法解释的不安现状的孤僻。

济慈的诗只有《秋颂》是我乐于与人分享的，它是温暖、认命、成熟完美的诗篇。麦子收割后的田垄，呈现季节的自然悸动，傻蜜蜂在夏末迟迟的花间，以为夏日永无止境，而蟋蟀低唱，燕子绕空飞鸣，秋已深了——达到了完成之境（completion）。

读了大约十首济慈的诗后，朱老师返回《英诗金库》的第一部，讲了一些莎士比亚和弥尔顿的十四行诗，让我看到抒情诗的又一种写法。

这时，五月已经过完，进入六月了。有英诗课的日子，我仍与同班同学三四人出白塔街过湿漉漉的水西门，一路喃喃背诵往文庙走去。但我们也已知道，外面的世界全变了。

13　张大飞殉国

盟军在五月二日完全占领了柏林，日本境内也在美空军密集轰炸之下开始疏散，自杀飞机成了他最后最残忍的武器。我国渐渐在广西收复失土，六月十二日战报，日军势孤，湘西会战我军大胜，歼灭日寇一万余人，正朝桂林进军……

宿舍弥漫着欢欣的气氛，所有人都解开了准备步行去"雷马屏峨"的背包，准备大考及暑假回家。合唱团、音乐会、送别会、郊游的活动又开始热烘烘地举办，休学和请假的人很多都带些羞愧的表情回来上课了。四月十二日，美国罗斯福总统突然逝世，对中国的冲击很大，有一天朱老师在英诗课突然念了一首美国诗人惠特曼（Walt Whitman, 1819—1892）的诗《啊，船长！我的船长！》（*O Captain! My Captain!*），追悼他不及见战争胜利。此时读此诗，觉得响亮有力，如鼓声送别。然而不到百日之内，我竟第二次清晰地想起这首诗，刻骨铭心，沉重的，不甘心的哀伤。

我最后一次到水西门外我的河岸是六月初。春天已经过完，岸边的草长得太高，已渐湮没小径。我去那里读哥哥写给我的信，这封信我已经收到两天了，那两页信纸内容也已经背熟，但是我必须找一个地方，好好地想一想……

哥哥信上说，张大飞在五月十八日豫南会战时掩护友机，殉国于河南信阳上空。他在重庆战报上看到前线的消息，周末回到家收到云南十四航空队寄给他的通知，我们家是张大飞的战时通信地址之一。他留下一封信给我哥哥，一个很大的包裹给我，用美军的帆布军邮袋装着，大约是信件。哥哥说我快放暑假回家之前，最好有个心理准备——他的信里附上了张大飞写给他的信。

这是一封诀别的信，是一个二十六岁年轻人与他有限的往事告别的信。我虽未能保留至今，但他写的字字句句都烙印我心。他说：

振一：

你收到此信时，我已经死了。八年前和我一起考上航校的七个人都走了。三天前，最后的好友晚上没有回航，我知道下一个就轮到我了。我祷告，我沉思，内心觉得平静。感谢你这些年来给我的友谊。感谢妈妈这些年对我的慈爱关怀，使我在上不着天、下不着地全然的漂泊中有一个可以思念的家。也请你原谅我对邦媛的感情，既拿不起也未早日放下。

我请地勤的周先生在我死后，把邦媛这些年写的信妥当地寄回给她。请你们原谅我用这种方式使她悲伤。自从我找到你们在湖南的地址，她代妈妈回我的信，这八年来，我写的信是唯一可以寄的家书，她的信是我最大的安慰。我似乎看得见她由瘦小女孩长成少女，那天看到她由南开的操场走来，我竟然在惊讶中脱口而出说出心意，我怎么会终于说我爱她呢？这些年中，我一直告诉自己，只能是兄妹之情，否则，我死了会害她，我活着也是害她。这些年来我们走着多么不同的道路，我这些年只会升空作战，全神贯注天上地下的生死存亡，而她每日在诗书之间，正

第四章 三江汇流处

朝向我祝福的光明之路走去。以我这必死之身,怎能对她说"我爱你"呢?去年暑假前,她说要转学到昆明来靠我近些,我才知道事情严重。爸爸妈妈怎会答应?像我这样朝不保夕、移防不定的人怎能照顾她?我写信力劝她留在四川,好好读书。我现在休假也去喝酒、去跳舞了,我活了二十六岁,这些人生滋味以前全未尝过。从军以来保持身心洁净,一心想在战后去当随军牧师。秋天驻防桂林时,在礼拜堂认识一位和我同年的中学老师,她到云南来找我,圣诞节和我在驻地结婚,我死之后抚恤金一半给我弟弟,请他在胜利后回家乡奉养母亲。请你委婉劝邦媛忘了我吧,我生前死后只盼望她一生幸福。

这一年的大考延后一些,给请假的人补课的时间吧。我于七月六日与许多同学搭船回炎热如火炉的重庆,看到书桌上那个深绿色的军邮袋时,即使妈妈也难于分辨我脸上流的是泪还是汗。种种交纠复杂的情绪在我心中激荡,好似投身入那三江汇合的激流。两天后我才打开那邮包。上面有一封陌生笔迹的信,里面写着:

> 张大飞队长已于五月十八日在河南上空殉职。这一包信,他移防时都随身带着。两个月前他交给我,说有一天他若上去了回不来,请我按这个地址寄给你。我在队上担任修护工作,随着他已经两年,他是很体恤人的好长官,我们都很伤心。从他留在待命室的上装口袋里找到一封你的信,也一并寄上。望你节哀。
>
> 周□□敬上

他的信封里装了一张折了多次、汗渍斑斑、浅蓝已褪至黄白色的、我在南开高三时写的信,那是一封纯粹的文艺青年的信,说:

> 很羡慕你在天空,觉得离上帝比较近,因为在蓝天白云间,没有"死亡的幽谷"……你说那天夜里回航,从云堆中出来,蓦地看到月亮又大又亮就在眼前,飞机似乎要撞上去了,如果你真的撞上了月亮,李白都要妒忌你了。……而我现在每天要在教室至少坐八小时,几何那么难,几乎令人生趣全无,幸亏有孟老

师的词选,不必只为了考大学活着。今天看高一的同学忙着把被单缝成裙子,要去参加全市运动会的团体舞,那就是我们以前做的事,幼稚得要命。我现在都不敢看课外书了,星期六回家经过时与潮书店门口,我都快步走过,以免受到诱惑……"

这样的信我写了好多年,直到我去乐山读哲学系。对于他,这些信大约像烟酒跳舞对他队友一样,有帮助忘却狰狞现实的用处吧。我从乐山想转学到昆明西南联大去找他时,他急着来信阻止,其中有句说:"你对我的实际生活,知道的愈少愈好,对我'光荣'的实质情况愈模糊愈好。"初读时,我看不懂,以为他"变"了。多年后才全然了解,善良如他,蓦然觉醒,要退回去扮演当年保护者兄长角色虽迟了一些,却阻挡了我陷入困境,实际上仍是保护了我。

我那一大包信,他曾仔细地按年份排好,第一封从湖南湘乡永丰镇扶稼堂寄的,小学毕业生的平安家书;最后一封是大学二年级外文系学生写的,已承认自己没有研究哲学的慧根,全心投入雪莱和济慈的浪漫诗情。从阁楼的小窗看满天星辰,听窗外树上鸟鸣布谷,你在哪里?你怎么像神迹般显现挚爱,又突然消失了呢?

从一九三八年到一九四四年,一个少女在残酷战争中成长的心路历程,详详细细地记录在那一百多封信中,我留在家中柜里那一包他七年间写的更多数量的信,是一个十九岁的青年由流离的困境投身最强烈的战斗的完整自述。他驾驱逐机击落敌机的时候,有时会想:我这样虔诚的基督徒,却这样长年做着杀戮的工作,上帝会怎么裁判呢?祂不是说"生命在我,复活也在我"吗?耶稣说人若打你左脸,你把右脸也给他打吗?但是日本人不但打我的脸,他们杀了我的父亲,摧灭了我的家,将我全国的人在自己的土地上追杀至今。我每在郊区打下他们一架飞机,即可以减少牺牲于炸弹下的多少冤魂……

这两大包信,放在一起。这一年夏天,我没有力量重看。他的死讯虽在意料中,但来时仍感意外,因而难于印证现实。

所有的迹象显示,战争快要结束了。麦克阿瑟将军收复了菲律宾，实践"我会回来"的豪语。在卢沟桥事变后八年的七月七日我国军事委员会宣布："八年抗战，截至现今，共计毙伤日寇及俘虏日寇达二百五十余万人。我阵亡官兵一百三十余万人，负伤一百七十余万人。战局现已转守为攻。"全国开始生活在期待中。

几乎在此同时，陈纳德将军辞职的消息震惊了中国朝野。罗斯福总统逝世后，美国的三军统帅艾森豪威尔将军由马歇尔将军继任（"马歇尔计划"对第二次世界大战战后的世界局势有很大的影响，中国国共战争时他前来调停，但是一般认为他偏向中共的"进步改革"，间接造成了国军的失败而失去大陆）。中国战场的盟军司令史迪威将军与蒋委员长合作得不愉快，由魏德迈将军接任，他收到总部指示说，陈纳德以最少的资源已打了很长时间的游击战式的战争，"采用现代化进攻战术和技术的最迅速和有效的办法是撤换指挥官"。

陈纳德在重庆的告别仪式几乎是空前绝后的热情感人，两百万人挤满了街道和临街的门窗，他的座车无法穿过人群，人们手推着他的车子到欢送广场，全城伤痕累累的房屋上挂满了各种旗帜，许多绣着飞虎的队徽。蒋委员长亲自授赠其中国最高的青天白日大勋章，表示中国人民对他多年血汗相助的感谢，美国政府也在此授予特勋金十字勋章，并挂上第二枚橡树叶奖章。这一年陈纳德五十二岁。正因为他来到了神秘遥远的中国，脱离了美国正规军的律令，以近乎江湖闯荡的个人魅力，聚集了千百个同样的好汉，用驱逐机的战术解救了地面上无数苦难的生灵。

四个月之内，罗斯福逝世，陈纳德解职，张大飞战死。这一场战争带着无数人的憾恨落幕，惠特曼《啊，船长！我的船长！》，那强而有力的诗句，隔着太平洋呼应所有人对战争的悲悼：

O Captain! My Captain! Our fearful trip is done；
（啊 船长！我的船长！可怕的航程已抵达终点；）
The ship has weather'd every rack，（我们的船渡过每一场风暴，）
The prize we sought is won，（追求的胜利已经赢得；）

The port is near, the bells I hear, the people all exulting,
（港口近了，听啊那钟声，人们欢欣鼓舞，）
While follow eyes the steady keel, / the vessel grim and daring；
（所有的眼睛跟着我们的船平稳前进，它如此庄严和勇敢；）
But O heart! Heart! Heart!（可是，啊，痛心！痛心！痛心！）
O the bleeding drops of red,（啊，鲜红的血滴落，）
Where on the deck my Captain lies,（我的船长在甲板上躺下，）
Fallen cold and dead.（冰冷并且死亡。）

14　战争结束

　　盟军在欧洲胜利之后，急欲结束亚洲的对日战争，在中国和太平洋岛屿的日军明知大势已去，却仍在作困兽死斗。在那些荒凉的小岛上，双方死伤数十万人，直到美国以数千架轰炸机密集轰炸日本，东京已半成废墟。

　　七月二十六日，中、美、英三国领袖在盟国占领的德国波茨坦发表宣言，促日本无条件投降（同一日，英国领导战争至胜利的丘吉尔首相大选失败下台，亦未见终战果实）。第二天日本内阁会议，从早上到深夜，主战派主张准备本土保卫战，大和民族宁可"玉碎"拒绝投降。英美新的领袖艾德礼和杜鲁门发表联合对日作战声明。三天后第一颗原子弹投在日本广岛，日本仍拒绝投降；八月九日，第二颗原子弹投落长崎。全世界的报纸头条是巨大的照片上原子弹升起的蕈状云和下面的一片火海。

　　八月十四日，在各种战壕中垂死挣扎的日本兵，听着他们的昭和天皇广播，叫他们放下武器："日本业已战败，无条件投降，依照开罗及波茨坦宣言，将台湾归还中国……"

　　八月十五日，蒋委员长向全国军民发表广播演说："国人于胜利后，勿骄勿怠，努力建设，并不念旧恶，勿对日本人报复……"这个宽宏的态度，后来成了战争赔偿中"以德报怨"的宽宏条文，至今仍是中国人的一个困惑。

日本正式投降时重庆的狂欢，是我漫长一生所仅见。

随着广播的声音，愁苦的大地灌满了欢乐，人们丢掉平日的拘谨矜持，在街头互相拥抱，又跳又笑，声嘶力竭地唱"山川壮丽，国旗飞舞……"这样的爱国歌，说是万人空巷还不够，黄昏不久，盛大的火炬游行燃亮了所有的街道。

我跟着哥哥和表哥们也拿着火把往沙坪坝大街上跑去，左连小龙坎，右接瓷器口，几乎没有一吋黑暗的路，人们唱着，喊着"中华民国万岁"，真正是响彻云霄。我跟他们走到南开中学的校门口，看到门口临时加了两个童子军在站岗，手里拿着和我当年胳膊一样细的军棍，脸上童骏的自信，正是我当年跟着张校长念的"中国不亡，有我"的自信。校门里范孙楼的灯全开着，我想到当年张大飞自操场上向我走来，这一瞬间，我突然感到万声俱灭，再也不能忍受推挤的人群。竟然一个人穿过校园，找到回家的小径，走上渐渐无人的田埂，往杨公桥走，快到那小木桥的山坡是个多年废弃的乱葬岗，我哥哥常常向他的朋友挑战，看谁敢去掀那个露出一半的棺材盖，他们又说许多鬼火的故事，比赛谁最勇敢。平常我都由前面大路回家，白天偶尔同大伙走过。走过小木桥上坡，就是我们去年为躲警报而搬去的家。我一面跑，一面哭，火把早已烧尽熄了。进了家，看到满脸惊讶的妈妈，我说："我受不了这样的狂欢！"在昏天黑地的恸哭中，我度过了胜利夜。

从此之后，我不再提他的名字。我郑重地把他写来的一大叠信和我写去的一大邮袋的信包在一起，与我的书和仅有的几件衣服放在一起。我想，有一天我会坚强起来再好好看看。但是第二年夏天，我意外地由成都直接"复员"回到上海，妈妈带着妹妹由重庆搭飞机复员回到北平，除了随身衣物只带了一些极具纪念性的照片，那些信和一切的痕迹，全留给苦难时代的狂风。它们的命运，在我家日后播迁的岁月中，连想象都难了。

这一年的十一月，在他从军时赠我《圣经》整整八年后，计志文牧师从成都写了一封很长的信给我，说他由珞珈团契的一位朋友处得知我在深沉的悲哀中，他劝我振作，抄了《启示录》第七章最后一句："在主宝座之前穿白衣的人是从大患难中出来的……因为宝座中的羔羊必牧养他们，领他们到生命水的泉源，上帝也必擦去他们一切的眼泪。"

计牧师不久到乐山传道，我在卫理公会受洗成为基督徒，我在长期的思考后，以这样严肃的方式，永远地纪念他：纪念他的凄苦身世，纪念他真正基督徒的善良，纪念所有和他那样壮烈献身地报了国仇家恨的人。

第五章 | 胜利
——虚空,一切的虚空

1 战后新局
——失落的开始

为了行政管理之效率，国民政府设立军事委员会东北行营，将东三省分成九省——辽宁、安东、辽北、吉林、松江、合江、黑龙江、嫩江、兴安（一九四九年后恢复为原三省）。当年兴冲冲去"接收"那九省的人，梦想不到三年半之后会战败，逃到只有东三省疆域三十五分之一的台湾，终生未得返乡。

胜利日不久，各级学校即将开学，教育部公告说战区各校多遭日军破坏或征用，校舍设备须待修复，迁至大后方各校留在迁居地，待明年暑假复员原校，本学年按学历开学，安心上课，详作复校计划。

这一年我哥哥已由政治大学外交系毕业，等待分发驻外使馆工作，最初派往南美乌拉圭大使馆三等秘书（因为那个国名，他成为朋友取笑的对象）。他一直以未能参加什么革命为憾，一年前参加"十万青年十万军"被阻，耿耿于怀，既不想去乌拉圭，就去报考《中央社》做随军记者，要求派往东北战区，与战士同甘共苦，体验作战生活。

我大妹宁媛已经小学毕业，上了南开初一，爱打垒球。小妹星媛上南开附小三年级。父母也决定留在四川，明年等我们放假再搬回北平——第一件事是安葬我的祖母，她于一九三七年逝世后，棺木浮厝在北平郊区一所庙里。

2 再遇名师

嘉定距峨嵋山只有百里，山水钟灵自古闻名，大渡河、青衣江、岷江三江沿岸世代有文人雅舍，如眉山的苏东坡、乐山的郭沫若。抗战时期在武大任教而住在乐山的有朱光潜、陈西滢、凌叔华、袁昌英、苏雪林等作家。一九四一年武大聘请钱穆先生讲学，主题是中国历史上的政治问题。因是全校讲座，又为避警报，上课时间为早晨六点到八点（前一年日机大轰炸，乐山城区半毁，死伤很大，之后又流行一种"趴病"及伤寒，埋葬病死的武大学生之地被称为"第八宿舍"）。当时全城电力尚未恢复，学生由各宿舍去最大的那间教室，须拿火把照路，摸黑去听钱穆先生的课，往往晨光初露时座位已被火把占满，后来者即无法进去。女生宿舍低班学生似乎无人敢去。我升入高班三年级时，抗战胜利，钱先生回到重庆。我听高班男同学讲当年盛况，非常羡慕。然而当时绝未想到三十年后在台湾，我为"国立编译馆"公事拜谒钱先生，且有二十年单独请教、畅谈、倾听的缘分和荣幸。

当年国学大师马一浮先生在岷江对岸乌尤山上设复性书院，熊十力先生亦曾在书院居住讲学，书院研究者一百人，亦曾请钱先生演讲。钱先生晚年回忆当年有一段时间与朱光潜先生同进中、晚餐，"畅谈甚相得"。

九月初我回到乐山，觉得学校的气氛全变了。原来凝聚着共患难、同歌哭的维系力，如今似乎涣散了。由全国联考招来的学生，将回到天南地北的家去，每个高年级的人都有着宽广的就业理想（那时的大学生占人口比例太小），而政治的气氛已经笼罩到所有的课外活动了；壁报、话剧，甚至文学书刊都似乎非左即右，连最纯粹的学术讲座也因"前进"程度而被划分为不同的政治立场。

大学三年级开学后，朱光潜老师已辞掉院长工作，专任外文系教授兼主任，他邀我们几个导生去他家喝茶。

那时已秋深了，走进他的小院子，地上积着厚厚的落叶，走上去飒飒地响。有一位男同学拿起门旁小屋内一把扫帚说："我帮老师扫枯叶。"朱老师立刻阻止他说："我等了好久才存了这么多层落叶，晚上在书房看书，可以听见雨落下来，风卷起的声音。这个记忆，比读许多秋天境界的诗更为生动、深刻。"由于是同一年的事，我一生都把那一院子落叶和雪莱的《西风颂》中的意象联想在一起。在我父亲去世之后，更加上济慈的《秋颂》，深感岁月凋零之悲中有美，也同时深深感念他们对我生命品位的启发。

外文系的学术功课到三年级才算开始，以朱老师的水准，原也安排很好的阵容，可惜最重要的"英国文学史"名师陈西滢和方重教授一九四三年前均已离校去了英国。新聘来教我这班的孙家琇先生刚从英国回来，应该可以胜任。她上课不久，即把重点放在乔叟（Geoffrey Chaucer，1343—1400）《坎特伯雷故事集》（*The Canterbury Tales*）的中古世纪英文上。

她是位很壮的女子，用浑厚的嗓音念中古英文（Medieval English）的原文，念了大约两星期，把我们震慑住了——用一句今日台语来形容是"鸭子听雷"。好不容易到了兰格伦（William Langland，1332?—1400）的《农夫皮尔斯》（*Piers Plowman*）和马洛礼（Sir Thomas Malory，1405—1471）的《亚瑟王之死》（*Le Morte D'Arthur*）。从十五世纪到了十六世纪的穆尔（Thomas More，1478—1535）的《乌托邦》（*Utopia*，1516），匆匆掠过最早的十四行诗，飘过斯宾塞（Edmund Spenser，1552—1599）"Poet of Poets"就放寒假了。下学期介绍了马洛（Christopher Marlowe，1564—1593）的《浮士德》（*Doctor Faustus*），读了莎士比亚的十四行诗几首代表作、重要剧本的名单和梗概，弥尔顿的《失乐园》（*Paradise Lost*）与《圣经·创世记》的关系，即到了德莱顿（John Dryden，1631—1700）。不到三堂课，突然老师请了病假，她和我们再也没有回到英国文学史那门课，然后大家都"复员"回下江去了——四川人称所有外省人都是"下江人"。

我大学毕业时，主课英国文学史只修到一七○○年，对德莱顿之后两百五十年的无知，是我多年的憾恨。第二次到美国印第安那大学进修，我用一整年时间苦修英国文学断代史四门课：十五世纪以前，十六、十七世纪，十八世纪，以及十九世纪。我自己教英国文学史时（台湾"国立"大学外文系已改为两年课，大二、大三必修），用一切安排，使时间足够教到二十世纪中叶，绝不让我的学生有此憾恨。

另外两门课比较稳定，小说课的戴骝龄先生是典型的文人学者，他也是《时与潮文艺》的定期作家，言语不太流利，但课程内容充实，分析层次颇高。他讲到狄更斯（Charles Dickens，1812—1870）的《双城记》（*A Tale of Two Cities*）时，特别教我们注意英国人怎么看法国大革命时的暴民政治，我至今想到书中描写巴黎的家庭主妇坐在广场上，一面织毛衣一面数着断头台上砍下的人头，把刀斧落下的次数织进她们温暖的毛衣里，仍令我不寒而栗。他结结巴巴地说，那个英国记者为了爱情上断头台，站在台上居然会看到一个美好的未来世界，简直是不食人间烟火的小说写法（我原来以为爱情就该是那样）。他是最早教我们由不同角度读小说的老师，他开的书单对我以后阅读也很有帮助。

在现代文学课上首次认识了缪朗山教授。在那几年，他大约是对学生最有魅力的人了，专长是俄国文学，所以几乎全以俄国文学作为现代的代表。

他的课很受学生欢迎，抗战国共合作时期，这样的课比任何政治宣传都有用。缪先生身体壮硕，声音洪亮，对俄国文学确有研究，所以授课演讲内容丰富，上课时如上舞台，走过来跑过去，从不踱步，脸上都是表情，开口即是谐语，一男同学形容他是"大珠小珠落铁盘"。他热切地介绍高尔基的《母亲》、肖洛霍夫的《静静的顿河》和伊凡·冈察洛夫（Ivan Goncharov，1812—1891）的《奥勃洛莫夫》（*Oblomov*），此书是一本极精彩的写懒人之书，说到那贵族懒人的仆人，因为太懒，伸出的手掌和鞋底一样脏，缪教授居然把他的破鞋脱下一只与手掌并列——在他之前和之后，我从未见过那么起劲的教书人。

3　奏错了的乐曲

大三开始，我在乐山的生活有了一个很大的变化——有人到女生宿舍给我"站岗"了。

一二年级我参加的课外活动只有南开校友会和团契,在那小小的圈子里似乎都知道我已心有所属,在那个尊重"感情专一"的时代,从未有任何人能邀到我出游。

胜利不久,我将由重庆回校上课前,突然收到一封信,寄来一首以我的名字谱曲的创作,作曲者是刚毕业的黄君。他在信中说已爱慕我一年多了,看我那不理人的态度,鼓不起勇气去找我。毕业后,认识他的人少些,如不被峻拒,他会在就业前悄悄回到乐山来看我,试试能不能培养出感情。

武大除了几个大合唱团之外,有一个比较接近专业水准(或者是受过专业训练)的爱乐团体,由三人到五人不定期开个小型音乐会。在那个没有任何音响的时代,很受欢迎与尊重。两把小提琴,一个男中音,黄君是第二小提琴,他拿着琴上台时,颀长儒雅,许多女生为他着迷。

南开校友话剧社一九四四年六月初为欢送毕业同学公演话剧《天长地久》,是由《茶花女》剧情改编的抗战名剧。他们敢于演出而且轰动全校的原因是有鲁巧珍和几位在沙坪坝即已演出成功的校友。在几乎完全没有音响设备的学生社团,全靠幕后的真人支援;他们说演曹禺的《雷雨》时,后台几位男同学站在梯子上拿盆子往地上倒水,一位壮汉架好一大块铁板,另一位用锤子拼命地敲,又有闪电又有雷声。而这位第二小提琴黄君,虽不是校友,但性情温和(另一位不好伺候),被请来在幕后奏乐。导演同学跟他说,你们提琴的曲名我不太懂得,你只要准备一首轻快的,一首悲伤的,到时候我告诉你拉哪一首就是了。那晚上,我们所有校友都被派了工作,我和另一个大一新生王世瑞,上台在秋千上坐了两分钟,代表纯洁无忧,然后就到后台去帮忙提词。不知是导演喊错了,还是提琴手听错了(后台又黑又窄又脏),当男女主角恋爱幸福的时候,有人推黄君说,弹那个"悲的",他就很有情调地拉起舒曼的《梦幻曲》(*Traumerei*),前台演员听了简直笑不出来了。

第二天城里小报说，南友话剧社这次演出一塌糊涂，男主角不知爱为何物，只有女主角鲁巧珍一人独撑全剧。黄君虽未表示震怒，但是南开校友看到他有些尴尬，有些亏欠。

开学不久，他就千里迢迢地由重庆回到乐山，专程看我。那实在是令我很有光彩，也令知道的人都很感动——在那小小的县城，很快地大家都"知道"了。他每天下午必然到老姚门房报到，老姚以他那令人忘不了的权威口音，向三楼大喊一声："齐邦媛先生有人会！"老姚"喊"所有二年级以上的女生为"先生"，他说女生上了大学就得有个样子，但是在宿舍里面他很少这么称呼，大约看透了女孩子日常生活中的真面目吧。

我到了三年级才第一次跟男生单独坐在江边的木排上。乐山是岷江口的木材集散地，山里的林木扎成木筏形式，推成一排排的，等水涨了由岷江顺波而下到长江大港城市去。黄昏后是同学们喜欢攀上去坐着、唱歌说话的有情调的地方。不久，双十节，他突然又来。

黄君如此热切表示爱慕，却在最糟的时候来……

自六月以来，我心中对张大飞的悲悼之情，沉重又难言。我不知如何恰当地称呼他的名字，他不是我的兄长也不是我的情人，多年钟情却从未倾诉。想到他，除了一种超越个人的对战死者的追悼，我心中还有无法言说的复杂沉痛与亏欠，谈到他的任何轻佻语言都是一种亵渎。正如柯勒律治（Samuel Taylor Coleridge，1772—1834）在《沮丧：一首颂歌》（*Dejection: An Ode*）中所言的悲痛（grief）：

> A grief without a pang, void, dark, and drear,
> A stifled, drowsy, unimpassioned grief,
> Which finds no natural outlet, no relief,
> In word or sigh, or tear-
> （没有剧痛的哀伤，是空虚幽暗而沉闷的，这种窒息，呆滞，又不具激动的哀伤，既找不到自然的宣泄途径，也无从得到

慰藉，不管在言辞，叹息甚或是眼泪中——）

在正常情况下，任何一个女孩子，在我那个年纪和见识，都会被一个风度翩翩，为你谱曲作歌，为看你溯江三日或是跑五百里旱路的人感动乃至倾心吧。但也许凡事早由天定，当黄君为《天长地久》配乐的时候，快乐幸福的场面误奏了悲伤曲子，即是一个预兆吧。我们注定无缘。

在乐山的最后一年，至少上学期，大家还认真地上课。武大维持着相当高的水准，以外文系为例，朱老师不仅自己教英诗、现代文学批评和翻译，担任系主任时规划的课程也够强，使前六年的毕业生走入社会进可攻退可守。可惜到了下学期，很多老师都有了新的工作，三、四月就开始赶课，提前走了，而那时也开始许多大大小小以游行方式出现的学潮。

4　学潮

抗战的胜利，是中国八年血泪坚持奋战得来，但由于原子弹而骤然来临，使政府措手不及，"胜利"二字所带来的期待未能立即实现，前线后方共患难的日子一去不返。自华北开始，共产党在战线后方，以八路军和农村宣传的力量急速扩张，对不满现状、充满改革热情的知识分子具有强烈的渗透与说服魅力。胜利后三个月，十一月二十九日，昆明的西南联大、云南大学等校"前进"学生，以反对内战、反对美军干涉内政为名发动学潮，有激进分子投手榴弹炸伤学生十三人，造成四人死亡。教授决定罢课，数十人发表告各界书，同情反内战学生，至十二月十七日才复课。

学潮在全国各大学扩散，一九四六至一九四八年大学校园充满了政治动荡与叫嚣，在我所亲身经历的学潮中，最具影响力的是西南联大的闻一多（一八九九～一九四六年）教授。他是著名诗人，其感时之作《死水》和哀悼夭折幼女的葬歌《也许》是当年文艺青年争诵之作，我至今仍能记忆《也许》十六行的全文，仍很受感动：
>也许你真是哭得太累，
>也许，也许你要睡一睡，
>那么叫夜莺不要咳嗽，
>蛙不要号，蝙蝠不要飞。
>
>不许阳光拨你的眼帘，
>不许清风刷上你的眉，
>无论谁都不能惊醒你，
>撑一伞松荫庇护你睡。
>
>也许你听这蚯蚓翻泥，
>听这小草的根须吸水，
>也许你听这般的音乐，
>比那咒骂的人声更美。
>
>那么你先把眼皮闭紧，
>我就让你睡，我让你睡，
>我把黄土轻轻盖着你，
>我叫纸钱儿缓缓的飞。

闻一多自幼有文才，十三岁由故乡湖北考入清华大学前身的清华学校，读完中学及大学课程，西学亦打下根底。他的爱国情怀强烈，参加过"五四"运动，在美国进修艺术时，与同学组织"大江学会"，奉行中华文化的国家主义。回国后从事艺术教育，积极参与文化活动，丰富的诗作使他成为名诗人。

抗战初起，他与清华、北大、南开的学生由湖南徒步跋涉到云南新成立的西南联合大学，任教文学院，研究《楚辞》颇有成就。战时昆明，教授生活清苦，闻一多有子女五人，薪水之外刻印补助生活所需。日军的轰炸、民生的困顿和共产党对知识分子的积极渗透，使闻一多自一九四四年起，由阅读埃德加·斯诺（Edgar Snow）《西行漫记》（*Red Star Over China*）一书开始研究共产主义，地下党的朋友劝他参加中国民主同盟，更有利于民主运动。《闻一多》（作者闻立鹏、张同霞，为闻一多之子、媳）书中提及，他是抱着"我不下地狱谁下地狱"的精神迎接新的斗争生活。他的老朋友罗隆基说："一多是善变的，变得快，也变得猛。"

闻一多开始写文章、演讲，激烈批评、攻击政府及一切保守的传统，如骂钱穆等为冥顽不灵。一九四六年七月十五日，在一场追悼李公朴殉难的纪念会后的下午，闻一多被暗杀，留下五个未成年孩子。

闻一多之死成了全国学潮的策动力量，对延安而言，他的助力胜过千军万马，对于中国的命运更有长远的影响。因为他所影响的是知识分子对政治的态度，更值得文化史学者的研究，但是在目前两岸的学术界，尚少见有超脱自身范围的回顾与前瞻。

5 最后的乐山

在这个喜忧无界，现实混乱的十一月，布道家计志文牧师应卫理公会内地会之邀到乐山来。他劝我受洗，定下心来走更长的路，也可以保持灵魂的清醒。他的布道会既以武大师生为主要对象，所讲内容的知识和精神层次颇高，未引起或左或右的政治嘲讽。那几天，他常常用江浙国语带头唱赞美诗，其中有一首，我比较不熟悉的，一再重复一句副歌："求主将我洗，使我拔草呼吸。"那时的教会并没有大众使用的圣诗本，我在南开中学长大，听惯了带天津腔的"标准"国语（他们有时笑我的东北口音），心里想，大约是如同我坐在河岸，心灵随自然脉动而舒畅呼吸吧。后来到了上海，有人赠我一本《普天颂赞》，才知道原来是"白超乎雪"，喻洗礼使人洁净之意。但"拔草呼吸"的初感仍较难忘。

第五章　胜利

这一年的圣诞前夕，教会的美籍韩牧师请一些教友学生去他家共度佳节，晚餐后安排余兴节目，其中一项是由男女生各抽一签，同一数目的两人一组，共同回答已写好的一些问题，竞赛答对的冠军。写答案的时候，为了保密，须用一件唱诗班穿的袍子盖住两人上半身，商量好了，写出来再从袍子里拿出来。我抽到和电机系四年级的俞君一组，他领了一件袍子走过来找我的时候，我心中有一阵从未经验过的紧张与兴奋。

记得刚到乐山那年冬天，对一切尚懵然不知的时候，有一天晚上在余宪逸、翟一我、冯家禄、鲁巧珍的宿舍窗前，看着音乐会散场后男生举着火把经过白塔街回工学院的第六宿舍。近百人在石头路上快乐地喧哗呼应，中段有一大群人唱着当晚节目中的歌，这时，学姐们指着一个高高的漂亮男生说："啊，看看，俞××走过来了！"

他正在唱《茶花女》中的《饮酒歌》，那充满自信的男中音，渐渐凌驾众声，由街上行近窗下，又渐渐远去。我可以清楚地看出窗内学姐的欣赏与倾慕之情。此后两年，这名字在女生宿舍很响亮。

如今，我和这样一个"陌生人"并肩罩在一件袍子下面，悄声商量机密，简直罗曼蒂克得令我窒息！更何况第一个题目我就答不出来，问的是写出西方最重要的三个古典作曲家，第二个是写出最重要的指挥家。在黑暗中，他写了六个名字。接下来问几个《圣经》中的故事、神话的名字，我全不知道，只答出了《简爱》男主角的名字作一点点贡献，那种羞愧即使有袍中黑暗遮盖，仍可列为平生十大恨事之一。当晚我们得分最高，其实全是他赢得的。种种冲击之外，这样的"聚首"奇缘，让我看到了我二十年生命之外又一个世界。

南开中学的音乐教育在当年是比较好的，我们的歌咏团名闻后方，*One Hundred and One Songs* 我们几乎用原文唱了一半；抗战歌曲更是我们的看家本领。我没有读过音乐史，课内和课外都没有。南开和《时与潮》社的收音机只播战情、政论，没有播系统性的音乐节目。

俞君是抗战中期不愿受日本教育，辗转由上海到后方来的沦陷区学生。和他同时分发到武大的还有姚关福和苏渔溪。我大学毕业时，姚关福自上海寄赠我一大本《莎士比亚全集》，至今仍在我书架上，苏渔溪后来也成为我的朋友，胜利初期死于政治斗争。他们在上海受很好的教育，西方文化艺术知识丰富，是我的益友。俞君的男中音是经过名师训练的，他的父亲曾是上海圣公会的主教，当时已去世。

新年元旦黄昏，他突然现身女生宿舍（据说以前没来站过），由老姚的宣告把我"喊"下来，交给我一本英文的《伟大作曲家》(*Great Composers*)，祝我新年快乐。又说："考完了，我来找你好不好？"我刚点点头，他立刻迈着大步走出大门（后来他说很多眼睛看他，很令人紧张）。

放寒假时，他来邀我到浸信会的草坡上走了几圈，我俩二十年的人生其实非常不同；他讲上海沦入日本手中后的变化，我叙述南开中学的爱国教育和重庆跑警报的情况……他说寒假要到成都去看他二姐，她大学毕业和他一起来四川，在成都的美军顾问团工作，很喜欢文学。

那年二月底，开学不久，远在乐山的武大也响应了全国大、中学生爱国大游行，抗议"雅尔塔秘密协定"，要求俄军退出东北，追悼张莘夫。

张莘夫是工程专家，原为我父亲东北地下抗日同志。胜利后被派由重庆回辽宁接收全国最大的抚顺煤矿，一月十六日赴沈阳途中，同行八人全被枪杀。这是继去年十一月底响应昆明西南联大、云南大学等校发动的反对内战、反对美军干涉内政为名的游行后，第二次全国性学潮。同学中政治立场鲜明的，积极组织活动，口号中充满强烈的对立。游行的队伍挤塞在一九三九年大轰炸后仍未修建的残破道路上，路窄得各种旗帜都飘不起来，只听见喊至嘶哑的各种口号："打倒……打倒……万岁！……万岁！！！"自此以后，隔不了多久就有游行，只是换了打倒的对象，除了经常有的"中华民国万岁"之外，还有别的万岁，每次换换即是。

我参加了张莘夫追悼游行，因为他是我父亲多年的抗日同志，他们的孩子和我们一起在战争中长大。但是我既未参加游行筹备工作，又未在游行中有任何声音，只尽量地跟上队伍，表达真正哀悼诚意，但是从白塔街走到玉堂街就被挤到路边了。后来我自己明白，原来我不属于任何政治阵营，如果我不积极参与活动，永远是被挤到路边的那种人。如果我敢于在任何集会中站起来说"我们现在该先把书读好"，立刻会被种种不同罪名踩死，所以我本能地选择了一个轻一点的罪名——"醉生梦死"。

半世纪后，隔着台湾海峡回首望见那美丽三江汇流的古城，我那些衣衫褴褛、长年只靠政府公费伙食而营养不良的同学力竭声嘶喊口号的样子，他们对国家积弱、多年离乱命运的愤怒，全都爆发在那些集会游行、无休止的学潮中。开放探亲去大陆回来的同学说，当年许多政治活动的学生领袖，由于理想性太强，从解放初期到文化大革命，非死即贬，得意的并不多。我们这一代是被时代消耗的一代。从前移民，出外流亡的人多因生活灾荒所迫，挑着担子，一家或一口去垦荒，希望能落户。而我们这一代已有了普及教育，却因政治意识形态的不同而聚散漂泊或湮没。五十年后我回北京与班友重聚，当年八十多个女同学人人都有一番理想，但一九五〇年后，进修就业稍有成就的甚少，没有家破人亡已算幸运，几乎一整代人全被政治牺牲了。

在游行队伍中被挤到路边的时候，我与原来勾着手臂一起走的室友也冲散了，我像个逃兵似地背靠着街墙往回走。

这时，隔着举臂呐喊的队伍，我看到了俞君。他站在水西门石墙的转角，穿着一件灰黑色大衣，脸上有一点狮身人面的表情，望着我。

队伍过完了，他走过街来说："你也参加游行啊！"我说："张莘夫伯伯是我父母的好友，多年来一起做地下抗日工作，我应该来参加这场游行，实际地哀悼。"他说他的父亲在心脏病发突然去世之前，一直希望他们到自由国土来受教育，不要留在被日本占领、控制的上海。但是在这里，政治活动无论左右都没有找他，他们大约想，从上海来的人只是英文好会唱歌吧。

当游行越来越频繁的时候，我们每天早上仍然从女生宿舍走到文庙去看看，有时有布告，有时没有。课室、走廊寥寥落落地站着些人，有时老师挟着书来了，学生不够；有时学生坐得半满，老师没有来，所以一半的时间没有上课。全校弥漫着涣散迷茫的气氛。

期待多年，生死挣扎得来的胜利，却连半年的快乐都没享受到。

6　林中鸟鸣天籁

这样的早晨，九点钟左右，我们从二年级背英诗即同路的三四个人就由文庙出来，从广场左边石阶往叮咚街走。石阶旁有一个永远坐在那里的老头，卖烤番薯。买个半大不小的握在手里，一路暖和，回到宿舍再吃正好。县街有一家小店，卖土制小麻饼，新鲜松脆，我每过必买一小包。我们拉拉扯扯地经过水西门走上白塔街，过了浸信会大院门口，看到俞君从男生第六宿舍高西门那一端大步走过来。我的同伴丢下我匆匆进了宿舍，剩下我面对着他。

在那样的早晨，春寒无风的时候，他会带我到河边坐"划子"（平底渡船）过大渡河或岷江，到对岸最美的堤坝走走，四野景色全在脚下。右边是峨嵋山起伏的轮廓，左边是乐山大佛乌尤寺和缓缓绵延的山麓。这是我在此仙境的最后一个三月，那种壮观美景岂止是杂花生树、群莺乱飞可以描绘！而我却是第一次得以近观又永远失去。我手里握着那已冷了的烤番薯和小麻饼，很佩服地听他讲音乐，才知道音乐也可以用"讲"的！我们在堤岸上上下下地走着，总会碰到乡下的小茶馆，粗木桌、竹椅子、热沱茶，有如天堂。这时他会问我："你的'小猫饼'呢？"只有在笑他的江浙国语时，我比较有自信。

游行学潮自此未曾停过，我也几乎每周会"碰"到他由白塔街那一端走过来，渐渐也有些期待吧。

在那两个月里，他带着我走遍了近郊河岸，去了几次我最爱的楠木林，坐了羡慕许久而未坐过的乡村茶馆，吃了无数的"小猫饼"。除了谈音乐，我们也谈《圣经》；那时我参加了查经班，受洗前后更殷切地希望深入了解教义。至今记得他坐在堤岸上讲四福音之不同，《诗篇》为何不宜直接谱曲，在茶馆木桌上用茶水画出《启示录》中七印封缄的层次。清谈的口气，明快的刻画，跳动式的分析，当然和查经班不同。他所说的是他生长在传教布道家庭的基础知识，而我渴于学习，是个很好的听众。也许在我倾听之际，他也纾解了一种思家之苦？

复活节前数日，团契办了山中自然崇拜之旅。午餐之后众人自由活动，他悄声说："我带你到林中听鸟叫。"走不多远，到一林中空地，四周大树环绕，鸟声不多，一片寂静。

我们在一棵大树桩上坐下。他开始轻声吹口哨，原有的鸟声全停，他继续吹口哨，突然四周树上众鸟齐鸣，如同问答，各有曲调。似乎有一座悬挂在空中的舞台，各种我不知道名字的乐器，在试音、定调，总不能合奏，却嘹亮如千百只云雀、夜莺，在四月的蔚蓝天空，各自竞说生命的不朽——随生命而来的友情、爱情、受苦和救赎……如上帝点醒我，在这四月正午的林中空地，遇到了我愿意喊万岁的天籁。

冬初至春末的百余日中，我们走遍了半日来回可游之地，凡是年轻双脚所能达到之处，小雨亦挡不住（那时最好的油布雨衣，也是很重的），粗糙的油纸伞下仍然兴致勃勃。对于他，对于我，这些郊游都是最初与最后认识乐山美景的机会。他刚来插班两年，这个暑假就要毕业回上海，我也将随校去武汉，都盼望顺长江而下的时候，经过巨丽的长江三峡。

在这么多的同游时日，别人不会相信，我自己也多年未得其解，即是我们从未谈情说爱。在所有的时代，这种"理智"很难令人信服，最主要的原因，我想是我幼稚的诚实伤害了他强烈的自尊心。

在我们最初的郊游中，他有时会问我查经班的功课，我即将心中最大的困惑说给他听。我说我不懂为什么上帝要那么残酷地考验约伯，夺走他的儿女、家业，使他全身长满毒疮，坐在炉灰中，拿瓦片刮身体，求生不能，求死不得……俞君的回答和我后来遇到所有的回答一样，是必须了解，整部《约伯记》是试探、怀疑和坚守信心的故事，重点是在约伯与朋友的辩论后，耶和华从旋风中回答说："我立大地根基的时候，你在哪里呢？……你能向云彩扬起声来，使倾盆的雨遮盖你吗？……"约伯因稳住信心，得见新的儿孙，直到四代，又活了一百四十年，满足而死。但这个原典的答案在当时和以后多年都不能说服我。

他问我，你这么愤愤不平是为什么呢？我告诉他，张大飞自十四岁至二十六岁悲苦、短暂但是虔诚的一生，至死未见救赎。（或许他自有救赎？）他又问我，你为何在他死后受洗？我说希望能以自己信奉体验基督教义，了解我自幼所见的各种悲苦，当年坚持投考哲学系也是为了寻求人生的意义。我这番述志中，有一个明显的思念对象。他后来告诉我，他无法与一个死去的英雄人物"竞争"。他连真正的战争都没有看到过，自觉因没有"壮志凌云"而比不上那种男子气概。在我那种年纪，作此告白，犯了"交浅不可言深"的大忌，自己并不知道，而最初也以为与他仅只友谊而已，大家在乐山都只剩一学期了，接着各自天南地北，并不曾想到后果。

所以他和我谈音乐、谈《圣经》，谈一些小说和电影，不谈个人感觉，不谈爱情。上下堤岸时牵我护我，风大的时候，把我的手拉起，放在他大衣口袋里握着，但是他从不说一个爱字。

五月我们都忙着考试，他毕业班更早考，电机系和外文系都是功课重的，全校提前考大考，以便各自复员。文庙的办公室全在装箱，公文、档案，学生的学业资料全都要去装船。

第五章　胜利

六月初图书馆也空了，宿舍多已半空，曾经在轰炸、饥饿、战争逼近的威胁中弦歌不辍的武汉大学，师生、家属数千人将从这座美丽的山城消失。我也收拾了三年的行李，小小的一个箱子，里面最可爱的一个盒子是张大飞到美国科罗拉多州受训期满回重庆带给我的礼物——蓝色有拉链的小皮盒子，装了小瓶的胭脂、口红和两条绣花手帕。这些东西在战时很少人看过，放在潮湿的床下箱子里，也只是无人时拿出来摸摸看，又放回去，小心地盖好。我的棉被、枕头都已赠人，只留下离家时向母亲要来的深蓝绣花被面，一直带在身边。数年后有一天在温州街台大单身宿舍，在太阳下打开小箱子收拾自己所有的"财产"，华丽的缎面和绣花上全是发白的斑点，都是一九四三年冬天在武大宿舍上铺蒙头哭的眼泪，那是在半睡半醒之际，年轻丰沛的眼泪斑痕啊！

这一年夏天，鲁巧珍也由经济系毕业了，她比我早几班船回重庆，找工作常须面试。我新的室友唐静渊也毕业走了，巧珍便在上船前到我屋里住了一晚，联床夜话，讲了整整一晚。

这一年来，我们生活中都有一些感情的债。她当然有许多爱慕者，其中有一位南开校友陈绪祖，淳朴有礼，是少数祖籍乐山的同学，常有人用乐山土话气他。在我们小圈子，他称她"小鱼日"。他那默默看着她的眼神令我们都很感动，却帮不上忙。有一次，他来邀我与小鱼日到他家吃午饭。我们都是第一次到他那被"前进"同学骂为地方恶势力的祖居，那坐落在岷江对岸的房子，比我在宜宾看到的老宅更大更讲究。临江一排落地窗是一九三九年轰炸后新装的，满屋子的字画文物，父母说一口浓重的嘉定话，却是很雅致的人。饭后在庭前栏杆看到的江山气势，真是我们住在宿舍所不能想见的。陈绪祖对我们说，当初父母在重庆大轰炸时疏散还乡，回来发现这里园林之雅是外面没有的，人生有很多活法，就安心留下来。巧珍与他自始无缘，此后大约也没有人生交会的可能，但是我有时会在尘世喧扰中想到他们那种可羡的活法。

7　告别世外桃源

巧珍走后，有一天俞君突然陪他的姐姐到宿舍来找我。

她刚从成都来，临时决定在离开四川前到峨嵋山一游，与她同来的是美军顾问团驻成都区一位主管 M 中校。她是位极友善的美丽女子，看到我，说听她弟弟说到我已经半年多了。她邀我第二天早上和他们一起去峨嵋山，住一宿再回乐山。

我在峨嵋山的山影水域中三年，未曾前往一游。常有同学团体以各种方式作三日游，我竟未遇到合适旅伴！在这最后几天，竟有如此意外的机缘去登山瞻拜，遂欣然接受邀请，一夜兴奋。

第二天清早，由 M 中校开吉普车九十里，很快就到了山下小城，登山到报国寺。那青苍宏壮的寺院，走不完的大石块铺成的庭院，那青灰色、珠灰色的大块石板像海浪般不断"涌"来，将我双腿和全身卷进去。进了一重又一重的庙门，高高的门槛之内，高深的栋梁之上，仍更有无限的幽深，回响着数千年的诵经声。自此以后，我曾参拜过很多雄伟寺庙，但总比不上初见报国寺时内心的赞叹。

午餐后再往山中走。刚起步，童年时常犯的"心口痛"发作了，我脸色煞白，全身冷汗，坐在路旁石阶之上。俞君姐弟当然十分紧张，但是 M 中校以战地军人本色镇定地说，这大概是高山症心脏初步缺氧的现象，他的行军囊中有药，立刻拿出来给我吃下，不久即感到舒解。

他们坚持要我坐滑竿上去。滑竿是两根竹竿贯穿一座软椅，前后两人抬着，是极轻软的轿子，轿夫两脚可以踩稳之路，都可到达。所以二十一岁的我，是这样不光彩地朝拜峨嵋山的。俞君一直在我滑竿前后走着，不时地过来握着我的手，他说生病的时候最怕手冷。我说自从高中以后我几乎没有生过病，"心口痛"的威胁已近忘记，今天竟以这样的方式登峨嵋山，真感到羞愧、扫兴。

到了半山腰，我们投宿在一家建在溪涧上的旅舍。晚餐后，俞君和他姐姐（她唱 alto，女低音）合唱了几首可爱的小歌；小小的旅舍客厅，风从四面来，似在伴奏，炉火温馨，油灯闪烁，素朴的四壁光影晃动，令我想起朱光潜老师英诗课在密室上课的早晨，阳光金色灿烂。他们唱到《罗莱河之歌》时，深山溪涧的流水从屋下流过参加伴奏，行走坐卧都似有摆动之感。

这一夜山中有月，俞姐姐与 M 中校过溪上小桥到对面空地散步，留下我们坐在雨檐下。他问我感觉好些吗？我说坐滑竿上峨嵋山，被同学知道了不知会怎么说。实际上我在乐山三年未登峨嵋，也是怕会半途而废，拖累游伴。由此，我竟然说出终生恨事——十岁住肺病疗养院，说到张姐姐病房撒石灰和老王给我煮土豆的时候，他竟卷起袖子，给我看只有医生和家人看过的他伤残的左臂。两人肯将俊秀挺拔的外表下最隐秘的伤痛相示，终至无言相依，直到他姐姐回来。

山中月夜，纯洁的相知相惜情怀，是我对他最深的记忆。

回程路上，俞姐姐邀我和他们一起到成都搭 M 中校的飞机回上海。我说父亲现在南京，我应该先回重庆跟母亲相聚至七月底一起回北平。但是我渐渐被她说服，到上海先住她家，接着要去南京和北平都容易，何必又坐江轮，上下码头回沙坪坝……

回到乐山，我立刻给母亲写了封信，附了俞家上海的地址。

俞姐姐约好来接我之前，我早一些提着箱子到门房与老姚道别。我全心诚恳地去向他道别，没有人比他更清楚我那三年的生活。宿舍里满处破书废纸，同学们差不多都散了。巧珍和余宪逸走的时候，老姚告诉她们，他以后会回湖北黄陂乡下，家里已没有什么人，如果景况不好，也许会回乐山找个小房子养老，武大已给了他资遣费。

我坐在门房等车的时候，老姚说："你刚来的时候，成天就等那空军的信，对不对？唉，他死了已经一年多了吧。后来那个黄先生白跑了两趟，没有缘分。这三年你倒是很本分的。这个俞先生的姐姐亲自来接你，看来他们家很有诚意，我看了都很放心。"

我说："老姚，他们又不是来求婚的，我还要读一年书才毕业啊！"

老姚笑了笑,极和蔼地向我挥手道别。

我离开乐山时带走的是老姚的祝福。他是那三年中唯一登记了我最后的浅蓝色信和信潮后的沉默的人,对最近一年出现的两位男子,用他近乎全知的评估,嘉许了我的"本分"。但是,我的"本分"是什么?

就这样,我脚不沾地似地乘上美国军机,"复员"到了上海,只几个小时之后,我就成了另一种异乡人。

8 上海,我照的另一面镜子

到上海俞家的时候,天已经黑了。

俞伯母看到女儿和儿子突然回家来了——那时没有任何人家有长途电话,所有的事都是"突然发生"的,上海和四川更没有联络之路——还带了一个土土的女孩子,欢喜了一阵子。把我安顿在俞君妹妹的房里,他们全家再去客厅详细述说别后。

俞君的妹妹比我小一岁,是我进入上海生活的关键人物。第二天早上,我在她对面的床上醒来,赶快穿上我那件比较好的布旗袍和比较新的车胎底圆头皮鞋,看到她正以诧异的眼光看着我。生长在上海上流社会的她,即使在日军占领的八年中,父亲也去世了,却没有吃过什么物质的苦。胜利一年之后,上海已渐渐恢复了国际都市歌舞升平的生活。她是五兄妹中的老幺,生性虽然善良却很率性,有话直说,倒也缩短了我摸索适应的时间。在全家早餐的时候,她说下午要带我出去买些衣裳——事前她并未与我商量,事后我才渐渐了解,走在上海街上,我那些"重庆衣裳"使她难堪;没有腰身的布旗袍,车胎底的皮鞋,在六月的上海街上行走,说一口没有人懂的话——八年艰辛的战时生活中,人人如此,学校的男同学说:"蓝旗袍也有几百种穿法。"从来没有人觉得我"土"。

下午出门之前,她半强迫地要我换上一双她的浅色凉鞋。我拿了

第五章 胜利

大飞哥由美国受训回国时送给妈妈的白色塑胶皮包,那时后方尚未见过,我上大学时她送给了我,到乐山后,根本未从箱中拿出来,不久在全宿舍爆发的大窃案中被偷走,失物又全部在一个女同学床下"发现",找回来发还。幸好那书形的皮包是好的舶来品,尤其好的是里面装着回重庆的船票钱和足够的盘缠,还有一笔"惜别费"——第一次去武大时,临行爸爸在家中即告诫我说:"如果有男生请吃饭应设法还请,不可以占小便宜。"所以我自信可以付置装费用。

记得在那间服装店的镜子里看到的,真是一个我所不知道的自己。虽然只是米色短袖衬衫、赭色裙子,却是我有生以来第一次买的时髦衣服。初中的童军制服是学校发的,升高中后穿的长袍,从冬到夏都是妈妈按学校规定到镇上小裁缝店做的。到了大学只是多了两三种颜色的素面长袍而已。我们所有女同学都没有胸罩,内衣内裤也全是手工缝制的,高中以后,在上衣缝了几条"公主线",形成两个小小的凹形涡涡罢了。换装后的我,有好几天连走路都不知手脚怎么放。俞家妹妹对于我"现代化"的结果大为赞赏,竟然更进一步坦白地说:"我二姐昨天带你进门的时候,我真不明白 Peter 是怎么回事,刚才看你笑的样子,我才知道他为什么喜欢你。"

回到上海家中,俞君的名字恢复作 Peter,似乎除了我之外,没有人叫他中文名字。他的母亲叫我齐小姐。那些天里他是我唯一的依靠,两人一起由遥远的四川来,临行曾在深山将自己心中最大的痛苦和隐秘相告,形成一种 closeness。由于他的缘故,我对那巨大、陌生、处处以冷眼看人的上海也有了初识之美的印象。

白天,他带着我四处走走,看许多种了法国梧桐的街道、他读过的学校、教他声乐的老师家和从外滩的扬子江口到长江入海之处。晚上饭后在客厅唱歌、祷告,他带我到阁楼他父亲藏书之处,也是他的房间,给我看案上开卷未合的吉卜林小说《消失的光芒》(Joseph Rudyard Kipling,1865—1936,*The Light That Failed*),那一页是他父亲逝世前正在读的。然后我们在窗下的长椅坐着,悄悄地说些心里的话。

到上海的第四天是星期一，早餐之后，由俞君带路去找我父亲。

未逢乱世，无法了解我那时的心情。未经世事艰难的我，蓦然来到上海那样的世界，才明白自己与家人的联络链子是多么脆弱。我只知道自从胜利之后，爸爸多半的时间在南京，准备政府复员"还都"。他回重庆时曾告诉妈妈，他去上海会住在丁家，有事写信请他多年老友吴开先转交（他的儿子也读南开中学）。吴伯伯最早回到上海故乡，任社会局长，负责由日本人手中收回英、法租界及日本人强占的一切资产，重新安顿百姓等地方工作。我见到吴伯伯，说要找我爸爸，他吓了一跳说："你这小囡本领倒不小，战区各级学校刚刚放假，长江船由四川到汉口和上海的，一艘衔着一艘，还没有轮到学生呢，你怎么就跑到上海来了呢？正好，这几天你爸爸就要由南京来了，我给他一个惊喜吧！"就这样，几日之内我父亲来到俞家，找到他的女儿，感谢了俞家对我的照顾。三天后，乘京沪铁路夜快车，我随他去南京。

9 再读《启示录》

南京是我记忆中最接近故乡的地方，除了在那里读完小学，最重要的是我看到父母在南京重逢，母亲经营一个舒服幸福的家，三个小妹妹平安地诞生，家中充满欢笑。宁海路齐家，曾是黄埔军校无数思乡的东北学生星期天来吃道家乡菜、得到我父母关怀的地方。因此，一九三七年初冬我们仓皇地逃离，国破家亡的悲怆和日军进占后的南京大屠杀，不仅是我的国仇，也是我的家恨。

到南京后，住在政府的临时招待所。那时许多机构都加上"临时"二字，挤在南京和上海等地。早上爸爸去上班，我就一个人在雨中出去走路，寻找八年前的旧居和小学。

经过八年异族盘踞后，逃生又回来或者新迁入的居民，其"临时"活着的态度在曾经倡导新生活运动、充满蓬勃气象的首都变得一片残破，年轻如我，也不免脚步踌躇了。只有鼓楼仍可辨认，由它的草坡下来右转，渐渐走进一条破旧的大街，挤满了破房子，是当年最繁荣的市中心——新街口。这里是我从小学三年级起每周日由爸爸那不苟言笑的听差宋逸超带着去买一次书，跟姥爷看了第一场电影（默片《圣经的故事》）的文化启蒙地。往前走了不久，突然看到一条布带横挂在一座礼拜堂前，上面写着大字：

纪念张大飞殉国周年

那些字像小小的刀剑刺入我的眼，进入我的心，在雨中，我凝立街头，不知应不应该进去？不知是不是死者的灵魂引领我来此？不到十天之前，我刚刚意外地飞越万里江山，由四川回到南京——我初次见到他的地方——是他引领我来此礼拜，在上帝的圣堂见证他的存在和死亡吗？

教堂敞开的门口站立的人，看到我在雨中痴立许久，走过街来问我，是张大飞的朋友吧，请进来参加礼拜，一同追思。

我似梦游般随他们过街，进入教堂，连堂名都似未见。进门有一块签名用的绢布，我犹豫了一下，签了我哥哥的名字——齐振一。至今六十年我仍在自我寻思，那一瞬间，我为什么没有签下自己的名字？也许自他一九四四年秋天停止写信给我，到一九四五年五月他由河南信阳上空殒落，那漫长的十个月中，我一直不停地猜想，什么样的一些人围绕着他生前的日子，如今又是哪一些人在办他的追思礼拜呢？这些人能够明白我的名字在他生命中的意义吗？

战争刚刚停止，万千颗流血的心尚未封口。那场礼拜极庄严肃穆，有人追述他在军中朝不保夕的生活中，保持宁静和洁净，因而被尊重。在许多经文之中，又有人读《新约·启示录》："我又看见一个新天新地，因为先前的天地已经过去了。……神要擦去他们一切的眼泪，不再有死亡，也不再有悲哀、哭号、疼痛，因为以前的事都过去了。"这些经文在我一生中帮助我渡过许多难关。我坐在后排，礼拜结束立刻就离开了。

那一天我为什么会走到新街口，看见那追思礼拜的布条，我终生不能解答。每个人生命中都有一些唯有自己身历的奇迹，不必向人解说吧。我自一九三七年底逃出南京城，今生只回去过两次。这一次参加了大飞哥的追思礼拜，第二次，一九九九年五月去了三天，由中学好友章斐之助，找到了航空烈士公墓，拾级上去，摸到了那座黑色大理石的墓碑，上面刻着他的出生地和生卒年月。

10　北平，"临时"的家

三天后，爸爸又带我回上海，他正积极筹备《时与潮》在上海、北平、沈阳复刊。他料想不到的是，在胜利的欣喜中大家各自离开重庆，抱着今后有全国发行的宏伟远景，谁知辉煌的岁月竟一去不返。

在火车上，我告诉他张大飞追思礼拜的奇遇，父女相对嗟叹不已。

爸爸说，自从郭松龄兵谏失败之后来到南方，幸能在中央有说话力量，负责组织地下抗日工作，使沦陷"满洲国"的百姓不忘祖国。当年招考青年入黄埔、读中山中学，即是为了培植复国力量。如今十五年，许多当年由东北出来从军，像张大飞这样以身殉国连尸骨都不能还乡的，盼望我父能早日回去，设法抚恤他们的家人。苏俄在日本投降前一星期才对日宣战，十三天后，日本关东军接受盟国波茨坦宣言，在哈尔滨向苏俄投降，苏俄俘虏"满洲国皇帝"溥仪，并将日军五十九万四千人全部俘走，宣称"满洲全部解放"。今后东北的局势相当艰困，抗战中的牺牲尚未能换来家乡的安宁和幸福，对殉国者遗族何日才能照顾？

火车上这一席话，是父亲第一次把我当大人看待，与我长谈。直到他在台湾去世，我们一生中有许多对人生、对时局值得回忆的长谈。

回到上海，我仍住在俞家，那似乎是我与俞家的约定。我虽只走了三天，但南京之行给我的冲击使我重见上海的心情和十天前初来时不同。那虚张声势的繁华令我不安，知道自己是融不进去的局外人。希望带我见识上海的俞君，仍是那个举着火把从白塔街窗下高歌走过的他，是那在河堤上有说不完"外面的故事"的他，但是他已渐渐走回他原来的朋友圈子，走回他生长的城市。走在繁华的街上，我竟常常想念重庆，想念三江汇合处的乐山。

大约一星期以后，爸爸给我买到运输物资的军机票（战后复员，允许公务人员和大学生搭乘），让我去北平与刚由重庆回去的母亲、妹妹团聚。上海郊外那座临时军用机场只有几间铁皮平房，除了条跑道之外，四周长满了半人高的芦苇。俞君送我到门口，看我跟着全副武装的士兵进入停机坪。螺旋桨的飞机起飞前滑行时，我由小窗往外看，看见他穿着卡其裤的两条长腿在芦苇中跑着，向飞机挥手，渐渐消失在视野之外。

这架小型的运输机在驾驶舱后面装了两排靠墙的铝板，八个座位，上面有帆布带把人拴稳，后半舱装货。飞行一段时期，我仍在恍神状态，想着在芦苇中跑着的人，但是也知道邻座的人一直在看我，终于，他说话了。

他说："小姐，你的安全带没有拴紧。"我看看那帆布带的环子已经扣到最后一格，仍然有些松动，只好歉然地说："大约我体重只有四十多公斤，不合军机座位标准吧。"他居然大笑起来，连机舱的人都回头看我。他又道歉又安慰我，飞机还未过黄河，他已查清楚我的姓和学历，他给了我一张我有生以来第一次收到的名片，上面的头衔是"东北保安司令部少校参谋"。他说大学毕业时响应"十万青年十万军"参军的，我说我是东北人。他立刻问："齐世英先生是令尊吧？"我大吃一惊说："你怎么知道？"他说："我虽然是广东人，但跟着梁华盛将军派驻东北。胜利不久，令尊代表中央回乡宣慰同胞，报纸上有显著报道，他自满洲国时期即组织领导地下抗日工作，大名鼎鼎，我当然知道。姓齐的人不多，能拿到这军机票的更不多。"

飞机到北平机场降落的时候，他坚持用他的吉普车送我到东城大羊宜宾胡同。我母亲看我从天而降似地突然回家，身旁站了一位全副戎装的漂亮军官对她立正敬礼，大概差点昏倒（以前她常常昏倒）。她花了好几天时间也没有想明白，像我那样勉强长大，瘦干巴巴的女儿，怎么会有人从四川带到上海，从上海坐飞机下来还有人坚持送我找到家？

北平的"家"从来没有给我家的感觉，不仅因为我只住了两个暑假，而是那种沉郁的气氛。我母亲由重庆直接乘民航机回到北平，有两个重要的目的，第一个是和爸爸尽早安葬浮厝在庙里的祖母，第二个是去安排今后如何照顾两位姑姑。

大姑父石志洪，原是铁岭县世家子，是富有、英俊的知识分子，夫妻一同到日本留学回国，因我父亲而参加了地下抗日工作，捐了很多钱。二姑父张酿涛原来已是工作同志，卢沟桥事变后不得不离开北平，留下大姑带着五个小孩，二姑带两个小孩，八年中极为艰困，还侍奉我祖母至逝世。两位姑父到四川不久竟然相继病死，我父亲对两位妹妹有极深的亏欠感。先到北平租了一个足够三家人住的大院子，雇了一位做家务的刘妈，还有看门的李老头和爸爸的司机李鑫。我回到北平第二天就换回了四川的布旗袍，适应北平城的沉郁格调和我自己的心情。

在那个时代，北平和上海真是天南地北，一封信往返需十天。南北分离之初，俞君差不多每天都有信来，说不尽的想念。他的姐姐收到我的谢函，也立刻有信来，说她弟弟在我走后那几天，连上楼梯的力气都没有了。他给我那十岁的小妹寄了几本英文的精美童话。正好爸爸由上海、哥哥由沈阳同时回到北平，我们去照了唯一的全家合照，我和小妹合照一张小的，心想是专门寄给他的。不久，他说在上海发电厂找到工作了，每天到郊区的真如上班。渐渐地，他每天晚上写些长长短短的工作环境的信息，写他去参加的Parties和朋友，开始生活在一个我完全不知道的上海了。而我生活在一个他完全无法想象的大家庭里，很少有独处的天地。我们在北平那大宅院，随着东北

第五章　胜利

颠沛流离的年代，拍张全家福极为难得，这是唯一的珍贵纪念。前排左起：母亲裴毓贞、父亲齐世英、小妹星媛。后排左起：大妹宁媛、哥哥振一、邦媛。

战况的恶化，渐渐变成了亲戚、朋友、地下工作同志们出山海关的一个投靠站，一批又一批狼狈的逃难者，无数凄怆的故事。我们的信渐渐缺少共同的话题，不同的生长背景，不同的关怀，对未来有不同的期待。我们终于明白，也许倾三江之水也无法将我融入他在上海的生活。我不能割掉我父母的大关怀。

九月中旬我去汉口，回学校注册上学，渐渐信也写得少，甚至不再写了。我去汉口前已把他所有的信包好，放在读交通大学的南开好友程克咏处。十一月间，我托她帮我送还给俞君，写一短简说今后路途将不同，就此别过，寄上祝福。

四年级的那一年，我的心也涣散了。三个月的暑假中，发生了太多的事情，多到我年轻的心几乎无法承受的程度。三个月内，我从长江头到长江尾，又回溯了一半长江航程，在中国的三大火炉——重庆、南京、武汉——之中经验了我生命中最早的真正悲欢离合。常常似到了一种见山不是山,见水不是水的真幻之界。自幼崇拜的英雄已天人永隔,留下永久却单纯的怀念。这乘着歌声的翅膀来临的人,在现实中我们找不到美好的共驻之处。我常在歌声中想念他,当年歌声渐渐随着岁月远去,接下来的现实生活中已无歌声。中年后我认真听古典音乐,只有在心灵遥远的一隅,有时会想起那林中空地的鸟鸣。

11 珞珈山
—— 一九四六

我们是第一批回到武汉大学的学生。

初次踏进著名的武大校园珞珈山,充满了失望。它不仅满目荒凉,且是被日本人与村邻破坏成不宜居住的状况了。

在四川的时候,总听老师们说宫殿式的建筑多么宏丽,面临的东湖多么浩瀚美丽。但是一九四六年九月我找到女生宿舍的时候,工人仍在赶工装窗玻璃和木门。我被分配在最后一间,同室原有同班的况蜀芳,在校四年,她一直对我很好。不久后,复学的谢文津由山西来住。

那一年间我们三人一起上课,周末常常搭渡轮由武昌到汉口去,在沿长江边的大街上地摊买美军军用剩余罐头,最常买大罐的冰淇淋粉,回宿舍冲开水喝,代替比较贵的牛奶。冬天晚上舍监查房之后,偷偷生个小炭火盆烤许多不同的东西吃,小番薯和白果真是人间美味啊,比起乐山宿舍生活,简直是富裕了。谢文津两年前与青梅竹马的情人孟宝琴结婚休学,生了一个儿子后来复学。她心情安定,一心读完书与夫、子相聚,所有的功课都认真,给我们寝室带来一种稳定的力量。蜀芳与我都很羡慕她那样的婚姻。

武大的校训是"明诚弘毅",和大多数学校的校训一样,四个字,原都有些深意,却记不得它的真意,但至少其认真务实的态度是处处可见的。一九四七年的中国，好似有一半的人都似蚂蚁搬家东西南北地奔跑却又似看不到来去的目的。我们外文系的老师有一半都另有高就了，朱光潜老师已在北大文学院筹划新局，他临行聘请吴宓（字雨僧）教授来武大做系主任。

吴先生未随西南联大回北平清华大学，而来到武汉，大约是与朱老师的私谊。我大四这一年选了他两门课，一门是"文学与人生"，开放全校选读，据说是他当年由哈佛大学回国在清华大学开的很著名的课，在武大重开也只教了两年。他自己读书既多，理想又高，所列课程大纲和讲课内容真是纵横古今中外，如在太平盛世，当可早启中国的比较文学研究。可惜一九四七年的学生多是忧心忡忡，在现实中找不到安顿的早衰的青年人，不如上一代那样能单纯地追求被称为"现实主义的道德家"的理想。他办《学衡》杂志，一生主张文学须"宗旨正大（Serious Purpose），修辞立其诚"，但是他痴情的故事也是当时传说不已的。

我所记得的吴老师，更鲜明的是他为本系三、四年级开的"长诗"，似是接续朱老师的英诗课。

刚开始教弥尔顿的 *L'Allegro*（《欢愉者》152 行）和 *Il Penseroso*（《忧郁者》176 行），用字精深，用典甚多，对于我们是难极了。只有篇名意大利文读起来顺畅好听，所以我至今记得。

由于朱老师课上背诗，记忆犹深，这两首我们以为也得背，所以一面念咒一面背，至今仍记得大半，对我后来进修与所教的英国文学史课颇有用处。

弥尔顿的《失乐园》只能教些梗概，读些关键名句，直到他教到柯勒律治的《古舟子咏》（*The Rime of the Ancient Mariner*，1797—1799）才知道长诗是不要背的，但是考试的题目却要求从更广的角度和观点加以诠释。后来读了雪莱的 *Alastor*、*Adonais* 和济慈的 *Endymion*，解说这两位诗人早期的浪漫思想和现实的冲突。

吴老师开学后宣布接下指导朱光潜先生导生的论文，包括我的。

朱老师去北大临行前曾告诉他，我很想进一步研究雪莱或者济慈作论文题目。朱老师很可能也告诉他，我正因在悲伤中走不出来——老师们背后也会谈到关心的学生们的"私情"吧！

吴老师建议我以雪莱的长诗 *Epipsychidion*（希腊文，意为"致年轻灵魂"）作论文，我写信请爸爸托人在上海帮我找了一本，因为学校的图书还没有完全复原。《时与潮》已在上海复刊，主编邓莲溪先生是外文系出身，后来见面调侃我说："怎么研究起雪莱的爱情观来了，原来是换了吴宓做指导教授啊。"我收到书先翻了一阵，觉得雪莱那种恋爱观和我的"钟情派"不同，很想换济慈的一篇，但是时间和知识都不够。

不久，吴老师召我去，把我拟的大纲几乎改了一大半。他用毛笔写了两页英文大纲，并且加上一句中文："佛曰爱如一炬之火，万火引之，其火如故。"告诉我，要朝一种超越尘世之爱去想，去爱世上的人，同情、悲悯，"爱"不是一两个人的事。

我努力读一些相关的书，按老师修改过的大纲写了幼稚的初稿，四月中旬交上去，然后将修改近半的初稿，工工整整地手抄（当时尚未见过打字机）成我的毕业论文。

袁昌英先生教我们四年级的"莎士比亚"课，她仍以一贯的稳健步伐定了全年进度。莎氏的三十七本剧本，分悲剧、喜剧和历史剧三种，选代表作逐本介绍，但是没有书，只有讲义上的梗概及专心听讲做笔记。在做笔记方面我颇为专长，如能进一步阅读，确有助益。莎士比亚一课广博精深，需一生时间，这是我未敢尝试的。

袁老师领我们进了殿堂的大门，正如三年级"戏剧"课一样，先教导读，再读一些剧本，所用课本 *Continental Dramas* 和英诗课的《英诗金库》一样，也是世界性的标准课本。我清楚地记得她导读霍普特曼《沉钟》（Gerhart Hauptman, *The Sunken Bell*）和罗斯丹的《西哈诺》（Edmond Rostand, *Cyrano de Bergerac*）等剧的神情，生动感人，给我终身的启发。后来读到同学孙法理写的《恩师遗我莎翁情》

一文，更具体忆起袁老师当年分析剧本时常用的"第五象限"（The Fifth Dimension），线、面、体三个象限是空间象限，时间是第四象限，而关系（结构）是第五象限。在那个兵荒马乱的战时，我的文学生涯有那样高的起步，实在幸运。

12　落伍与"前进"的文学

开学不久，我们教室门口贴了一张告示，刚由意大利回国的田德望博士来校任教，为三、四年级开选修课"但丁《神曲》研究"（Dante Alighieri, 1265—1321, *La Divina Commedia*）。

我们很有兴趣，七八个人嚷着要选，结果只有三个人去登记，上课前几天有一人退选，只剩我和一位男同学，他说也要去退选，实在没有心情深入研究这深奥的经典。系主任叫我们去恳谈，说在此时此地能争取到真正有实学又合教育部聘任标准的意大利文学教授应该珍惜，你们三个人务必撑着让系里开得出这门课，留得住人才。我们走出来时，我又苦苦求他们勿退。他们妥协说，等到退选日期过了，再去以冲堂为理由退掉。总之，只剩下我一个人面对一位老师。

九月的武汉已是仲秋，刚刚装上门窗的教室，虽是最小的一间，仍是冷风飕飕的。

田先生全套西装，瘦瘦斯文的欧洲文人形态，他原站在讲台后面，也写了些黑板字，后来找了把椅子坐下，我一个人坐在下面，只看到他的肩部以上。听讲两周之后，大约都觉得有些滑稽。有一天老师说："你既然必须从女生宿舍走到教室来，到我家住的教师宿舍的路程差不多，不如你每周到我家上课，没这么冷，我家人口简单，只有内人和一个小孩。"

我去问了吴宓老师，他说："你去试试看也好，教室实在不够分配。田先生家里是安全的。"

从此，我就爬半个山坡去田家，上课时常有一杯热茶。田师母相当年轻，亦很简朴温和。男同学们传说田先生是去梵蒂冈修神学，未当神父，抗战胜利前修得文学博士，回国娶妻生子的。他们又说，从前在乐山时，哲学系张颐（真如）教授的"黑格尔研究"课上，常见一师一生对坐打瞌睡，你到老师家书房研读天书一般的《神曲》，不知会是怎样一个场面！

我清晰地记得，那个一学期的课，一师一徒都尽了本分。田老师确实认真地带我读了《神曲》重要篇章，当然，和一般文学课程的重点一样，他分配在第一部《地狱篇》（Inferno）的时间远多于第二、三部的《炼狱篇》（Purgatorio）和《天堂篇》（Paradiso），着重在诗文韵律之美和意象营造的力量。在地狱第二层中，听狂风疾卷中的情人——保罗和芙兰切丝卡的故事，诗人但丁写着："为此，我哀伤不已，刹那间像死去的人，昏迷不醒，并且像一具死尸倒卧在地。"[1]使我在日后得以懂得西方文学与艺术中不断重复的罪恶与爱情，其源自《神曲》的种种诠释。田老师也不断出示他由意大利带回的各种版本与图片，是一般教师所做不到的。他是位相当拘谨的人，在上课时间内从不讲书外的话，力求课业内容充实。

但是，他的宿舍并不大，田师母抱着孩子在邻室声息可闻，而我到底是个女孩子，常去熟了，她会在没有人接手时把小孩放在爸爸怀里。田老师常常涨红了脸，一脸尴尬，我便站起去接过来，帮他抱着那七八个月的小男孩，一面听课。后来田师母到了五点钟就把小孩放到我手里，自己去扇炉子开始煮他们的晚饭。有一次，一位同班同学来催我去开班会，他回去对大家说，看到我坐在那里，手里抱个小孩，师母在扇炉子，老师仍在一个人讲着《地狱篇》十八层地狱不知哪一层的诗文，当时传为笑谈。

但是，初读《神曲》算是打下相当扎实的根基，而且使我避开一门缪朗山教授的"俄国现代文化"的课，那在当时是爆满的大热门

---

[1]《神曲》，黄国彬译，台北九歌出版社，二〇〇三年出版。

（我已读过必修的俄国文学一年）。我坚持选读《神曲》是一个大大的逆流行为，在很多人因政治狂热和内心苦闷，受感于狂热政治文学的时候，我已决定要走一条简单的路。我始终相信救国有许多道路。在大学最后一年，我不选修"俄国现代文化"而选修冷僻的《神曲》，对我以读书为业的志愿，有实际的意义。[1]

13 "六一惨案"

在教室、宿舍、餐厅甚至运动场上，左派同学们已半公开活动，读书会、歌咏团，既不再有抗战心情，竟大半狂热于苏俄书籍和革命歌曲如《东方红》等。那一年在珞珈山最红的女同学王云从，大概是领导人之一，很亮丽，很酷，从不在女生宿舍与人作"小女子语"。有一天下午我从操场经过，看到一场排球赛，场外可以说是人山人海，大家全注目王云从，只见她不但球技好，且全场指挥若定，绝非一般大学女生姿态，那种战斗的魅力我至今记得清楚。

缪朗山教授所发挥的影响则更巨大，但比起西南联大闻一多和李公朴、潘光旦等人当然是小巫见大巫。他们在联大骂现状批政府的演讲、激烈活动，乃至身殉，引起全国学潮，影响知识分子，意义是不同的。

缪教授自抗战中期起到武大任教，上课、演讲、座谈都很吸引学生。由内容丰富的俄国文学作品引申至骂中国时局，骂政府，穿插许多诙谐言谈以自嘲嘲人，听时很"过瘾"，场场客满，也引领许多不满现状的学生投入左派阵营。但他自称并非共产党员。

一九四五年二月初，警备司令部要逮捕他，他去见王校长，请校方保护，校长说无法保证，请他离开以保安全。学生对这件事的反应很激烈，有些老师认为他太爱说话，在文学课上讲太多政治是不太

---

[1] 但丁神曲的地狱分为九层，每层尚有不同的层次、圈子，不同的堆、组（rings, zones, pouches）。中文译者或论者习惯上仍称为"十八层地狱"。

妥当的。系主任朱光潜老师想挽留他,但校方认为没人敢保证缪教授究竟是什么背景。然而因前线战局转折,正式公文并未发出。寒假后开学,盟军在欧洲大胜,苏俄抢先进占柏林城,保住了缪教授的职位,所以我三年级读了他一年的俄国文学。那一年,一九四五年秋季到一九四六年夏,他还很顾及课程的内容与进度,守住了文学教授的本分。但回到珞珈山,缪教授的课演变成三分之一文学,三分之二政治。外文系师资刚复员,还不够充实时,他的舞台扩张至全校。那是一种潮流,一种趋势,几乎没有人敢公开批评他的言论。

袁昌英教授的丈夫杨端六教授留学英国,是货币理论专家,与刘乃诚教授联手将武大经济系办成培养数代经济人才的重镇。夫妻俩与武大相守二十多年。在抗战艰困中,这一批学术报国的读书人守住学术标准和学者尊严。当他们研究"前进"的女儿杨静远攻击现状时,做父亲的娓娓相劝:"固然现在政府缺点很多,可是转过来想想,如果现在没有它,我们还能好好地在这里过日子吗?日本人早把中国灭了。国民政府虽不好,我们完全靠它撑持,才打这七年仗。而且要说它没有做一点好事也是不公平的,自民国以来已经有相当的建设,你只和清代比一比就可以看出这进步。"女儿回说:"大学教育有什么用?专门读书有什么用?一点不能和现实结合起来。"父亲说:"一个人不读书怎么能懂得世界上的事情,怎么晓得分辨对与不对?人对于问题的看法完全要靠他的脑筋来判断,而脑筋不经过读书怎么训练?"[1]

杨教授这一席话,即是我在乐山三年,几乎所有学校集会时校长和老师们说的话。危急时考虑把学生撤至"雷马屏峨"山区去,教育部的指示也是说要"弦歌不辍"。即使在俄国文学课上,缪教授也是规定我们读那些重要著作,才能认识那个文化的深度和演变。也许,他对中国的文化演变反而没有深思。他和其他的左倾教师如闻一多等,在各校园中煽动青年人反政府的效果,远胜于共产党军队初期的

---

[1] 引自杨静远《让庐日记》,湖北武昌武汉大学出版社,二〇〇三年。

兵力。当年在校如有人敢反驳他们的煽动言语,先会被嘲骂为国民党的职业学生,以后会有更实际的侮辱。到了一九四七年"六一惨案"发生之后,男生宿舍的同学已有人拳脚相向了。

一九四六年起,国共内战全面展开,至一九四七年,在共产党领导下,高举"反内战、反饥饿"的学生运动风起云涌,遍及各地,已具有燎原的态势。五月,京沪苏杭学生六千多人示威游行,遭到镇压,随后武大一千七百多名学生举行另一波示威游行、请愿,队伍冲进省政府,震惊武汉当局,埋下六月一日武汉警备司令部进入武大校园逮捕共产党师生的行动。

"六一惨案"发生在那一日清晨大约六点钟。男生宿舍靠校门的那一幢,有同学起床洗脸,发现门口停了几辆军车,荷枪实弹的士兵正把缪朗山教授带上车。他大声求救,一些学生冲出去拦阻,拉扯之间,兵士开枪,立刻有三人中枪倒地死亡,有一人手里还抓着脸盆,受伤者数人。

一时之间,学生愈聚愈多,拉回了缪教授,军车受令疾驰撤离。大家把伤者送医务室,用门板将死者抬到大礼堂,以被单盖住身体,全是头部中弹,所以胸部以上露在外面,没有遮盖。

全校师生都拥聚到大礼堂,校长和老师带着大家,全场一片哭声。这时一位领袖型的同学跳到台上,大声地说:"我们知道学校会处理后事,但是必须有同学代表参加。"当时有人提了几个名字,写在讲台黑板上,女生宿舍也有三四人被提名,其中有王云从。突然间,我听到我的名字被清晰地提出来,在千百个人头中,我看不到提名的人,只看到我的名字被写在黑板上。

散会后,这些人要留下来,参加校方的善后工作。散会之前,所有的人排队由死者身前走过致敬。我记得其中一位的伤口很大,血还没有凝住,在我数吋之外,双眼也未合上。

我在逃难路上看过不少死者,在武汉和重庆的轰炸中也看到很多炸死烧焦的尸体,但从未如此近距离地看过。那种震撼的感觉是终生

171

无法忘的，也不是哭泣可以纾解的。

留下来开会的时候，我因从未参加过南开校友会和团契以外的任何校园活动，不知为何此时会被提名，心中明白并不单纯。这是一个挑战，也不能逃避。想着爸爸常常训示的"要沉得住气"，先不要说话，看看再说。果然，这十几个学生代表讨论一些大事项后，有人提议由齐邦媛写追悼会的悼文。

我站起来说，我恐怕没这个能力在两天内写这么重要的文章。有一位男生大声说："你不是朱光潜的得意门生吗？这事难不倒你吧。"另一个较小的声音说："小布尔乔亚的《神曲》里没有革命和暴行。"

在近乎废寝忘食两天之后，我交出了一篇悼文。我写的时候，眼前总闪着那流血的伤口和半合的眼睛，耳旁似乎响着朱老师诵念《O Captain! My Captain!》诗里的句子："The ship has weather'd every rack, / The prize we sought is won; / The port is near, the bells I hear, /…" 所以我写这三个年轻的生命，不死于入侵敌人之手，却死于胜利后自己同胞之手，苦难的中国何日才能超脱苦难的血腥、对立仇恨，能允许求知的安全和思想的自由？如此，他们的血即不白流……

那篇短短的祭文是我以虔诚之心写的，他们拿去抄成大字报，又油印了许多份，反应都不错。我由人心开始写起，到知识、思想的自由止，诚实地说出大多数人的想法，也预言了我一生的态度。在激昂慷慨的追悼会上宣读时，似乎也有一种至诚的尊严。"前进"的同学也许不够满意，但是也没法再骂我什么。

我的导师吴宓教授，以外文系主任的身份保全了缪教授的安全，并且亲自护送他到机场乘飞机赴香港。中央政府下令武汉警备司令彭善撤职，执行捕人开枪者严办。

14 大学毕业，前途茫茫

我参加学生代表会后一天中午，与同寝室的况蜀芳、谢文津和她的丈夫孟宝琴，还有几位常参加英语会的香港同学，一起到校门口一家小餐馆聚餐庆祝毕业且惜别。

大家兴致颇高，居然要了一大瓶高粱酒（大约那里只有那种酒）。店家拿来的是小茶杯作酒杯，并且端来小碟子的花生米和豆腐干，连那粗瓷碟子上的花纹都与乐山河堤下茶馆的相同（大约是长江文化吧）。

三江汇流的古城，暮春三月，杂花生树的美景，携手漫步的朋友已成陌路，一年之间，我竟置身这样喧嚣复杂的情境，恍如隔世！大家举杯之际，我竟端杯全干，一连干了六杯，把大家吓得不知如何是好。文津和蜀芳把我夹着走回宿舍，路并不近，大家连脚踏车都没有，我两只脚好似腾云驾雾一般，踩着虚空，竟然走了回去，进了宿舍房间倒在床上立刻人事不知。

第二天醒来，思前想后，今后何去何从？

大学毕业了，工作、爱情皆无着落。蜀芳先回四川家乡，文津急着回山西与家人团聚。我从有记忆以来，就没有可回的故乡。父亲在京沪忙碌，妈妈在北平暂居，哥哥在国共拉锯战的东北战场做随军记者。那时女子就业的职场极窄，我仍想读书进修，桂质廷院长因团契的关系为我申请到美国霍利约克学院（Mount Holyoke College）的入学许可，但父亲不同意我出国，他认为我应先考虑婚姻再谈出国进修，否则以国内局势之变幻莫测，一生与家庭隔绝，会成为孤僻的"老姑娘"。

交了毕业考试最后一张考卷出来，是个炎日当空的正午。如今连最后奋斗的目标也没有了，我大学毕业了，身心俱疲回到宿舍，在半空的房间里，痛哭一场，为自己茫茫前途，也为国家的迷茫，悼亡伤逝。我父亲在我这年纪一心要救的中国，如今处在更大的内忧外患中不知何去何从？当年幼稚狂妄地想读哲学了解人生，如今连自己这渺小无力的心灵都无处安放了。

尚好在迷茫之中，理性未灭。父母尚在，他们在世之日，我就有家可归。

终于到了最后航行长江之日。六月下旬，我与几位香港侨生同学余麟威等人由汉口搭船回上海。那艘江轮有船舱，舱里闷热，令人坐卧难安，而沿着全船的栏杆，用粗麻绳连环绑着近百名年轻男子（新兵），去支援在北方的剿共战争——那时不可以说"国共战争"。

船行半日一夜，舱门外绑着的士兵看到我们喝水，眼睛里的渴，令我们连水都喝不下去，有时就偷偷给他们喝一些，另一段的兵就求我们也给他们一些。

这举动被巡察的军官听到，过来查看，他说会定时发放饮食，请我们不要破坏军纪，军队调动的时候，最怕松动和逃兵。

在那样的大太阳下，有些兵的脸和嘴焦黑干裂，我们把闷热的舱房关上门，才敢吃饭喝水，因为吃喝每一口都自觉有罪恶感。

当天晚上倦极睡去，朦胧中听舱外人声喊："有人跳水了！"军官用大电筒往水里照，长江正在涨水期，滚滚浊流中，一个小小的躯体哪有生路？

有一个兵开始哭泣，引起更多哭声。一个粗重的声音厉声说："再有人哭就开枪！"哭声戛然而止，黑暗中一片死寂。

在我有生之年，忘不了他们枯干的颜面，忘不了他们眼中的渴。有时在电影中看到西洋古战场上，威武战将后面举着盾牌奔跑的兵，我都流泪。古今中外，那些在土地上沙沙地跑、"一将功成万骨枯"的兵都令我悲伤，它具体地象征了战争对我心灵的伤害。

又见上海！不过是一年时光，对于我却似隔世前生，不堪回首。

我有了家，爸爸在上海复刊《时与潮》，由北四川路迁至原英租界的极司斐尔路（胜利后改名梵王渡路）的一所大房子，是租住的市产，曾是市长官邸，日据时期有许多神秘的传说。《时与潮》与东北协会在重庆的工作人员和家眷住了大半房间，给爸爸留了三间。渐渐有许多当年地下抗日的同志，到上海来也住在里面，人气旺盛，每天进进出出，无数多年暌隔的老友重逢，说不尽别后的惊险历练……

第五章　胜利

一九四七年大学毕业与幼妹齐星媛合照。

我在上海住了一星期就去北平与母亲相聚，爸爸希望我在北平找个工作，也帮忙照顾家庭。在那时，似乎也是我唯一合理的路。

我大学毕业回到北平，对于我母亲是一大安慰。在她心中，我长大了，可以自立了，而且也成了她可以商量心事的女儿。

她回到北平一年，似乎所有的"还乡梦"都幻灭了。东北家乡的剿共战争打得激烈，两军在长春四平街四出四进，真正在血战。许多在"满洲国"那十四年中忍气吞声做"顺民"的人，也往关里逃难。我家在北平大羊宜宾胡同的家成为亲友投奔的目标，所有的房间都住满了人，每顿饭开两桌，有时还开第二轮。两位姑姑家十口，我家四口，三位堂兄弟（振庸、振飞、振烈），两位表兄和家乡新来的乡亲。那时物价已经不断涨高，我们餐桌上的菜已只能有三四种大锅菜，茄子炖土豆、白菜炖豆腐加肉块，量多就不是小锅精致的好菜了，姑姑的孩子和我两个妹妹都是十四五岁到十岁左右，正在成长又不懂人间疾苦的年纪。

爸爸每月寄来的钱都跟不上物价波动，我母亲的角色就很难演了。她趁我回去，就跟因公回东北的父亲走了一趟东北，而且冒险一个人回了她的娘家新台子给姥爷、姥娘、三位舅舅上坟，住了几天。在那段时期我帮两位姑姑买菜，应付开门七件事，才知道开销之大，我父亲每月定时汇来的钱已不敷支出。

北平城里谣言四起，津浦路常常被挖了路基或起了战事而不通。我母亲从家乡回到北平，万分忧愁。她连可以变卖的首饰都没有，当年陪嫁的首饰和多年节俭存下不过数千元银洋，都在抗战末期被银行奉命换成当时货币，后来只够买一匹阴丹士林布。津浦路若断了，飞机票更别想买得到，爸爸那时在京沪工作，她一个人带两个小女孩如何生存？更何况还有两个姑姑的十口人？夜晚我睡在她房里临时搭的床上，听见她一直在翻身、叹气，我就说："妈，你不要叹气好不好，我都睡不着。"

15　渡海

过了几天，我到北京大学红楼看朱光潜老师。

他见到我，十分高兴，带我去看他新配的宿舍，说家眷不久可以由南方来。那几间临时宿舍，空荡荡新盖的水泥平房，其实还不如他在乐山听庭院落叶雨声的老房子温馨，但他似乎很满意，说如今胜利了，以后可以好好做些学术发展。他也问了我毕业后的计划，我只说想继续读书，家里又不让出国，但没提想做助教的话，也许当时不愿朱老师认为我是为了找工作才去看他，或是我内心并没有决定要留在北平。自童年起，我记忆中的北平古城就是一座座阴郁的古城门，黄沙吹拂着曲曲折折的胡同，往远看就是荒凉的西山和撒石灰的屋子……

当天晚上，妈妈问我到北京大学拜望老师的情况，她很严肃地说："既然你未向老师求职，我希望你到南京或上海去找事，北平和京沪切断的话，我和你两个妹妹活命都难，你哥哥在东北战地到时候也不知什么情况，你去离爸爸近的地方，也让我心里少一份牵挂。"

我又回到上海。因为《时与潮文艺》的孙晋三先生的关系，我向南京的中央大学外文系申请助教工作，但他们已留了自己的毕业生。在上海教书，我不会上海话，实用英语也不够，想都不要想，所以也没去申请。何况我不喜欢上海那种虚妄的繁荣。

八月过去了，九月也过了一半，我在上海，思前想后，真正不知何去何从。

突然有一天，在南来北往的客人中看到了马廷英叔叔。

抗战初起，他放弃了在日本长达十七年地质学者的工作，回国献身文化报国，曾任由沈阳南迁的东北中学校长。自一九三七年起，每次到南京以及后来到重庆都住在我家，因他一直单身，我母亲特别照顾他的衣食。他身躯壮硕，笑声洪亮，我们全家都很喜欢与他亲近。他曾带给我一小袋我一生第一次看到的海贝蚌壳，讲他去海底探测珊瑚礁的故事，很给我们开眼。他到四十岁才结婚，生了一儿一女，男孩马国光笔名亮轩，在台北长大成为作家。

我在上海再看到他，倍感亲切。他看到我在那十里洋场的边缘晃悠彷徨，就说他此来为台湾大学找理学院教授，听说外文系也正在找助教："他们什么都没有，只剩下两个日本教授等着遣送回国！你就去做助教吧。"

对我父亲和《时与潮》的叔叔们来说，我一个单身女子要渡台湾海峡去刚发生"二二八动乱"的台湾，是不可思议的事，都不赞成。但在我心中，孤身一人更往南走有自我流放之意，至少可以打破在南北二城间徘徊的僵局。况且，整个中国都在非左必右的政治旋涡中，连鸵鸟埋头的沙坑都找不到了。每一个人都说，你去看看吧，当作是见识新的天地，看看就回来吧——大家都给我留一个宽广的退路。一九四七年九月下旬，我随马叔叔渡海到台湾，向往着一片未知的新天新地。

爸爸给我买的是来回双程票，但我竟将埋骨台湾。

第六章　风雨台湾

1 台北印象

一九四七年十月第一次乘螺旋桨飞机过台湾海峡时，心中很是兴奋，因为这是地理书上的名字，好似在地图上飞行的感觉，两小时很快就到了。

台北这名字很陌生，飞机场相当简陋，大约也是"临时"的吧。既然大家都说台湾是个很小的海岛，应该立刻可以看到比较熟知的"鸡蛋糕"（吴振芝老师地理课上的基隆、淡水、高雄），至少可以先看到真正的香蕉与凤梨。

初见台北真是有些意外，既没有椰树婆娑的海滩，也没有色彩鲜艳的小楼，整体是座灰扑扑的小城。少数的二层水泥房子夹在一堆堆的日式木造房子中间，很少绿色，也没有广场。来到台北，我借住在马廷英叔叔家。

马廷英叔叔，号雪峰，一九〇二年生于辽宁金县农家。少年时立志科学报国，考取日本东京高等师范博物科，以第一名毕业入仙台东北帝国大学地质系。毕业后，跟随著名地质古生物学家矢部长克博士研究，专攻古今珊瑚礁生长率变化及相关古生态、古气候、古地理及古大地构造问题，发表多篇卓越论文，获德国柏林大学、日本帝国学术院双重博士学位。一九三六年冲过日人之阻挠，以所学回报祖国，担任中央大学地质系教授。第二年卢沟桥事变起，内陆各省缺乏食盐，马叔叔应政府之请，亲赴沿海及其他各产盐地勘量，并指示开采井盐和岩盐之道，有功于抗战之国计民生。

战起，京沪各机构学校纷往西南后方迁移，自九一八事变后，我父亲作为中央负责东北地下抗日的东北协会主持人，敦请马叔叔出任东北中学校长（该校成立于沈阳，不留在"满洲国"而迁移到北平，原有自己的师生，与后来成立专收流亡学生之国立东北中山中学不同），带领该校出山海关到北平又移南京的原有师生，由湖北、湖南、贵州各省到四川，辛苦跋涉，也到自流井静宁寺复校。他辞职后回到研究工作，抗战八年间登山下海，研究冰川问题、准平原之成因、红土化作用、珊瑚礁之古生态与变化等，完成七部专业巨著。

抗战胜利，他应教育部之请，担任接收台湾教育机构特派员，尤以台北帝大为重要工作。因他在日本二十年，深知日本民族之心理，以中国知识分子的豁达大度，对台大的一切设备、资料、制度之维护，可谓尽心尽力。当时日本人尚未遣返，对马教授之学术地位及处理方式皆极尊重，但他坚不任官职，创办地质系、海洋研究所，带领学生潜心研究，并组调查团队前往兰屿、南沙、钓鱼台各岛，写《石油成因论》，对台湾资源之开拓有莫大影响。之后发表"古气候与大陆漂移之研究"系列近二十篇论文，证明地壳滑动学说，引起国际地质界的研究与肯定。

马叔叔的家在青田街，当时是三条通六号。一条条窄窄的巷子，日式房子矮矮的墙和木门，门不需敲，推开就进去了。有个小小的日式庭院，小小的假山和池子，像玩具似的，倒是沿墙一排大树有些气派。开了门是玄关，上面跪了一个女子（不是坐，也不是蹲的，是跪的），用日本话说了一大堆大约是欢迎之类的话。那位名唤"锦娘"之女子的面貌，我至今清晰地记得，因为她那恭谨中有一种狡黠，和她的日本话一样，是我以前未见过的。每个人都脱了鞋，穿上锦娘递上的草拖鞋，进了房间，走在榻榻米上好似走在别人的床铺上一样，连迈步都有些不安。她做的菜是真正日式的鱼，烤、炸、味噌汤，第一次吃颇觉得可口。

坐在厨房外面走廊上，有一个很瘦的中年车夫，腰带上系了一条白色毛巾，他们称他"秀桑"，侧院里停了一辆黄包车，是台大派给马叔叔的公务座车（他那时代任理学院院长）。马叔叔大约重八十公斤，高一百八十公分左右，秀桑大约重五十五公斤，高一百七十公分。但这不是重点，重点是那辆公务车的手拉杆，马叔叔第一次坐上就断了，修复后再坐又断了，所以不能修好后再坐，而车夫是校方正式名额的员工，每天要上下班。我到后，去台大外文系"看"工作，马叔叔吩咐秀桑拉我去学校,下午送我回青田街,他即可以"履行公务",否则可能被删除名额,而他一家数口靠此薪水活命。

我坐了两次,秀桑一路用日本话(他们不懂中文国语)对我表示感谢之意。我"就职"后,把米、煤配给票都给他,还引起同住马家的一对助教嘲讽"摆阔"。我第三次坐院长座车时,"行驶"在新生南路的田野小路上,突然警觉幼年时父亲不许我们坐公务车的原则,立刻下车走路。

2　新天新地
——友情

我来台大只是一个懵懵懂懂的助教,因为初到,落脚住在马家,却看到台大初具规模的大局。不久即出任校长的陆志鸿教授和另外几位早期教授,住在前面两条巷内,几乎每天往返与马叔叔等讨论校务,有时也与尚住青田街等待遣返的日本教授询问原有各事。走到门口就常听到马叔叔洪亮的笑声,他们想的都是未来远景,最早的重点是保持台北帝大最强的热带生物科学研究和医学院,切实地充实台大医院的教学与服务。当年奠下的基础至今仍是坚强的。

到台湾三个月之后,在台大外文系面对着那两屋的书,开始一堆一堆地整理,一本一本地看,大致作个归类,其实是个很能忘我的幸运工作。但是,我的心是飘浮状态的,下了班,沿着瑠公圳往和平东路、青田街走,心中是一片空虚,脑中起起伏伏想着:寒假要不要回上海的家?回去了要不要再来?再来,除了搬书,没有任何需要我的事。在台湾大约只有六个人知道我的存在。满怀愁绪、落寞孤独的一个人,在黄昏的圳沿走回一个铺着日本草席的陌生房子。

除夕那天,锁上外文系的门往回走,天黑得早,到了青田街巷口,靠街的一间屋子灯已亮了,由短垣望见屋内一张桌子围坐了一家人,已开始吃年夜饭。那情景之温馨令我想念北平的妈妈、妹妹

第六章 风雨台湾

和上海的爸爸，思及我自己这种莫名其妙的"独立"，眼泪涌出，疾行回到马叔叔家，餐桌坐着几位单身来台的长辈，喝着日本人的温热的清酒。

新年后某一天午后，我这全然的孤独有了改变。

那天，雨下个不停，百无聊赖之际，我穿上厚重的雨衣，到巷口和平东路搭公共汽车去荣町（今衡阳路、宝庆路、博爱路一带）买一些用品，那时只有三路公共汽车在警察派出所门前（六十年后的今天仍未变）。

雨下得不小，只有我和另外一个女子等车。她全身裹在雨衣里，雨帽也拉得很低。车子许久不来，我就看看她，在那一刹那，我看到了一张似曾相识的脸，她也看我，我们几乎同时问道——"你是武大的杨俊贤吗？""你是武大的齐邦媛吗？"

如此奇妙，我找到了连缀过去的一环。

杨俊贤是早我两届的经济系学姐，在女生宿舍见过，但并没有交往，她随姐姐来台湾进入电力公司会计处工作。同来台湾的还有她的同班同学佘贻烈，在台湾糖业公司营业处工作，两人已订婚，那时都住在姐夫戈福江（我们叫他戈桑）农林处的日式宿舍，大约是青田街九条通，与马家只隔三四个巷口。杨大姐希贤在师大家政系任教，是前三届的系主任。他们夫妇二人豪爽热诚，女儿戈定瑜（乳名宁宁）当时四岁，和父母一样经常笑口常开，有时给我们唱个幼稚园新歌加上舞蹈。戈家渐渐成为对我最有吸引力的温暖之家。许多年后我教英国文学史时，每读到十三世纪比德（Bede）的《爱德温皈依记》（*The Conversion of King Edwin*），念到他们形容信奉基督教前后的景况就如飞进宴饮大厅的麻雀，厅里有炉火有食物，飞出去则只有寒冷和朔风，正如我一人在台初期的感觉。

过年后，俊贤和贻烈邀我同往参加武汉大学旅台校友会。那时在台数十人，多数是理工学院和法学院的早期学长，在政府机构工作或者教书。知道我刚毕业，来台湾不久，会长李林学（化工系毕业，在石油公司任高职，对来台校友帮助谋职安顿，照顾最多。享高寿，可以说是校友会的灵魂人物）请我报告一下近两年母校情况。我站起来就我所知作了个报告。当时在座的有一位电机系学长罗裕昌，在铁路局工作。据他日后告知，当天他在校友会看到我，下定决心要娶我回家。

校友会后三四日，他和谭仲平校友（机械系毕业，在乐山团契与我见过）到青田街马叔叔家来看我。客厅中坐了一阵，我并未在意，但下个星期又来一次，邀我去拜访杨俊贤，在她家坐坐谈谈来台校友近况。他们三人同届，是在乐山毕业的最后一届，又都是最早来台湾的技术行政人员，所以共同话题很多，对我这不知世事的文艺青年都有些识途老马的架势。我们在台湾相聚整整五十年，他们对我的这种保护心理始终未变。

这时是寒假了，我自除夕在街角看到那家人吃年夜饭的情景，心中就盘旋着回家的念头，先回上海，也许妈妈终会和爸爸再回南京重建我们自己的家，我也可以安定下来找一个工作。所以我就去航空公司用回程票订了一个一周后的机位。回到青田街，马叔叔说："台大给你发一年的助教聘书，你才来了一学期就走，学校不易找到人，外文系一共不到十个人，你应该做到暑假再说才好交代。"俊贤也说："你还没看到台湾是什么样子就走，太可惜了。"过了两天，罗裕昌和谭仲平也到马家，说了许多挽留的话。

我正在犹豫难决的时候，到马家来拜年清谈的郭廷以教授（台大历史系任教，后转"中央研究院"创办近代史研究所）是我父亲的朋友，劝我留下帮外文系整理那些散满两室的书，自己也可以静下心看看书。他说："现在大陆情况相当混乱，北方尤其动荡不安，各大学都仍在复员过程，你到那里也读不了书。"郭伯伯正好要退掉台大温州街的一间单身宿舍，搬到家眷宿舍。他去和总务处说，把那间宿舍拨给我住，可以安定下来，走路上学也很近。

在这样多的规劝声中，我去退了机位，准备搬到单身宿舍去。

那时台大和许多公务机构一样,仍在"接收"过程。我收到那张毛笔写在宣纸上的是"临时聘书",今日大约有一点"文献"价值。人事和校产也尚未有明文规章,所以我以一个助教身份,可以正式接住一位教授的单身宿舍。我原曾申请一间单身宿舍,是台大刚刚在琉公圳旁空地用水泥盖的一幢军营式平房,一溜八间,但当时均已住满。经济系的助教华严,中文系的裴溥言和廖蔚卿也住在那里。

搬去温州街宿舍那早晨,俊贤来帮忙。实际上我并没有什么可搬的,仍只是一个小皮箱,前两天在荣町买了一床棉被和枕头,还有刚来时在骑楼下,日本人跪在那里摆的地摊上买的一个一尺高的小梳妆箱,有一面镜子和两三个抽屉,像扮家家酒用的衣柜,可以放一些小物件。秀桑帮我用洋车拉了送去。以前郭伯伯住在里面,所以我并没有去看过,第一次看到没有桌椅和床的日本屋子(马家有床和一切家具),真是忧愁。

早上俊贤来的时候,罗裕昌也与她同来。他看了那房间一下,和俊贤说了几句话就走了,说他等一下再来。在中午之前,他又来了,带来一床厚重的日式榻榻米用褥子、一把水壶、一个暖水瓶、两个杯子和一个搪瓷脸盆。并且在小小的公用厨房给我烧了第一壶开水,灌在暖瓶里。这些东西我从来没有买过,也没想到它们是生活的基本要件。

中午,戈家请我们吃午餐。我出去买了一些必需品,晚餐回马叔叔家吃饭,俊贤和贻烈送我回温州街。他们走后,从屋外走廊的落地窗往院里看,假山和沿墙的大树只见森森暗影。第一次睡在榻榻米上,听窗外树间风声,长夜漫漫真不知置身何处。那时期的我,对黑夜的来临又恢复在西山疗养时的恐惧。我住那间在最右端,大约有八坪,外面还有单独的走廊,与别的房间有些距离,白天也很少看到人走动。直到两个月后,邻近那间住进了一对助教夫妇,夜半他们家的婴儿哭声,成了我每夜期待的甜美人间讯息!

过了几天,罗裕昌与另外两位同学来看我,他带来一个木盒的自制收音机，他们说他现在是台北朋友圈中有名的修收音机专家。他说，在校时电机系分电力、电讯两组，他主修电讯（telecommunication），所以来台湾前考取经济部技术人员的交通部门，分发志愿填的是铁路，因为在四川时受到外省同学嘲笑没有见过火车，决心从事铁路通讯的工作，而不去电力公司。在当时，电力公司的一切条件都比铁路局好，那时的铁路通讯设备还相当落后。闲暇时，他自己装设收音机玩，也免费为熟人服务。

他送我的这一台大约是比较成功的，可以收听台北本地电台的节目。它大大地驱散了我寂静中的孤独感。每晚除了新闻、音乐，多为日人留下的古典音乐和日本歌，其中我多年不能忘的是夜间听《荒城之月》，在音乐中忘记它是日本歌，有时会想起逃难时荒郊寒夜的风声犬吠，想想那数百万死在侵略中国战场上的日本人，虽是我们痛恨的敌人，家中也有人在寒夜等他们回家吧。初到台湾时处处仍见待遣送的日本人，看着他们瑟缩地跪在台北街头摆地摊卖家当，心中实在没有什么同情，但是也知道他们不是该偿还血债的对象。

3　哺育者
　　——戈福江先生

台大外文系数十个学生，主要的课仍由两个日本教授上课，他们从未到系办公室来，我搬书到楼下图书室，看到有几个中年人出入，无人介绍也从未打招呼。不久剩下一位，第二年也遣送回日本了。

周末我总是回青田街，马叔叔常在台大医院餐厅请大陆新来的教授吃饭，有一些也是我父亲的朋友。那位大厨是台大刚由大陆请来的，在台北很有名。那时几乎没有内地口味的营业餐厅，所以去台大医院吃饭是很高兴的事。

有时，我也会到戈家吃一顿家常晚餐。那时贻烈和俊贤开始迷上桥牌（他们后来代表台糖和台电桥牌队，赛遍台湾，是常胜军）。我

第六章　风雨台湾

前排左起：戈福江、佘贻烈、杨俊贤、杨希贤
后排左起：孟昭玮、谢文津、齐邦媛、罗裕昌、孙经畹
一九七五年左右，台北。

在大学四年级曾和理工学院几位助教在团契学过，当然技艺不精，但他们请罗裕昌与我一组，耐心配合，有时戈桑在家有空亦与其他同学另成一桌。我以研究贯注的态度投入，也跟着他们看些专书，兴趣大得很，直到后来搬到台中，戛然而止。

那一年四月一个周末，我又去戈家。刚进门，俊贤说："来看看贻烈的房间。"我说："他不是已搬去台糖的宿舍了吗？"

这时，戈桑从另间出来，打开那房间的纸拉门，眼前景象真令我惊讶莫名：在那原是八个榻榻米的地板上，繁花开遍似的是一簇簇、金黄的、啁啾叫着的小鸡！

原来是戈桑近日来神秘忙碌，期待的第一批人工孵育的来杭鸡，我们有幸成为这戏剧性成功的第一批见证人！这些在手钉木箱，拉了电灯泡在固定温度下孵出的雏鸡，对长年饥饿的国人而言，简直就是黄金！

由此开始，两年后，戈桑辞去台大畜牧兽医系的专任教职，四十岁到台糖创办最新科学养猪事业。利用蔗糖生产过程所有资源，生产饲料，又与美国合作成立氰胺公司，研究畜产生长及防疫酵母粉，改良品种，大规模外销日本和香港，使台湾的猪肉更充裕。当中国大陆正在土法炼钢，数百万人死于灾荒的那些年，台湾实行九年义务教育，一九七〇年至一九八〇年，国民中学的教师薪津是由全省的屠宰税支付的！

戈福江先生（一九一三～一九八三年），河北人，河南大学农业系畜牧组毕业。一九四六年来台湾农林处工作，成立畜产公司、畜产试验所。因多年担任联合国发展之山坡地畜牧发展计划的我方代表，而台湾的研究成绩已引起国际注意，所以很早即开始做国际科技交流。之后，创立台糖公司畜产研究所、养猪科学研究所，在竹北增设牛养殖场，三十六年间全心一志投入。因工作长年辛劳，罹患气喘痼疾，即使夜晚病发不能睡，白天仍奔波赴竹北，亲自照料初创的各种试验，观察评估各项成果。

一九八一年退休后，客居美国加州，原以为加州气候有助于气喘的疗养，未料两年后突以心肌梗塞症猝逝，刚满七十岁。

噩耗传来，我也十分悲痛。数年后我们再去竹北，走进学生为纪念他所盖的福江楼（后为新计划所拆），似乎看到壮硕的戈桑走来迎宾，又似听到他洪亮的笑声，如同一九七〇年研究所初创时，他亲自为我们讲解他的理想时一样。我一生以曾分享那个理想且见证其实现为荣。

4 姻缘

在戈家的聚会日益增大，因为谢文津与孟宝琴带两岁的儿子也来台湾了。她原是俊贤好友，到台北建国中学教英文，孟兄进铁路局机务处工作，住在罗裕昌的单身宿舍。大陆局势不好，渐渐地来台湾的人更多了。

第六章 风雨台湾

罗裕昌有时和同学一起，有时独自一人，常常去温州街找我，而且几乎每天上午打电话到台大。那时文学院只有两座电话，一在院长室，一在共同办公的总务室。电话一来，那位中年的陈秘书会到走廊上喊一声："齐小姐电话！"我在众目注视之下实在很不舒服，更不知说什么才好。有一天，约在中山堂对面的朝风咖啡室见面（也许是唯一或仅余的有古典音乐的地方），我坦白说，胜利后这两年我无法投入新的感情，到台湾来是对大陆政治情况不满，父母南北分离，自己只身一人来此，明知有许多不方便，但既是自我流放心情，甘于孤独，暑假仍想回去随父母生活，不能接受他的好意。

过了几天，他写了一封长信来，说他刚看了《居里夫人传》电影，感动得流下热泪，很钦佩她的毅力与坚忍不懈的努力。他信上写人的理想，应有计划、有步骤去实现；先决定生活的重心，讲求效率，节省精力，甚至于无意义的交谈亦应当尽量减少。

这样的人生态度是我过去从未听过的，这样的宣示，伴随着强烈的爱情语言，在当年仍是文艺青年的我读来，是"很不一样"，甚至很有趣的。将近六十年共同生活之后，我在整理一生信件时重读，才恍然明白自己当年对现实人生之无知。在我们相识之初，他已清晰地写下他处世为人的态度，和我敏感、好奇，耽于思虑，喜好想象的天性是很不同的。但是，吃够了自己"多愁善感"的苦，处在困境中的我，心中也佩服别人的理智与坚强，甚至是愿意得到那样的保护吧。

我在台湾的朋友，俊贤、文津和在基隆港务局工作的程克咏都觉得罗裕昌稳妥可靠，劝我应该少些幻想，早日安定下来。一九四八年暑假快到时，我给父亲写信，希望他来台湾看看这个人如何。

我信上说："罗君二十八岁，武大电机系毕业，来台湾即在铁路管理局工作，现在任台北电务段段长。九岁丧父，家境清寒，有姐妹四人，弟一人，母亲现居四川资中县家中。他很努力上进，很有毅力……"

我父亲两次订期来台都临时不能来。到了暑假，我必须决定下学期是否留在台大。这时我母亲终于离开北平到了上海,连我那一向乐观的父亲,也承认大陆局势不好,嘱我暂不必回去谋职,可先收下台大聘约。妈妈希望我放假先回上海商量,不能一人在台湾结婚。

所以我八月回上海,得了父母同意,十月十日在上海新天安堂由计志文牧师证婚定此一生。结婚前三日,裕昌受洗为基督徒。那时许多人已从北方到了上海,有些是政府派往东北,尚未接收,已经失守(或落入解放军手中,或仍在拉锯战中)。大多数都只能困坐愁城,不知何去何从。那时上海的物价每日早晚都不一样,法币已贬值到提一袋也买不到食物的地步,所有的物资都被囤积起来。我们的结婚戒指是14K金,因为金子已买不到了。婚礼的贺客坐满了礼拜堂(原不想铺张的宴客饭店,临时加不出双倍人数的食物,分两批上菜,令人窘甚),其中有抗日地下工作最后的"十大天王"中的六位。我父母去世后我在遗物中看到王非凡先生在狱中写的《锣鼓喧天》及一幅字:

铁公,我敬爱您,十五年如一日。
十五年来,于快意时未忘您,于失望时未忘您,
饥时寒时哭时笑时更未忘您。
今在狱中遥祝您身体如春风般的强健,
默祷您事业如秋月般的光辉!

　　　　　　　王非凡 敬书　　　于北平敌牢
　　　　　　　　　　　一九四五.七.七

这幅字写于胜利前一个月,我珍藏至今。这些人在伪满洲国做国民政府的地下抗日工作,九死一生,终熬到抗战胜利,由广阔的东北家乡到上海来,我的婚宴是他们最后一次聚会。几十条热血汉子,大声地谈着"夹着脑袋打日本"的艰辛往事。在上海所见,他们心中大约也明白将进入另一场噩梦。这些当年举杯给我祝福的人,也就是我父亲晚年萦绕心头,使他端起酒杯就落泪的人。

婚礼后十天,我乘船回到台湾。此时已全无犹豫,回到原有工

作，在已熟悉的台北建一个自己的家。父母不再担心，朋友们觉得我离开人心惶惶的上海，在"海外"有一个生活的目标竟是可羡之事。我也从此对人生不再有幻想。

回到台北，先借住在铁路局电务科科长郑兆宾先生的家。大约一个月后，带着我们最早买的家具，一桌、两椅、一张双人床和小柜，搬入我们的第一个家——奉准将台北电务段一间大仓库用甘蔗板隔成两家，暂用宿舍靠街的一户，另一户是新科长李枝厚先生一家，有六个小孩，全是很好的中小学生。

台湾糖业公司出产蔗糖，赚回大量外汇是台湾收入最大的经济来源之一。榨糖副产品用来大规模养猪，制甘蔗板等等，对台湾的贡献真是巨大无比。而台糖生产的甘蔗板，在当年解决了无数新来人口的居住问题。唯一缺点，当隔壁家孩子嬉戏玩闹，推了隔间用的甘蔗板，我这边的屋子就变小了……

我记得那隔成三小间的新家，外面是厚重的木板墙，位于很热闹的延平北路口，右边是警察派出所，与铁路局隔街相对。墙外一条街通往后火车站，半条街摆满了摊贩，最多是布贩，还有一些菜贩。早上买菜人潮之后，布贩开始大声用闽南语吆喝："一尺二十块！一尺二十块！真俗！"伴随着把裹着木板的布匹展开，啪啪地摔在摊子上的声音，十多个声音此起彼落地一直喊叫到下午两点左右，拉黄包车的嚷着"边啊！边啊！"灌满了我的陋室。

不去上班的周末，墙外的生意更是鼎沸，常常我只得逃出去到处逛，沿着延平北路往下走，到迪化街，再远望淡水河入海口。看熟了台北开埠的商业旧街，和在湖南、贵州、四川逃难时所见的城市很不相同。台北的店面比较小，紧紧靠着，很少门洞、横匾之类的间隔。前半段以布店和金店最多，后半段以干货为主。有时，我们会走一半路右转到圆环，开始喜欢肉羹和炒米粉。但这些吃食和东北人的饺子一样，在四川人心中，是不能当饭吃的。我们晚上一定要在那加搭的小竹棚厨房烧饭煮个汤才像个家。

晚上饭后，裕昌去修各种送来的真空管收音机，我读着带回家的书。有时我会写一点日记，每提起笔，心中就洋溢着悲秋意味的忧伤，过几天再看看就撕掉，不合自己的文学标准。

这样的日子过了将近两个月，突然接到爸爸寄来快信，说妈妈带两个妹妹将在月中到台湾来看看，上海生活已很不易应付了。

圣诞节前数日，妈妈先带小妹乘飞机到，大妹跟韩春暄伯伯一家带着家中行李搭太平轮随后亦到。住在我那陋室虽不够舒适，却是我一九四四年离开重庆去乐山上二年级之后，真正和妈妈一起过自己的日子，吃自己想吃的"小锅饭"，喜怒哀乐可以如此单纯，幸福的团聚。

大陆是回不去了，爸爸在台湾的朋友帮我两个妹妹办台北一女中插班手续。寒假后，宁媛上初三，星媛上初一，比后来的人早一些安顿。京沪渐渐撑不住了，政府迁至广州办公，事实上已作迁台打算。爸爸直到大势已去才搭最后飞机来台湾。

5　一九四八，接船的日子

大约自一九四八年底起，我们开始忙于"接船生涯"。

差不多每次中兴轮或太平轮由上海开来，裕昌就用台北电务段的卡车去基隆码头装回一车行李，最多的时候，堆在另一个仓库的行李有一百多件。包括曾经参加我们婚宴的长辈，《时与潮》同仁，胜利后回乡当选立法委员、国大代表者，有一些是来教书的，办报和杂志的文化人大多数都来台湾了。爸爸嘱咐我们尽力帮忙。省政府也下令各运输单位协助，所以裕昌向铁路局报备用卡车接船，也是责任范围。

我们那距台北火车站只有三百米的家就成了一个最方便的联络站，那小小的三坪左右的"客厅"总是坐满等人、等车的客人。最初妈妈还留人吃饭，后来实在应付不了，就只能准备永不枯竭的热茶。

第六章　风雨台湾

客厅甘蔗板墙上，钉了无数的联络地址，遍及各市的客栈、机关名字，……那种情况和十年前我们逃难到汉口的情况十分相像，只是台北没有警报、没有轰炸而已。

由胜利的欢愉到如今这般景况，很少人想到从此将在海岛度过一生。幸运的，带了父母和妻子儿女，有一些是单身先来"看看再说"，自此与家人终生隔绝，那堆在台北电务段仓库的几件行李就是他们全部的故乡了。

我最后一次去基隆接船是一九四九年农历除夕前，去接《时与潮》社的总编辑邓莲溪叔叔（邓婶婶因生产，先带儿女已来台湾）和爸爸最好的革命同志徐箴（徐世达，战后出任辽宁省主席）一家六口。我们一大早坐火车去等到九点，却不见太平轮进港，去航运社问，他们吞吞吐吐地说，昨晚两船相撞，电讯全断，恐怕已经沉没。太平轮船难，前因后果，至今近六十年，仍一再被提出检讨，我两人当时站在基隆码头，惊骇悲痛之情记忆犹如昨日。

这一段"接船生涯"是个很奇特的新婚生活！我们两个原是相当不同的人，天南地北来到海外岛屿相逢，还没来得及认识彼此，也几乎还没有开始过正常的小家庭生活，就投入我父亲最后的"革命行动"的激流了。他自一九三一年九一八事变开始，就组织、动员抗日革命，如今一切努力成为泡影，而有些多年同志仍说在他领导下东渡台湾，续求再起。在我父亲心中，女婿全力接待来台之人，和我母亲在南京每周照顾黄埔的东北学生一样，都已被他纳入革命组织成为支援义勇军，溃败时上阵去抬伤兵的。我那时看着裕昌在基隆、松山机场轮流跑，仓库里行李堆积至房顶，工人们搬进搬出，他指挥、安排一切，从未对我抱怨，与我母亲和两个妹妹也相处融洽。这个局势绝非结婚时所能预见，奠定了我们婚姻中的"革命感情"，我称它为"稳定基金"的第一笔存款。

这一年我父亲终于来到台北，哥哥随《中央社》到广州，与新婚的嫂嫂王序芬也先后来台，在我陋室落脚一阵子后，父子合力以十多两黄金在建国北路小巷内"顶"了一所日式房子，比我甘蔗板隔成的宿舍略大一些而已。两代同住至爸爸得到"立法院"配给的板桥自强新村一户水泥平房，将建国北路房子"顶让"出去，所有钱投入迁台后《时与潮》复刊，他仍然乐观地认为奋斗必有前途。

数月后，铁路局在台北调车站后方空地盖了几幢水泥墙和地板的宿舍，配给我们一户。我们喜滋滋地去住了三天左右，才知道每次调动火车头，黑煤烟就灌进屋内，尚未消散，下一辆又来灌满。我咳喘复发，无法住下去，又逃回甘蔗板的家，但也没有权利再要求配发宿舍。

临时住此当然不是长久之计，我的身体竟日渐羸弱。那时有一位大陆来的名医韩奇逢，他在抗战时曾捐飞机报国，在火车站前方应诊。爸爸觉得中医不够科学化，妈妈半强迫地带我去看他。他不费劲地把把脉说："你这女儿，先天不足，后天失调。"我母亲连连点头说："对，对，这孩子先天不足月，小时候长年生病。"他叫我吃他那著名的乌鸡白凤丸，一定强壮。我回去也没有认真吃多久，身体瘦到只有四十公斤出头，却在新年前发现怀孕了，必须找个定居之所。

6 青春做伴还不了乡

这时毛泽东在天安门宣布成立中华人民共和国，定都北京（民国十七年北伐成功时改为北平），声言要解放台湾。台北成了谣言之都，在我们"接船生涯"的极盛期（实际上，六十年后明白，那是"中华民国"最衰败的年月），经常在我们那甘蔗板客厅出没的，有几位《中央社》的记者，是我哥哥的朋友。他们在胜利那一年大学毕业，对国家前途充满了乐观的期待。全国都认为，八年艰困的抗日战争都打过了，延安出来的共产党不是太大的问题。而这些年轻记者向往着自己也有机会像他们所钦佩的《中央社》名记者律鸿起，在抗战初期冒长江上日舰之炮击与枪林弹雨，随守军步行于硝烟瓦砾中，通过即将炸毁的桥口，写出著名的采访稿《暂别大武汉》鼓舞国人："我们决在长期抗战中战胜日军。"全国报纸均予刊载，一时洛阳纸贵。

陈嘉骥和我哥哥这一代的随军记者，在另一场战争中，看到杜聿明、关麟徵、孙立人、郑洞国、廖耀湘等名将，指挥作战，深入战场，见证那数十万人在严寒中的艰苦与牺牲。其中与我全家最好的杨孔鑫，自重庆时代孤身离开河南家乡到大后方读书，与我哥哥政大外交系同学，抗战时是我沙坪坝家中常客，是我母亲惦记着不能让他饿着、冻着的人。他后来作为巴黎、伦敦特派员，回台北公差时，到我家如同回家。另一位我全家老少全喜欢的郑栋，战后派往希腊大使馆，已升任二等秘书，跟着文学译著名家温源宁大使，练就一身极好语言、外交基础，可惜后来失去了发展的机会。他在国外谋生、漂流，未能伸展志业。

和我哥哥同去东北的随军记者陈嘉骥，性格明朗，河北人，但是他的国语也不合北京人标准，速度也不够快捷。对事爱作研讨，最爱辩论。他辩论有一独特、令人难忘的风格，即奋战不休，今日输了，明日再来，继续辩个畅快，但是他语不伤人，不伤和气。来台湾之后，仍难忘情东北战地记者三年所见，曾写了《白山黑水的悲歌》、《废帝，英雄泪》、《东北狼烟》等书。二○○○年自费重印《东北变色记》，以亲临目睹且曾报道之史实整理成一份相当翔实且客观之信史，在自序中说："退休多年，转眼已届八旬，每在闲时闭目遐思，仍多为东北往事。在撰《东北变色记》时，每因东北不应变色，而竟变色，搁笔长叹！始则误于苏俄背信，再则误于美国之调停，三则误于将帅失和。……终导致号称三十万大军，在俄顷之间崩溃于辽西！"那三年所见，场面之大，风云之诡谲，是他三十年也忘不了的血泪史。

这些《中央社》的记者当然有许许多多新闻，能上报的和不能上报的，汹涌而至；传闻，共产党说解放台湾之时，不降者北经淡水跳海，中部去新竹跳海，南部去鹅銮鼻。这时，我在武大团契的契友彭延德在台湾找不到合意工作要回上海，裕昌和我送他去基隆码头搭船。那艘船上挤满了人，连船尾都有人用绳子绑着自己的身子半悬在外，只求能回到上海，至少可以和家人在一起面对变局。我们有稳定的工作，已经决定留在台湾，把仅有的六个银洋送给他作盘缠，分别时未想到今生不能再相见。

在失去一切之后，来到台湾时，他们全仍未满三十岁，那时尚不知，辉煌的大篇章永远无缘写出了。台湾局势最混乱的时候，我哥嫂第一个女儿出生，为了应变，他在台北南昌街租了一间小木屋准备开一小型碾米厂（在西南逃难途中，他看到在变局中，各地的碾米店皆可存活）。那木屋上有一个相当矮的二层楼，他的几位好友和我们常常在晚饭后去看看；他们的辩论会与棋局同样热烈，记者资料多，对往事，对现状，意见充沛，言语激烈。青年人的豪情在那陋室中回荡不已，有时客人一面走下木梯，一面仍在回头辩论，相约明日黄昏再来，大家悲愤、彷徨之心暂时得以纾解。当日情景，半世纪后回首，反而成了温暖的记忆。之后各自成家四散，再也没有那般风云际会了。

7　台中，冒烟火车的年代

我在台大的助教工作忙碌起来，大陆来的教师多了，文学院长由沈刚伯先生接任（钱歌川先生回了大陆，后来转赴美国），外文系由英千里先生担任系主任。英先生由北平辅仁大学来，单身在台，初期也不定时上班，我仍须每天早上去开门，黄昏锁门下班。系上的公文、教材仍由我经手，打字、分发，新来的助教侯健和戴潮声在楼下研究室上班。

台大在舟山路与罗斯福路一巷内，新接收了一批小型的日式教员住宅，"资深"助教可以申请，经济系的华严配得了一户，告诉我快去申请。外文系只有我一个资深助教，所以我也可以配到一户。那小

第六章　风雨台湾

小的榻榻米房间有全扇窗子开向种了花木的院子,我很开心地向裕昌说这好消息,原以为他也会高兴,不料他听了沉吟不语。第二天,他很正式地对我说,他不能刚一结婚就做妻子的眷属。我们两个公教人员,只能分配到一处公家宿舍,他若去住台大宿舍,今后便不能申请铁路局的房子。最重要的是,他的工作是全年无休,要随时保持铁路畅通,不可能每天搭换两路公共汽车准时上班,唯一自己能调度的是脚踏车(我的嫁妆里有一辆飞利浦脚踏车,在那时很帅,差不多像今天的汽车一样),若遇到工程有急需,从景美到台北站需骑半小时,会耽误公事。台北段近百里铁路,实在责任太大,所以他不赞成搬到台大宿舍。他的意见,我父亲完全同意,他在我由上海回台湾前已多次郑重赠言:"不能让丈夫耽误公事,也不能伤他尊严。"

不久,铁路局台中电务段段长出缺,裕昌和我商量,想调到台中段。他认为,那里的段长宿舍很好,有相当大的院子,我们在那里养育儿女比较舒服,台北段公事忙,事务多,局里局外的人事复杂,厌于应付,而台湾面临的政治局势,也令人忧虑。到了台中,我们可以静下来过自己的生活,静心看看自己的书再想前途。台湾若能安定下来求发展,铁路运转的枢纽在中部而不是台北,也许将来电务段的工作并不只是修修行车沿线的电线杆和通讯而已。

他请求调台中时,铁路局的人都说:"这个老罗真奇怪,在台北首席段长做得好好的,却自动要调往小段去!"我向台大辞职时,前一任的系主任王国华教授说:"Miss 齐,没有人在台大辞职。"但我一生工作皆随夫转移,如此,我便随他迁往台中,一住十七年。

一九五〇年六月五日,我第一次走进台中市复兴路二十五号的前院,玄关门外的那棵树开满了灯笼花,好似悬灯结彩欢迎我们。

大约二十坪的榻榻米房子,分成两大一小间,走廊落地窗外是个宽敞的院子,一端是一棵大榕树,树须已垂近地面。我立刻爱上了这个新家。

这时我已怀孕六个月,九月十九日在张耀东妇产科生了第一个儿子。由于分娩过程太长，挣扎至第二天夜晚已陷入昏迷状态。我母亲惊吓哭泣，在旁呼唤我的名字，和当年舅舅在汉口天主教医院呼喊她的名字一样，从死神手中抢回我的生命。医师用产钳取出近四公斤的胎儿，我约二十多天不能行走。

婴儿近三个月时，我母亲必须赶回台北，嫂嫂在十二月底生她的第二个孩子。

妈妈走后数日，裕昌下班时间仍未回家，屋内黑暗阴冷。我大约气血甚虚，竟不敢留在屋内，抱着孩子拿个小板凳坐在大门口。房子临街，复兴路是条大路，有许多脚踏车和行人过往。

靠铁路调车场，一直到台中糖厂，有大约三十户铁路宿舍，我坐在门口，将近九点钟，电务段的同事廖春钦先生走过，他不知我因害怕而坐在门口，告诉我："段长今天下午带我们去涨水的筏子溪抢修电路，桥基冲走了一半，段长腰上绑着电线带我们几个人在悬空的枕木上爬过去架线，一个一个、一寸一寸地爬，这些命是捡回来的！"

不久，远远看到他高瘦的身影从黑暗中走到第一盏路灯下，我就喜极而泣，孩子饿了也在哭。他半跑过街，将我们拥至屋内时，他也流泪地说："我回来就好了，赶快冲奶粉喂孩子吧。"

我的婚姻生活里布满了各式各样的铁路灾难，直到他一九八五年退休，近四十年间，所有的台风、山洪、地震……他都得在最快时间内冲往现场指挥抢修。午夜电话至今令我惊悸，我得把沉睡中的他摇醒，看着他穿上厚雨衣，冲进风雨里去。然后我就彻夜担心，直到他打电话告知身在何处。

实际上，在他退休之前，凡是天灾或火车事故之后他都不在家。十大建设凡是铁路所到之处都是他的责任，他那衣物漱洗的随身包放在办公室，任何时间，一个电话，他就奔往高雄；再一个电话，奔往花莲。去几天呢？不知道。扩建苏花线的时候，坐工程车沿线看着，车上放个板凳，可以坐在轨道旁监工；隧道塌了再挖，他就多日不回家，逢到假期节日他们奔波操心更无宁日。我们在台北丽水街的邻居陈德年先生，也是电机工程师，任局长五年内，从未在家过年，除夕晚上他坐慢车沿线到各站慰问回不了家的铁路员工。他的太太病重去世之前，正逢铁路电气化工程一个重要关头，他必须到现场打气，不能整日陪在病榻前。我对普天下的工程人员充满了同情与敬意。

8 永恒漂流的父亲

我们搬到台中后二十天，外面世界突然发生剧变：韩战爆发。美国杜鲁门总统宣布，太平洋第七舰队协防台湾，遏制对台湾的任何攻击，使台湾中立化。接着，美国海、空军及地面部队加入战争（汉城已陷落），抗阻北朝鲜越过北纬三十八度线进攻南韩。七月底，由联合国授权统率亚洲联军的麦克阿瑟将军访问台湾，受到极盛大的欢迎。他一年后解职回美时，纽约七百万市民夹道欢迎这位第二次世界大战最伟大的美国英雄。蒋介石败退来台，困顿数年之后，不仅有了安全保障，也开始真想反攻大陆了。那时台湾的人口一千万左右（一九四六年民政厅统计六百三十三万），一九五四年大陆人口统计有六亿五千六百六十三万人，如何反攻？

同年八月四日，自北伐后定都南京起即负责国民党党务的陈立夫受命去瑞士参加世界道德重整会一九五〇年年会，会后自我流放（self exiled），转往美国在新泽西经营农场养鸡（至一九七〇年回台养老）。在他起程后第二天召开之国民党中央改造委员会，全部摒除陈果夫、陈立夫兄弟的干部，代之以政学系或青年团部的人，选陈诚任"行政院"院长，蒋经国正式登场，负责纪律、干部训练等忠贞、情报工作。检讨战败过程中，认为军人背叛和共产党煽动民间的不满是主因，必须展开绵密的反共防谍网，巩固蒋介石的领导权。

初到台湾时，"立法院"最大的同仁组织是"革新俱乐部"，约有一百七十人左右（东北籍立法委员来台的有三十多人），由陈立夫、萧铮、张道藩、程天放、谷正鼎、邵华及齐世英等人召开，以民主、法治、人权、自由为主张，希望国民党走上民主化的道路。陈立夫流寓海外后，部分人士进入陈诚的"内阁"，专职"立法委员"的革新俱乐部成员，对于戒严体制的施政有时会提出一些批评。

一九五四年底，齐世英在"立法院"公开发言反对为增加军费而电力加价，令蒋介石大怒，开除他的党籍。这件事是当时一大新闻，台湾的报道当然有所顾忌，香港《新闻天地》的国际影响较大，标题是《齐世英开除了党籍吗？》，认为国民党连这么忠贞二十年的中央委员都不能容，可见其颠顶独裁，而蒋先生不能容齐，不仅因为他在"立法院"的反对，尚因他办《时与潮》的言论较富国际观，灌输自由思想与国民个人的尊严，对确保台湾安全的戒严法不敬……

一九五五年元旦，电力公司遵照"立法院"决议，电价增加百分之三十二。"立法院"当然会通过电力加价案，那反对加价者齐世英的政治生命和当年老革命者的头颅一样，砍下来挂在城门上哪！

在家里，我那五十五岁的爸爸泰然自若地看书、会客，客人少些，书看得多些。开会的时候，早上精神抖擞地搭交通车上班。自嘲房子越住越小，车子越坐越大。那十多年间，监视他的人在门外"执勤"，家里没有小偷光顾。他原未曾利用身份做过生意，也从未置产，幸而尚有"立法委员"薪水，家用不愁。我母亲随着他颠簸一生，清朴度日。

以这种方式离开了国民党，在我父亲那时可以说是一种解脱。他自二十八岁以志趣相投入党，一生黄金岁月尽心投入，当年将爱乡观念扩大为国家民族观念，抗日救国，谁知胜利不过三年，失去了一切！蒋介石身边的江浙政客怎能了解东北独特的伤痛！齐世英一生理想岂是在这小长安的功名利禄！

但是，君子绝交不出恶言。他尊重领导抗日、坚持到底的蒋委员长，终生称他为蒋先生，在《时与潮》上论政也对事不对人。他对多年政坛上的友情、义气、风范，仍很珍惜。他当年在沈阳同泽中学、黄埔军校、政校、警校、东北中山中学的学生到台湾来的不少，多在教育、党、政、军方面工作。我父亲与雷震、夏涛声、李万居、吴三连、许世贤、郭雨新、高玉树等人聚会筹组新党。一九六〇年雷震因《自由中国》案入狱之后,"立法院"革新俱乐部数十位资深委员共同公开表示:"如牵连到齐世英委员,我等不能缄默,请转告当局。"也许因此保护了我父免受牢狱灾难。当时年仅三十四岁的梁肃戎在《立法院时期的齐世英》一文(见《齐世英先生访问纪录》)中说,此举"表达了早期政治人物同志爱的节操,使人永世难忘"。

梁肃戎先生(一九二〇～二〇〇四年),二十四岁在沈阳秘密参加国民党,以律师身份掩护进行抗日地下工作,被日本人追捕入狱,幸两年半后胜利出狱,次年当选辽北区立法委员。不久东北沦陷,他带着老母幼子一家七口来台,与我父亲关系最为密切,政治牵连也最大。但他是位有情有义有理想的人,最受国际政坛重视的是出任雷震叛乱案辩护律师;虽然雷震仍被判十年牢狱,但他在记者采访及有关人士百余人旁听的法庭上侃侃为自由人权辩护,写下台湾法制史的新页。后又慨然担任党外前辈彭明敏教授之辩护律师,且曾试助彭离台前往美国教书。他为法制人权挺身而出的胆识与情操,展现了知识分子的风骨。可惜彭明敏在民进党成立后回到台湾,竟然因为梁肃戎坚守国民党体制内改革的立场,而否认梁对他曾做有效协助!统独之辩起后,梁甚至成为他们的敌人了。

梁先生自"立法院"院长任满退休后,以个人名义成立"海峡两岸和平统一会"时已七十五岁,早已不计个人得失。他忠诚对待一生投入的政治信念和朋友,抱病犹在奔走呼号两岸和平,希望帮助建立一个民主、自由、普享人权的和平世界,这也是他对东北故乡半世纪怀念所化成的大爱。不论是他魁梧的身躯或是洪亮的声音,生前死后,都令我想到"天苍苍,野茫茫,风吹草低见牛羊"在家乡原野上驰马千里的豪迈汉子。

冰冻三尺,非一日之寒,我父亲对蒋之不满起源于东北胜利后的变局。东北地区广袤,其历史、民族背景与中国两千年来的兴衰密不可分。二十世纪初清亡前后，接壤数千里的俄国和隔海近邻日本对这块土地侵扰不已。一九三一年日本发动九一八事变之前，他们知道必须先炸死张作霖和他的军事高级将领才能侵占东北；因为张作霖用最了解当地民情的"智慧"建立了他的权力，维护地方安定已二十年，他集威权于一身，他若不死，日本人想占沈阳都办不到，遑论全东北！

抗日胜利来临得太快，蒋先生也许来不及多加思索，派熊式辉作东北行辕主任，主持东北接收大局。熊既无任何大局经验，又无政治格局，即使在军中，他连个儒将也不是，最高资历是江西省主席，曾协助过蒋经国赣南剿匪工作，所以得到蒋家信任。东北这一大块疆土，他大约只在地图上见过，既无知识基础也毫无感情根基——这匆促或者私心的一步棋，播下了悲剧的种子。

对创深痛巨的东北，在这关键时刻，蒋先生如此布局的态度令有识者心知东北大祸即将来临。

熊式辉就任之初，对原受中央党部东北协会指挥的地下抗日的东北人士保持疏离，理由是不愿引起抢先接收的俄国人误会。一九四六年春，蒋经国以东北外交特派员身份由长春致私电给蒋先生，谓东北党部不受约束，有反共情事，影响中俄外交（署名"儿经国叩"）。蒋先生下令给组织部，谓不受约束即押解来渝（重庆），并附上电文。组织部把它交给我父亲去"约束"，过去二十年服膺三民主义思想、抗日以求复国的地下工作者，在各个分布遥远的革命据点接到命令，全然迷惑不解；他们不懂为什么苦盼到胜利了，竟然眼睁睁地看着老毛子（俄国人）来家乡劫收，甚至奸杀掳掠。老毛子走了，中央派来的军队对东北多年的痛苦却毫无体恤。

《齐世英先生访问纪录》谈到东北接收大局败坏之始：

> 我看熊式辉是小官僚而非政治家，有小聪明，善耍把戏，对东北根本不了解。那时中央调到东北的军队，除孙立人部而外都是骄兵悍将，熊一点办法都没有，而熊又不能与杜聿明、孙立

第六章　风雨台湾

人合作。中央派到东北去的文武官员骄奢淫逸，看到东北太肥，贪赃枉法，上下其手，甚至对东北人还有点对殖民地的味道，弄得怨声载道。……中央在东北最大的致命伤莫过于不能收容伪满军队，迫使他们各奔前程，中共因此坐大。林彪就是利用东北的物力、民力，配上苏军俘来的日军和伪军的武器组成第四野战军，一直从东北打到广州和海南岛。据说一直到现在（一九六八年），湖广一带的地方官不少是东北人，都是第四野战军。我们的人自己不用给人用，说起来实在痛心。我们那时东北党务（主要是以地下抗日工作作核心）做得很好，如果能把这些人用在地方上做号召，我想共党在东北是起不来的。中共过去在东北的组织力量微乎其微，早在张家父子时代对共党就绝不优容，张作霖在北平就曾抄过俄国大使馆、杀李大钊。就是日本进占中国也是反共，而伪满又是执行日本的命令。……一直到我们收复东北时，中共在东北还没有什么力量，以后依赖俄国的扶持才坐大。俄国扶持中共固然是促成东北沦陷最主要的原因，而政府用人不当，方法不对，也须承认。尤其胜利后，东北人民不分男女老幼皆倾向中央，只要中央给点温暖或起用他们的话，他们一定乐意为国效劳。

"温暖"，在东北人心里是个重要的因素，那是个天气严寒、人心火热的地方，也是个为义气肯去抛头颅洒热血的地方。蒋先生自一九三六年张学良"西安事变"后即不信任东北人，任用来自江西的熊式辉接收东北。政府经略东北欠缺深谋远虑，致使抗战胜利后，中共在东北的军力远胜于国军，国共"三大会战"之一的"辽西会战"（又称辽沈会战）即在东北；从一九四八年九月至十一月，五十二天，中国人民解放军东北野战军以伤亡不到七万人的代价，消灭、改编了国军四十七万余人，占领东北。会战期间，东北已进入冬季，天寒地冻，难道不会令那些来自云南、两广、湖南等地的军队感到困惑？胜利了，剩下这条命，不是该还乡了吗？他们进驻地广人稀的东北各地，一天比一天寒冷，冻彻骨髓的酷寒，倒下的士兵几曾梦过这样的日子？在那一望无垠的黑土白雪地上，没有一块这些军人的墓碑，因为他们是"敌军"。

一九四八年十一月，东北全失，我父亲致电地下抗日同志，要他们设法出来，结果大部分同志还是出不来。原因是，一则出来以后往哪里走？怎么生活？二则，九一八事变以后大家在外逃难十四年，备尝无家之苦，好不容易回家去，不愿再度漂泊，从前东北人一过黄河就觉得离家太远，过长江在观念上好像一辈子都回不来了。三则，偏远地区没有南飞的交通工具，他们即使兴起意愿，亦插翅难飞。这些人留在家乡，遭遇如何？在讯息全断之前，有人写信来，说："我们半生出生入死为复国，你当年鼓励我们，有中国就有我们，如今弃我们于不顾，你们心安吗？"

我父亲随国民党中央先到广州，又回重庆参加立法院院会。一九四九年十一月二十八日在重庆开了一次国民党中央常务委员会议，会后备了两桌饭，吃饭时大家心情非常沉重，有散伙的感觉，次日搭上最后飞机飞到台湾。初来台湾时肺部长瘤住院，手术后一夜自噩梦惊醒，梦中看见挂在城墙上滴血的人头张口问他："谁照顾我的老婆孩子呢？"

二十年的奋斗将我父亲由三十岁推入五十岁，理想的幻灭成了满盈的泪库，但他坚持男儿有泪不轻弹。五十岁以后安居台湾，我终于可以确确定定地有了爸爸，风雨无间阻地能和父母相聚。他去世前两年，我因车祸住院，他看到伤兵似的我，竟然哭泣不止。从此以后，他的泪库崩溃了，我一生懂得，他每滴泪的沉重，那男儿泪里巨大的憾恨，深深的伤痛。

9　洒在台湾土地上的汗与泪

一九五○年代，台湾局势渐渐稳定，喘息初定的政府开始改善岛内生活（虽然"反攻大陆"的口号喊了多年，少数人也确曾幻想期待了许多年），而铁路运输的现代化是最重要的事。日本占领时期，所有铁路局中级以上工作都由日本人担任，他们战败遣送回去前，对一万七千位台籍员工说，台湾铁路六个月内就会瘫痪。那时火车进出车站仍靠站员挥动红绿旗，各站之间全靠列车长身手利落地在火车头喷出的浓烟中接递臂圈，他们是"看火车"的儿童心目中的英雄。局里下令电务方面研究科学技术设备以取代人力（那时城里的道路连红绿灯也不太普及），但是无人知道由何研究起。运务处处长陈树曦是交大毕业，相当骄傲，他对于部下的口头语是："你懂吗？"提到了西方铁路有些已用 CTC 系统，但无人见过。当时大家默默无言散会。

裕昌回到台中后，心中对此念念不忘。中央控制行车制（Central Traffic Control，简称 CTC）是电讯工程新概念，只有在美国可以找到资料。我知道杨俊贤的哥哥在美国教书，也许可以帮我们寻找资料。那时极少人有亲友在美国，是今日难以想象的。

我写信给在台北的俊贤，不知杨大哥能不能帮这个忙？谁知两三个月后，一个又大又重的邮包送到我们复兴路二十五号的门口，这个包裹开启了裕昌一生工作的展望。

俊贤寄来的邮包装着十多本美国铁路协会出版之《美国铁路号志之理论及运用》（*American Railway Signal Principles and Practices*），其中第四章即为 Central Traffic Control 的详细说明及图表，共一百七十七页。在扉页写着："谨以此书赠给裕昌、邦媛以及思齐侄三周岁纪念。贻烈、俊贤，四十二年（一九五三）八月十四日"。

此书得来不易，是美国在第二次世界大战中发展的新科技，台湾当年无法得知，杨大哥湘平以学术研究的理由购到，也令我们终身感激。

裕昌欢欣鼓舞地翻阅了第一遍，极有兴趣，写了些笔记，为了深入研究，决定动手译成中文，可以归纳、综合，作整体了解。他认为我必定会帮他，所以将绪论、新设备目的、工作所需条件等叙述文字交给我中译，他负责技术说明、电讯线路、操作运转的重要图表等。每天下班后，忙完家事，哄睡孩子（二儿思贤十五个月了），我们至少讨论一小时译文，约半年，完成全书一六六页另加一百多幅图表的中译。

裕昌去局里开会，得知局里已正式向美国铁路协会购得一套CTC说明。但不知从何着手研究，计划也无从做起，全部电务主管人员二三十人都未受过全自动控制号志的教育，甚至连听也没听过。据说战后日本国铁在美国占领军的协助下装了一套半自动控车系统。韩战开始后，台湾得到一些补给的生意，岛内物资运往港口的运输量大增，铁路局的重要性也大幅提高，急迫需要现代化的设备。

局里先派裕昌等人去日本，再由陈德年先生率领去美国考察。一九五四年后，以台湾铁路实际情况开始拟出安装CTC系统设备的计划，先由裕昌详列由彰化至台南（当时仍是单轨）一百四十二公里，二十七个车站的号志机及行车转辙器的第一期计划。控制部招国际标，由瑞典的爱立信公司（Ericsson）得标，自一九五七年开始在彰化动工装设。动工前一年，铁路局分批派许多电务员工前往瑞典实习。裕昌所译的《中央控制行车制》（一九五九年正式出书）原为自己兴趣研究的手稿，已被印成简易手册，作为工程有关人员必读。到瑞典验收待装的设备时，爱立信公司的负责人认为Mr. Loh对此通讯系统之了解精确完整，"可以对话"，对台湾铁路施工及使用有相当信心，双方合作愉快。

但是，一九五六年的台湾，对瑞典人来说，大约是个完全神秘不可知的落后地区或未开发的亚洲丛林。他们派到台湾铁路来的工程师Jocobsson先生，在斯德哥尔摩搭飞机到香港转往台湾之前，在机场与家人告别时，他的母亲哭得好似生离死别一样。他到台中数月后，觉得可以活下去，才把太太接来。他说，用四百个英文字可以跑天下，他太太会的英文比他多很多，到了台中看到我可以用更多的英文帮助他们衣食住行，极为安心。

那时，台中（或者全台湾）的家庭还没有人用煤气（或瓦斯），仍是用一种直径十七八公分（七八吋）上面凿了许多洞通气的煤饼放在瓦炉子里煮饭，宽裕一点的人家间以木炭炉烧水煮茶。铁路局的办事员给 Jocobsson 夫妇租了一所新盖的水泥小洋房，帮他们雇一个"会英文"的女佣，买了必需的家具。那时刚刚有三轮车代替黄包车，送他们进新家时，我指给他们看巷口的三轮车"站"，并且把我家地址写在纸上留给他们，有事可以去我家（那时尚未装市内电话）。

当天晚上，Jocobsson 先生就坐三轮车来敲门，他说蚊子太多了，怎么能睡觉？女佣说自来水不能喝，烧了一大壶开水太烫不能喝，需要几个瓶子装冷开水。我把客房用的蚊帐借给他，再拿几个干净的空米酒瓶给他。

过了两天，换 Jocobsson 太太坐三轮车来看我，坐下不久就哭起来，说她丈夫早上去彰化工地上班，很晚才回家，她"terribly homesick"。我去找了一只很漂亮的小猫送去给她，那只刚刚三个月的小狸猫十分可爱，大约很能安慰她的思家之情。我也常去带她走走，但是台湾和瑞典的文化、气候差异太大，她可真是举目无亲，半年后仍然回瑞典去了。

铁路装 CTC 的工地在彰化车站，距台中二十分钟车程，那时公务工程两用的汽车是裕隆公司最早出品的帆布篷大吉普车。每天早上，裕昌带 Jocobsson 先生和副段长陈锡铭先生一起去，晚上再一起回台中。施工后，陈家搬到彰化的铁路宿舍。星期日，工程亦不停，我和三个儿子常常坐他的篷车去陈家，最喜欢去彰化调车场闲置的空车厢。陈家小孩两男两女与我孩子一起长大，陈太太张琼霞女士和我成为共患难的好朋友，五十年来分享了生儿育女、为丈夫担惊受累的年轻岁月，也一起看到他们凝聚智慧和毅力的工作成果。她带我们去看她田中祖居、西螺妹妹家，去许多电务同事的家吃拜拜，真正认识台湾的风土人情。

至今弄不明白阴极阳极磁场的我，看着那一批 CTC 工程人员，不分晨昏接受科技的挑战，在那些迷魂阵似的电器线路间理出脉络，登山涉水地架设台湾铁路现代化的最早联络网，分享他们大大小小的失败与成功，我真感觉荣幸，又似回到抗战时期，愿尽自己所有的后援之力。

一九五九年，工程进入最艰困阶段。八月，彰化与台中之间的大肚溪铁桥被台风冲垮，大水淹没了彰化市，CTC 的主机房岌岌可危，幸好那晚裕昌在彰化留守赶夜工。"八七"水灾是台湾史上最大台害之一，大肚溪流域一片汪洋，直到第三天早晨，两岸露出堤岸，有少数抢修工程的队伍用小木筏来往。

裕昌打电话给我，主机房的问题严重，要我把 Jocobsson 先生和另一位瑞典人——线路专家 Andersson，从他们家带到河边，有台中电务段的同仁会用小船把他们送到彰化。另外，需买些水瓶、饼干、电筒、换洗衣服，他们得在彰化住到水退。我必须去办此事，因为需用英语说明他们将面对的状况，而且只有我认识河边接应的人和地点。

那天早晨，我坐着裕隆篷车，带着脸上难掩不安的两位瑞典人到达台中大肚溪岸，在刚泡过水，踩上去仍松软的一小块临时"打"出来的土堤上，把他们交给接应人员，望着那小小的木船载着两位工程师，在一望惊心的汹涌的黄浊洪水中"跳舞"似地横划过洪流，终于到对面一处干土地上了岸，我第一个要做的事是告诉他们啼哭的妻子，他们已平安渡河了。

第二年（一九六〇年）七月二十五日，是台湾铁路史上极具纪念意义的日子。在盛大的启用典礼之后，由省主席或是"行政院"院长那一类的大官按钮，一列火车自彰化站开车，由全亚洲第一座全自动控制行车的号志指挥驶往下一站——六点六公里外的花坛站，火车开到那悬灯结彩的站台时，裕昌回家说，他们的工程伙伴，站在层层官员后面的铁轨上（站台太窄），全都热泪盈眶，当天晚上全体喝醉酒。

但是，快乐的日子还不满一天。第二天早上，总控制房里的调度人员和工程人员即互相喊叫,所有人的心脏都捏在调度员的手指间;按错一个钮就是灾祸,而那像银河星系的控制板(control board)是他们一生从未梦过的复杂,火车行进每一里,他们都似在跟着跑。那时候,他们几乎不回家,回到家,电话立刻追踪而至,常常听到裕昌对着墙上的铁路专用电话喊:"他们怎么这么笨!叫他不要乱按,我立刻就来!"然后抓起雨衣冲进篷车,自己开车往彰化飞奔。那时公路上大约只有他和公路局车,常常有公车司机伸出头来问他们是不是不要命了。

那时的我,带着三个男孩,大的九岁,小的五岁,白天要上课,晚上备课,改作业,活得和陀螺一样,如果有祷告的时间,只祷告不要撞车,因为汽车和火车似乎都在灾祸的边缘疾驶。

果然,盛大启用后不久,行车控制已到二水站,因台风来袭,一年前"八七"水灾冲毁的大肚溪堤防再次崩溃,彰化又泡在洪流中,一片汪洋,铁路多处冲坏,CTC 机器失灵,所有的客货车全误点。有一辆军事专车被迫停在斗六市的石榴站(距彰化四十七公里),那原是专为装载石碴的小站,灾后用水全无,小站在荒郊野外,数百乘客在炎阳之下困了半日,苦不堪言。车上电话催发也动不得,有一位军官说再不开车,就用大炮轰调度室。但是,一切仍以安全为重,到黄昏才得进目的地潭子站。

在天灾巨大的摧毁力之下,长期不分昼夜活在紧张状态中的工程人员与调度人员,渐渐产生了患难与共的情谊,互相支持,二十四小时轮流当班,尽量解决问题,虽极辛苦,都以能参与此项划时代的革新工作为荣。但是,水灾后四个月,当一切渐"上轨道"(on the track)时,突然发生人为灾祸——两列货车在浊水溪桥上追撞,后列的火车头倾倒在大桥的衍梁上,拖吊抢修极为困难,而且追撞的第二天原定全面行车改点,新时刻表已印发。据当年调度员蔡仁辉先生在他《闲话台铁五十年》一书中回忆说:"这时所有与 CTC 有关系的人'都进了一场可怕的梦境里'。列车运作失常,可说是坏到极点,工作人员的'罪过'真难想象,这里可拿一句话来说,是空前绝后(愿不再发生)。"

在铁路几乎是唯一大量运输工具的时代,车站上货物堆积如山,货车和客车同样重要。淹水后又逢调整班次,CTC 总机无法"自动"时,就得退回旧制用人工指挥,货车停在中间站等候的时间往往比行走的时间还长。彰化的总调度室有二十四个车站,五十八座"站场继电室"的电话扬声器。这些时日中,工程检修人员、车站、列车的人都在嗓门比赛,调度室轮班四小时下来,人人声嘶力竭,七厘散(润喉中药)不离身,回家休息,有时梦呓呼叫,令家人惶恐。那时的一批人几乎没有家庭生活,总局最初反对改革的人也认为电务部门自不量力,让大家丢脸。报纸上(幸好尚无电视)每天责备,冷嘲热讽,有一张漫画上画一位乘客,下车打着雨伞走路,比火车早到车站。

10 同甘共苦的铁路人

那些年月,真是磨难重重的日子!但也是我们生命扎根的关键时期。一个在中学被同学称为"罗几何"的四川青年,因为向往火车的奔驰而进入台湾铁路局,在台中边缘化的冷落日子里,自己寻求工作与生活的焦点,贯注研究,开创一生的事业,也实际带出了台湾铁路现代化自己施工的队伍。最艰苦的彰化到台南 CTC 工程由跌跌撞撞到站稳脚步,使用调度成功之后,一九六四年由原班人马装设第二条海线 CTC 设备,由彰化到竹南。一九六九年完成山线 CTC,一共三百二十三公里。

这一批曾经一起吹风泡水、不眠不休同甘共苦的伙伴,一起工作到退休。他的第一位副段长陈锡铭,一九二八年生于彰化县田中,一九五〇年自台湾大学电机工程系毕业,进入铁路台中电务段,先后七次赴欧、美、日等国考察铁路号志、电化技术。在台铁服务四十二年,历任工务员,各级工程司,兼任股长、段长、副处长、处长、总

第六章　风雨台湾

一九六九年的全家福，齐邦媛、罗裕昌夫妇与三个儿子。

工程司，副局长等职务，于一九九三年二月退休。三十多年间与他一同"打拼"，成为终身至交（互相最佩服的是对方的头脑）。陈家和我家共七个孩子由襁褓到青年一起长大，如今皆已进入中年，天南地北有时重聚，最爱回忆的是彰化废轨道上推空列车的快乐。

一九五〇年到一九六〇年，笑泪交迸的奋斗日月，真是我们所有人的"黄金十年"！在台中复兴路，那座小小的日式房梁上，系绳垂下的摇篮里的三个婴儿，半岁后移往我们请木匠依照 Dr. Spock 的 Baby Care 书中画图所装的小木床，四周有纱窗，上面有纱盖，当时被亲友戏称为纱橱，比一般木制婴儿床安全。"一暝大一寸"，三个婴儿长大后陆续由台中国民小学毕业（校名"台中"，也许不是全市最早的小学，但是以市名为名，必是有些道理吧）。林海峰是校友，他赢得围棋名人本因坊荣衔后曾回母校怀念童年，我们都感觉非常光荣。

那十年间，我在那大操场边上看了无数场躲避球赛，那种球的打法，对我是新鲜事，至今我总觉得它对人生有嘲讽的况味。我上过那么多小学都没有看过这种球，它似乎不讲究球技，只以击中敌人数目定输赢，是一种消极的运动。好像在拥挤的地方消灭过多的人，自己才能生存。我心中一直凛然于躲避球的人生观，悲伤地看着那些孩子在操场的尘土里四面躲避，以免被击中出局。我希望普天下的孩子平安稳定地生长，不必为躲避灾难而培养矫健的身手。

他们童年环境的安详，很令我羡慕。那纱橱婴儿床，满院子各形各色、大大小小、世代相传的猫，和后院那棵大榕树是台中罗家三景。那榕树须子又多又长垂至地上，树干上有一个洞，每逢有他们喜欢的客人来了，我的三个儿子就到玄关，把他们的鞋藏到洞里，然后进房说："现在你走不了啦！"客人一定做大惊失色的样子。这样的玩法多年不厌，直到他们上了中学。那十七年！我们五个人都在成长。台中其实是我和孩子们拥有童年回忆的故乡，我自己的童年几乎没有可拴住记忆的美好之地。

11　听不见的涛声

一九六六年，铁路局突然调派裕昌前往台北总管理处，参加台湾十大建设——铁路电气化计划工作。第二年，我们离开居住了十七年的台中，搬到台北。两个读高中的儿子必须参加转学考试，小儿子刚由小学毕业，面临竞争激烈的台北初中入学考试。

自此到一九七九年，裕昌全副精神投注在电化工程上。铁路全面现代化，不烧煤不冒烟的火车将在通了电的轨道上飞驰！那是政府监督、百姓瞩目之事。刚刚进入所有家庭的电视，每天几乎都要报告它的进度，身为工程负责人的他，常常也必须在现场说清楚——那些年，他和他的家庭过的日子也并不容易！职务头衔由电务处处长到总工程司，到副局长，只是配合工作的名称而已，三万员工的铁路局是有老传统的"衙门"，阶级森严，不到层级，连说话的机会都没有（我认为是个极不温暖的地方）。但是，裕昌生性淡泊，没有争逐名利的兴趣，这么大的工程由他执行，是对他能力的肯定。他在一场又一场的线路、图表、系统中全神贯注地使用精致细密的思考，看着它们一站又一站地施工成为实体。看到火车在新的轨道上行驶，他所得到的满足就是最大的报偿了。自一九五〇年代的中央行车控制号志工程到电化铁路，可以说是一个工程师轰轰烈烈的日子。

但是想不到在这最忙碌的时候，情报机构的"两路案"竟延烧过来。

据我个人仅知，"两路案"是调查局一九七〇年到一九八〇年间，两岸隔绝时期，对公路局和铁路局一些高级技术人员的审讯。起因于台湾荣民工程处在泰国和印度尼西亚修公路时，有几位工程人员写信给在大陆家乡的家人，致使大陆交通界对台湾工程师喊话，召唤他们回归祖国服务，遂引起有关单位怀疑他们对台湾的"忠贞度"；被拘捕、审讯、判刑的全是一九四六年与裕昌同船来台的运输人员训练班同学，大约四十余人。当时电化工程正在紧锣密鼓的施工阶段，继任的铁路局局长董萍至警备总部力保裕昌毫无牵连可能,并言现阶段无法失去执行负责人。调查局同意让裕昌先详细写来台后行踪、工作、家庭、交往的自白书交上后再议。

我记得那几个星期,眼睁睁地看着他拖着疲惫不堪的身体回家,晚上在餐桌上写至午夜。最初的十四页自白书交去后,又受命再补资料……他少年曾患中耳炎症,在忧劳过度、睡眠不足情况下复发。白天只能到铁路医院打消炎针,实在没有时间进一步治疗。一九七九年,电气化铁路现代化工程辉煌地完成,通车典礼标示着十大建设的大成功。他获颁五等景星勋章,且被聘为台湾建设研究会研究员。但他的耳朵却只剩下一半听力,勉力完成北回和南回铁路的扩建工程,看到台北到花莲直接通车,但是他已听不见那美丽的海岸海涛击岸的声音。一九八五年退休的时候他的听力只剩十分之一二。他与我有事相谈时也多半靠笔写,退休后不易与人交往,淡泊之外,更加沉默了。

第七章 心灵的后裔

1　台中一中

一九五三年农历年后，我在台中重逢的南开同班同学沈增文介绍我到台中一中代她的课，教高中英文。她考上了美国国务院战后文化人员交换计划奖学金，六十年来世人皆称它为"傅尔布莱特交换计划"（Fulbright Exchange Program），对国际文化交流有深远悠久的影响。她去受英语教学训练，半年即回原职。

我对教书极有兴趣，除了父母之外，我最念念不忘的就是南开中学的老师。我最敬爱的孟志荪老师和其他的老师，无论学识和风度都是很好的典范。而在武汉大学，朱光潜老师不仅以高水准授业，且在我感情困顿之时为我解惑，使我一生有一个不易撼动的目标。如今我已在"家里蹲大学"（我母亲的自嘲语）蹲了三年半了，这个代课的工作开启了我人生又一个契机。

我第一次走进育才街台中一中的大门，就看到那座创校纪念碑，五年间多次读碑上文字都深受感动。正面刻着：

> 吾台人初无中学，有则自本校始。盖自改隶以来，百凡草创，街庄之公学，侧重语言，风气既开，人思上达，遂有不避险阻，渡重洋于内地者。夫以髫龄之年，一旦远离乡井，栖身于万里外，微特学资不易，亦复疑虑丛生，有识之士深以为忧，知创立中学之不可缓也。岁壬子，林烈堂，林献堂，辜显荣，林熊徵，蔡莲舫诸委员，乃起而力请于当道。……

募捐二十四万余元，林家捐地一万五千坪，一九一五年建成，是日治五十年里以台湾子弟为主的中学！即使为了维持台中一中的校名，亦经多年奋斗。

这样值得骄傲的立校精神，令我极为尊敬，在那里执教五年，成为那可敬传统的一分子，也令我感到光荣。台中一中，让我时时想到教育我成人的南开精神，也常常想到父辈创办东北中山中学，不仅为教育"以髫龄之年，远离乡井"的家乡子弟，并且要在国破家亡之际

第七章　心灵的后裔

引导他们,在颠沛流亡路上养护他们。而中山中学于抗战胜利回乡,竟更无依靠,校名、校史埋没四十六年,直至一九九五年才由早期校友协力在沈阳恢复校名,重建校史。台中一中秉持创校理想,作育一流人才,近百年稳定发展,风雨无忧,校友多为台湾社会中坚分子。

这样以忧患精神立校的学校,都有相当自强自信的气氛。那时日本殖民者离去不到十年,几乎所有教员都是由大陆历经战乱来到台湾的。他们大多数出身名校,教学水准与热忱均高,台中一中即是他们安身立命之所。

能从菜场、煤炉、奶瓶、尿布中"偷"得这几小时,重谈自己珍爱的知识——用好的文字抒情、写景、论述都是知识,我自己感到幸福。一班四十多个仰头听我讲课的脸上似乎有些感应,令我有一种知音之感。

一年可以是很长的时间,除了寒暑假外,九个月的时间可以讲很多,听很多。如果善用每堂五十分钟,凝聚学生的注意力,一个教师可以像河海领航一样,以每课文章作为船舶,引领学生看到不同的世界。

教书实在是充满乐趣的事,你一走进教室,听到一声"立正敬礼"的口号,看到一屋子壮汉"刷"地一声站立起来,心智立刻进入备战状况,神志清明,摒除了屋外的牵虑,准备挑战和被挑战。

那时的高中英文课好似写明白了,三分之二的时间讲课文,三分之一讲文法,大概当年大学联合招生的英文考题是这个比例吧。文法一"讲"就可能变得苦涩,这是我面临的第一个挑战——把文法教得简明有趣,一步步融入课文。什么词类啊,时态啊,规则啊,都是语言树上的枝干,字、句都是叶子,文学感觉是花朵和果子,我不用中文翻译字句,而鼓励学生用自由的想象,可以印象深刻而增加词汇。风可以由 "whispering" 到 "sobbing","groaning","roaring" and "howling"(低语到悲咽,到怒号);潺潺溪流由 "rippling" 到 "rapid currents","over-powering flood","violent torrents"(激流,洪水,怒

一九五〇年齐邦媛(右)随夫婿工作调动迁往台中,四年内三个儿子诞生,兼顾工作时,母亲(左)一直是最大的救援。

涛)。形容词比较级也不是只加 -er 或 -est 就对了。中国人爱说某人最伟大,英文说"one of the greatest",因为人外有人,天外有天。我用自己学英文的方法讲解课文,随时扩展他们的文字境界,效果不错。我一生教书,不同程度地使用这种方法,颇受学生欢迎。台中一中的学生程度好,求知心切,自信心强,从不怕难,是我教学生涯很好的开始。

暑假之后,沈增文由美国回来,我代课期满,金树荣校长很诚恳地邀我留下专任,聘书是高中英文教师。似是命运给我进一步的挑战,但我必须评估自己的实际困难;必须先得丈夫同意,再得父母支持。这些年来,母亲奔波在台北、台中道上,我在育儿、疾病、裕昌出国出差时都有母亲及时支援,而爸爸那些年正开始陷入政治困境。他们担忧我身体羸弱,无法应付家庭与工作的双重负担。但是,自恃年轻,在代课半年间又重新拾回南开精神,我终于接受了台中一中的聘书，从此踏上我自幼敬佩的教育路途。另有一个隐藏在后的原因是，三年后，我也要去投考"傅尔布莱特交换计划"。我的中学同学和大学同班（谢文津，早一年）能考上，我大约也能考上。在那时，只有这样的公费才能申请护照出国。这也是我前程的一大站。

像台中一中那样的学校，除了一贯的高水准功课外，高三拼大学联考的目标似乎渗入了每一口呼吸的空气里。他们不仅是要考上大学，而是要考上什么大学、什么科系。这件事难不倒我，我曾经呼吸那样的空气多年。高三甲、乙、丙、丁四班，据说是按学号平均分班，数学和英文是"拼"的重点。各班任课老师为了自己学生上榜的成绩，暗自也有些课外题的竞争。

在这样的环境里，我遇见了终生好友——徐蕙芳。

她比我大十岁，沪江大学英文系毕业。她的父亲是江苏无锡著名的藏书家，哥哥徐仲年留法回国，曾在重庆沙坪坝时期任中央大学外文系教授，且是著名的小说家和文评家，我在时与潮书店读过他几本书。

台中一中的教员休息室很大，有几大排长长的桌子，各科的同事都自成天地。我刚去的时候，由于林同庚老师（台大讲师）由美国写信介绍，认识曾任教台中一中的杨锦钟（她不久随夫胡旭光到驻美大使馆任公使）、她的朋友李韫娴（国文科）、孟文槛（历史科）、路翰芬和徐蕙芳（英文科）几位资深老师对我相当照顾。徐蕙芳教高三乙班，我教丙班。她家住立德街，与我家相距不到两百米，有时下课一起回家，渐渐约好早上有课亦同去，坐在三轮车上，最初只谈功课已谈不完，家里还有一屋子事等着。她随夫蒋道舆先生全家来台，三代同堂，数十年维持大家庭的规模。

高三下学期最后一个月，所有课程结束，开始升学辅导，由各科老师各按专长轮流到四班上课，要自编教材，专攻联考可能题目，训练学生敏锐思考，精确作答。徐蕙芳和我在开会时分配到翻译和词类变化等文法领域，每人尚需自选精练短文数篇，可供诵读，增强阅读能力。

我们竭尽所知地搜集资料,那时我开始跑台中的美国新闻处图书室,我哥哥和他在中央社的老同学杨孔鑫有时会寄一点英文稿,有关文学和文化的新文章等。我们两人讨论之余,晚上孩子睡了,她由立德街走到我家,在我的书桌上写好,多数由我用钢板刻蜡纸,第二天到教务处印成全班的讲义或测验题。钢板刻出的讲义相当成功,后来几年的畅销升学指南"盗"用了不少,当然我们那时代没有人想到什么版权。我的字方正,不潇洒,很适合刻钢板,那时不到三十岁,做那么"重要"的事,觉得很快乐。

在台中十七年,家庭生活之外,最早跃入我记忆的,常常是放在走廊尽头的小书桌;用一条深红色的毡子挂在房檐隔开卧房,灯罩压得低低的小台灯,灯光中我们两人做题目写钢板的情景,既浪漫又辛酸。其实其中并没有太多浪漫的情调,多半时间,我们只是两个家庭主妇,在家人入睡后才能在走廊一隅之地,面对心智的挑战。英文有一个最确切的字:Necessity(必然性)。家人和自己都明白,一旦进去了,便必须打赢这场仗。在我那张小桌工作(一直到一九七二年到台北丽水街宿舍,我才有了一间小小的、真正的书房),在我的小家庭,只须得到丈夫谅解,比较单纯。我的丈夫"允许"我们那样工作,因为他一周工作七天,经常出差,他不在家的时候,我从无怨言。

那张小书桌奠立了我们一生的友谊,直到她二○○七年二月高龄逝世,五十年间,人生一切变化没有阻隔我们。她是我三个儿子至今温暖记忆的蒋妈妈;而我,自台中一中开始教书,一生在台湾为人处世,处处都有俯首在那小书桌上刻钢板的精神。

晚上十点钟左右,我送她沿着复兴路走到立德街口,常有未尽之言,两人送过去送过来多次。直到我离开台中一中多年后仍未分手,功课之外,我们也谈生活与家庭,她的雍容、智慧与宽宏对我影响很深。

在那五年中,每年暑假看大学联考榜单也是我生命中的大事,好

第七章 心灵的后裔

似新聘教练看球赛一样，口中不断地教他们不要想输赢，心中却切切悬挂，恨不能去派报社买第一份报纸。在那一版密密麻麻的榜单上用红笔画出自己的学生名字，五十年前和今天一样，先找台大医学院和工学院的上榜者，工学院又先找电机系，因为分数最高。我不能自命清高说我没有这份"虚荣心"，尤其是担任导师那一班的升学率，占满我年轻的心。那几天之内，只差没有人在门口放鞭炮，上榜的络绎不绝地来谢师，整体说来，成绩够好。但是也有些录取不理想的和公立大学落榜的，他们晚几天也有来看我的，有人进门即落泪，我不但当时劝慰，还追踪鼓励，第二年再考，多数都能满意。

成功或挫折的分享，使我和许多当年十八九岁的男孩建立了长久的"革命感情"，在他们成长的岁月中，有写信的，回台中家乡时来看望的，尤其是他们到成功岭当兵的那些夏天，我听了许许多多新兵训练的趣闻。学生络绎不绝地按我家门铃，每星期天我准备许多酸梅汤凉着，蒸许多好吃的包子，有些人多年后还记得。当兵的故事中最令我难忘的是石家兴，他问我要一些短篇的英文文章，可以在站岗时背诵，简直令我肃然起敬。他在台大生物系念书时和几位同学定期研讨文学和文化问题，与简初惠（后成名作家简宛）相爱，也曾带来给我看。毕业后他教了几年书到美国康乃尔大学读博士学位时，邀我前往胡适的校园一游，看到他一家安居进修。当晚他邀来几位台中一中同学和简初惠的妹妹简静惠等畅谈当年乐事，五十年间，我看着他从少年成为国际级学者，二〇〇八年他获颁四年一度的世界家禽学会的学术研究奖，我真正分享到他的成就感。

在台中一中的传统中，以文科作第一志愿升大学的似乎占少数，数十年间常有联系的有在外交界杰出的罗致远、主持中国广播公司的政论家赵守博、台大法律系教授廖义男等，还有台大外文系毕业的林柏榕、张和涌、张平男和赵大安等。林柏榕是我第一年教的学生，他在创办立人高中和竞选台中市市长前曾与我谈及他要为台中做事的理想。他任市长时，我已离开台中了，但是从竞选文宣看得出来文学教育的格调,虽然我也知道他所进入的政治和文学是两个不同的世界。与他同班的张和涌,在大同公司服务时,曾帮"协志丛书"翻译了许多世界经典人文著作。张平男是徐惠芳的得意学生,中英文俱佳,文学作品涉猎亦深,我在编译馆时,邀他将文学课程必修读本奥尔巴哈的《模拟:西洋文学中现实的呈现》(Erich Auerbach, 1892—1957, *Mimesis: The Representation of Reality in Western Literature*)译成中文,一九八〇年由幼狮文化事业公司出版,是一本很有意义的书。

在我任教的最后一班,进入台大外文系的陈大安,是真正喜爱文学的学生,读文学书亦有很深入的见解。他读大学时,常常请教我课外必读之书,五六年间写了许多新诗,很有创意与深意,我都是第一个读者。他后来也去了美国,从事文化工作。一九九〇年初期,我在电视上看到他与友人创办的 Muse Cordero Chen 广告公司赢得美国全国广告协会的银铃奖,一九九四年又得到美国销售协会颁发的广告效果金奖(Effie Gold Award)。在这样全国性的竞争中脱颖而出,必须有扎实的文学艺术根基和真正触动人心的创意。

台中一中学生日后在理工界和医学界都有杰出表现,大约是传统的主流力量。那时成绩最好的都以医科为第一志愿,有一位笑口常开的学生对我说:"老师,我将来做了医生会照顾你。"我那时年轻,从未想到需要医师照顾。多年以后看到他们成为名医的报道,甚至在街上看到他们的诊所招牌,但都未以病人身份求诊。只有曾找我叙师生情谊的仁爱医院副院长刘茂松,当时我胃部不适,他安排照胃镜,我竟然在等候队伍中溜走"逃跑"了,后来再不好意思去。几年前我在和信医院作一场最后的演讲,题目是"疼痛与文学"。这是缘于台中一中的老学生蔡哲雄,在美行医二十多年后回台湾,到那著名的癌症医院任副院长,他念旧,找到了我,请我去作了那样跨界的演讲。我叙述自己在种种病苦关头以背诗来转移难挨的疼痛,而且,还不改教室旧习,印了一些值得背诵的英诗给听众呢。

二〇〇六年夏天,我在一中第一班的学生、在台湾水产养殖

第七章　心灵的后裔

方面大有贡献的"中央"研究院院士廖一久，以及四十年来首次返台的镭射专家王贞秀与张和涌一起来看我。门启之际，师生五十三年后重聚，不仅我已白头隐世，他们也已年近七十，事业成就和人生沧桑之感涌上心头，岂止是惊呼热中肠而已！他们寄来的当日合照，我一直留置案头。

数十年间我在台湾或到世界各处开会旅行总会遇见各行各业的一中学生，前来相认的都有温暖的回忆；许多人记得上我的课时师生聚精会神的情景，课内课外都感到充实。方东美先生曾说："学生是心灵的后裔。"对我而言，教书从来不只是一份工作，而是一种传递，我将所读、所思、所想与听我说话的人分享，教室聚散之外，另有深意。他们，都是我心灵的后裔。

2　文化交流之始

一九五六年初夏，我在台中一中专任教书满三年，考取美国国务院交换教员计划奖助，九月去美国进修英语教学一学期，旅行访问共半年，那时我已大学毕业九年了。

傅尔布莱特文化交流法案是第二次世界大战结束后，美国最成功的国际和平促进计划。外交委员会的参议员傅尔布莱特（William Fulbright）一九四六年提案，选派美国文化人士和各国各地区教育文化代表，互相工作访问，借由不同文化的交流，抚慰战争的伤痛，增进世界和平。五十多年间，仅自台湾与美国互访者即已超过万人，全世界受邀者数十倍于此，是美国文化外交影响最深远的计划。我一生做文学交流工作，应是由此有了良好的开始。

那时在台湾的甄选由美国新闻处主办，像考学生一样，摆了一些长方形木桌，七十二个报名合格的教员围坐写英文作文，回答许多问题。通过初选后，还有一个五人口试小组的个别面试。其中有一个我最想不到的问题，那时的美国新闻处长 Miss Whipple 问我："你家里有这么小的三个孩子，你的丈夫会让你去吗？"我除了说母亲会来照顾他们之外，一时急智竟加上一句话："My husband encourages me to go. He is a domesticated man."（我丈夫鼓励我去，他是一个居家男人）。此答引起全体大笑，大约对我得分帮助不小。在一九五〇时代，全世界的女性主义运动刚刚萌芽，"居家男人"这个说法只是她们的一个梦想而已。而我不过在台中一中图书馆唯一的英文周刊《时代》(*Time*) 上读到过一篇报道，对于 domesticated man 这个观念印象很深，是我最有兴趣的英文词类变化的好例子。但是，这个问题若晚问两年，我就不能这么回答了。因为他自从投入铁路 CTC 的工程建设到二十多年后退休，很少有居家的日子。

战后喘息初定，台湾全省生活都很苦，许多小孩确实没有上学穿的鞋，夏天的电扇都是奢侈品。美国在太平洋的彼岸，是第二次世界大战英雄麦克阿瑟和陈纳德的家乡，是个遥远美丽的梦土，而观光旅游只是字典上的字。如今我考取了这个交换计划的奖学金，确是梦想成真，得到一般人民难于申请的护照、签证，还有展望未来的职业进修的最好安排。我到达华府那一天晚上，坐在一扇十八楼上的窗前，一切似真似幻的感觉，激荡不已。

我这一届的交换教员（大、中学都有），来自二十多个国家，欧洲和南美最多，伊朗和日本各来了四人（也许他们最需要和平交流？），落单的是韩国梨花大学的一位讲师高玉南和来自台湾的我。我们先在华府接受十天的简报和训练，主持人是美国国务院一位专员 Mr. Shamblin。他对美国的生活观念与方式和我们的不同，有许多精辟幽默的比较，他那种知识分子为国服务的态度令我佩服。

接下来我们被送到安娜堡（Ann Arbor）密歇根大学作英语教学训练，扎扎实实地上了两个半月的课，欣幸赶上创办人 Dr. Fries 退休前最后一期课，听到他对英语文法的改良见解。我们这三十多人朝夕相处，对于各人的国家文化有很多交流认识的时间，也有相当深入的了解。由于被安排住在不同的接待家庭里，对于美国生活方式能亲身经验。我住的是密大生物系教授惠勒 Dr.Albert Wheeler 的家，那是我第一次看到美国高文化的黑人家庭。他在大学的绰号是阳光博士（Dr.Sunshine）。一九六〇年代，我在《时代》杂志上读到他是诺贝尔生物奖的候选人。我住在他们家的那一段时期，他们夫妇待我很好，和我谈了许多黑白种族的问题，也回答了我许多有关文化的问题。马丁·路德·金博士（Martin Luther King, Jr.）是他们的好友，他也是"美国有色人种促进会"（National Association for the Advancement of Colored People, NAACP）在密歇根州最早的奠基者，他在一九七〇年代曾任 Ann Arbor 市长，城里有一座公园后来以他为名。在语言教学的周末，我们参观了汽车工业、中西部农场，看了好几场足球，甚至学会了为密大加油的喊叫。

那一年冬季离开寒冷的密歇根州，我选择到更寒冷的怀俄明州 Evanston High School 去实习教学，试用 Dr. Fries 的新文法。所有的人都讶异我为什么作那选择。一则是因为我的小妹妹那时在邻州犹他（Utah）上学，再则是想体验我从未回去过的故乡——Manchuria（东三省）的严寒况味。怀俄明州的人非常热诚地招待我这个少见的中国女子，有些牧场主人带我去看他们的大漠牧场，有一位老先生说，他们邻界五十哩外搬进一家新牧场，太拥挤了。那三个月，温度一直在摄氏零下十度以下，而户内设备之舒适，生活之正常，甚至兴高采烈，充分显示美国精神，有时会令我想起父亲半生为家乡的奋斗。有一天降至摄氏零下四十度，我竟然下车步行想尝受"冰天雪地"之美，五分钟之内，便被警车追上，押回室内，"避免愚蠢的死亡"。

访问结束时，我们三十多人又都回到华府，聚会座谈，叙述了各人的经验与感想，临别竟然依依不舍。从美国东部，我搭乘著名的观光火车"加利福尼亚春风号"（California Zephur），横过美国中心各州到西岸的旧金山，沿途看到美国的山川壮丽，各州不同的风光，真是大开眼界之旅啊。

一九五七年春天，结束了傅尔布莱特交换计划课程，我搭机返台。回台飞机上，坐在我旁边的是一位美国老先生，问我许多关于台湾的问题，我都尽我所知地回答。他临下飞机前给我一张名片：安德森博士（Dr. Anderson），华盛顿美国大学（American University）校长。回台后，我再度回台中一中任教。当时的"教育部部长"是张其昀先生，有一次他到台中来，通知台中一中宋新民校长，说要召见齐邦媛教员。那时有地位的人才坐三轮车，校长很兴奋，带我坐他的公务三轮车去见"教育部部长"。

张部长对我说："安德森校长几次演讲都提到你，非常称赞，说你们台湾的中学教员水准很高，教育部希望你到国际文教处工作。"我回家后与先生和父亲商量，果然如我所料，他们都不赞同。后来"教育部部长"又来封信，提到我若愿意，他可以帮忙，将我先生的工作也调到台北。但我先生岂是肯受如此安排的人，我回信说志趣在教书和读书，谢谢他的好意。

3 "我有一个梦"

第一次交换教员进修回到台中一中教书满两年后，一九五八年秋天，我转任台中的台湾省立农学院教大一英文，这是我学术生涯的开始。

台湾省立农学院在一九六一年改为省立中兴大学，而后才又改为"国立"中兴大学。英文是共同科，除此之外还有国文、历史、三民主义、体育等。在共同科的教员休息室听多了"杂拌"的言谈，下定决心一定要推动中兴大学外文系，可以有切磋琢磨的文学同道。

一九六〇年左右，学校开设两班大二英文课程，请我教一班，教材自定。

这一年正好是约翰·肯尼迪当选美国总统，他的就职演说以及一九六二年去世的胡适先生最后的演讲稿，加上美国黑人民权领袖马丁·路德·金博士一九六三年的著名演说"I Have a Dream"，我在台

第七章　心灵的后裔

中美国新闻处取得这三篇稿子。我大约读遍了那里的文学书,当时台中图书馆、学校图书馆的英文资料少得可怜。

我拿这些篇章,再加上读书时读过的一些好散文,还有狄更生(Emily Dickinson)、惠特曼与弗洛斯特(Robert Frost)的诗作教材,并且比较中西文化的差异。学生对我讲的都觉得很新鲜。尤其在肯尼迪总统和马丁·路德·金博士被暗杀后的国际氛围中,大学毕业去美国的留学潮已经开始,有关美国文化的、较有深度的新文章非常受欢迎。

这门课是选修的,约有七八十个学生选,但上课时挤了一百多人。教室大约只有七八十个位置,学生因为座位不够,就把隔壁教室的椅子搬来坐,常起纠纷。

那时的校长是林致平和后来的汤惠荪,刘道元校长时期我开始向校长要求设立外文系,他们也常常在重要场合请我出席。

一九六五年,哈耶克博士(Prof. Friedrich A. Hayek,台译为海耶克,一九七四年获诺贝尔经济学奖)到台中各校演讲,我受命担任现场翻译。他对我说:"待会儿我讲一段,你就帮我翻译一段。"我心里忐忑不安,因为我大一虽然修过经济学概论,但并不懂,所以很紧张。到了会场,看到台北还有好多人陪他来,包括台大名教授施建生、华严等,整个会场都坐满了人,我有些心慌。

哈耶克先生没有给我演讲稿,而且他讲的英文带有德国腔,不容易听懂;他往往一说就是五六分钟才让我翻译,这真是很大的挑战。还好,他偶尔会在黑板上写几个字。那是我第一次听到 Closed Society 跟 Open Society 这两个词,我想 Closed 是封闭,Open 是开放,所以就翻成"封闭的社会"与"开放的社会",应该不会错吧。后来大家果然继续这么用,这给我很大的鼓励。

台大法学院院长施建生后来对我说:"我带他们走了这么一大圈,你是当中翻译得最好的。"而且也对别人这么说。

后来,很多重要人士来台中,我曾为浸信会主教翻译,这种翻译

一九六五年，哈耶克博士（Prof. Friedrich A. Hayek，台译为海耶克，一九七四年获诺贝尔经济学奖）到台中各校演讲，齐邦媛受命担任现场翻译。她第一次听到 Closed Society 跟 Open Society 这两个词，就翻成"封闭的社会"与"开放的社会"，后来成为大家沿用的新观念。

我还能胜任。一九六〇年代左右，蒋介石邀请《读者文摘》总编辑来台，因为他曾写过一篇关于台湾是个新宝岛的文章，到台中来也曾请我帮他翻译，这些经验给我很大的鼓励。当然，紧张的心情是免不了的，每次站在台上，我都像是战士披着盔甲上战场，总想怎么样能生还才好。文学作品的翻译必须到达精深的层次，日后我推动中书外译的一些计划，那是更高的挑战。

4　北沟的"故宫博物院"

可以称为奇缘的是，在中兴大学任教期间，我曾在当时位于台中县雾峰乡北沟的"故宫博物院"兼差六年。

一九五九年刚过完春节的时候，电话响了，有位武汉大学的黎子玉学长任职"故宫博物院"，急需一位秘书，他们把校友会名册翻来翻去，符合外文系毕业、家住台中，又加上刚接受傅尔布莱特交换计划进修回来，我似乎是最佳人选了。

当时我除了诚惶诚恐地备课上课，家中尚有三个念小学、幼稚园的孩子，怎么可能再去雾峰乡的北沟上班？黎学长说，我只需把中、英互译，公事文件会派人送到家里，做好来取，不用天天到北沟。他的口气不像商量，倒像派令，而且工作方式也定好了，由不得我说"不"。

这份工作为我带来新的视野。为了要做出一件件文物的资料，我必须向专家请教艺术方面的问题，比如向庄严、谭旦冏及那志良先生等请益；我研读相关文献，做笔记，问他们各种问题，自己也意外地得到很多收获。当年，为了熟记重要资料，一手抱幼儿同时猛背著名的窑名与特色的情景，如在眼前。

除了文书翻译，遇到其他国家的元首到台北故宫参观，有时我也必须到现场口译。其中，最难忘的是曾任台湾"外交部部长"的叶公超先生陪伊朗国王和泰国国王来访的那两次，我近距离地与他们接触，留下深刻印象。

叶先生和汪公纪先生是老师辈，他常常侧着头问我："那个东西英文叫做什么？"简直就是考我。他的性格使我不敢怠慢，他一问，我就赶快回应他。那时的主任委员是孔德成先生。最资深的庄严先生指教我最多。

当时的伊朗国王是巴列维，长得高大、英俊，皇室威仪中带着现代绅士的优雅，简直就是童话中白马王子现身。

我几乎是用一个爱慕者的心情，留意所有跟他有关的讯息，也想找几本书看看历史对他如何评价。因此，我想到那时能在故宫为他作解说，深感荣幸。犹记得那日，他很仔细地看铜器和瓷器；行进间，因为周边都是男人，他怕我被冷落，就常跟我讲话。看瓷器的时候他对我说："我的皇宫里有一些跟你们这里一样大的瓷器，但都不如这个好。"他还问我："像你这样工作的女人在台湾很多吗？"我说："大概不少吧。"其实我也不知道，我想这样说比较有面子。伊朗是回教国家，他大概很难想象女人工作的样子吧。

巴列维在那时是一位英主，不是一位暴君，一九六八年我在美国读书时看到各报的头条都写着："不愿做乞丐们的国王。"（"He did not want to be the king of beggars."）标题底下有一张他的加冕照片，在继位十几年后才正式加冕，因为他立志要把伊朗变成一个没有乞丐的国家，所以等到经济改革成功了才正式加冕。我对这则新闻印象非常深刻。难以预料的是，多年的励精图治却引发政变，他被迫去国，不久即抑郁而终，死于流亡的异乡。

那天黄昏由北沟回到自己日式房子的家，换上家居服用大煤球煮晚饭，灰蒙蒙的炊烟中，想着巴列维国王英挺优雅的身影，突然想起灰姑娘的故事，送我下班的破汽车已变成南瓜了吗？

那一阵子台北故宫接待好多贵宾，后来泰国国王和王后也来了。约旦国王侯赛因，许多的总统、副总统……更重要的是，欧美各大博物馆、大学的艺术史家都到北沟来了。那大大的荣华和雾峰到北沟的那条乡村道路，时时令我想起北京的宫城黄昏和万里江山。

胡适先生常到台北故宫，在招待所住几晚，远离世俗尘嚣，清净地做点功课。他去世前一年，有一次院里为他请了一桌客，大概因为我父亲的关系，也请我去。

那天他们谈收藏古书的事，胡先生也和我谈了些现代文学的话题，我记得他说："最近一位女作家寄了一本书给我，请我给一点意见，同时我又接到姜贵的《旋风》，两本书看完之后觉得这位女士的作品没办法跟姜贵比，她写不出姜贵那种大格局，有史诗气魄的作品。"这些话对我很有一些影响，一九六八年我去美国，就选了两次史诗（Epic）的课，一定要搞清楚是怎么回事。后来胡先生又说自己的工作是介乎文学与历史两者之间的研究，写感想时用的就是文学手法，他说："感想不是只有喜、怒、哀、乐而已，还要有一些深度。深度这种东西没办法讲，不过你自己可以找得到。如果你有，就有，没有，就是没有，但是可以培养。"这些话对我来说都是启发。胡先生对我父亲的事很了解，也很尊重，所以会跟我说一些相关的话。后来我给学生上课或演讲，都觉得文学上最重要的是格局、情趣与深度，这是无法言诠的。

我在台北故宫也有过一阵子矛盾，想跟随这些学者做艺术史研究，也许可以另外多学一门学问。后来想想，我的背景并不够，而且我一心一意想深谈文学，所以又回去教书，再图进修。

一九六五年，台北故宫迁到外双溪，偶尔我去参观，还有很多人彼此都认得，直到他们一一去世。

5　教学领域的拓展

一九六一年有一天下午，下着大雨，突然有人按门铃。我开门一看，是一位穿着密不透风的修服、五十多岁的老修女。她手里拿一把很大的雨伞，一进门就大声地问："你是不是齐邦媛？"

我说:"是。"

她说:"我们现在需要一位教美国文学的人,请你来教。"

我吓了一跳,说:"我没有资格教,美国文学也没有准备。"

她不听我解释,说:"你会教,你也可以教,我知道,因为我已经查过你的资料。"

原来她是当时静宜女子文理学院(现为静宜大学)的负责人Sister Frances,静宜是修会办的学校,修会的负责人就是学校负责人。她来找我的时候,态度非常强硬,气势俨然。

我一再推辞,她似乎要发脾气了,说:"你们中国人就是太客气了,我告诉你,我是经过考虑才来的,我派了学生到中兴听过你的英文选课。"

我太惊讶,也太意外,不敢跟她辩论,连说"I'll try"的能力也没有。

她立刻交代哪一天开始上课,说完,留下一份课表,撑起那把大伞,从玄关处消失。就这样,在一九六一年的台中,我真正开始教文学课。

静宜在当时是很受重视的,因为她是一所以英语为主的学院,学生一毕业都是供不应求地被抢走。

"美国文学"是大三的课,教科书由学校指定,厚厚的上下两册,三分之二是作品,三分之一是背景叙述,这稍微减轻些我的压力。

但不管怎么说,"美国文学"是外文系的重课,我生性胆小,又很紧张,自觉没有经验,只有拼命下苦功读书。当时静宜图书馆相关的藏书颇丰,都是从美国直接送过来的,除了美新处,这里也成为我寻宝的地方。我教这门课真是教学相长,把静宜图书馆里所有关于美国文学的书都读遍了,笔记本、教科书上面写了密密麻麻的小字。我虽然知道自己没有像胡适先生说的要有八年、十年以上的研究(at least eight years ahead of students)才敢教一门课,但我那时总超前一两年。

静宜的英文老师大都是洋人和修女，为了培养学生的英文程度，不用中文讲课。教了第一年，学生反映很好，我猜想吸引他们的是我对文学的态度。

Sister Frances 是一个非常严格的人，拿着一把大伞，到处巡视，对老师的教学品质盯得很紧，经常去听老师上课。她全心全意奉献给学校，以校为家。她对学生也很严格，举凡仪容、用餐礼仪、生活常规都要管，她曾说："女孩子打扮得干净、漂亮不是为了好看而已，而是为了礼貌。"一九六〇年代从静宜毕业的女孩子，一听到 Sister Frances 都会发抖。但是她也制定了相当高的水准。

我到东海大学外文系任教，完全是个意外。就像 Sister Frances 拿把大雨伞敲到我的头，我就去教一样；不过，这次敲我的不是伞，是一封信。

有一天，我收到素不相识的杜蘅之教授的信。

他说他在东海外文系教翻译，因为太忙了，问我可不可以接这门课？我不知道他怎么认识我的，我也不认识他。但是，我就又接受一个挑战去了。

东海大学外文系在当年是比今天风光、受重视多了，因为他们做了很多开风气之先的事情，加上学校的建筑、规划具有前瞻性，校长也是当时具有社会地位的人士，所以颇受瞩目。

外文系最早的系主任是 Miss Cockran，接着是 Miss Crawford，她以前是图书馆馆长，之后就是谢颇得教授（Prof. Ian Shepard）接任。系里老师几乎都是外国人，我是唯一的华人老师。

为了教翻译，我用我的老牛劲自己编教材。每个礼拜给学生做一次中翻英、英翻中作业。那是非常辛苦的，我拿回来批改，改完后下次上课时第一个钟头发还作业并且讨论。每个段落，我都摘出重点，和学生谈翻译的各种可能性。

我不太赞成翻译讲理论，直到今天也不认为理论可以帮助人。我的翻译课完全要动手去做的，有累积的英文能力不是平白就能得来，也要有很好的范例,我必须眼观四面、耳听八方似地找很多资料,才能教得充实。

有一次,我让学生做一篇沃尔特·佩特(Walter Pater, 1839—1894)的《给蒙娜丽莎》(*To Mona Lisa*)的翻译,大家坐在位子上做得"快死掉"了。那实在是很大的挑战,那短短一页,充满文艺知识、深刻的描写与内在的奥秘。每个人都纠着眉头,一副快要阵亡的样子,真是精彩。

翻译课这班是大三,每年有二十多个人,最早的学生有钟玲、孙康宜、郭志超等。钟玲曾写了一首诗《听雨》送我。

我一九六七年赴美国进修,在印第安那大学的郭志超处处照顾我,常请我去听印大著名的音乐会和歌剧,通过他认识了许多终身的朋友。

一九六七年,裕昌突然接到调差令,调往总局,参加铁路电气化的研究及准备工作,因此家必须搬去台北了。

这年初有一个美国很有分量的"美国学人基金会"(American Learned Society)经美国新闻处寄来一函,说他们开始给台湾人文科进修奖助二名(奖学金很高),在一切考量之中,有一项是"年龄在四十五岁以下"。这一年,我已经四十四岁了,自己由青年已进入中年,在进修这方面,竟十年蹉跎,浑然不觉!许多年来,父亲不只一次说,你一生做个教书匠,很可惜啊。他似乎忘了我大学毕业时,兵荒马乱之际,他反对我出国念书,虽然当时已得到霍利约克学院的入学准许,怕家人失去联系,更怕我成为孤僻的书呆子,耽误婚姻。这十年来,学校每年都有一些国际交流的通知,但是丈夫工作极忙碌劳累,三个孩子尚小,我收到那些通知连看都不敢看,更不敢想。而今发觉所有的公费资格都限在四十五岁。既然家必须搬往台北,可以搬在父母家附近,妈妈易于伸出援手。如果想留在大学教书将来不被淘汰,今年是最后的机会。

这个基金会初审通过了我的申请,但是必须在八月三十日之前到纽约面谈再待决审。我同时也再申请傅尔布莱特交换计划的旅费与书籍补助,那又是一场"三堂会审"式的考试!他们之中有一位是刚由哥伦比亚大学来台访问的夏志清先生。他问我对于艾略特(T. S. Eliot)的戏剧有什么看法?恰好在前一年暑假我读了他的三个剧本,《大教堂中的谋杀》(Murder in the Cathedral)、《家庭聚会》(The Family Reunion)和《鸡尾酒会》(The Cocktail Party),所以颇有可谈。

这一年暑假,两个大孩子办了转学高中一、二年级,小儿子考上了第一志愿大安中学初一(当时自以为已经安顿,今日回想,何等无知),中兴大学为我办了留职留薪进修一年(当年薪俸以台币换算,不足一百美金),我才有身份得交换计划奖助。但期满必须回原校任教三年。这年暑假我由教育部审定,升等为正教授,距我来台整整二十年,我仍在奋斗,求得一个立业于学术界的学位!

那个七月是难忘的炎热,我们一家五口,放弃所有的猫,只带了一只小狗,由台中的大院子,高架的日式房子,搬到铁路局代租位于金华街的三十多坪公寓,好似塞进一个蒸笼(那时装冷气还不普遍),三个青少年失去了伸展的空间,烦躁不宁。而我却在"安顿"之后,立刻要渡重洋漂大海追求一个他们听不懂,也许至今也仍不谅解的"学术理想"!许多年后,我只记得那不安的熬煎,焦头烂额的夏天夜晚,已全然看不见天上的星辰。

6　树林中的圣玛丽

这年的八月二十八日我按补助机票的规定,乘美国西北航空公司经阿拉斯加州的安克雷奇(Anchorage),到西雅图换机到纽约,二十多小时飞行之后,午夜一点半到机场。台北美国新闻处的友人帮我订了旅馆,他们保证纽约机场的计程车是全世界最安全可靠的。第二天上午(会面最后一日),我赶上与"美国学人基金会"的面会。

但是，后来收到他们寄到我妹妹家的信，通知我，他们不能支持我读学位的计划。所以我就只好先到印第安那州首府印第安那波利斯（Indianapolis）西边的特雷霍特市（Terre Haute），在"树林中的圣玛丽"（Saint Mary-of-the-Woods College）教半年书再说。

世间的缘分，环环相套，实非虚言，我当年意外到静宜文理学院教书，遇见教英国文学的 Sister Mary Gregory，也是一位 Fulbright Exchange Scholar。她知道我的出国计划，鼓励我去印第安那大学（Indiana University）进修，三年前她在该系修得博士学位。印大的比较文学系当时可以说是美国最早也最有实力的开创者，美籍德裔的比较文学理论大师如 Ramak，Nina Weinstein，Horst Frenze，Newton P.Stalknecht 等都在印大开最好的课，良机不可失。她也借给我几本这方面的原文书，使我有进一步的认识。她是第一位用英文作《红楼梦》研究而得到比较文学博士学位的。一九六七年四月底，她知道我到美国作傅尔布莱特交换教授去访问的学校尚未定，邀我去创办静宜的母校，距印大只有七十哩的"树林中的圣玛丽"教一门中国文学的课，一门专题研究的课。我可以一面教书，再安排到印大注册选课，通勤去读比较文学和英美文学。这个意外的邀请，对于我，是上帝最慈悲的安排。

"树林中的圣玛丽"是天主教在美国的一个修会（order），坐落在美国中部印第安那州的修院，有一片占地三千亩的树林。一八四〇年在树林中创办了这所女子文理学院，在那一区是有名的贵族学校。

十年前我已见识到美国的地大物博，这次在这"小小"的学院，更感受到土地的实力。那一望无际、郁郁苍苍的树林简直就是世外桃源！右边是梨树园，左边是苹果园。十月开始，苹果成熟，没有人采，落在地下草丛中如一片红花，我们初去时会惊呼，弯腰去拾最红的大苹果，后来才知道自己拾起的只是沧海之一粟，采苹果的人是开着小货车去的，车子开出来时，轮胎是碾过万千苹果的鲜红色！我台中家前院一棵龙眼树，每年结实时，邻里小孩用长竹竿劈了钳形头，

第七章　心灵的后裔

越墙摘取，我的孩子追出去时，一哄而散，大家都很兴奋，成了每年初秋的庆典一样。最初看到那果汁浸透的轮子时心想，他们若来到这苹果园，会怎样想？

初到时又有一天黄昏前，餐厅外树林外缘一片枫树红了，林里升起轻雾，夕阳照来，实在是中国山水画中极妙境界。我与一个由台湾静宜去的学生韩韵梅从餐厅出去想靠近枫林看看，正在欣赏欢呼的时候，一辆警车从后面追来，把我们"押"回宿舍。我对他们说，你们看这样的美景，怎能不尽情观赏？校警板着脸说，树林太大了，我们的责任是保护年轻女子不要走失。

从充满魅力的树林走进学院，可忆念之事更多。第一个让我震惊的是我的朋友 Sister Mary Gregory 的身份。

我一生对官位相当迟拙，在台中她聘请我到美国她的学校教书时，拿大雨伞掌静宜一切大权的 Sister Francis 在旁一直大力赞助，我以为那是她的权力也是她的行事风格，"说了就算话"，而 Sister Mary Gregory 是我谈文学的朋友，只是出面邀请我的人。九月初我由纽约乘飞机到印第安那波利斯，再换灰狗公车到特雷霍特市的汽车站，她邀了在学院图书馆工作的胡宏蕤小姐来接我。她见我风尘仆仆地带着行李等她，立即过来拥抱欢迎，帮我提了行李上她的汽车，开三十多哩小路进了树林。校园不大却很有气派，高大的数幢红砖大楼，不远处有一所小小庭院和浅绿色的小楼，即是我将居住一年的极舒适的教职员宿舍。她提着我的箱子送我进了一间舒适的套房，要我休息一下，六点钟会请邻室的胡小姐（Janet）带我去餐厅。

餐厅在丛树深处，高敞明亮，可供全院师生近千人进餐。靠近圣母玛丽亚抱着圣婴的校徽的坛前有一区是教职员区，也是校务会议的场所。在这里，我相当深入地看到了一九六〇年代天主教一个修会在某些体制上的改变，和改变过程的辩论、冲突与痛苦。

我们进了餐厅，坐在第二排长桌。晚餐极正式，总院的一位年长修女带领谢饭仪式之后，说："现在请校长介绍新来的老师。"

此时，只见我的朋友 Sister Mary Gregory 利落地由正中间的座位站起来，引我向前，向全厅介绍了我——我想我当时必是满脸困惑、张口结舌不知说什么才好的样子。因为我不知道她由台中回到美国是出任校长的（给我的聘书上签名的是上一任校长）。到那餐厅之前，没人告诉我，在我们多次谈话和通讯中她自己也没有提过。原来，邀请我开中国文学课程，也是她的"新政"。

我上课的内容和资料都与她充分讨论，适合学生程度，省去双方摸索的苦恼。选课的学生近二十人，算是很不错的了。上课不久又举办了一个东方文化展，很成功地加深了我们文学课的背景。而在生活上，她对我处处照顾。和我同住宿舍的胡宏藐小姐，会煮一手精致的中国菜，这位新校长和一位韩国学生丁英慧（后来才知道她是韩国总理丁一权的女儿，也上我的课）与另两位中国修女（其中的蔡瑛云回台后在静宜大学工作至今）常是我们座上高朋。她也帮我找了几位定期去印大上课的教员，开车去时带上我。但是，时间的配合并不容易，每周去一两次是不可能的。从特雷霍特到印大开花城（Bloomington）之间没有公共汽车，更何况须先走出三千亩的树林！在美国人看，区区七十哩小事情，对于我却似不能逾越的河汉。所以我去印大比较文学系拜访了系主任 Prof. Horst Frenz，谈了我的困境，取得了所开课程表，回到树林，认命专心教书，下学期再说。

那四个月是我一生有系统地读书的开始，树林中的圣玛丽学院办学态度相当专业，教学亦是水准以上，绝不是只为养成高贵淑女而已，所以其图书馆虽不大却品质不差，尤其英美文学方面，藏书相当充实，是主力所在。为了教课，我遍读馆中所有有关中国文学的书，看到中国现代文学部分，除"五四"后的新小说如鲁迅的几本，有茅盾的《春蚕》，巴金的《家》，老舍的《骆驼祥子》、《猫城记》，甚至还有大陆的样板作品《金光大道》等，只是没有台湾的任何资料。当然，那时我们也没有任何英译作品——这也是我后来发愿作台湾文学英译的心愿萌芽之地。我却在此意外地亲自看到天主教修女制度在一九六〇年代面临形式与内涵"现代化"的一段过程。

我抵达树林的第三天午餐后，修会在会场有一个历史性的投票，决定是否卸除头纱。投票前后都有激辩，充满了"声音与愤怒"(sound and fury)。主张废除头纱的年轻修女一派得到胜利，有人甚至欢呼，而保守的元老派明显地显得悲伤、愤怒。过了几天又将长裙借投票缩短至膝下三寸，不久校园里即见到新装修女步履轻快地来去，那些始终不变的面容更加严肃了。除此外，修院生活内规也放松了许多。第二年暑假，有相当多的年轻修女退会、还俗。西方文化与宗教息息相关，我有幸在近距离看到最核心的奉献形式与内涵的变迁过程，以自己来自古老文化，真是感慨良多。也因此结交了几位天主教修会的朋友，终生可以谈学问，谈观念，也谈现实人生。一年后我由印大又回树林教了一学期书，颇有宾至如归之感。

7 开花的城

既然无法克服那七十哩的困难，我在一九六八年一月初便辞职，到位于开花城的印大注册，专心读书。在台北办签证时，遇到我在东海大学外文系教翻译课上的学生郭志超，他正好也要到印大读书，所以知道我先到"树林中的圣玛丽"教书。印大的宿舍是他帮我接洽的，以我学者的身份及年龄，配得一间眷属宿舍。在那寒冷的一月初搬进去的时候，看到门上钉了一张纸，用中文写着："齐老师：我们是郭志超的朋友，他今天出城去了，我们上午十一点钟来看你。徐小桦、蔡钟雄留言。"进屋不久，由那扇大窗子看到，外面薄雪覆盖的山坡上，有两个二十多岁的中国男子抬着一个巨大的篮子朝我这面走上来。这两位我终生的小友抬着的篮子里，装着大大小小的锅、碗、杯、盘、水壶、瓶罐，还有一条真正的窗帘！一个人基本生活所需全有了。

这间单间的宿舍，有大幅的玻璃窗，窗前芳草铺至山坡之下，总有一种仅小于鸽子的红胸鸟在上面散步,据说是知更鸟,但是我在英国文学中读到的知更鸟是一种颇有灵性的小鸟,也许在美国中西部的谷仓变种,壮硕难飞了。

一九六八年是我今生最劳累也最充实的一年。自从一月八日我坐在那窗口之后,人们从草坡上来总看见我俯首读书或打字,我自己最清楚地知道,每一日都是从妻职母职中偷身得来!在一学期和一暑期班时日中,我不顾性命地修了六门主课:"比较文学和理论"、"西方文学的背景与发展"是必修,"文学和现代哲学"、"十六世纪前的西方文学"、"文学与文化"、"美国文学——爱默森时代"是选修。

"文学与文化"的穆勒教授(Prof. Mueller)上课有一半时间问"why",催迫听者思考书中深意,譬如由托马斯·曼《魔山》(Thomas mann, 1875—1955, *Der Zauberberg*)和以歌德《浮士德》(*Faust*)主题不同书写所呈现的文化变貌等,这种教法对我后来教书很有影响。"美国文学"由爱默森(Ralph Waldo Emerson, 1803—1882)的"自信"(self-reliance)作为联系一切的至高存在,辐射出去,将美国文学提升到更高的精神层次。他讲得翔实生动,我更是有备而来,一点一滴全都了解吸收,那宝贵的求知岁月,只有在战时的乐山有过——而如今我成熟冷静,确切知道所求为何,也努力抓住了每一天。当年印大的文学课即使在美国也是一流的水准,我上这些课凝神静气地倾听,尽量记下笔记,常觉五十分钟的课太短。

"十六世纪前的西方文学"全班二十多人,说五种以上不同母语,在如此压力的"灾难"中互相安慰。有一位真正娴熟法、德、拉丁语的俄国同学,被师生羡称为"怪胎"(monster)的大胡子竟然问那刚从哈佛拿了文学博士的教师Gros Louis,英国史上的阿尔弗雷德国王(King Alfred)是谁?那简直和问中国人秦始皇是谁一样丢脸,旁边来自各邦国的同学几乎快把他推到椅子下面去了。

这些课最可贵的不仅是上课言谈所得,尚有参考用书书单,少则数页,多者竟达八十页。这些参考书单,是我回台湾后最有益处的指导；尤其"西方文学的背景与发展"一课是全院必修，教授是英文系大牌，一刷白色的胡子，给人很大的安全感。他那满座的演讲课在很大的教室，三个月间为我搭建了一个心智书架，教我把零散放置的知识和思想放在整体发展的脉络上，不再散失。日后读书，寻得来龙去脉，也启发我一生爱好研究史诗和乌托邦文学的路径。先识得源头，再往前行。

在五月二十日学期结束之前，我没日没夜地在那小打字机上赶出了三篇报告，参加了一场考试后，回到宿舍立即倒床大睡，昏天黑地睡到午夜醒来，窗外竟是皓月当空，想到《红楼梦》中，宝玉醒来所见当是同一个月亮。我这个现代女子，背负着离开家庭的罪恶感，在异国校园的一隅斗室，真不知如何在此红尘自适！起身在泪水中写了一信给父母亲，叙此悲情（当时父母已年近七旬，我怎未想到如此会增加他们多少牵挂），第二天早上走下山坡将信投入邮筒，往回上了一半山坡就走不动了，坐在草地上俯首哭泣许久。当时心中盘旋着《春江花月夜》："昨夜闲潭梦落花，可怜春半不还家。"正好此时，小友蔡钟雄和幸玑夫妇驾车经过，他们上来带我去文学院 Ballentine Hall 后面，全条路盛开着椿花，红白交植的椿花，茂密而不拥挤，每一枝都能自在潇洒地伸展，恬适优雅，成了我一生诗境中又一个梦境。

过了几天去系里拿学期成绩单，四门课三个 A，一个 A-，总计 4.0。我问另一小友徐小桦，这 4.0 代表什么？刚拿到物理系博士学位的他说，是 straight A 啊！是我们中国人的光荣啊！我说，且慢光荣，你们刚开始人生，无法了解，我这么晚才能够出来读这么一点书，所付的代价有多高！暑期班各处来的名师如云，我照修三门凶猛的课。我背负离家的罪恶感，得以入此宝山，一日不能虚度。

这段苦读时间，我最大的世界是那扇大玻璃窗外的天空和变化万千的浮云；台湾的消息来自家信和七天前的《中央日报》航空版，开花城那间陋室是我一生中住过最接近天堂的地方。

我的唯一生活或社交圈子是几位中国同学和他们的家庭。印大那时有大约三百个中国学生,十分之九是台湾去的,香港和东南亚的约占十分之一,尚没有一个大陆学生,那一年他们的"文革"噩梦刚开始,台湾政治上尚未分本省、外省,大家心思单纯,互相照顾。离校的人把可用的家庭物件装在大纸箱里,开学时分批送给新来的人。开花城外有几个树木葱茏的小湖,他们开车去时常邀我。有一次为了撮合曾与我同住的杨巧霞和曾野的姻缘,曾有六车人开到湖畔"看月亮",大唱中文歌,太晚了,被警察"驱离"。有几次随徐小桦、蔡钟雄、胡耀恒几家开车到芝加哥,到俄亥俄州、爱荷华州……长途所见,使我见识到美国地大物博的中西部,广袤万里的大谷仓,令我怀想我父祖之乡的沃野。

印大著名的图书馆和她的书店是我最常去的地方。在占地半层楼的远东书库,我遇见了邓嗣禹教授(Teng Ssu-yu, 1906—1988),是学术界很受尊敬的中国现代史专家。他的英文著作《太平军起义史史学》、《太平天国史新论》、《太平天国宰相洪仁玕及其现代化计划》皆为哈佛大学出版,是西方汉学研究必读之书。邓教授,湖南人,虽早年赴美,已安家立业,对中国的苦难关怀至深,我们有甚多可谈之事。他退休时印大校方设盛宴欢送,他竟邀我同桌。在会上,校方宣读哈佛大学费正清(John King Fairbank, 1907—1991)的信,信上说他刚到哈佛念汉学研究时,邓教授给他的种种指引使他永远感念这位典范的中国学者。

这样单纯、幸福的读书生涯到一九六八年寒假即被迫停止。当初申请傅尔布莱特资助进修的条件是必须有教书工作,而且期限只有一年,不可因修读学位而延期留在美国。我已申请延长半年,所以先必须回到树林中的圣玛丽学院再教一学期。那学期我去特雷霍特的州立大学读了"十六、十七世纪的英国文学",任课的Mullen教授是研究斯宾塞诗的专家。另一"文学批评"课也非常充实,对我日后研究助益甚大,而且印大承认这六个学分。我且回到开花城去参加硕士学位考试通过，只待再修六个法文课的学分即可得硕士学位——但是我今生竟未能回去修学位。

交换学者签证到期之时，我仍在犹豫，要不要再申请延长半年。这时，我父亲来了一封信。他说，裕昌工作繁重辛劳，你家中亟须你回来。签交换计划的合法期限既已到期，已承诺的话即须遵守。

《圣经·创世记》里，雅各梦见天梯。我在印第安那大学那开花城的春花冬雪中也似梦见了我的学术天梯，在梯子顶端上上下下的，似乎都是天使。而在我初登阶段，天梯就撤掉了。它带给我好多年的惆怅，须经过好多的醒悟和智慧才认命，这世间并无学术的天梯，也无天使。我虽被现实召回，却并未从梯上跌落。我终于明白，我的一生，自病弱的童年起，一直在一本一本的书叠起的石梯上，一字一句地往上攀登，从未停步。

8　筑梦成真

繁花落尽，天梯消逝。我回到台中的中兴大学，履行我回原校服务三年之约。家已搬去台北，所以我每周二由台北乘早上七点开的光华号火车去台中；周五晚上六点搭乘自强号由台中回台北。星期六上午在台大教研究所的"高级英文"课。有两天时间靠一位女佣协助，努力做一个家庭主妇，住在父母家对面，共用一个巷院，一切都在呼应范围之内。但是父母已经七十多岁了，我的三个儿子都进了青少年阶段，我每星期二早上五点多钟起床，准备家人早餐，再去赶火车，内心万千的牵挂，有时天上尚见下弦残月，我离家时真是一步三回头——最初只是践约，渐渐地，我回到台北，也会牵挂台中那一间小楼里的系务了。

中兴大学外文系的成立是我多年梦想的实现，在林致平、汤惠荪、刘道元三位校长任内，我都不停地以一个教员的力量在推动。作为中部唯一的"国立"大学，总应该有文学院，文学院设立后先成立了中文系和历史系，外文系最困难的是师资。那时全台湾合格的外文系教授人数不多，英美文学博士仍是"贵重金属"，渐渐有少数学成归国的，到了台北就被台大、师大、政大、淡江、辅仁等校留住了，不愿到"外县市"去。同在台中的东海和静宜有他们自己的修会师资来源，"国立"大学有较严的资格限制。这个问题就是理想与现实的最大差异之处，我在过去那些年，侈言文学教育的重要时，并未预想到。

当我一九六九年春季班开学前回到中兴大学时，发现我已被"发表"为新成立的外文系系主任，而且新招收的第一班学生四十五人已上课一学期，系务由教务长兼代，课程按"教育部"规定开设，几乎全是共同科，与中文、历史两系合开选修课程，逻辑学、文学课程到二年级才有。我回台第一次进了校长室才懂，我由美国写来的两封信说学位尚未拿到，系务工作不懂又无准备，只能做个尽职的文学教员而已，不适合当主任的真实话，在校长与教务长（那时尚无文学院院长）看来只是民族美德的谦辞。已升任正教授，且得到"教育部"的红色教授证，多年来努力推动成立外文系，如今外文系已经"给你成立了"，系里就这几位老人（教大一英文、法文、德文等，六人中有一半已六十多岁），等了你半年，你不管系务谁管？

教务长王天民先生原是我的长辈，由校长室出来，看到我"惶恐"为难的神情就说："我相信你是有能力做的，公事上的问题可以来和我商量。这里对系主任有保守的期待，以后少穿太花的裙子。"那时流行短裙，而我长裙短裙都没有，上课只穿我宽宽绰绰的旗袍。

就这样，我由苦读的书呆子变成了系主任，面对的全是现实问题。幸运的是，由大学联合招生分发来的学生相当不错。那时还没有中山大学和中正大学，全台湾"国立大学"只有四校有外文系，而外文系录取的分数比较高，学生资质都相当好，后来在社会上的表现也在水准以上。

我在系主任三年半的日子里，最大的煎熬是文学课程的教师聘请。新聘专任的施肇锡、许经田和很年轻的张汉良，三位先生都证明

第七章　心灵的后裔

了我的"慧眼",很受学生欢迎,原任的丁贞婉、姚崇昆、孙之煊、唐振训、萧坤风也都鼎力合作,系里有一股融洽的向心力,任何人走上我们向农学院借用的那小楼的二楼两大间办公室常会听见笑声。我的办公室门永远开着,老师、学生出出进进神情愉快。

那第一届的元老学生一半是女生,一半男生。我刚就任时,那些女生在宿舍为我开了个欢迎会,摆了几碟脆硬的饼干和汽水,她们没有唱歌等类的节目,只是把我团团围在那两排上下铺的中间,问了我许多问题:考上了外文系很高兴,但是上了一学期的课,不知外文系要学些什么?现在上的课和高中的课差不多,国文、英文、现代史……只是老师比较老一点……这一场聚会,开启了我与学生直接谈话的作风,由大学新生的困惑,到后来三年功课沉重的压力,我是陪着那四十多个青年走了成长的每一步。对于那个由无到有的系,我似乎有个筑梦者的道义责任,对于那些十九、二十岁的寻梦者(如果他们寻的话),我不知不觉地有像"带孩子"似的关怀。

对于这新系,我最大的道义责任是建立它的学术水准。第一年,台中的美国新闻处由于我多年借阅的书缘,以及我两度做 Fulbright Scholar 的关系,捐给我们最初的一些文学书,配上丁贞婉借来她夫婿陈其茂先生的几幅画,我那空无一书的办公室顿时有些文化的样子。

他们指点我,在台中有个美国国务院训练外交官中文的使馆学校(Embassy School),好多学员是具有英文系硕士以上学位的人,另外一处是台中水湳的清泉岗空军基地,那时是越南战争期间,借驻的美军数目很大,有不少医护和通讯等文职人员,他们的太太有些是美国合格的教员,也许合于我们公立大学兼任的资格。经由这两个途径,第二年我将二年级分为四组,开设教育部规定的英语会话,请到四位在使馆学校进修的学员每周来上两小时课,之后两年有六七人来上课。课内课外他们颇为融洽,我们的学生纯朴天真,有些课外活动郊游带着这些老师同行,还曾带他们回家吃拜拜,深入认识台湾民间生活。经我认真申请而来教莎士比亚的是一位医生的太太,教小说课的是一位军中资讯官,他们合格而且有经验,授课内容也达到我希望的标准,帮我渡过了最早的难关。我自己教英国文学史,第二年请到了东海大学的谢颇得教授来教英诗。他是英国人,在东海已是最好的英诗课教授者,因为另有一种自然的深度与韵味,与其他老师不同,给我的学生极好的启发。

外文系成立之初,原属共同科的英文、法文、德文老师都成为基本师资。由农学院时代即教大一英文的田露莲(Miss Tilford)和孙宝珍(Mary Sampson)是美国南方保守派的浸信会传教士,她们的教会即盖在学校门口的一排凤凰木后面,多年来与我十分友善,但是很不满意我聘来兼任的文学课程美籍年轻老师的教课内容,认为太自由派(radical)。我主编的大一英文新课本取代了幼狮公司出版的大一课本,也引起另一批真正"老"教授的指责。但是我刚刚读书归来,对英美文学的基本教材曾认真研究过,也搜集了相当多的资料,确知学生不能再用陈旧的标准选文,须加上第二次世界大战后文化各领域的新文章,幸好获得多数支持(包括学生)。大一的课程只有一门"西洋文学概论"是本系的傅伟仁(William Burke)教,他是长老会传教士,思想相当"前进",很得学生拥戴,那一年我与他合编一本教材,解决了当年仍无原文书的困境。法文课的顾保鹄和王永清(卫理中学校长)都是天主教会神父,法文造诣深,教学极认真。大一国文老师是中文系的陈癸淼先生,给他们出的第一个作文题目是"给你一串串的阳光",刚从高中毕业拼完联考的学生哪里见过这样的境界!三十多年后仍然津津乐道。我留住他教外文系大一国文直到他去台北从政,他竞选"立法委员"时,很多学生是热心的助选者吧。另一位令他们难忘的老师是教"中国通史"的曾祥铎先生,他对当代史的开放批评的角度有很大的启发性,后来竟引来当年政治不正确的牢狱之灾,出狱后主持一个政论节目,我与他在台北街头相逢,真不胜今昔之感,不知一切从何说起。

一九七〇年秋季开学后,我筹划召开的"第一届英美文学教育

第七章　心灵的后裔

一九七一年，齐邦媛负责筹划召开"第一届英美文学教育研讨会"在台中中兴大学开会，全省开文学课程的教授来了三十位左右，做教学方面的交流。"大家畅所欲言，日后所参加的无数会议中不复见。"前排：齐邦媛（中坐者）、颜元叔（左四）、杨景迈（左三）、朱立民（右四）、侯健（右三）。第三排：王文兴（右六）、胡耀恒（右五）。

研讨会"，准备在中兴大学开会，在那些年这样的会议甚少，各种学科会议都不多，在台中召开的更少，我很诚恳地希望各校在教学方面多些交流的机会，给台大以外的学校一些援助，全省只有四校有外文系，一直是文科学生的第一志愿，而师资普遍不足，教材又需大幅汰旧换新，以适应新的时代。全省开文学课程的同行来了三十人左右，台大的朱立民和颜元叔自然是会中明星，人少，大家畅所欲言。我那小小的新系忙了许久，那股欢欣的热情，是我在日后所参加的无数会议中不易再见到的。

里里外外忙碌到了一九七二年夏天，中兴大学外文系的第一班学生毕业时，令全校意外的是，我也辞职了。我已按约定教满三年。放下这个我推动、促成、创办、奠基的系，我是万分不舍，一草一木都似说着离情。我到台中一住二十年（全家住十七年，回台后我两地往返三年），最安定的岁月在此度过。如今我终于看到许愿树上结了第一批果实，可是我必须走了！惜别晚会上，学生人人手持蜡烛，一圈圈围着我，哭成一团。没有人知道，一向积极、充满活力的我，此时面临一个全然陌生的未来，内心是如何的无奈与惶惑。

最后的几个月，我在校园中骑脚踏车来来去去，看到的一切都感到留恋，处处是自己年轻的足迹。

告别中兴大学也就是告别了我的前半生。在台中十七年，生活简朴，却人情温暖。我亲眼看着"国立中兴大学"的牌子挂上门口，取代了原来农学院的牌子，看见原是大片空着的校园盖出了许多大楼。外文系成立之初，所有教室皆向别系借用，一年级上课的"基地"，是最早为政府援助非洲农业计划的训练教室，两间瓦厝，小院有棵美丽遮阴的大树。二年级借用畜牧系一间紧靠牧场的教室。有一天我在上英国文学史最早的史诗《贝奥武夫》（*Beowulf*）的时候，一只漂亮的牛犊走进门来，我们双方都受了惊吓，幸好无人喊叫，它好不容易转了身，由原门出去。事后畜牧系主任告诉我，那是刚进口的昂贵种牛，是为台湾改良农业的珍品，你对它讲文学，彼此都很荣幸呢。

事实上，自从农学院时代，各系对我都很好，我开大二英文课总是满座的原因，是一九六〇年代台湾的农业学术研究已相当现代化，成为台湾发展的先锋之一，各系都鼓励学生出国进修。办得最有声色的农业经济研究所所长李庆麐教授是"立法委员"，"派"他所有的研究生上我的课，并且以父执的口气，令我多给他们改英文作文。他后来大约把他们都送去美国读了专业学位，回来都有实际贡献。

一九六〇年代，许多毕业学生在中部和嘉南平原开创了一些现代化农场，常常邀请老师去"指导"。农学院院长宋勉南的太太刘作炎教授和我是英文科同事，也常常邀我们同去参观。当时已有一些外籍交换教授住在校园宿舍，也常一起下乡。那些年，深山僻野，上山下海真是走了不少地方，认识了真正的台湾，验证了高等教育在台湾"十年生聚"的扎根力量和热情。我们招待国际友人最常去的有一座在员林的玫瑰花圃，场主张君的妻子，后来当选为玫

第七章　心灵的后裔

瑰皇后。初见那么大规模的花圃和科学化养殖法，听着他们讲新品种的动听的命名，大规模推广及外销的展望……那时没有人会肤浅地问你"爱不爱台湾"？

我也忘不了一九六六年初冬，期中考刚过，突然传来校长汤惠荪先生到南投县仁爱乡森林系的实验林场视察时登山殉职的消息。他在攀登山顶时心脏病发，倚着宋院长，坐在林场土地上逝世。四十多年来，我每次看到已成观光景点的惠荪林场的消息，就会想起他和宋院长那些温文儒雅的早期开创者，也会想起台湾第一任农业委员会的主任委员余玉贤先生。我刚去上课时，他是农经系讲师，娶了我最早的学生纪春玉。他们在为台湾农业奋斗的时候，会和我谈他农民十万大军的观念，谈他们为改良品种的水果命名为"蜜斯杨桃"、"杨贵妃荔枝"、"葡萄仙子"……和我分享开创的快乐。当我看到美丽的行道树时，也想起他五十八岁与癌症奋斗三年去世前，最后的希望是看到窗外有树！

一九六八年我在美国进修的圣诞节，收到一张灰狗长途车票，信来自中兴农学院的客座教授 A.B.Lewis 夫妇，路易斯太太的父亲清朝末年在中国传教，她出生在天津。她在台中时把我当北方老乡，常和我分享读文学书之乐。她邀我乘灰狗车作一趟真正的美国之旅，由印第安那州到康涅狄格州，坐两天一夜的灰狗 Bus，然后他们带我在新英格兰跑跑，看看他们的农村。带我穿上长筒雪靴在积雪中去看诗人弗洛斯特的树林，追踪雪中的灰兔。……有一天大清早开车说："带你去看一个人。"车子在狭窄的乡村路上不停地开了六七个小时，一半的路被密密的玉蜀黍秆子和灌木丛交围，充满了神秘感。正午过后，突然眼前一亮，前面是阳光照耀的小山坡，山坡上有一所独立的农庄，房子里走出一个穿着旗袍、梳着高髻的中国女子，欢呼迎宾。一向寡言的路易斯教授给我介绍说："This is Mrs.Buck."出现在大门口的是卜凯先生（John Buck），是写《大地》得诺贝尔奖的赛珍珠（Pearl S.Buck）的前夫。赛珍珠自幼随她传教士父亲赛兆祥

(A.Sydenstrieker)，曾住在我家南京宁海路附近，她一九二一年结婚后随夫到安徽凤阳一带从事早期的中国农村复兴联合委员会的改良农村工作，搜集了荒灾的小说资料写出《大地》，一举成名，后来离婚嫁了她的出版人。Mr.Buck娶了一位中国淑女为妻。她到美国后，坚持穿旗袍会客，作为对故乡的思念。在他农庄的壁炉前，我们兴奋地谈他曾献身服务的、我生身之地的苦难的中国。与他并肩工作的晏阳初和瞿菊农（女儿宁淑）是我南开同学的父亲。

这些人和这些事，缘中有缘，是忘不了的。

我家自一九六七年搬到台北以后，我一直在为自己的学业、工作忙着，有一半的时间都不在家，从美国回来这三年多都在台北、台中往返通勤，风雨无阻地每星期二坐早上七点的火车到台中去，星期五下午六点多搭自强号回台北。我不在台中的时候，系上有事都由丁贞婉先生率助教黄春枝代为处理，她写给我的"救火情书"累积数十封。星期六早上，我去台大上三小时为中文、历史两系研究所开设的"高级英文"课，下午多半会去中山北路敦煌书店看新出的盗印版英文新书，看看可不可以用作教材。那样的日子，身心俱疲而不敢言倦。家搬到父母对面有了照顾，但是拖累妈妈太多，裕昌的工作又进入铁路电气化工程的高峰，我内心的不安渐渐成为熬煎。那些年中，能静下心想想事情、看看新书的时间反而是台北和台中间火车上那三小时，那种全属于自己的独处三小时，我终生感激！如今，这第一班毕业了，我坚持辞职的要求终于得到刘道元校长的同意。

离开中兴大学后，我往何处去？那时也无暇安排，台北的那些外文系没有人会相信，我会离开办得那么有劲的新系，我也并不想为找个工作而引起揣测，也许先在家安定一年再看更好。

这时，是不是命运之手又伸出来了呢？王天民教务长受新任"教育部"部长罗云平之邀，到台北出任"国立编译馆"馆长。王天民先生（一九一一～一九八三年）字季陶，是我父亲的革命同志，北京师范大学历史系出身，在东北家乡有良田数千亩，曾捐产报国。东北沦陷，他到北平成立的"东北中山中学"教历史，由北平到南京、湖南、四川，流亡路上看到我由小长大。中山中学在胜利后由四川迁回沈阳时他担任校长，原以为可以服务故乡，安定办学，一九四八年共军进城，他一家十口辗转逃来台湾。他的学生说，他的历史课从古史到现代史是一本本不同朝代的兴亡史，内容极丰富。在一九七〇年代初期，"国立编译馆"在台湾的大、中、小学教育上有重要的分量。他知我确已离职，邀我去担任人文社会组主任，可以施展一些书生报国的想法，尤其希望我去作编译中书外译的计划，把台湾文学先译出一套英文选集，让台湾在国外发声。他对我说："一生在学校教书，也没做过公务员，你先到编译馆落脚，帮帮我，若不行再说。"如此，我又走上一条从未梦想过的路。

第八章　开拓与改革的一九七〇年代

从多年的教书生活，突然进入一个政府机构做公务员，好像从一个安然自适的梦土遭到流放。即使在那个不把"生涯规划"挂在嘴上的年代，也是大大的断裂。现实考量之外，内心只有一个确切的安慰：我真的可以将台湾文学用英文介绍给西方世界了。一直盼望有高人着手，如今竟意外地轮到自己接受挑战，也许比创办中兴外文系更加艰难。

初到台北舟山路"国立编译馆"上班的日子，我变得非常脆弱，坐在挂着"人文社会组主任室"牌子的办公室里，有时会有中兴大学的人来，他们拜访曾经担任中兴大学教务长的王天民馆长，也会过来看看我，我毕竟也在那儿十三年啊！即使是当年不熟识的人走进来，我都会热泪盈眶，总是要很努力才能不让别人看到我的眼泪。想念台中淳朴的街巷，宽广校园中友善的师生，宿舍前面延绵到山边的稻田，风过时，稻浪如海涛般起伏⋯⋯

1 进军世界文坛
——英译《中国现代文学选集》

面对全新的生活环境，唯一的方法是稳下心来，开始了解新工作。

第一件事是拟定英译计划，首先要找到合作的人。幸运的是邀请到名诗人兼中英译者余光中、师大教授吴奚真、政大教授何欣、台大外文系教授李达三（John J. Deeney），合组五人编译小组。吴、何二位在重庆时代是《时与潮》的主力编辑，李达三在美籍教授中最早研究比较文学，对中国文学亦有深入研究，在台大教英国文学史。他们都对这套英译选集计划很有兴趣，非常乐意合作出力。

自一九七三年二月起，我们五人每星期二下午聚会。先定了诗、散文、小说三个领域，然后选文、选译者。漫长的审稿讨论，无数的评读，直到定稿，将近两年时间。每一篇每一字斟酌推敲而后决定。在无数个午后认真和谐的讨论中，终于完成 *An Anthology of*

Contemporary Chinese Literature, Taiwan：1949—1974初版的定稿，一九七五年由西雅图华盛顿大学出版社发行。对欧美的汉学家而言，这是第一套比较完整充实地介绍中国现代文学创作的英译本。自从一九四九年播迁来台，台湾文学作家得以延续中国文学传统，创造出值得传诵的作品，好似开了一扇窗子。

作品的年代横跨一九四九年至一九七四年之间，选录台湾出版的现代诗、散文和短篇小说，约七十万字。我在《中国现代文学选集·前言》中对这二十五年的文学概况作了说明：

> 台湾自光复以来，由于中华民族的聪慧勤奋，各方面的成就，在全世界睽睽注视之下得到了应有的肯定。第二次世界大战后的世界是个创深痛巨的世界，种种兴衰浮沉的激荡都深深影响了台湾一千多万人的思想和生活方式。我们的割舍、怀念、挫折、奋斗和成就是文学创作取之不尽的题材，使它能不断地拓展领域，加深内涵，后世治中国史的人会作公平的判断。二十世纪后半叶的文学不仅在此延续，而且由于处于开放社会的台湾作家们在思想深度和技巧上的努力，已使中国文学的主流更加波澜壮阔了。

我认为，促进文学创作在台湾蓬勃发展的原因甚多，其中最重要的是教育的普及和提高，随之而来的是强烈的文化使命感。由于政治与经济方面的冲击，作家们的视野更广，笔触更深，文学理想与现实人生有了更理性的平衡。另一个重要的推动力是报纸副刊与文学性杂志的竞争。他们对文学作品的需求不仅量大，质的水准也日益提高，三十年来累积的成果自是可观。除了政府行之有年的各种奖励外，八年来《联合报》与《中国时报》文学奖和吴三连奖相继设立，应征踊跃，评审公开，均已建立权威性，甚至对写作方面都有长远的影响。一九七一年以后，在外交的逆境中，台湾靠自己奋斗创出了经济的奇迹，得以在国际扬眉吐气。可是在国际文坛上，我们却几乎是喑哑无声！有些人讥嘲台湾是文化沙漠，而我们竟无以自辩！实际上，台湾的文学创作，由于题材和内容形式的多样性，却有自然的成长，无论是写实或纯艺术性的作品，反映的是政治不挂帅的真实人生。

这套选集既是为进军世界文坛而编，选稿的原则就与国内选集略有不同。作品主题和文字语汇受西方影响越少越好，以呈现台湾人民自己的思想面貌。过度消极与颓废的也不适用，因为它们不是台湾多年奋斗的主调。限于篇幅，题材与风格相近的作品尽量不重复。作品先后次序依作者年龄长幼排列，这种排列方式，除了极少数例外，自然地划分了这段时间创作发展的各个阶段。

编选的三种文类中，以现代诗的发展最稳健，成就也最显著。早期诗人组成重要的诗社有现代派、蓝星社、创世纪、笠、龙族、大地、主流等，这些诗人以极高的天赋才华书写意象丰沛感时忧国的新诗，唱和、论辩、竞争，成为互相的激励，共创了中国新诗的一片荣景；题材和技巧出入于西洋诗派与中国传统之间，至今影响巨大。

似乎是一种巧合。我初到台湾不久，曾读到覃子豪《金色面具》，其中一行"活得如此愉悦，如此苦恼，如此奇特"，这行诗句令我难以忘怀，成为我数十年来自况的心情。在新诗选集中它是第一首诗。许多诗人最有名的诗已成为五十年间人人传诵的名句，如纪弦《狼之独步》、周梦蝶《还魂草》、蓉子《灯节》、洛夫《石室之死亡》、余光中《莲的联想》等。杨唤《乡愁》最后两行"站在神经错乱的街头／我不知道该走向哪里"，竟似一语成谶地预言他死于车轮之下。郑愁予《错误》名句："我达达的马蹄是美丽的错误／我不是归人，是个过客。"痖弦《如歌的行板》由"温柔之必要／肯定之必要"起，至今仍处处以"必要"为言语之机锋开路。夐虹《白鸟是初》和《水笺》用最纯净的语言写深远的情境。选集中最年轻的诗人是杨牧，刚刚放弃已让青年人喜爱的笔名"叶珊"，走学者的路；由研究《诗经》出发，隔着太平洋回头看故乡台湾，写出更为沉稳的散文和《海岸七叠》等十本诗集。

尽管长篇小说能更完整更深刻地探讨既定主题，但由于篇幅和人力的限制，未能选译长篇小说。我们先翻译二十五篇短篇小说，希望主题各异、涵盖面广的短篇小说，能从更多角度呈现台湾这个万花筒似的时代。初期十年的作者，刚刚遭逢家国巨变渡海来台后喘息未定，作品中充满了割舍的哀痛与乡愁，如林海音《金鲤鱼的百褶裙》和《烛》，孟瑶（杨宗珍）《归途》和《归雁》，潘人木（潘佛彬）《哀乐小天地》，彭歌《腊台儿》等，借小人物的故事写新旧制度间的冲突、对故乡与往事的怀念，与毅然接受现实的心情，他们那个时代深入骨髓的忧患意识与后继者当然不同。稍晚十年，一批少年随军来台笔健如剑的青年作家，对他们曾捍卫过的家国河山有一份更为强烈的怀念与热情，如朱西宁《破晓时分》和《狼》，司马中原《红丝凤》和《山》，段彩华《花雕宴》等，描写大陆乡土故事更有一份豪迈、震撼、动人的力量。

黄春明《儿子的大玩偶》、施叔青《约伯的末裔》、林怀民《辞乡》等短篇小说出版于一九六〇年代初期，为小说创作开启了另一种风格与境界。他们敏锐地观察了本省乡里生活在传统与工业化冲突之际所产生的急剧变化，塑造出的人物常似刚从轮轴飞转的机器房里出来，立刻投入传统的祭典里，或者回到古城的窄巷里，与迂缓的岁月擦身而过。这些战后出生的青年作家，一面冷静客观地批评祖传的生活形态，一面在字里行间流露出对乡土根源的眷恋。他们作品的另一个重要特色是使用了一些台湾方言，使写景和对话更加生动，增加了真实感。

就一个文学选集的主编而言，小说最费经营，写诗需要天赋才华，散文最贴切心灵，至今仍是台湾创作的主流。编选之时，林语堂刚由国外来台定居，梁实秋由《雅舍小品》建立宗师地位，当时是台湾文坛常见的人物。选录他们的作品不只因为盛名，而是因为他们真正活在我们中间。那一代的文采，从林语堂、梁实秋、琦君，到中生代杨牧、晓风等，到最年轻的黑野，文字洗练精致，内容贴切生活与思想。也许因为是第一套有规模的英译选集，出版之后，华盛顿大学出版社转来十六篇评论文章，几乎全是肯定的赞誉。最令我们欣慰的是 A.R.Crouch 的书评（China Notes，Summer，1976），其中有一段说："译文是流畅的好英文。所选的作者都在台湾，或许有人认为这是局限一地的缺点（limitation），但这些作者并没有受到当局压力而写作宣传文章，这是他们的长处。除了两三首诗以一九一一年的国民革命和越战为题材外，选集中很少有表达政治意识之作，与当前中国大陆文学中的单调宣传形成显著对比，是一种令人愉悦的解脱（a welcome relief）。"对于我们这些非母语的英译者而言，这篇评论让我们格外喜悦（special delight）！

编译这套选集的第一年，真是我在"国立编译馆"五年中最幸福的时光！人文社会组的例行工作，在王馆长的指导和支持下，我已可以稳定应付。思绪心神可以全力运用在选集中大大小小的考量，尤其快乐的是可以与作者、译者、编者进行直接的、同行的对话。作品的内容风格、文字的精密推敲、全书的布局呼应，都经过五人小组深思熟虑，使自己对文学作品的评估与取舍也到达应有的思考高度。三十年后自己重读当年心血灌注的英译选集，觉得尚可无憾。当年我若未"流放"到此，在校园教书或许不能实践多年的夙愿吧！

2 文学播种
——国文教科书改革

人世所有的幸福时光都似不长久。编译馆第二年，我那运指如飞的打字机上，拥有唱歌心情的日子就骤然停止了。

原任教科书组主任黄发策因病辞职，而业务不能一日停顿。教科书组不仅须负责中小学所有各科教科书的编、写、印刷、发行，还有一把"政治正确"的尚方宝剑祭在头顶。王馆长令我先去兼任，以便业务照常进行，他努力寻找合适的人。于是，我勉为其难兼任教科书组主任之职。

第八章　开拓与改革的一九七〇年代

那时所有教科书都只有部定本一种。一九六八年，蒋中正"总统"下手令实施九年义务教育，由"国立编译馆"先编暂定本教材，一九七二年正式编印"部定本"，这一年也就是我随着王馆长走进舟山路那座门的时候。

当时全台万所国民中学要实施九年义务教育，因此"教育部"明智决定：教科书有三年暂用本的缓冲。缓冲期间，教学的实际建议和民间舆论的具体反应，都是编"部定本"最有助益的根据。我们接任之初，"国立编译馆"是舆论最大的箭靶，样样都不对，最不对的是教科书，编、写、印刷、发行，全有弊病，恶骂国文教科书更是报章大小专栏文章的最爱，从"愚民误导"到"动摇国本"，从种种文字讨伐到"立法院"质询，馆里有专人搜集，一周就贴满一巨册。

我们遭遇到最大的困难是国民中学的第一套"部定本"国文教科书，它几乎是众目所视、众手所指的焦点。三年来，社会舆论对已编国中三年六册的暂定本有许多不满的指责和批评。表面上都只说选文不当、程度不对，也有稍坦白地说学生没有兴趣。究竟哪些课不当、不对？为什么没有兴趣？没有人具体地指出，只是转弯抹角继续呼吁：救救孩子！给他们读书的快乐！培养他们自由活泼的人格！这些批评没有一个人敢直接明白地说：暂用本的教材太多党、政、军文章。即使有人敢写，也没有报纸杂志敢登。

我到"国立编译馆"之前，对自己的工作已做了一些研究。台中的教育界朋友很多，那才是真正的"民间"。国民中学的各科编审委员会全是新设，可聘请切合时代精神的专家学者，而不似过去只以声望地位作考虑。在这方面，王馆长和我在大学校园多年，应已有足够的认识和判断能力。我的工作之一就是掌理人文社会各科的编写计划。既被迫兼掌教科书组，又须负责计划的执行，包括各科编审委员会的组成，编书内容的审定。在一九七二年，那并不只是"学术判断"的工作，也是"政治判断"的工作。

我第一件事是仔细研究，分析暂定本国文的内容编排。每学期一册,各选二十篇课文。翻开暂定本第一册篇目表,前面两课是蒋中正《国民中学联合开学典礼训词》和孙文《立志做大事》,接续就是《孔子与弟子言志》、《孔子与教师节》、《民元的双十节》、《辛亥武昌起义的轶闻》、《示荷兰守将书》、《庆祝台湾光复节》、《国父的幼年时代》、《革命运动之开始》。政治色彩之浓厚令我几乎喘不过气来,更何况十二三岁的国一学生!

是什么样的一群"学者",用什么样"政治正确"的心理编出这样的国文教科书?这时我明白,我所面临的革新挑战是多么强烈巨大了。但是走到这一步,已无路可退,只有向前迎战。

第一件事是组成一个全新的编审委员会,最重要的是聘请一位资望深、有骨气、有担当的学者担任主任委员。不仅要导正教科书的应有水准,还需挡得住旧势力可能的种种攻击,编出符合义务教育理想的国文课本。我心目中的第一人选是台大中文系系主任屈万里先生(一九〇七~一九七九年)。

屈先生字翼鹏,是国际知名的汉学家,从普林斯顿大学讲学返台,担任"中央图书馆"馆长,其后转任台大中文系系主任,不久又兼任"中央研究院"历史语言研究所所长,而后膺选为"中央研究院"院士,学术声望很高。

这时我在台大文学院教"高级英文"课已经三年了,我的学生一半是中文研究所的学生,有一位学生认为我课内外要求阅读太多,随堂测验不断,对他本系的研究无用,徒增负担,写信请他的系主任屈万里先生向外文系反映。屈先生与文学院长和外文系主任谈过之后,认同我的教法,回去安抚了抗议的声音。因此屈先生对我有一些印象。

屈先生在学术上属于高层的清流,我在文学院回廊上看到他,总是庄重俨然、不苟言笑的清癯学究形象。国文教科书是为中学生编的,那时又正是各界嬉笑怒骂的箭靶子,我怎么开口向他求援?

天下凡事也许都有机缘。我刚回台大教书的时候,除了外文系几位同事之外，尚有一位可以谈话的小友——中文系助教柯庆明，认识他的经过非常戏剧化。

一九七一年入秋，我在中兴大学担任外文系主任，施肇锡先生气冲冲到系办公室告状："上课二十分钟了，学生都不见，一个也没来！我派人去查，全班去听演讲了，至今未回。"我心想何方神圣有此魅力？连受他们爱戴的施先生，居然也被集体跷课？我与施先生到演讲厅一看，果然座无虚席，台上的演讲者是个二十多岁的青年人，兴高采烈地，从《诗经》讲到现代文学的欣赏。

我悄悄地坐在最后一排，听完这一场吸引"新人类"的演讲，看到一个年轻文人对文学投入的热情，也忘记"抓"学生回去上课了。这位演讲者就是柯庆明，应中文系陈癸淼主任和中兴文艺青年社之邀而来演讲。他那时刚从金门服役退伍，已由晨钟出版社为他出版一本散文集《出发》，担任台大中文系的文学期刊《夏潮》的主编和外文系白先勇等创办的《现代文学》执行主编，对台湾文学创作、评论已经投入颇深。他回台北后写了一封信，谢谢我去听他的演讲。

机缘是连环的，那时柯庆明是屈万里先生的助教，诚恳热情的二十七岁，初入学术界的助教，与外表冷峻内心宽厚的屈主任，在中文系办公室日久产生了一种工作的信托，师徒之情，可以深浅交谈。在《昔往的辉光》散文集之中《谈笑有鸿儒》中，柯庆明写下这份情谊。

柯庆明对于文学，是个天生的"鼓舞者"。自从在中兴大学听他演讲，三十七年来，我与他无数次的谈话中心是书。教书、读书，三十年来西方文学理论的创新与冷却，围绕着台大和重庆南路书店的特色及其新书，可谈的事太多了。他很耐心地听你讲述心中的观念，然后兴高采烈地回应，真是"知无不言，言无不尽"。许多老、中、青三代的朋友，都记得他鼓励别人写书的热忱，包括林文月初期翻译《源氏物语》，以及我的散文写作。他使迟疑的人产生信心，使已动笔的人加快速度。而他自己，自从建国中学读指定课外书，读到林语堂"两脚踏东西文化，一心评宇宙文章"起，就大展思维疆界；读梁启超的《饮冰室文集》，热血沸腾，感动落泪。以第一志愿考入台大中文系，从文艺青年到文学教授，岂止读了万卷书！书中天地，海阔天空，更增强他助人"精神脱困"的能力。小自行文，有时卡住一句，过不了门，转不了弯，他总是善于引经据典，引出一条通路来；大至人生困境，他常有比较客观的劝解，助人走出低潮深谷，找回一块阳光照耀的小天地。

柯庆明对我在"国立编译馆"要做的事很有兴趣，也深深了解其重要性，所以他以接续编辑《现代文学》的心情，提供许多帮助，助我建立了第一批台湾文学作品的书单，开始公正而不遗漏的选文作业。譬如他最早告诉我，司马中原早期作品如《黎明列车》等，由高雄大业出版社印行，已近绝版，我写信去才买到他们尚称齐全的存书。因他的协助，我们建立与作者的联络与认识通道。对于国民中学国文教科书的改进和定编，他有更真挚的关怀。他深感民间普及教育的重要，愿意帮我说动屈先生领导这艰巨的工作。终于有一天，屈先生同意我到中文系办公室一谈。

在那次相当长的面谈中，我详谈旧版的缺点和民间舆论的批评与期望，这原也是王馆长和我在台中淳朴校园未曾深入了解的。现在，不仅是基于职责而编书，更是为民族文化的前途，为陶冶年轻世代的性灵，必须用超越政治的态度。当然，这样一套新书是与旧制为敌的，虽无关学术立场，但将来不免会为主持者引来一些政治立场的敌人。但是，不论付出什么代价，为了未来国民教育每年每册三十万本的教科书，是义不容辞的。我清晰地记得，屈先生坐在那间陈旧的办公室，深深地吸着他的烟斗，然后叹了口气，说："好罢！我答应你！这下子我也等于跳进了苦海，上了贼船。"他语气中有一种不得不然的复杂情绪。我觉得其中有种一诺不悔的豪情和悲壮，从洁净超然的学术天地，走进政治、文化立场的是非之地，应是也经过许多内心交战的思量决定。

屈先生主持"国民中学国文教科用书编审委员会",由台大、师大、政大各三至五位教授和几位中学老师组成。主编执笔者是台大中文系张亨教授、政大应裕康教授、师大戴琏璋教授,他们都是中文系普受肯定四十岁左右的年轻学者。

为了一年后即须使用正式部编本教科书,第一、二册必须编出定稿,在次年八月前出版。"国立编译馆"所有会议室,日日排满会程,有些委员会晚上也开会。国文科委员开会经常延长至黄昏后,当时还没有便当简餐,编译馆就请屈先生、执编小组和编审委员到隔壁侨光堂吃很晚的晚饭。屈先生有时主动邀往会宾楼,杯酒在手,长者妙语如珠。

一九七三年以后,数代的国民中学学生至少是读了真正的国文教科书,而不是政治的宣传品。想来屈先生未必悔此一诺,他当年付出的心力和时间是值得的。可惜屈先生逝世后的追思文章,甚少言及他在这方面的贡献。

三位主编初拟国文课本第一、二册目录之后,我们的编审委员会才算真正开始运作,屈先生掌舵的船才开始它的苦海之旅。在那政治氛围仍然幽暗的海上,他不仅要掌稳方向,注意礁岩,还要顾及全船的平稳航行。开会第一件事是由主编就所选二十课的文体比例及各课内容、教育价值加以说明,然后逐课投票,未过半数者,讨论后再投票。如我们预料,这个过程是对屈先生最大的挑战。有两位委员严词责问:为什么原来课本中培育学生国家民族思想的十课课文全不见了,现拟的目录中只有两篇,由二分之一变成十分之一,其他的都是些趣味多于教诲的文章。杨唤的新诗《夜》怎么能和古典诗并列?《西游记》的《美猴王》、沈复的《儿时记趣》和翻译的《火箭发射记》都没有教学生敦品励学……解释再解释,投票再投票,冗长的讨论、争辩、说服,几乎每次都令人精疲力竭。最后审订两册目录时,屈先生、三位主编和我的欣喜,只有附上新旧课本目录的对照表可以表达明白,新版实在有趣多了:

旧版国中国文第一册			新版国中国文第一册		
课别	篇目	作者	课别	篇目	作者
一	国民中学联合开学典礼训词	蒋中正	一	我们的校训	蒋中正
二	立志做大事	孙文	二	我的母亲	胡适
三	孔子与弟子言志	论语	三	夜	杨唤
四	孔子与教师节	程天放	四	美猴王	吴承恩
五	民元的双十节	王平陵	五	五言绝句选 1 静夜思 2 登鹳鹊楼 3 塞下曲	李白 王之涣 卢纶
六	辛亥武昌起义的轶闻	章微颖	六	草的故事	林间
七	示荷兰守将书	郑成功	七	立志做大事	孙文
八	庆祝台湾光复节——台湾省光复一周年纪念训词	蒋中正	八	空城计	罗贯中
九	瘗菊记	朱惺公	九	父亲的信	林良
十	大明湖	刘鹗	十	杨朱喻弟	韩非子
十一	国父的幼年时代	吴敬恒	十一	料罗湾的渔舟	王靖献
十二	革命运动之开始	邹鲁	十二	儿时记趣	沈复
十三	慈乌夜啼	白居易	十三	给朋友的信	蔡濯堂
十四	燕诗示刘叟	白居易	十四	孤雁	佚名
十五	我的父亲	段永澜	十五	七言绝句选 1 黄鹤楼送孟浩然之广陵 2 枫桥夜泊	李白 张继
十六	沈云英传	夏之蓉	十六	谢天	陈之藩
十七	自由与放纵	蔡元培	十七	钢铁假山	夏丏尊
十八	纳尔逊轶事	梁启超	十八	黔之驴	柳宗元
十九	白马湖之冬	夏丏尊	十九	匆匆	朱自清
二十	自发的更新	中学生杂志	二十	火箭发射记	海因兹·合贝尔著 重明译

第八章 开拓与改革的一九七〇年代

旧版国中国文第二册			新版国中国文第二册		
课别	篇目	作者	课别	篇目	作者
一	我们的校训	蒋中正	一	家书	蒋中正
二	论语论学		二	鹅銮鼻	余光中
三	为学一首示子侄	彭端淑	三	奕喻	孟 轲
四	春	朱自清	四	哀思	陈 源
五	春的林野	许地山	五	绝句选 1 鸟鸣涧 2 鹿柴 3 从军行	王维 王维 王昌龄
六	哀思	陈 源	六	最苦与最乐	梁启超
七	世界道德的新潮流	孙 文	七	五柳先生传	陶渊明
八	黄花冈烈士纪念会演说词	陈布雷	八	王冕的少年时代	吴敬梓
九	舍生取义	易家钺	九	太行山西麓	丁文江
十	岳飞之少年时代	佚 名	十	背影	朱自清
十一	观刈麦	白居易	十一	爱莲说	周敦颐
十二	过故人庄	孟浩然	十二	庐山忆游	蔡濯堂
十三	爱迪生	佚 名	十三	运动家的风度	罗家伦
十四	詹天佑	佚 名	十四	志摩日记	徐志摩
十五	示子孝威孝宽	左宗棠	十五	后出塞	杜甫
十六	北堂侍膳图记	朱 琦	十六	记张自忠将军	梁实秋
十七	缇萦救父	刘 向	十七	火鹧鸪鸟	吴延玫
十八	初夏的庭院	徐蔚南	十八	张释之执法	司马迁
十九	爱莲说	周敦颐	十九	蝉与萤	陈醉云
二十	夏天的生活	孙福熙	二十	人类的祖先	坡耳·安德孙著 明君译

旧版大多选取含有政治历史节庆、民族英雄色彩的文章，即使选了一些白话文，也都偏属议论文；属文学性质者，篇数略少。新版只保留孙文《立志做大事》，并将旧版第二册蒋中正《我们的校训》挪移到第一课，其余古典现代小说、散文、诗歌，全是新增；此外，更选入翻译文章《人类的祖先》和《火箭发射记》，让国中生有人类文

化史观与尖端科技的世界观。

想不到我当初万般委屈接下兼任教科书组,被屈先生称为苦海"贼船"的挑战,是我付出最多心力感情的工作,也是我在"国立编译馆"最有意义的工作成果之一。为达到改编的理想,恢复国文课本应有的尊严,让每一个正在成长学生的心灵得到陶冶与启发,在那个年代,我的工作是沉重的,不仅要步步稳妥,还需要各阶层的支持。

在当局高阶层,我们必须寻求一些保护。我曾以晚辈的身份,拿着新旧国文课本目录拜望早年教育部长陈立夫、黄季陆;也以学生身份去看望武汉大学第一任校长王世杰,希望他们在舆论风暴之前,能对我们的改革具有同理心,因为他们自己是文人从政,对文学教育和学术尊严也有理想。我尤其记得黄季陆先生,对我侃侃而谈民国以来国民教育的种种利弊得失,他很赞成政治退出语文教材,一谈竟是两小时,还说欢迎我以后再去谈谈我们编写的进展。可惜不久他即病逝,我未能再聆听教益。老国民党党员中有不少被历史定位为政治人物的文人,很希望在稳定社会中以书生报国之心从政,却生不逢辰,生在政争的中国。

在编审委员会中,我最需要资深委员的支持,当时代表编译馆最资深的编审者是洪为溥先生。我初到馆时,他对这个外文系的女子敢来作人文社会组主任颇感怀疑,甚至反感。经过几次恳谈后,对我渐渐转为支持。讨论第三册篇目时,我大力推荐黄春明的《鱼》。没想到首次投票,未能通过,我和屈先生商量:"下次开会,能不能让这个案子复活,再讨论一次?"屈先生说:"还讨论什么呢?投票也通不过。"我说:"我为它跑票。"我第一个去跑的就是反对最激烈的洪为溥先生。他的办公室和我的相隔一间,窗外都对着舟山路台大校墙外一棵高大丰茂的台湾栾树,太阳照在它黄花落后初结的一簇簇粉红色果子上,美丽中充满自信。他说:"这篇文章讲小孩子骑脚踏车,在山路上将买给爷爷的鱼掉了,回到家反反复复不断地喊,我真的买鱼回来了!相当无聊,怎么讲呢?"

我想起在美国普林斯顿大学一本语文教学书，读到一位中学老师写他教初中课本选了莎士比亚《麦克白》（*Macbeth*）一段：

Tomorrow, and tomorrow, and tomorrow,
Creeps on its petty pace from day to day,
To the last syllable of recorded time.

明天，又明天，又明天。
一天又一天在这碎步中爬行，
直到注定时刻的最后一秒。[1]

这位中学老师问学生："为什么连用三次'明天'？"学生的回答形形色色，但是多半抓住一点：活得很长，会有许多明天。老师听完后说："你们想着，那么多明天可以去骑马、打猎、钓鱼，麦克白因为今天和昨天做了太多恶事，所以他的许多'明天'是漫长难挨。"用一个简单的字，一再重复，它所创造的意境，老师大有可讲之处。就像《鱼》，小孩不断重复"我真的买鱼回来了"，也有令人玩味低回之处。

下一次开会时，屈先生果然将上次未通过的几课提出再讨论，洪先生突然站起来说："我们的学生百分之八十在乡镇，对《鱼》中祖父和孙子之间的感情应是很熟悉，这样朴实的情景会让他们感到亲切。"第二次投票通过，我记得自己感动得热泪盈眶……

另一个重要的支持来自我们举办的几场全省老师试教大会，听到来自各地数百位代表的意见，几乎一致认为新编课文较易引起学生的兴趣，这给了我们选材更大的空间和面对批评的勇气。

在那个渐开放而尚未完全开放的社会，文化界笼罩着浓厚的政治气氛，"教育部"统编本的国文和历史课本往往是社会注意的焦点。我因缘际会，恰在漩涡中心，得以从不同角度看到各种文化波涛，甚至时有灭顶的危机。

---

[1] 采用胡耀恒翻译：《中央日报》"全民英语专刊"（一九九一年四月十五日）。

到编译馆任职前，高中国文课本刚换主编。有人攻击高三下第六册国文最后一课选的是清代孔尚任《桃花扇》续四十出《余韵》："眼看他起朱楼，眼看他宴宾客，眼看他楼塌了。这青苔碧瓦堆，俺曾睡风流觉，将五十年兴亡看饱。"认为这段曲文分明是讽刺国民党。担任主编的师大周何教授是台湾第一批中国文学博士，他说："我选的是清代戏剧，并不是我的作品。"攻击者说："剧本那么多，你为什么偏要选这一课？"周教授差一点进了我们称之为"保安大饭店"的警备总部。

我刚组织国中国文编审委员会时，从不同的来源听到这件事，提醒我水中暗礁之多，听说原任馆长就是因此而退休的。我的处境，若非亲历，很难预测。一位资深馆员张杰人先生，曾在东北协会任职，看过童年多病又爱哭的我，知道我进馆工作，问我："你来这种地方做什么？"后来我让他吃惊的是，在进入"那种地方"之前，我已然历经人生波涛，不再哭泣了。

第一个不能哭的经验，是国中国文一、二册初拟篇目提交编审委员会讨论不久，馆长交给我一份"教育部"的公文，命我们答复林尹委员的信。他指责我们新编国文的方向堪忧，忽略了国家民族意识，选文有幼稚的新诗和翻译报道文章，不登大雅之堂等，馆长让我先去拜望林教授当面解释。我在约定时间到他家，进了客厅，他既不请我坐，也不寒暄，来势汹汹训斥新编篇目内容悖离教育方针。譬如杨唤的新诗《夜》，说月亮升起来像一枚银币，简直离谱，教小孩子看到月亮就想到钱；《西游记》哪段不好选，偏偏选猴子偷桃子；沈复《儿时记趣》有什么教育价值？我刚辩说了两句，他似乎更生气，说："你们这是新人行新政了，我看连大陆的课本都比你们编得好！"说着说着，从内室拿出一本大陆的初中国文给我看。我不知为何突然福至心灵说："那么请您把这本书借给我，我带去给执笔小组作个参考，说是您的建议。"他突然觉得，我这个外文系的女子，敢来接这件工作，想必不简单，如今他对我夸奖"共匪"的教科书，倒是有了麻烦，如果我认真,他就有可能进"保安大饭店"。于是他请我坐下,用现代警员温和的口气问我哪里人?跟什么人来台湾?结了婚没有?丈夫做什么?三个儿子读什么学校?然后问我,你父亲做什么?什么大名?我只好回答我父亲的名字和职业,谁知他竟说:"你怎么不早说!我和齐委员兄弟一样!"然后他向内室喊道:"倒一杯茶来,倒好茶!"

我原以为许多故事是虚构的戏谑,没想到在现实里确实真有。

二〇〇三年一月二十四日《中国时报》有一篇报道,标题是"老教科书总复习,网路正发烧",许多网友在网络上回味中学时代朗朗上口的文章,如朱自清《匆匆》:"燕子去了,有再来的时候;杨柳枯了,有再青的时候;桃花谢了,有再开的时候……"他们也记得《木兰诗》,尤其以白居易《慈乌夜啼》获得最热烈的讨论。

还有一篇我个人非常喜欢的《孤雁》也选入课本。沙洲上一只孤雁,为一对对交颈而眠的雁儿守更。芦丛后火光一闪一闪,孤雁立即引吭呼叫,睡梦中惊醒的雁儿发现无事,以为孤雁故意撒谎,如是两回。第三次,猎人拿着香炬矗立眼前,孤雁飞到空中,拼命地叫唤,疯狂地回旋,但酣睡的雁儿毫不理会。眼睁睁看着猎人伸出残酷的手,将一只只熟睡的雁儿放进了网罗。从此,孤雁多了起来。

二十余年之后,柯庆明《一篇序文,二十年岁月——齐邦媛老师在编译馆的日子》,提到他多年后阅台大研究生入学考试的作文卷,题目是《影响我最深的一篇文章》,许多人写的竟然是《孤雁》,让他感动莫名。

屈指算来,当年读这套新编国文的读者,现在也已是四五十岁的人了,许多人大约还记得阅读这些作品的喜悦吧!

住在丽水街三十多年,我把这第一版六册国中国文教科书和英文本《中国现代文学选集》两厚册,放在书架最尊贵的地方,抬头即见。国中国文的封面,是我去求台静农老师题写的。当时台老师竟然亲自穿过台大校园送到我办公室来,令我惊喜得连怎么谢都说不明白了。记得台老师说了一句勉励的话:"敢这么编国文课本,有骨气!"

给我的支撑，胜过千言万语。

编书第二年，教师大会建议编译馆编一本书法辅助课本，屈先生和台老师都推荐庄严先生。庄伯伯一九二四年毕业于北京大学哲学系，一九四八年押运故宫文物抵台，曾任台北故宫博物院文物馆馆长、台北故宫博物院副院长，是我在台北故宫博物院兼差时的恩师。那时庄伯伯大约七十多岁，为了写这本书很费精神。因为读者的艺术层次太低，书法背后的文化素养尚未培养起来，进不了他们曲水流觞、诗酒风流的境界，所以他迟迟不能交稿；教科书组的办事人员，按照程序，常常催稿。每周五下午，我在台大教"高级英文"课程，常常在文学院回廊遇见他老人家夹个布包去中文系上课，也会向他催稿。他常常说："太累了！做不出哄孩子的事了，你赶快找别人吧！"下了课，他邀台老师和我去温州街一间日式房子开设的"老爷饭店"吃鸡腿简餐，要把稿约还给我。我跟两位老先生吃了三次鸡腿餐，后来终于把书稿"逼"出来了，虽然印出来只是薄薄一小本《中国书法》[1]，每年发行量却是三十多万册，多年来受它指引的少年总有数百万人吧！

3 红叶阶前
　　——忆钱穆先生

世间之事，常有峰回路转的奇妙现象。我在武大时，没能赶上钱穆先生讲学的盛况。没想到在编译馆这位置上，却因"武圣岳飞事件"，让我有机会与钱穆先生联系上。

在我进馆之前，"大学丛书"收到一份台大历史系林瑞翰教授的书稿，尚在审查阶段，是否出版未定，却有报纸报道：林瑞翰教授所著《中国通史》是台大一年级必修的中国通史课本，竟诬蔑岳飞跋

---

[1] 庄严：《中国书法》（台北：复兴，一九七七年）。

第八章　开拓与改革的一九七〇年代

扈，说将在外，君命有所不受，要十二道金牌才召得他回朝。宋高宗为什么杀他，并不是那么单纯的事。如此不敬之言，台大竟作教材，而"国立编译馆"竟然接受林教授《宋史要略》书稿，将要出版，简直是动摇国本！

有一位自称是岳飞小同乡的李某，连续写了数篇，说："你们侮辱武圣，就是数典忘祖！"还有一位骂得最凶的"立法委员"吴延环，不但以笔名"誓还"在《中央日报》专栏不停地讨伐，并且在"立法院"正式提案，令"教育部"答询。王天民馆长虽在各报来访时详细说明："馆里接受书稿，既尚未审查，更未有出版计划。"但是各报继续登载责骂的文章，有一则报道竟然说："据闻该馆负责此事者，系一女流之辈，亦非文史出身。"王馆长是历史教授出身，知道当时各校学者无人愿审，亦无人能抵挡此政治意识的汹涌波涛，命我去拜见由香港来台湾定居的钱穆先生，请他作个仲裁，说几句话，指引一下"国立编译馆"对此书处理的态度。

我对于前往钱府的事感到万分踌躇，不愿再遭遇坐与不坐、茶与不茶的场面。待我一向非常客气的王馆长说："没别的办法，委屈你也得去一趟。"

钱先生来台湾居住的素书楼，位于台北士林外双溪东吴大学后面一个小山坡上，有一条依坡而建的石阶路。我去外双溪的路上实在不知是何场面，深悔误入宦途。车到外双溪，沿东吴大学山径到山坡尽处，按了门铃，心情忐忑地走上石阶。钱先生出见时，尚未坐下便说："我已在电话中说不能审查。"我困窘至极，嗫嚅而言："我刚由学校来'国立编译馆'三个月，这份书稿是前任所留，如今舆论责难不止，请您看看，我们当如何解此僵局？"大约全出于同情心吧！钱先生接过书稿，放在几上。我道谢后仓皇辞出，几乎是奔下石阶，心想大约再也不用来了。

谁知三天后意外接到钱先生电话，说请林瑞翰教授去谈一谈。再过数日，林教授亲自到馆里，送来毛笔工整细密的手写稿二十二页，

271

综合加添了钱先生面谈时给他的六种新资料，补充他书中岳飞部分。资料非常充实稳妥，提供了多面的论述。

但是仍救不了我们，"教育部"来了一道公函，转来"立法院"的质询提案："国立编译馆拟靠钱穆先生的声望，将诋毁武圣岳飞的作品，作大学用书出版，动摇国本……"命令馆长随"教育部部长"罗云平去"立法院"说明。质询之前数日，我带了许多资料去"立法院"图书馆谒见吴延环委员，详细说明《宋史要略》一稿原是前任留下，至今无人肯审，更不会近期出版。质询日，我坐在备询官员最后一排硬椅子上，王馆长高高胖胖，厚墩墩地坐在官员席；他有多年教学经验，对答时如在课堂，不慌不忙，质询者虽然来势汹汹，但亦不知应控以何罪，一本未出版的学术著作如何"动摇国本"？我自大学时期在学潮中开始（直到今日台湾的选举文宣），看尽了政治意识控制学术思想之狰狞面貌，没想到我"三更灯火五更鸡"苦读、进修，好不容易取得部定正教授资格，在大学教文学课程，竟到这里来看着我的老师王馆长被这些人指手顿足地以政治意识形态指责，如此伤尊严，多么不值得！我心中充满愤慨和悔憾，回到馆里，即写辞呈。馆长问我："你觉得在这种局势下辞职是保持尊严吗？你此时离开能说明什么立场呢？"他从桌上拿给我一封刚收到的挂号信，是钱先生寄来的，退还我随书稿送上的审查费两千四百元，一纸便笺上写："无端卷入贵馆书稿舆论漩涡，甚感烦恼。兹退回审查费，今后请勿再牵涉本人意见……"馆长说，这本书我们短期内不能出版，但是你必须去对钱先生致歉，这才是负责任的态度。

就这样，我开始了登上素书楼石阶十八年的缘分。轰轰烈烈的"岳飞事件"之后，是国民中学国文教科书"部编本"，再接着是高中《中国文化史》的新编，每件事都是新闻的焦点。在那一段时期，我身兼人文社会组和教科书组主任的双重责任，随时有去住"保安大饭店"的可能，幸好生长在我那样的家庭，经历过许多大风大浪，父兄常常幽默地说，你当了这么芝麻大的官，却惹上了天天上报的麻烦，必须记住蒋介石文告里指示的,应当时时"庄敬自强"、"处变不惊"。爸爸以前曾说:"我这个女儿胆子小,经常'处变大惊'。"想不到,一九七〇年代的"国立编译馆"竟是我的"壮胆研究所"。

其实,舆论界也不是一面倒,民间希望学术中立的革新理想者人数并不少,那时仍健在的陶百川、黄季陆、陈立夫、王世杰等长辈,也赞成国中与高中的国文教科书,以文学情操教育为主,少宣扬政治理念。至少,那时的"教育部部长"罗云平实际上是支持的。在陈述编书理想时,我终于有勇气面对钱先生这个人,而不是他"国学大师"的盛名。他面容温和,倾听人说话的时候,常常有一种沉思的宁静,也是一种鼓励。

从那时起,我原是为公事去爬素书楼的石阶,送稿、送书、请益,去得很勤。后来钱先生知道我是朱光潜老师的学生,谈到他三十年前去四川乐山为武大讲学之事。我告诉他,我听学长们谈到,清晨持火把去礼堂上他的课的情景。因此,有时钱先生也留我坐谈当年事。没有公事时,逢年过节和他寿诞前我仍去看他,直到他被迫离开素书楼。十八年间我在那石阶上下近百次,阶旁两排枫树长得很高了。一九八五年我车祸住院时,钱师母去看我,说老师很惦念。一年后我再去看他,慢慢爬上石阶时,才看到路旁小沟里积满了台湾少见的红枫叶。

那些年,钱先生的眼睛已渐渐不能看书了。和钱先生真正谈得上话以后,虽然时时感到他自然具有的尊严,也感到一种宽容和温熙,也许我没有历史学问的背景,也就不知道什么是不能越过的界限。当他问我坊间有什么新书时,我有时会以外文系的知识,冒冒失失、糊里糊涂地带给他馆里出版的书,也买些坊间话题论著,如柏杨的书,送给他。

我回台大之后,也常与他谈到我用作教材的一些书,譬如最早先用《美丽新世界》、《一九八四》和《黑暗之心》英文本时学生的反应,谈得最多的是《寂寞的追寻》。对于追寻寂寞这种文化现象,钱先生感到相当"有趣"(他的无锡发音至今难忘)。其实,一九八三年他亲自赠我的《八十忆双亲·师友杂忆》书中,钱先生回忆他一生重要著作多在园林独处的寂寞中构思完成,尤其详述任教于抗战初迁昆明之西南联大时,在云南宜良北山岩泉下寺中,独居小楼一年,在"寂寞不耐亦得耐"的情境下完成《国史大纲》,七十年来此书仍是许多人必读之书。只是他那种中式文人之寂寞和西方社会意义的孤独,情境大不相同。

当然,一九七五年后,钱先生面对蒋先生去世前后的种种变局,忆及抗战前后中国之动荡,以史学家的心情观察,感慨更自深沉,他一直盼望而终于失望的是一个安定的中国。《国史大纲》完成之时,昆明、重庆在日本轰炸下,前线将士血战不休,该书"引论"说:"以我国人今日之不肖,文化之堕落,而犹可以言抗战,犹可以言建国,则以我全民文化传统犹未全息绝故。"此段文章,使我更具体地了解他为什么肯在蒋先生邀请下,舍香港而来台湾定居,以为可以安度余年,因为他也和那时所有中国人一样,有八年之久相信抗日救国的必要,而一九五〇年后台湾仍是捍卫中国文化的地方。

我不敢进入史学范畴,但是对于文化史极有兴趣,尤其注意知识分子对政治变局的影响。大学时代《国史大纲》曾是我们的教科书,在人生许多不同阶段也曾重读。近日知《国史大纲》在大陆又成必读之书,果真如此,书中首页"凡读本书请先具下列诸信念"的要求:"所谓对其本国历史略有所知者,尤必附随一种对其本国已往历史之温情与敬意。"对中国半世纪动荡,饱受摧残的人性应该有增加温厚自尊的影响吧。

如今回忆近二十年,隔着小方桌,听钱先生说话,如同他的"引论",都曾以不同方式,在不同变局中,对中国文化重作剖析。钱先生说话有时平静,有时激昂愤慨,在座有时仅我一人,有时和钱师母三个人。他的无锡话多半围绕着这个心思意念,并不难懂。

第八章　开拓与改革的一九七〇年代

我记得后来一次谈到"文革"红卫兵对师长和文化人的摧残，待这批人长大，统治中国，他们的暴戾人性会将中国带到何处去？我深以为忧。钱先生说，"文革"结束后，五十岁左右的人仍会保存一些国粹，他们有说话的一天，中国文化仍有延续的希望。

那些年钱先生也常谈到台北的政局，尤其是文人对变动政局的态度。谈到抗战胜利后，西南联大由昆明迁回平津，还乡者几乎行李尚未安顿，战祸又起，人心惶惶。文人和一般百姓一样，亦不知何去何从。钱先生回到无锡家乡，在太湖畔之江南大学，教中国思想史等课，兼任文学院长。他在《师友杂忆》中回忆当时："学校风潮时起，盖群认为不闹事，即落伍，为可耻，风气已成，一时甚难化解。"每日湖里泛舟，或村里漫步，心忧家国，以五彩笔纂集庄子各家注，于一九五一年出版《庄子纂笺》。

一九五〇年钱先生由广州去香港，与友人创办新亚学院，最早只有数十个学生，第一届毕业生只有三人，其中最杰出的余英时在《犹记风吹水上鳞》文中谈当年简陋艰困的情况和师生的"患难之交"，他对老师重要的著作和做学问开放的态度有扼要的见证。一九六七年钱先生迁居台北，当局礼遇学人，助其在阳明山管理局宾馆预定地上建一小楼，名"素书楼"，可以安居，讲学著述，颐养天年。

他万万想不到的是，晚年"归"来定居的台湾竟也到了没有温情与敬意的一天，使他在九十六岁的高龄，一九九〇年六月底，为尊严，仓皇地搬出了台北外双溪的素书楼，落脚在杭州南路一所小公寓，两个月后逝世。当年继任的国民党"总统"李登辉，没有意愿维护前任对归来学人的礼遇，将一代大儒扫地出门，其不尊重学术的景况，为台湾悲。而当时在"立法院"尖刻强烈质询，要求收回市政府土地的陈水扁，后来却任"总统"八年。

十二年后，二〇〇二年三月，台北市长马英九主持开启"钱穆故居"典礼，将它开放作为中国文史哲学研究之用。距我初登石阶整整三十年，如今脚步何等沉重。石阶上的院子搭了一个小篷子，典礼

275

下午开始时春雨下得丰沛，小篷子遮不住雨，场面相当凌乱。我进去后，在后排找到个可以不被人发现的位子，可以听听，仔细想想这三十年间事，钱师母的心情更可想而知。当初议会叫嚣收回市产的时候，仍有一些史学研究的年轻学者前往素书楼探视，且为他整理、校订旧作。钱先生问他们："这些人急着要这房子做什么？"他们说："要做纪念馆。"他说："我活着不让我住，死了纪念我什么？"

余英时追悼钱先生写了一副挽联：

一生为故国招魂，当时捣麝成尘，未学斋中香不散。

万里曾家山入梦，此日骑鲸渡海，素书楼外月初寒。

他在《一生为故国招魂》文中想用这副挽联来象征钱先生的最终极也是最后的关怀。"未学斋"是以前钱先生书房之名，是他苦学自修的心情，素书楼"今天已不复存在了"，这大概是余先生以国际史学家的身份，厚道的说法。钱先生自十六岁（一九一○年）读到梁启超《中国前途之希望与国民责任》，深深为梁氏历史论证所吸引，一生研究历史，希望更深入地找寻中国不会亡的根据。他希望国家社会能在安定中求进步，而不是悍于求变，以戾气损伤文化。余英时说："钱先生无疑是带着很深的失望离开这世界的，然而他并没有绝望……他所追求的从来不是中国旧魂原封不动地还阳，而是旧魂引生新魂。今天已有更多的人会同意这个看法。"

我初见钱先生的时候，已是他的红叶阶段，深秋季节，思考的叶片已由绿色转为一种祥和的绚烂，再几番风雨，即将落了。他八十岁生辰南游，在梨山武陵农场写成《八十忆双亲》一文："此乃常萦余一生之怀想中者，亦可谓余生命中最有意义价值之所在。"此文后与《师友杂忆》合集，充满了对家人、友情温暖的回忆，也充满了他那一代文人在乱世，颠沛聚散的感叹："余亦岂关门独坐自成其一生乎，此亦时代造成，而余亦岂能背时代而为学者。惟涉笔追忆，乃远自余之十几童龄始。能追忆者，此始是吾生命之真。"

忘不了的人和事，才是真生命。这也是写《中国近三百年学术史》的钱穆先生说的话。

我近年迁居，目前的书房正壁上挂着一幅钱先生赠我的墨宝，录明儒高景逸先生的五言绝句五首，开始一首即说出他在外双溪定居的隐逸心情："开窗北山下日出竹光朗楼中人兀然鸟雀时来往……"署名"丙辰重九　钱穆　时年八十有二"。那时他视力已差，这幅字更是珍贵。在它对面墙上，挂着庄灵所摄的一棵兀然挺立的阔叶树，上面的枝叶明晰地投射在光影交错的山岩上——这也是我企望的情境。

想念那些年，钱先生为什么愿意与我谈话？他是学术思想史家，在制度史、沿革地理，以至社会经济各方面都下过苦功，而且都有专门著述，到台湾后又着手《朱子新学案》、《古史地理论丛》等整理工作，由台大中文系戴景贤、何泽恒等协助校阅。他与我谈话，从不论及史学研究，但谈人生，如他在《八十忆双亲》书中说："国民政府退出联合国，消息频传，心情不安，不能宁静读书，乃日诵邵康节、陈白沙诗聊作消遣。继朱子诗续选两集，又增王阳明、高景逸、陆桴亭三家，编成理学六家诗钞一书……窃谓理学家主要吃紧人生，而吟诗乃人生中一要项。余爱吟诗，但不能诗。吟他人诗，如出自己肺腑……"

由读诗谈人生，谈文人在乱世生存之道，他认为书生报国，当不负一己之才性与能力，应自定取舍，力避纷扰，所以抗战胜利之后不去京沪平津各校，回到家乡太湖畔读书，再由云南去香港，来台湾，至少保住了不说话的尊严。到台湾后应文化学院（现为文化大学）历史研究所聘，每周两小时由学生到外双溪上课，并任台北故宫博物院特聘研究员，生活得以安排，从未发表任何政治言论，如余英时文中说："时间老人最后还是公平的。所以在他的谈话中，他总是强调学者不能太急于自售，致为时代风气卷去，变成吸尘器中的灰尘。"

自一九九〇年八月三十日钱先生逝世，我都念着，有生之年能写此记忆。因为对历史的温情与敬意，世界上仍有忘不了的人和事。

4 编纂文学与文化丛书

我在"国立编译馆"五年,在那个年代,使命感很强,当然有许多可记忆的事。小学、国中、高中各科教科书都有编审委员会,聘请的学者专家至少有五百位,学术界精英甚少遗漏。每书定稿都有许多"声音和愤怒"。常有人辩论未决时拂袖而去,馆员追到楼梯上劝回。音乐科和美术科因选取代表作而争论甚多,历史科主编王德毅教授谦虚温和,编辑委员畅所欲言,书出后没有引起政治风暴。钱穆先生推荐杜维运教授编辑高中《中国文化史》教科书,也在一九七三年由"国立编译馆"顺利出版,使用期间未闻有太多批评。我的本行英语教科书编写过程虽有技术辩论,却是最稳妥顺利的,那时研究英语教学的师资几乎全在师大。一九七三年八月出版的国中英语教科书,大约是中国有史以来第一套自己编写的英语教材,几位有理论、有实际经验的青年学者反复讨论,慎重定稿,对台湾的英语教学有切实的影响。当时由朱立民先生担任主任委员,编辑小组有李敢、陈永昭、傅一勤、黄灿遂;直到二十多年后(一九九七年)我担任主任委员,聘请张武昌、周中天、施玉惠、黄灿遂等编审委员,都是师大最优秀的英语教学名师,与他们讨论是我最愉快的经验。

我的另一个工作是征询、阅读所有相关的重要的审查意见书。那时"国立编译馆"的权责是编审"国小"、"国中"、高中教科书和大学丛书,委托编译馆出版的学术用书和馆内自行编纂的书也在被审查之列,基本上以"政治正确性"与"专业正确性"为原则。由此我看到了当时及往后也成为各科系权威学者的审查意见书,几乎全是亲笔手稿。在影印机普遍使用之前,将争议性强烈的审查意见交给原著者,唯一的方式是由馆员抄写,才可以"保护"审查人,不致因同行认得手稿笔迹而引起争端。如今想象那些"落后"到原始的文书工作,颇有啼笑皆非的感觉。在阅读审查意见中,我

第八章　开拓与改革的一九七〇年代

对台湾学术界，甚至各校师资，有深一层的认识。各种领域的争论，虽颇为严苛，但大多数是认真可敬。至今我仍记得中文系几篇派系分明的审查意见，让我们难以处理。也仍记得有些"知无不言，言无不尽"的审查文章，令人感动。师大英语系汤廷池教授，开会不停发言，他的审查意见往往长达十余页，用极小的字手写，读来感到他精力无穷，但他的确是真正关心，对应用语言学理论与批评方面的建议相当中肯，所以虽然态度严峻，坚持己见，仍是可敬的学者风格。另一位是台大中文系张亨教授，原是国文教科书执编小组成员，他倾全力搜集可能用上的资料，筛选读物，尽心致力，极为投入。然因对编审委员会的意见无法协调，愤而离去，是我在教科书编写工作上的一件憾事。

我在编译馆除了负责教科书，对不同领域的经典著作同时进行编译计划。我清清楚楚地记得为"大学用书"出版的第一本书《西洋哲学辞典》，项退结教授带着编译计划和部分初稿来到这间屋子，坐在这张桌子前的情景。他说明根据布鲁格（W.Brugger）Philisophisches Wörterbuch 德文中译，删去过多的宗教词语，凡是经过修改的条文，都注明项退结（Hang）英文署名。在那个出版不易的年代，我当时确知这样的书就是一个国家出版者，一个归属"教育部"的"国立编译馆"（National Institute for Compilation and Translation）值得做的事。这本重要而巨大的参考书，一九七六年出版以来仍是相当实用的。

我亲自邀集增订（updating）《经济学名词》，将一九四一年"国立编译馆"编订公布的三千六百二十五则中文名词，增为四千一百五十六则，一九七七年由台北正中书局出版，因应世界经济三十多年变迁的新时代。将近一年的工作时间，几乎每周参与编订会议的学者，有施建生、于宗先、田长模、侯家驹、陈昭南、陈超尘、华严、杨必立等经济学教授，由施建生先生担任主任委员。每次开会，认真斟酌定稿，却总是笑语盈盈。据年轻学者说，那是经济学界少有的盛会，留下的是珍贵成果。

在翻译英美名著方面，我自认最有价值的，一本是侯健翻译《柏拉图理想国》（一九八〇年联经出版），一本是张平男翻译奥尔巴哈《模拟：西洋文学中现实的呈现》（一九八〇年幼狮文化出版）。

侯健先生是我那一代外文系出身之中，中英文皆有深厚根柢的人，专长中西文学比较批评。《柏拉图理想国》不仅是哲学与文学批评，也是文学创造，是西方分析哲学和知识论的渊源。高友工教授在中译序中称赞侯健的中译本完整而且详加注释，"文字流畅而忠实，通俗而典雅，是件值得大书特书的文化史上大事"。我与侯教授在台大同事多年，常在各种聚会听他用浓重的山东腔发言，如高序所言："能倚马万言，文不加点，听众往往有无法完全领会的苦处。……因为他的思路敏捷，而学识过人，他的旁征博引如同天马行空。"侯教授一生辛劳，未及退休即早逝，盛年译出此书，不枉此生。

张平男先生翻译《模拟》时，是以严谨慎重、如履薄冰的态度全力以赴。正如此书副标题"西洋文学中现实的呈现"所示，它是语言学、文体学、思想史与社会学，可说是精细学问、艺术格调、历史想象及当代意识多方面极为成功的结合。一九四六年德文本出版后，一直以各种文字译本作文学课程的必修读物。书中所用语文多达七种，译者虚心求教，得以解决，此书之出版实有重大意义。

社会科学方面，最大的计划是编纂"现代化丛书"。我邀集"中央研究院"的杨国枢、文崇一、李亦园先生主持编纂"现代化丛书"，希望将世界关于现代化的理论介绍到台湾。既要进行现代化，就得对"现代化"的意义有基本的了解，这实在是一件很困难、很重要、很庞大的工作。这个计划很大，当年也只有"国立编译馆"可以推行。曾经邀集许多相关学者共同拟定出书计划，可惜出版的书不多，但总是做了一些，包括：《当代社会问题》、《开放与封闭的心理》、《现代化：抗拒与变迁》、《寂寞的追寻：美国文化濒临断裂边缘》、《迈向现代化》。这五本书总名为"现代化丛书"[1]，都由"国立编译馆"主编，四年间陆续出版。这段时间也是我在文学界之外，与文化界最大的联系。

我记得《当代社会问题》和《开放与封闭的心理》要出版时，特别邀请杨国枢先生写篇总序，杨先生用两个星期的时间写了一万字的序。序文写到"现代化"是对过去旧社会的一种挑战，从清朝鸦片战争以来，中国就因各种原因积弱到民国，现在我们开始做现代化工作，一定要用新观念克服积弱的原因，使台湾经济起飞。因为王天民馆长已经离职，换了印刷事务起家的熊先举馆长，也是原来的教科书组主任。新馆长看了之后，说杨国枢一直不是很"忠党爱国"，觉得这篇序文把中国旧社会说得好像一文不值。我说现在已不是反共抗俄时代，熊馆长说："我不跟你辩论国策，我不能接受，换个人写。"我说："他专为这两本书而写，我不能退稿。"他说："我不能接受，反正不能印。"他非常坚持，我知道"现代化丛书"已经做不下去了。

后来翻阅出版的"现代化丛书"，杨先生那篇序文果然未被采用，新馆长反对就是因为杨国枢是"自由派"。我对杨国枢说明了这件事，未定的计划等于风流云散一样，杨国枢序文事件，是我最后的防线，我不愿意再退让。这不是一篇序的问题，是我为了学术理念与尊严作去留决定的时候。我此时不走，更待何时？我下定决心离开"国立编

---

[1] "现代化丛书"包括：
1 《当代社会问题》，尼斯比（Robert Nisbet）等撰；郭振羽、罗伊菲同译。一九七八年黎明文化事业公司印行。
2 《开放与封闭的心理》，Milton Rokeach 等著；张平男译。一九七八年黎明文化事业公司印行。
3 《现代化：抗拒与变迁》，艾森斯达（S.N.Eisenstadt）撰；严伯英、江勇振同译。一九七九年黎明文化事业公司印行。
4 《寂寞的追寻：美国文化濒临断裂边缘》，史莱特（Philip Slater）著；陈大安译。一九八〇年黎明文化事业公司印行。
5 《迈向现代化》，印克勒斯（Alex Inkeles）和史密斯（David Horton Smith）著；何欣译。一九八一年黎明文化事业公司印行。

译馆"。

　　当时台湾社会科学的理论知识很少，我们拟定文化丛书的书单非常辉煌，可以帮助新思想有系统地深入扎根。但是新馆长接任后，文化丛书已无法有所作为了。所谓"三日京兆"，中国官场的新人新政意义大约就是没有延续性，没人关心扎根的未来。我辞职之后，所有建立的出书计划，都被一扫而空了。

　　离开编译馆之后，我唯一具体牵挂的是寄望甚高的马克·吐温（Mark Twain，1835—1910）长篇小说中译本全集，当时已交稿的有四本：翁廷枢翻译《乞丐王子》（一九七八年黎明文化事业公司出版）；萧廉任翻译《古国幻游记》（*The Connecticut Yankee in King Arthur's Court*，1889，一九七八年黎明文化事业公司出版）；丁贞婉翻译《密西西比河上的岁月》（一九八〇年"国立编译馆"出版，茂昌图书有限公司印行）、林耀福翻译《浪迹西陲》（一九八九年"国立编译馆"印行）。译者和校订者都是台湾最早出国研究美国文学而最可靠翔实的译笔。多年来，我一直推动西方代表性作家作品能有完整的中译，让国人看到不同文化的真貌与深度，这方面日本的翻译成就令人佩服。我们处处看到、听到中文著作，言谈中肤浅地引用马克·吐温的幽默，美国这位十九世纪的幽默大师可说是无人不晓，但有多少人知道那"幽默"里面蕴含多深的辛酸与批评，讽劝新兴的美国文化建立自信与自己的风格。我离开之前曾一再拜托馆里承办书稿印刷的单位，把这套书交由同一家出版社，不要分散标售。但是，它们和其他的书一样，交稿之后，银货两讫，除非有人有权追踪，否则就是落入图书室某一个阴暗的角落，不见天日。例如林耀福精心中译的《浪迹西陲》，从未上市。它们成了我多年痛惜的，念念不忘的"马克·吐温孤儿"。

5　栾树的启示

　　一九七七年夏天，在台大外文系教英国文学史的李达三教授到香港去教书,侯健邀我回台大专任教这门主课,这是我终身志趣。

在编译馆的岁月,夙夜从公,我非常认真而勇敢地做了很多改革,完成文学文化的计划,包括:翻译中国现代文学创作进军世界文坛,放下"政治正确"的尚方宝剑,从文学的角度新编国中国文教科书,以及编纂西方文化经典和"现代化丛书"。很多人以为我会继续这份工作,但我内心真正喜欢的是回校园教书,因此当我离开时,也就无所眷恋了。

离开编译馆那早上,我独自一个人站在曾度过五个夏天的办公桌前,望着窗外那棵美丽的栾树。在一切俗务烦恼之外,我曾多少次从那台新的电动打字机上抬头,看到日影移动的神奇,多少次不由自主地在心中升起《树》歌(Joyce Kilmer, *Trees*)之中的赞叹:

A tree that looks at God all day.

And lifts her leafy arms to pray.

这树整日仰望上帝。

高举枝叶茂密的手臂祷告。

啊!它使我想起,这些年中我曾度过多少"难过苦关头",寻找了多少解决难题的方法,请教了多少学者专家,折冲、讨论,达到一个"国家出版人"的稳妥结论。他们的审查意见,在那个没有影印机,没有电脑的时代,都是一页一页的墨宝!这些学者的大名可以说涵盖了一九六〇年代到一九八〇年代的台湾文化史,他们的声音笑貌,这棵栾树隔着窗子,看得真切。

一九七七年暑假,王馆长已退休,我从编译馆全身而退,也全心而退,回到台大那宁静的文学院老楼,斑驳而明亮的回廊。

第九章　台大文学院的回廊

1　外文系今昔

由那几步台阶走下来，穿过如今已不存在的舟山路，进入台大旧墙内的校园，穿过校警室、福利社，从行政大楼和农化馆间的小径出来，立刻面对文学院的红楼。横切过种满了杜鹃花树的椰林大道和纪念傅斯年校长的傅钟，即可从气势宽阔的门廊进入回廊。对于我，似乎有一种"仪式"的意义。这敞朗、陈旧的回廊，以大半圆的弧形，稳坐在台北帝大（创立于昭和三年，一九二八年）初建的校园中心，两端开着小小的门，中间包着一个小小的院子，和我三十年前初见时完全没有改变。在台湾漫长的夏天，隐约可以感觉到流动着一种Whispering coolness（我无法中译这种感觉），安顿我的身心。我的教书生涯由此开始，也将在此结束吧。

很难与记忆妥协的是，外文系的办公室已经搬到楼下，现在是个热闹的地方了。进了院门楼下右转一排大屋子，只有这一间的门经常开着，迎面是一座木柜，上面放着一把当年标准办公室用的大铝茶壶，没有力气从木柜上提下那把茶壶的时候，你就该退休了。茶叶装在白色小麻袋里，由总务处分发给各系办公室。我至今记得咖啡般的茶色与苦涩的茶味，两节课之间实在太渴，也常得去喝一大杯，茶几乎永远是冷的。木柜有数十个格子，当作教师的信箱，后面桌椅相连，坐着五位助教和一位事务员，川流不息的人和事。一直到我退休，外文系没有一间真正的教员休息室，上课前后的"交谊"似乎都在回廊"举行"。我至今记得，有时从二十四教室出来等下一节课钟响，相当疲劳地靠窗台站着，会看到走廊那一端出现一位多年不见的老友，免不了有"惊呼热中肠"的场面，然后匆匆忙忙在粗糙的木窗台上写下电话号码，各自奔往教室。

那时外文系编制已近八十人，还有许多位兼任老师。第一批开课的老师如英千里、王国华、黄琼玖、苏维熊、李本题、夏济安、黎烈文、周学普、曹钦源、曾约农等都已离开。一九七〇年以后的台大外文系,有人戏曰:"雕栏玉砌应犹在,只是朱颜改。"在那陈旧斑驳但敞亮可爱的回廊,来来去去的学生有许多是联考第一志愿分发来的,心理上也许有置身雕栏玉砌之感。而课程确实有很"现代化"的大改变。最大的推动者,恰好一位姓朱,一位姓颜。朱立民和颜元叔先生在一九六○年代后期在美国拿到文学博士学位,在台大校园被称为"稀有贵重金属";不久另一位文学博士胡耀恒先生也回到台大,以最新方式讲授西洋戏剧,带领学生以比较文学方法关怀中国戏曲的发展。

影响最大的改革是重编大一英文课本,以增强全校学生的英文能力,扩展人文和科学方面的知识。为本系一年级学生开设"文学作品读法",列"中国文学史"为必修课,此课前后有台静农、叶庆炳、林文月、柯庆明等中文系名师授课,不仅使学生真正认识中国文学的传统和演变,也增强中文和外文两系的师生情谊,影响学生日后进修的视野,甚为深远。

"英国文学史"改为两年十二个学分的课程:第一年由中古英文时期(The Middle Ages,1485)到十八世纪(The Eighteenth Century);第二年由浪漫时期(The Romantic Period,1785—1830)到二十世纪(The Twentieth Century)。使用的课本以重要作品为主,不仅是背景、潮流、发展的叙述而已。我教的时候已使用全世界的标准本,诺顿版的《英国文学史》(*The Norton Anthology of English Literature*),共约五千多页。

在台大我一直讲授英国文学史第二年课程,有一年颜元叔先生出国,由我代课,上了英国文学史第一年课程。此课我在中兴大学教过四年,有过相当研究。同一星期之内要按不同的进度调整自己的思绪,在二年级的教室讲八世纪北海英雄史诗《贝奥武夫》,甚至还须放一两次古英文发音的唱片。第二天则在三年级班上费力地阐释十八世纪奥秘浪漫诗人威廉·布雷克《心灵旅者》(William Blake,1757—1827,*The Mental Traveler*),此诗描写两个反方向转动的循环,自然与人生，其中奥秘实非课堂中可以完全阐释。我在中学时曾读过一篇英国人写的文章，他说人脑里似有许多隔间（compartments）储藏不同的知识。我在脑中清清楚楚区分英国文学史各阶段重要作品，各自为它的时代璀璨发光，所以自己并没有时空混淆或时代错置（anachronism）之虞。

2　重温二十岁的梦

回到台大第一堂上课的情景，很难令人忘记，那该称之为"盛况"吧！钟响后，我走到回廊左转第一间"十六教室"，以为自己走错了，除了讲台，座位全部坐满，后面站到贴墙，窗外也站满了人！这门必修课全班有一百三十多个学生，而第十六教室只有五六十个座位，所以引起那个盛况的场面。后来调整到新生大楼，第二年回到文学院一间大阶梯教室。

我确实是在惶恐中走上讲台，勉强平静地说了开场白，迅速地抓住了唯一的救援———一支粉笔，写了两行这一年的计划：起始于浪漫时期和将要讲授的第一位诗人威廉·布雷克。

为了稳定自己和"听众"，我先用中文说明英国文学史和一切文化史一样，划分时代和流派都没有放诸四海皆准的定名。如自一六六〇年英王查理二世复位到桂冠诗人约翰·德莱顿（John Dryden, 1631—1700）的十七世纪后半期为"复辟时期"（The Restoration Period），和我们即将开始正确阅读的浪漫时期，都有很复杂的历史意义。我不赞成，也没有能力用中文口译原作，所以我将用英文讲课，希望能保存原文内涵的思想特色。我不愿用"浪漫时期"的中文译名，简称那一个常以热情进入深奥内在探索的时代。因为Romantic所代表的既非唯美，亦非中古以降罗曼史（Romance）中虚构的奇情。它是一种对崇高（sublime）理想永不妥协的追求。强调创造力与情感抒发的浪漫主义其实是对前世纪守教条的新古典主义的反动。其回归自然（return to nature）的呼求，强调大自然引导个人心灵对真善美的追寻与沉思。

中国近代教育系统以英文为主要外国语以来，大学外国语文学系以英国文学史为必修课，乃是必然的发展。至今最简单明确的原因，仍可用泰恩（Hippolyte Taine，1828—1893）以法国人的观点来说明，他写《英国文学史》时说，要借一个丰富而且完整的文学成长史分析时代与种族的关系。在他之前，在他之后，西方文学理论发展出许多不同的流派，忙煞学院中人，但泰恩的文学三要素——时代、民族、环境——仍是文学作品能否传世，或隐或显的基本要素。

教文学史并不是教文学欣赏，不能以个人的趣味选材。每个时代的精神与风格不是一时的风尚，而应存在于才华凝聚的长篇杰作，或是形成个人风格的一些连续短篇，如华兹华斯的《序曲》（*The Prelude or Growth of a Poet's Mind*，1798—1839），记录了诗人个人心灵的成长与自然的交会互动。柯立芝的《古舟子咏》，以航海象征人生的罪与罚，和求取救赎的神秘旅程。拜伦（Lord Byron，1788—1824）的《唐璜》（*Don Juan*）虽未完成，但仍是文学史上最长的讽刺诗。雪莱的《解放普罗米修斯》（*Prometheus Unbound*）是一出四幕的抒情诗剧，迫害者因残暴招致毁灭，盗火者才得解放。在雪莱心中，心灵因有爱和宽恕而更显崇高。

即使写作生命只有五年的济慈，直至生命尽头，仍放不下曾投注心力的史诗长篇《海柏里昂的殒落》（*The Fall of Hyperion*，1819）。诗人借梦境写旧日神祇殒落的痛苦，抒写自己对文学的追寻。他在梦中置身林中荒园，来到一个古老神庙，庙顶高入星空。站在庙旁大理石阶前，他听到馨香氤氲神殿中有声音说："你若不能登上此阶，你那与尘土同源的肉身和骨骸，不久即将腐朽，消失湮灭于此。"他在寒意透骨浸心，死前一刻，奋力攀上第一阶，顿时生命倾注于业已冰冷冻僵的双足，他向上攀登，好似当年天使飞往天梯。神殿中的女神对他言道："一般的人生都是苦乐参半，而你却锲而不舍，探索受苦的意义,你不就是梦想族(the dreamer tribe)吗?要知道诗人与做梦者是截然不同的,前者抚慰世人,后者却只对这个世界困惑。"

济慈投入大量心思写中长篇。他认为必须认真经营,给足够的回旋空间才能容得下泉源迸发的想象和丰沛的意象,所以他的长诗《圣亚尼斯节前夕》(The Eve of St. Agnes)和中篇《无情的妖女》等晶莹璀璨的半叙事体诗,和他的颂诗一样,是世世代代传诵的珍品,可见他的诗并非只是依凭灵感之作。

但是长诗只能作专题研究,在文学史的教室只能叙明主旨、文字风格、代表性的段落。短诗更适作为佳例,加以讲解,阐明诗意精髓。如果人在生命尽头,能看到时光倒流,我必能看到自己,站在文学院那间大阶梯教室的讲台上,好似九十岁的爱蒂丝·汉弥尔顿(Edith Hamilton,1867—1963),以英文写作希腊神话故事而站在雅

一九九一年,齐邦媛(左)与台大邀请演讲之哈佛大学教授 Prof. Helen Vendler(右持伞者)。她是研究济慈(Keats)、叶慈(Yeats)、希尼(Heaney)的专家。

典的圆形竞技场（Arena）接受希腊政府的文化勋章。我的一生，在生生死死之间颠簸前行，自幼把心拴上文学，如今能对着选择文学的青年人，用我一生最响亮的声音读雪莱《西风颂》：

O Wild West Wind, thou breath of Autumn's being—
Thou from whose unseen presence the leaves dead
Are driven, like ghosts from an enchanter fleeing,

啊，狂野的西风，生而犷烈的秋风——
枯萎的落叶，在你倏忽而至的吹拂下，
飞旋如巫者横扫的鬼魅……

由西风这样狂烈的疾扫开始，在连续两小时，我将五首十四行的组成稍加解说，再将七十行一气读完，环环相扣的激情不能中断。西风升起，加速，如巫师驱赶亡魂到冬天的坟地，等到来年复苏；天上流云，变幻呼应，如地上的枯叶，飘浮在磅礴蔚蓝的天空，如狂女飞扬的长发。

Black rain, and fire, and hail will burst: O hear!
（有黑雨、火，和飞雹逐一炸开，听啊！烈火）

西风吹至海上，连海底宫殿花木都颜色灰败，纷纷落叶。诗人祈望自己能成为西风预言的号角，吹醒人类的沉迷：

If Winter comes, can Spring be far behind?
（冬天到了，春天还会远吗？）

这一行结语既不巧妙，又不轻松！诗人性灵的生命力（vitality），宇宙景物的想象，创造的生机，要这样读过全诗才知那一句的真意！

这时已经到了朱老师那个年纪的我，对着环绕着我、与我当年同样二十岁的学生，记起了最初的感动，挥臂扬发，忘我地随西风回旋……

这是一首不老之歌，每次重读，总似回到了二十岁的心情，也忘不了朱老师的灰长袍。

我的一生，常似随西风疾行，攀山渡海，在人生每个几近湮没志气的阶段,靠记忆中的期许,背几行雪莱热情奔放的诗,可以拾回一些自信。每读济慈诗,总先忆起那时在三江汇流的乐山,遥闻炸弹在我四周的世界呼啸落下。前线战争失利,我们必要时要撤往雷·马·屏·峨,他的诗与我似是人间困苦相依,维系了我对美好人生的憧憬。我在经济日渐繁荣的台湾教英国文学的时候,朱光潜老师和吴宓老师正在"文化大革命"的迫害与熬煎之中。我热切地引领这些在太平岁月中长大的二十岁学生进入诗篇不朽的意境,但有多少人听得出真正的沧桑心情?

为了不疏漏文学史经典作品,我详定进度表,散文和小说都有适当的介绍和阅读要求,在课堂选择重点导读,而必须详读的仍是诗。浪漫时期到济慈为止,大约是一学期的课。从秋天到了冬天,下学期从春天到夏天,是维多利亚时代到二十世纪。

3 维多利亚时期

讲授"浪漫时期"文学,我可以投入大量心力(the heart),但是到了"维多利亚时期"(The Victorian Age,1830—1901),我就得全部投入脑力了(the mind)。文学的境界好似从布雷克的《天真之歌》(*Songs of Innocence*)到了《经验之歌》(*Songs of Experience*),由热情奔放回到冷静沉稳。英国文学史进入了以思维论辩的散文和小说为主流形式的理性时期。

维多利亚女王在位长达六十四年。自十八世纪中叶,英国揭开工业革命序幕后,生产力大增,为寻求新市场,大规模向海外殖民,造就了他们颇感骄傲光荣的"日不落帝国"。国家财富增加,面对的人生问题更趋复杂,人文思辨随之加深,科学与宗教的互相质疑,人道的关怀,艺术品位的提升和思想的宽容等,所有大时代的课题都激荡着有识之士的文化观。这时期的散文家,如卡莱尔(Thomas Carlyle,1795—1881)、密尔(John Stuart Mill,1806—1873)、拉斯金(John

Ruskin，1819—1900）和王尔德（Oscar Wilde，1854—1900）等，他们的代表作今日读来，几乎篇篇都是精彩的知识分子充满使命感的论辩，他们的听众是中产阶级，共同关怀的是国家甚至人类的心灵。二十世纪的三〇年代是现代主义的高潮，在自由思想主流中，英美的文学界对维多利亚时代语多嘲弄，批评他们讲究礼法（respectability）和拘谨的道德观是伪善；但在第二次世界大战之后，世界饱经风霜，大英帝国的日头渐渐落了，英国人回首维多利亚盛世，对它重新评估，重生敬意与认同。

我四十多岁时，在种种困难之中前往美国读书，不选容易得学位的科系而直攻文学，全选重课，因为我已教书多年，深知文学史与批评是台湾所需。而我在读大学时，此课因抗战胜利复原，老师只教至十七世纪，以后的文学史，无法自己摸索寻路。所以到印大进修时，尽量修断代史及重要核心课程。这也是我一生诚意。那些课程的"必读书目"是我后半生做学问的开始，培养有系统、有深度选书读的能力。除了为教书备课，也发展出自己对史诗与乌托邦文学的兴趣。英国文学自穆尔的《乌托邦》以后，直到十九世纪，各种观点，形形色色的作品成为文学一大支流。我对这时期博特拉《乌有之乡》（Samuel Butler，1835—1902，*Erehwon or Over the Range*，1872）曾做了些研究。书名 *Erehwon* 实际上是 Nowhere 的反写，这本书是受斯威夫特《格列佛游记》（Jonathan Swift，1667—1745，*Gulliver's Travels*，1726）后二章启发所写的讽刺文学。那个位于渺茫海隅属于英国殖民地新西兰的乌托邦，一切典章制度、语言行为皆是新创，反讽当时被热烈争辩的达尔文学说。许多新颖的创见，如对疾病的惩罚、未诞生者的世界、生命与死亡以及何者为始何者为终等，都是极有趣的探讨，对二十世纪初剧作家萧伯纳（George Bernard Shaw，1856—1950）和写《时间机器》（*Time Machine*，1895）闻名于世的科幻文学先驱赫伯特·乔治·威尔斯（Herbert George Wells，1866—1946）影响很大。

漫长文学史的发展演变中，诗风的变化最为明显。在维多利亚时期被尊为"桂冠诗人"（Poet Laureate）近半世纪的丁尼生身上，可看到所谓"声名"的兴衰。饱受现代派嘲弄的丁尼生，声誉之起伏反映不同时代的品位，是英国最有成就的诗人之一，题材之涵盖面广，文字之精湛，在当时和后世，都可以无愧于桂冠诗人的荣衔。因为写作时间长达半世纪，对人生的观照比他崇仰的济慈更为宽广，《牛津英国文学史》认为他可媲美拉丁诗人维吉尔（Publius Vergilius Maro，70—19 B.C.）。维吉尔的史诗《埃涅阿斯记》（The Aeneid）比荷马的史诗更多人性的关怀。我上课时当然不偏不倚导读各家代表作，指出诗风的变化和文学批评的时代特征。但是个人内心感触更深者，如丁尼生的《食莲者》（The Lotus-Eaters）、《尤利西斯》（Ulysses）、《提桑纳斯》（Tithonus）等篇，取材自史诗和神话，以现代人的思想意念，精心琢磨诗句，吟咏出新的情境，不只是重建了传奇故事，而且增添了传奇的魅力。他以往昔情怀（passion of the past）所写的挽诗《纪念海兰姆》（In Memoriam A. H. H）, 前前后后二十年时光，反复质疑生死、悲悼与信仰。《亚瑟王之牧歌》（Idylls of the King），十二首一系列的叙事诗，借古喻今，探讨内在和外在世界的文化意义。二十世纪初的现代派和世纪末的后现代派诗人虽可嘲弄他不卖弄机智是迟钝（slowness），却无法超越他数十年坚持而成就的诗歌艺术。

和丁尼生同时代的布朗宁（Robert Browning, 1812—1889），以戏剧性的叙事诗著称；《抵达黑色城堡》（Childe Roland to the Dark Tower Came）的主人翁历尽身心磨难终于抵达黑塔时吹起号角，诗中骑士的旅程似谜般噩梦，充满了黑暗的魅力。有人说它是不服输的勇气；有人说是坚持自我放逐的绝望。但是两百零四行的长诗中，汇集了种种幽暗可怖的意象，读后仍感震撼。安诺德（Matthew Arnold, 1822—1888）《大夏图寺诗章》（Stanzas From the Grande Chartreuse）的名句"徘徊在两个世界间，旧世界已逝，新的无力诞生"（Wandering between two worlds, one dead, the other powerless to be born），更透露出诗人的忧虑。在所有充满不安的时代，这些诗句沉重地盘旋在读者心中。他们那个时代，已是我想象可及的时代。那时代的人物、希望和忧虑，一切的争论，已接近我父亲出生、长大、接受教育的时代，再过数十年，口诵言传给我，不仅是书中学问，已可用以质疑今日生存的实际人生。世世代代知识传承之间，令人仰慕的前人，好似纯金铸造的环扣，已不全只是名字，而似可见可谈的人。我自念大学那些年就常常想，若是雪莱和济慈能再活五十年，会是什么光景呢？还能保持他们的纯真和热情吗？

到了二十世纪，第一位重要作家哈代（Thomas Hardy，1840—1928）带我们进入了一个亲切熟悉的世界。他以小说著称于世，但他中年后，开始写诗。哈代的诗甚少飘逸潇洒的"仙品"，总是淡而微涩，很贴近我实际的人生。人到中年以后，梦幻渐逝，每次读《她听到风暴》（She Hears the Storm）都有不同的感动。在病痛甚至大大小小的手术中，《唤我》（The Voice）诗中情境："在纷纷落叶之中，我踉跄前行，听到那年轻女子的声音唤我。"那声音的力量，实际地（physically）助我忍受疼痛，将心思转移到宇宙洪荒、岁月轮回之时。

哈代之后必读的是豪斯曼（Alfred Edward Housman，1859—1936）、叶慈（William Butler Yeats，1865—1939）、艾略特（Thomas Stearns Eliot，1888—1965）和更多重要的诗人、小说家。时间越来越靠近我们生存的时间；空间也因旅游可至而不再遥隔。我用最大的理性，使教学的进度能顺畅达到泰德·休斯（Ted Hughes，1930—1998）近乎奇异的、狰狞生猛的"新"诗。我努力不匆忙赶路，但也尽量少些遗漏，不致成为认真的学生日后十大恨之一。

我在台湾讲授此课将近二十年，是一生最好的一段时光。今日世界约四分之一的人使用英语，对英国文学史的认识是导往西方文化的深入认识之路。二〇〇〇年诺顿版《英国文学选集》发行第七版新书，篇幅增长为二千九百六十三页。编辑小组将英国文学的范围由原有的英国、苏格兰、爱尔兰更扩大至更多以英文写作的二十世纪文坛名家，新辟一章为《大英帝国之兴衰》(*The Rise and Fall of Empire*)。尼日利亚的阿契贝（Chinua Achebe），南非的柯慈（J. M. Coetzee），特立尼达的奈保尔（V. S. Naipaul），甚至写《魔鬼诗篇》，来自印度的鲁西迪（Salman Rushdie）都网罗在内，几乎是个小型的世界文学史。近代历史的发展在此亦颇脉络分明地呈现了。

离开台大之前，我在同仁研讨会上曾宣读一篇报告《哈代与豪斯曼的命定观》(*The Melorism and Pejorism in the Poetry of Thomas Hardy and A.E. Housman*)，对现代诗作了另一种角度的探讨，也结束了我用学术观点"讲"诗的生涯。也许是我太早读了那么多好诗，眼界日高，自知才华不够，不敢写诗。除此之外，我当另有天地。

4 "高级英文"课和革命感情

我回到台大另一座安身立命的基石，是自一九七〇年到一九八八年担任中文系和历史系研究所共同开设的"高级英文"课程，它是我最稳定、最强大的挑战，也是我最乐意接下的挑战。

那个年代，几乎所有文学院研究所的学生都有进修的企图心，除外文系稍好，中文系、历史系的外文能力不够深入研究文化，因此阅读的幅度、深度和速度都必须加强。一九七〇年，我开始教第一班时，为测量他们的思考和英文深度，先油印一些有关世界文化的英文单篇文章，给他们读后回答我一些问题。我惊讶地发现，这些研究所一年级的学生，很少读过西方文化观念的作品，更未曾有过与一本本英文原著奋斗的经验。我认为要达到任何语文的深处（advanced depth），必须由完整的书才能看到比较完整的看法，不能只阅读零星的选文，所以我希望上学期至少读两本，下学期读三四本。当我说出这个计划时，引起一阵轻声的惊呼："怎么？要读五六本原文书吗？"但是，我了解，台大研究所学生不会承认什么是"困难"的。

第九章　台大文学院的回廊

我自幼读书，最爱那些令我反复思索的书。在美国读书或到欧洲访问，关注比较文学的领域，以东方人的心态（mentality）看西方多思辨的文化；再由西方的观点看中国丰美的文学，往返之间，天地极宽，可以与这班学生认真讨论的甚多，很值得我悉心计划。选取内容丰富、文字优美的书，对我不是难题。

我最大的难题却是如何在同时对不同领域的人说话。中文系和历史系是我所尊重的专业领域，他们在校选修的课程不同，未来进修和工作的目的也大不相同，我如何能引起他们共同的兴趣，达到"高级"英文的程度？唯一可行之路，也许是诉诸于共同的文学心灵。

那时是以美苏为主，冷战炽热的世界，台湾在反共抗俄二十年后，禁书名单很长，可以作为教材的英文资料多来自美国，最"前卫"的新书只有极少数在台大附近，如欧亚、双叶等几家书店，照相盗印文化、心理或哲学方面的书，装订非常简陋。幸好可以流通的《时代》杂志，每期有十大最畅销作品（Ten Best Sellers）的名单，分为小说与非小说两种。照相本常常可以在中山北路几家书店买到，据说是有一些越战美国军人需要，所以我经常到中山北路寻书。常去的是敦煌书店，书单出来后就可以买到翻印本，"效率"极高，也是一种盛况。我至今记得自己精神奕奕地提着新出的洋书走在中山北路人行道上，回家连夜读。我用作教材的书必须言之有物，能引起青年人兴趣，文字优美清晰，政治立场并非那时流行的狂右或狂左派，不能太厚，也不可太薄，也必须是学生买得起的台湾翻版。

虽然我并未按年详记，但即以今日记忆搜集所及，我们用的教材竟也可以某种程度地反映那二十年间西方文化关怀的变化，它们在台湾被翻印和阅读，也产生了相当的影响。

我讲授的第一本书是赫胥黎的《美丽新世界》（Aldous Huxley, 1894—1963, *Brave New World*, 1932），在我大多数学生看来，这本必须在数周内读完的原文书大约是他们"苦恼的新世界"。书中科技计划控制人性的世界，如何摧毁自然生存的故事，不免使用一些科技名词,令人生畏。但是在我详细导读前两章之后,他们就克服了语言的障碍,渐渐进入书中对未来世界的种种假设与怀疑。作者的祖父老赫胥黎(Thomas Henry Huxley,1825—1895)是科学家,为捍卫达尔文进化论在十九世纪与伟伯福斯主教(Bishop Wilberforce,1805—1873)和诗人阿诺德等人,对宗教与科学教育有长期激烈的笔战,百年后读来,他们攸关生命起源和发展的辩论仍令人兴奋!而几乎所有的文学史都会在结束时,提到老赫胥黎的两个孙子:一个是生物学家朱利安·赫胥黎(Julian Huxley,1887—1975),一个就是兼具评论家、剧作家的此书作者阿尔多士·赫胥黎。他们虽然经由两种途径继续老赫胥黎的辩论,但著作中都承续老赫胥黎在争论中坚持的信念,就是:人虽是动物,却生而具有道德意识和自由意志。

《美丽新世界》成书当年,希特勒尚未肆虐,作者可以相当从容地从文化大冲突宏观布局,引经据典,有时甚至优雅地铺陈一个科技控制的乌托邦,以一个女子琳达(Linda)和她的儿子约翰为中心,写人性的挣扎和失败。约翰是个生长在印第安部落的俊美青年,被新世界的人称为野蛮人,但是他随日月星辰,四季运转所见的世界却是全书最美的篇章。

阅读《美丽新世界》时,必须同时读奥威尔(George Orwell,1903—1950)的《一九八四》(Nineteen Eighty-Four,1949)。这两本小说都只有两百页左右,无论故事取材和文字风格都大大不同,但却同被认为是反极权最成功的文学作品,往往一起阅读一起讨论。写《一九八四》的奥威尔,曾在缅甸的英国殖民地做过警察,参加过西班牙内战,被集体出卖,回到英国当记者,以社会主义的同情观察底层社会的思想和疾苦。因此,他在第二次世界大战(1939—1945)之后书写《我为何写作》(Why I Write,1946)说:"我讨论严肃问题的作品,无一字一句不是直接或间接反抗极权主义,拥护民主的社会主义。"《一九八四》预言老大哥政府(Big Brother,一般认为是直指斯大林的极权统治)是运用惩罚,和对惩罚的恐惧。而一九五九年赫胥黎又出版《重访美丽新世界》（*Brave New World Revisited*），检视二十七年间世界的变化和隐忧，指出在他的新世界里，政府并非暴力的控制，而是运用科学与技术，有系统地达成宰制全民的政权。

殷海光的评论文章《一九八四年》（《殷海光全集》页一一三一一二一，台北桂冠出版社），说到那个极权政府的三句标语："战争即和平、自由即奴役、愚昧即力量。"其中"愚昧即力量"之说，真可算惊天动地的伟大发现，引起知识分子高度的关注。在一九七〇年的台湾，我把这二十多位青年带到这个辩论的海边，把他们用英文推进注满高级（advanced）思潮的海洋中，任他们渐渐发现海洋的深度。文学不同的风格，如同泳渡的方式一样，也是千变万化，值得研究思考的。

《美丽新世界》和《一九八四》一直在我的教材书单上，有时是让学生自行阅读。但一九八三年起，我又在课堂上讲解这两本书，因为真正的一九八四年来到了。那真是件奇妙的事，这本著名的政治预言于一九四八年写成后，作者即逝世。他以为把那可怕的世界预设在三十多年后，已够遥远，但岁月转瞬即过，在一九八四年前后两年的时间，全世界都在热烈地比较、评量、检讨这个预言和实际的世界的情况，议论文章如潮水涌现，真是文化史上盛事。我得以多年追踪详情，有许多可以讲的事，真有躬逢其盛的兴奋。

一九七四年起，我在编译馆主编马克·吐温长篇小说中译系列。我认为马克·吐温《古国幻游记》鲜明的文化对立手法很适宜这班学生研读。马克·吐温以特有的幽默手法，将一个十九世纪的美国北佬（Yankee）置身于英国中古世纪英雄美人传奇的亚瑟王朝（King Arthur's Court）宫廷卡美洛（the Camelot），极生动、夸张地嘲讽那传奇世界繁华、虚夸的迷信，同时也彰显出美国新兴现代社会的庸俗肤浅。他最成功的嘲讽是解构了传奇宫廷巫师（预言家）呼风唤雨的魔术，可怜的梅林（Merlin），被十九世纪美国北佬的现代科学和知识拆穿，只是一个小丑和骗子。此书和马克·吐温另一本《老戆放洋记》(*The Innocents Abroad*,1869,陈绍鹏中译)都是用犀利的对比方式,创造出一种迥异于欧洲文学的美国文学,和同时代的诗人惠特曼等,都鼓励美国人追求自己文化的自信。马克·吐温简洁有力的幽默特质具有一种罕见的吸引力,对后世卡通文化也有很大的启发。我隔三五年使用此书一次,相当受学生欢迎。

教书三十多年,我没有发黄的讲义,英国文学史不断改版,必须重新备课,除了核心选材之外,新的选文、新的评论以及新的理论年年增加;而"高级英文"教材,我从不连用三年以上。以这样的希望,我也勤于备课如备战。我曾用过托马斯·曼的《魔山》和法国哲学家赫维尔《没有马克思或耶稣》(Jean-Francois Revel,1924—2006,*Without Marx or Jesus*,1970)。读这两本书,学生需要补足的背景文化实在太重,我在教室带路的工作,令我常感唇焦舌燥,用过两年,再不敢用作教材。越战后期,《时代》杂志介绍一本《湖上之火》(*Fire in the Lake*:*The Vietnamese and the Americans in Vietnam*,1972),是一位美国女记者采访研究,分析甚为中肯的书。不久台北亦有翻印,我买了一本认为可用,隔周即有学生告诉我,该书因反对美国政府,在台湾已列为禁书。

一九七七年,我开始讲授菲利普·史莱特(Philip Slater)《寂寞的追寻》(*The Pursuit of Loneliness*,1970),这是一本含义丰富的小书,只有一百五十页,用一些有趣的美国社会现象检讨现代人对寂寞的追寻。对于曾经长年在大家庭制度,甚至在皇权笼罩之下生长的中国人,热闹和互相牵涉是安全感的表现。如今放着这种日子不过,却去追求寂寞孤独,是个奇怪的观念。独处亦须付相当代价,"寂寞"的观念吸引我已许多年了,早在我高中时期,开始有自己的心事,常有渴望逃出那十八张床铺宿舍的念头。睡在那床上,左翻身右翻身都面对别人,小小的喜怒哀乐都没地方躲藏。大学四年住宿舍,后来结婚生子,从没有独处的空间,到了五十岁才有一间小小的书房,安放一颗耽溺阅读忘情思考的心。

第九章　台大文学院的回廊

我注意以寂寞为文化主题,始于一九六〇年代我在中兴大学教书时,曾在美国新闻处借到黎士曼(David Riesman,1909—2002)律师和法学院教授等人合写的《寂寞的群众》(*The Lonely Crowd*,1950),当年这是一本颇为轰动的书,很受文化界好评。我将此书介绍给当时就读台大外文研究所的蔡源煌,他的中译本于一九七四年由台北桂冠图书公司初版。此书讨论世界大战后,美国繁荣社会中,个人性格与社会的关系。社会性格的三种典型是适应型、离异型和自律型。自律型行为上有顺从能力,能自由决定是否顺从,也有足够的自觉认清自己的想法和能力,不必总是依赖与一大伙人厮磨才能解除寂寞感,可以保留独自思考和生活的空间。

这种追求独立思考的"寂寞",在文学上是常见的。中国诗词甚多经典名句,如唐代钱起《省试湘灵鼓瑟》:"流水传潇浦,悲风过洞庭。曲终人不见,江上数峰青。"营造了只闻其声不见伊人的惆怅迷离,湘灵鼓瑟的乐声在辽阔的湘水上空回荡,瞬间烟消云散。这就是中国诗歌文学的凄清寂寞,朱光潜老师在英诗课上谈过。鲁迅曾为他对此诗之美学诠释,大加抨击,说他不知民间疾苦。但是近代西方,即使是梭罗散文集《瓦尔登湖》(Henry David Thoreau 1817—1862,*Walden*),同样被视为是一本远离喧嚣、寂寞孤独的书,其背后也隐藏着对社会的批判。我们常用作教材的作品,如伍尔芙《自己的房间》,她的名句是:"一个女人想要从事文学创作,必须有钱和一间她自己的房间。"又如多丽丝·莱辛《第十九号房》(Doris Lessing,1919—,*To Room Nineteen*,1978),主人翁苏珊(Susan)一直希望保住一些自我的空间,终因无法挣脱家庭责任和社会的束缚陈规,精神上也找不到更好的路,最后在私下租用的旅馆房间"第十九号房"自杀。这些具有强烈女性意识的作品,所要追求个人的空间,即是所谓"寂寞",想印证一个女子也有自己心智独立的价值,在困境中隐隐存在的不平、不安和终身的渴望。

真正维系这堂课的教材,其实是纯文学作品,最好而且最有效的是小说，在教室用短篇小说较易讲解。最早我用的是舍伍德·安德森的《小城故事》（Sherwood Anderson，1876—1941，*Winesburg*，1919），詹姆士·乔伊斯《都柏林人》（James Joyce，1882—1941，*Dubliners*，1914）及其《一位青年艺术家的画像》（*A Portrait of the Artist as a Young Man*，1916）。后来买到两本美国短篇故事，其中有几篇极好的作品，由很宽阔的不同角度写现代人生各种故事。不久台湾又取得版权，出版一本权威选集《现代传统》（*The Modern Tradition: An Anthology of Short Stories*, Ed. By Daniel F. Howard，1975年初版），选录二十三位作家四十九篇小说，其中有三分之一是欧洲人，如契诃夫（Anton P. Chekhov，1860—1904）、康拉德（Joseph Conrad，1857—1924）、乔伊斯、卡夫卡（Franz Kafka，1883—1924）等，最具原创性与影响力。其中契诃夫《苦恼》（*Misery*），叙述一位俄国雪橇车夫遭逢丧子之恸却无人理他，只有在深夜卸车时，对马喃喃诉说他的悲凄。我的读书经验是：好小说是最有效的语文教材，它有情节和情境，而且有发展和结局，本身就导引读者看下去、走进去，不知不觉接受了它叙述的语言。大多数好散文，用现代的观点看，其实都有小说的格局。《苦恼》也可以算是很好的散文，它几乎没有任何明显的情节，多年以来，是我学生最后一堂课票选最爱读的小说。

但是，我也希望"高级英文"课程的学生能认识重要的长篇小说，所以每年导读几本经典之作，如康拉德的《黑暗之心》（*Heart of Darkness*），伍尔芙《灯塔行》（*To the Lighthouse*），薇拉·凯瑟两本《安东妮亚》和《总主教之死》（Willa Cather，1873—1947，*My Antonia, Death Comes for the Archbishop*），福斯特《印度之旅》（E.M.Forster,1879—1970,*A passage to India*），福克纳《熊》（William Faulkner，1897—1962，*The Bear*）等英文极好的作品。

第二学期后半，我开始讲授一些英美诗。最早几年印讲义，后来买到佩林编选《声韵与意义》（Ed. Laurence Perrine，*Sound and Sense:*

An Introduction to Poetry),此书自一九五六年初版,每数年即出新版,随时间增删甚多。全书十四章,从"诗是什么"起始,逐章讨论如何读诗,最后一章"什么是坏诗或好诗"。关于诗的意境、象征、明喻与暗喻、寓意、反讽、含蓄、典故、意义与观念、声韵、形式等,都有举例说明。尤其以将近一百页三分之一的篇幅举例说明"好诗与重要的诗"(Good Poetry and Great)和"诗的深层阅读"(Poems for Further Reading),这也许是中文和历史研究生最简捷可靠的英诗入门了。此书非常适合课堂使用,不但有助读诗,书中详叙诗学名词也有助于将来读西方文学的一切批评文章,对他们有相当长久的参考作用。

那十八年上我那门文学院"必选"的"高级英文"课的学生,被我逼迫研读原文书,必须回答我随堂测验的无数个"为什么"(why)。那些问题必须要读完全书才能用英文回答,没有逃避或取巧的门径,一年中大约问答了近百题。十八年岁月,我竭心尽力将这门课达到可能的"高级"程度。那四百多位青年,而今都五十岁左右,按自然的栽种和收获现象,多数成为社会的中坚分子。他们今日戏称为"黄埔一期"的学生,多数在学术、教育、文化界服务,不乏在文史领域有杰出成就者,黄俊杰、陈万益、吕兴昌、张淑香、陈芳明、陈芳妹、杜正胜、陈秋坤、林馨琴、周伯戡、叶其忠、林瑞明等,至今三十多年仍常有联系。

颜娟英与陈芳妹为我主编的笔会英文季刊撰写文化艺术资产专论十多年。李孝悌在我编辑《齐世英先生访问纪录》时大力协助。陈幸蕙多年来伴我饮茶谈心。二○○四年我去美国小住,她在台北与隐地全力主编,将我的散文集《一生中的一天》出版;一九八○年以后的郑毓瑜、洪淑苓、梅家玲,助我笔会季刊选材,真是"有事弟子服其劳"最真实美好的例子。最晚到了陈昌明、康韵梅、张钧莉那一班教完,正逢我遭遇车祸,他们不断地去汀州路三军总医院看我,令年轻的医生们非常羡慕。如今他们都已是社会中坚分

一九八八年八月十七日从台湾大学退休。

子。即使我最后一班的学生也都各有成就了。这十八年间无论各人遭际、政治立场等如何不同,我们师生之间,他们称之为"革命感情"是不变的。

离开我的教室之后,他们投入现实的人生,那些青年人之中,总该有几个人是我的知音,在他们中年的喜怒哀乐中,记得一些句子,一些思想,似在不同的落叶林中听到的声音。

第十章　台湾、文学、我们

1 寻求台湾文学的定位

一九七三年当我开始编译《中国现代文学选集》时,台湾文学已渐成形。英译台湾文学的愿望,最早潜伏于两次因傅尔布莱特文化交流计划去美国访问。那时经常在访问活动中受邀"谈谈台湾"(Say something about Taiwan)。

台湾文学是什么?它一直是个有争论的名字。争者论者全出于政治目标,有时喧闹,有时噤声,全看当时局势。他们当时不知道,文学和玫瑰一样,它的本质不因名字而改变。台湾文学是自然的"发生"(happening),不因名字而改变它的存在。自从有记载以来,凡是在台湾写的,写台湾人和事的文学作品,甚至叙述台湾的神话和传说,都是台湾文学。世代居住台湾之作家写的当然是台湾文学;中国历史大变动时,漂流来台湾的遗民和移民,思归乡愁之作也是台湾文学。

被称为海东文献初祖的沈光文(一六一二～一六八八年),明亡之后漂泊海上,"暂将一苇向南溟,来往随波总未宁",遭遇飓风,漂至台湾,在此终老,历经荷兰人统治,郑成功三代到清朝统一。一六八五年(康熙二十四年),他与渡海来台的官员文士组织第一个诗社"东吟社",可说是台湾文学的起源。中间经过明郑遗民及日本殖民的文学文字沧桑,在沈光文之后,整整三百年后,随着国民党政府迁来的军公教人员和他们的眷属约二百万人在台湾登岸,他们来自中国各地,各有伤心的割舍故事,是一个庞大的乡愁队伍!

一九四六年十月光复节,国民政府制定语文政策,所有报纸和出版品清一色使用中文。自一八九五年到一九四五年半个世纪,日本殖民时代的本省日文作家,大多数结束了文学创作之路,当时重要作家如赖和、龙瑛宗、吕赫若等人的日文作品都已译成中文,是台湾文学经典一环。开始用中文创作那十年,不论是来自大陆,还是台湾本土的作家,除了新诗似乎是最有信心的写作,大多数都有在灰蒙蒙的雾中摸索奔跑的感觉。《新生报》副刊《桥》由歌雷（原名史习枚）主编二十个月，鼓励各种创作，没有地域性的偏见，是很诚恳热切的文学推动者。那时大量乡愁作品，虽常有粗糙、重复之作，似是初上岸的落难者在火堆旁取暖，惊魂初定的哭泣，渐渐也走上成熟叙述之途，甚至帮助了当时的教科书，作为年轻一代中文辅助的读物。

"谈谈台湾"，这看似轻松的题目，却是最复杂的考题。常常和我同组，也是唯一来自南韩的教师高玉南自我介绍时，只要说"我来自韩国"（I am from Korea），全场都完全了解她的身份。那时美国刚刚打完韩战，全国都是南韩的"盟友"；而我所代表的"中华民国"，却已不在中国大陆。我家来自东北，我们现在的"政府"在台湾，隔着台湾海峡，距上海六百余里……接下来就不甚好讲了，我必须很自信地说："我们台湾，是一个自由民主的地方，保持中国文化的高水准，追求富足与和平。"那时，这些话并不仅是口号和宣传，而是全民的企盼，在这三万六千平方公里的海岛上，将近一千万的人口中，大约有三分之一的人靠这个想法活着。一九四九年前，褴褛疲乏的"棉被兵"和他们幸存的眷属，多数仍在临时搭建的眷村中，怀乡念旧，同时也尽量教育子女安身立命。十年，二十年，三十年过去了，政府已喊尽了反攻的口号，定下心来全力建设台湾。义务教育由六年延长到九年，大约是老蒋先生下的最后一张，也是最具有永久影响的手谕。台湾文坛也渐渐传出一些清晰的声音，能帮助我回答外面那些问题，诸如："台湾是怎样的地方？人们怎样活着？心里在想什么？将往何处去？"

他们会问我："台湾有文学吗？"

我望着许多美国著名大学的图书馆放置中国当代文学的书架，空空荡荡，心中暗自想着，也许我回台湾后，有机会可以借着文学评介具体为台湾说些什么吧！就是这一个长期存在的意念，我接受了"国立编译馆"编纂英译台湾文学的工作。

那是个共同寻求定位（identity）的年代，都似在雾中奔跑，找寻属于自己的园子,最早的年轻作者和读者并没有太大的省籍隔阂,大家读同样的教科书,一起长大。日治时代的记忆渐渐远去;大陆的牵挂和失落感也渐渐放下,对"流亡"(exile)一词也能心平气和地讨论。

2 台湾文学登上国际会议舞台

一九七三年,由台大外文系朱立民、颜元叔和中文系叶庆炳提议的"中华民国比较文学学会"获准成立。发起的宗旨是:对内促进比较文学研究之迅速发展,对外与世界各有关机构联络,促进国际间之相互了解与文化交流。从此岛内外会议甚多,台湾文学作品皆成为主要讨论的题材。

一九八二年我应美国旧金山加州州立大学曾宪斌之邀作访问教授,讲授一学期台湾的"中国现代文学",当时他们已使用我编的选集作教材。选课的学生大约有二十个,一半是华裔青年,文化上隔阂很小,对文学作品的情境及心理不必太多剖析,师生可以更接近中国文学的心灵。那半年的文化交流,让我真正认识他们称之为"屋仑文学"的旧金山华裔作家文学,认识根源文化所做的努力。

夏志清《中国现代小说史》附录"台湾文学"详加赞扬姜贵《旋风》,可说是开启西方对台湾文学研究之始。他与刘绍铭(Joseph Lau)合作英译《台湾短篇小说选:1960—1970》(*Chinese Stories from Taiwan, 1960—1970*, Columbia University Press),同时提供许多研究的资料。刘绍铭是早期由香港到台湾升学的侨生,在台大外文系与白先勇等同班,参与《现代文学》杂志的创办,到美国修得比较文学博士学位后,进入威斯康辛大学教书,讲授中国现代文学课程,一直对台湾文学相当肯定与维护。后来又英译一些评论和两本台湾小说,一本是《香火相传:一九二六年以后的台湾小说》(*The Unbroken Chain: An Anthology of Taiwan Fiction since 1926*,

第十章 台湾、文学、我们

Indiana University Press），一本是《中国现代中短篇小说集》（*Modern Chinese Stories & Novellas: 1919—1949*，Columbia University Press）。许多年间，一直在海外坚持文学超越政治，也常应邀来台参加各种文学会议，对事有褒有贬，诚恳关怀，是台湾真正的朋友。

一九七九年，美国得克萨斯州大学在奥斯汀举行第一次以台湾文学为主题的研讨会；翌年，论文集《台湾小说》（*Chinese Fiction from Taiwan*）由印第安那大学出版。会议主题有"台湾文学中的现代主义和浪漫主义"、"台湾小说中写实主义的两个方向"、"台湾乡土文学展望"以及"台湾文学中的苦难形象"，讨论作家包括陈映真、黄春明、王祯和、张系国、白先勇、王文兴、七等生、陈若曦等人的小说。主持此次会议和论文集主编珍妮特·浮若特（Jeannette L. Faurot）在序中说："一九六〇到八〇年代，台湾产生了一些第一流的中文小说，由于经济的繁荣，教育之普及，产生了一个相当大的中产阶级读者群，鼓励了各种意识形态的文学创作。作品内容和风格兼容并存。思乡怀旧，现代派的技巧，乡土派的写实，由不同的角度呈现一个充满活力的台湾。"

对台湾文学有进一步的肯定与阐释，很可贵的是白之（Cyril Birch, 1925— ）教授的《台湾小说的苦难意象》（*Images of Suffering in Taiwan Fiction*）。朱西宁的《铁浆》中新旧交融时的剧烈痛苦；王祯和的《嫁妆一牛车》中看似愚钝却实深沉的贫苦；黄春明的《儿子的大玩偶》对命运的屈从和对妻儿的爱恋，表面上偶有喜剧的闪现，实际人生却甚沉痛。白之在英美汉学界位尊望重，他编的中国文学选集多本，由早期到现代，皆是英美大学的教科书。自一九五〇年代后期起，有一些优秀的学生由台湾到柏克利加大进修，在他门下读书，由师生交往及阅读中，他对台湾的情况有相当认识与同情，认为这三篇所写的苦难，读后难忘，反映了台湾的处境。

夏志清先生在致闭幕词的时候，对台湾文学有详细的介绍及肯定。这本会议论文集大约是"台湾文学"定名的开始。我编英译选集时，不仅台湾的作家大多数认为我们是承袭发扬在大陆因政治而中断了的"中国现代文学"，世界汉学界二十年间也如此认定。因为我们也是主流的延续，因此可长可久。

3 两岸三地文学相逢

一九八二年我受邀参加在纽约圣约翰大学召开的"中国现代文学研讨会"，第一次遇到大陆的乐黛云、王蒙等作家。

自此之后，我与王蒙在国际性的会议又相遇五次，也曾有些议题之外的谈话，虽然大陆文坛和土地一样广大，但王蒙在大陆文坛确实有相当地位和代表性，他不仅有天生才华，还有一种沉得住气的观察力和应变智慧，所以他才得以在翻天动地的年月活下来吧！

我第二次遇见他是一九八五年在柏林，能与他谈话，则是多年后在香港中文大学两次同任"世界华文青年作家文学奖"小说组评审。一九九三年底《联合报》主办，由王德威、郑树森和我策划的"四十年来中国文学会议"，我们邀他来台湾参加，他带来二十位大陆作家首次在台湾见面，国外请来六十多位，台湾有一百余人，盛况空前，会里会外真正有些诚恳的交谈。会议论文由王德威和我主编，先出版《四十年来中国文学》，后译成英文 *Chinese Literature in the Second Half of A Modern Century: A Critical Survey*。全书十五篇论文讨论大陆、台湾、香港和海外在二十世纪后半叶的文学趋向。印第安那大学出版社曾于一九九九年出版夏志清《中国现代小说史》第三版；再争取这本论文集，就是希望它与《中国现代小说史》同时印行，给二十世纪中国文学完整的评论。

王蒙在台北邀请台湾作家下次到大陆去开会。一九九五年，中国作家协会和《联合报》文化基金会合办，由我邀集了十四位台湾作家前往山东威海参加王蒙主持的"人与大自然"研讨会。那也是个空前的大聚会，台湾与会者有刘克襄、胡台丽、王文进、李丰楙、陈信元、林明德、瓦历斯诺干、金恒镳、杨南郡，都是台湾书写自然的作家，他们写的论文扎实，论述"人与自然"称得上国际水准，我感到很骄傲。

大陆作家大约有五十多位，许多是我已读过作品的。在北京转机去烟台的时候，王蒙介绍一些重要作家，我看到相当钦佩的张贤亮，禁不住像个台湾歌迷似地说："啊！你的《绿化树》好令我感动！"我记得在旁几位大陆作家略带诧异的笑容。后来才渐渐明白，两岸作家对反映"文革"痛苦的作品，如对《绿化树》的看法并不相同。即使是台湾人人知道的阿城《棋王》、《树王》、《孩子王》，他们的评估也不会如此之高。凡事稍涉政治观点，人与人之间立刻保持相当距离。

会议开幕式和许多互相访谈的场合，我们诚恳地期许文学心灵的交流。在沉痛地共同走过甲午战争纪念馆的那一整天，我与张贤亮和另外几位作家，曾经相当深入地谈到中国人这一百年的境遇。小汽艇

一九九五年，中国作家协会和《联合报》文化基金会合办会议，齐邦媛（右二）邀集了十四位台湾作家前往山东威海参加王蒙（右三）主持的"人与大自然"环境文学研讨会。台湾与会者有刘克襄、胡台丽、王文进、李丰楙、陈信元、林明德、瓦历斯诺干、金恒镳、杨南郡，都是台湾书写自然的作家。

绕着一八九四年清朝庞大的海军被小日本舰队打得全军覆没的渤海湾缓缓地开了一大圈，海水平静澄蓝，天上的云也舒展自在。历史上的国耻地——威海卫，如今改制为威海市，当选为全国最清洁都市，有许多新兴计划，一片"往前看"的繁荣，连着几天都是晴朗的明月夜，我们台湾去的会友，每晚都沿着海边散步，步道离海只有数尺，浪潮轻拍海岸，海水下还埋着一些百年前的沉船和骨骸吧！海景美得令我叹息，恨不能把这月光打包带回去！这月亮，一百年前清清楚楚地见证了台湾的割让。

百年之后的渺小的我，站在渤海湾的海边，往北望，应是辽东半岛的大连，若由此坐渡轮去，上岸搭火车，数小时后即可以到我的故乡铁岭。但是，我只能在此痴立片刻，"怅望千秋一洒泪"，明天一早我们要搭飞机，经香港"回"台湾了。结婚、生子、成家立业，五十年在台湾，仍是个"外省"人，像那艘永远回不了家的船（The Flying Dutchman），在海浪间望着回不去的土地。

在台北，一九八〇年代后期，新地、洪范、远流等出版社，出版了许多大陆作家作品，最早是阿城《棋王》、《树王》、《孩子王》，然后王安忆、莫言、余华、苏童、张贤亮等相继出现。这些作家也都来台北参加大大小小的会议，虽然彼此认识一些可以交谈的朋友，但是"他们"和"我们"内心都明白，路是不同的了。诚如福斯特《印度之旅》结尾所说：全忘记创伤，"还不是此时，也不是此地"（not now，not here）。

4　柏林的"苦兔儿"（Kultur）

"到柏林去！"大约是我前世的憧憬。

我出生的时候，父亲在柏林留学，在二月冻土的故乡，柏林是我年轻母亲魂牵梦萦的天外梦境。一九八五年整个春天，我在几乎是新建的柏林不停地走着，常常在想六十年前母亲的旧梦好似在此复

第十章　台湾、文学、我们

苏,那个没有见过父亲的、孱弱的婴儿,如今到柏林来担任客座教授(guest professor,德国人坚持和访问教授 visiting professor 不同)。正式讲授给学分的文学课程,印在厚重的课程表上:"台湾文学"。

就在那半年前,我接到"国科会"人文组华严主任的电话,说西柏林自由大学(Freie Universität Berlin)要找一位教台湾文学的教授,他们想推荐我去,问我能不能去?当时我手里拿着电话,怎么说呢?几乎不能相信我的耳朵,这么遥远、转折的邀请,隔了我父亲雷雨多难的一生,我要到柏林去了。

我到柏林的时候是四月初,全城的树都是枯枝,只偶见一丛丛的淡黄色迎春花,接机的郭恒钰带我到大学单身宿舍,并且教我如何从邻近搭公车去学校。我住的街名是 Thielallee,读作"梯拉里",好听极了,因此我从未迷路。第二天早上,我须乘 U-Bahn(读作"乌邦")地下铁路到系里与学生见面。

原来的柏林大学(Hamboldt-Universität zu Berlin)"沦陷"在东柏林,被迫走苏联的路线。三年后,大部分学生及教授出走,在西柏林集会,决议成立一个学术自由的大学。一九四八年初,在西柏林美军占领区,在美国大力援助下,创建"柏林自由大学"。二〇〇八年,六十校庆,同时入选为德国第九所"精英大学",有学生三万一千多人。

开设"台湾文学"为该校正式课程的两位关键人物,一位是那时的校长 Dr. Dieter Heckelmann(海克曼)。他曾在一九七〇年代两度到台大法律系任客座教授,带着妻子儿女住在台大宿舍两年,对台湾极友善。台大许多杰出教授如翁岳生、戴东雄、廖义男、陈维昭、王泽鉴等都曾前往担任访问教授。我在柏林时常是他的座上客,他也经常回台湾来与老友欢聚,且经常抽空到台北大屯山等地深入攀登。德国统一后,他曾出任柏林内政部长。另一位是负责中国研究所的郭恒钰教授,山东人,一九六〇年离开日本东京大学大学院前往西柏林,在柏林自由大学进修历史取得哲学博士学位后,留校任教。一九九〇年初曾到台大历史系做访问教授,讲授德国史一年。

西柏林自由大学中国研究所坐落在一幢名人的豪宅,上下五层,宽敞明亮,德国人百年根基的建筑。我很勇敢地从"梯拉里"宿舍的迎春花丛找到U-Bahn的车站,到Podbielskillee街四十二号,从外表朴实的门庭进去,才知道别有洞天。

郭教授用德文介绍我,他称我为"台湾来的教授"(professor from Taiwan),又一再地提到"苦兔儿"(kultur,德文"文化"发音)。"苦兔儿"这声音令我印象深刻,记得在孟志荪老师课上背过汉乐府《古艳歌》:"茕茕白兔,东走西顾,衣不如新,人不如故。"想到台湾,乃至中国的文化,这百年来不也相当悽悽惶惶吗?他们请我自我介绍及说明教学计划。我原以为只是与选修自己课的二十位左右的学生见面认识而已,如今却须对全系的一百多人演讲,内容和语气当然不同,我决定采取"大立足"点的讲述法。我先陈述自己出生时,年轻的父亲刚从柏林大学转学到海德堡大学读哲学系,一心想了解历史与人生,想如何用教育帮助中国富强向上。我今日来此希望借台湾文学作品作心灵交流,深一层同情东、西德两个分裂国家人民的生活态度和喜怒哀乐……我教的台湾大学学生和诸位一样是追求自由思考的学术青年,我希望能真正认识德国,你们也真正认识我们台湾。郭教授后来一再提起,说我这一场订交演说得到学生的肯定,是个成功的开始。我赴德国前寄去三百多本台湾文学作品,全数捐赠自由大学中国文化系所,他们的图书馆做了一个印戳——"齐邦媛教授捐赠,1985"。

我上课的教材以小说为主,有赖和《一杆秤仔》、吴浊流《先生妈》和《亚细亚的孤儿》、白先勇《台北人》。在我主编的选集作品之外,还加上一九八五年前已英译的作品,包括袁琼琼《自己的天空》、萧飒《我儿汉生》等。按照学校的要求,每周上课时发一张授课大纲。我用英文上课,书名人名必须载明中译名。系里请讲师车慧文协助,必要时译出德文,讨论时用德文、英文与中文作师生间进一步沟通。车慧文,东北人,二十年前在台湾就读淡江文理学院英文系,嫁给一位来台在师大语言中心修习中文的德国青年 Erik von Groeling,随夫回到科隆,但年轻的丈夫意外死于手术台上,她辗转来到柏林,靠抚恤金独力抚育四岁和一岁的稚子。这样的生命历程,使我同情感佩。柏林期间,课内课外她也对我协助照顾,我们因而成为好朋友。她也是我在柏林的导游,使我在那里不致瞎撞,如识途老马,带我认识真正的柏林。

上课两周之后,我决定找一所自己的住处,慧文带我按照广告到处看房子,那真正是认识一个城市的最好方法。我唯一的希望是有一张书桌,窗外有个院子。我原以为柏林是文化古都,当然家家都读书,但令我惊讶的是,看过的六七处出租屋子都没有书桌,即将放弃时,来到一个树荫绵延的小街,在大花园似的巷里一幢小楼,楼下前后两大间和小厨房、餐桌,走进里面一间,第一眼看到一张大大的、真正的书桌!桌旁全扇的窗户,外面是一座花树环绕的真正的庭院!租金比别处加倍,但这就是我在柏林最合理想的落脚之地了。那四个月间,我每天看着全街不同的花圃由含苞到盛放,从树荫中走进来走出去,忧患半生,从未有如此长时期的悠闲境界。刚到那几个周末,远远近近听到礼拜堂的钟声,收到海音寄来"纯文学"出版的书,写信告诉她:"礼拜日,满城钟声。"她以一贯的急惊风速度回信:"恨不得也到柏林来!"

五月八日,郭教授告诉我,柏林的学生都得去看一部纪录影片《柏林沦陷四十年》。我到市中心库当大街——我赖以衣食维生的 KaDeWe 百货公司门口,车站和街上充满了各种游行的队伍,静静地举着不同的标语,在保存炸毁面貌的大教堂四周有些激昂慷慨的演说。这部纪录片真是令人意外地完整与清晰,从希特勒开始鼓动人心到开战,战争重要场面及人民生活;而大部分是纳粹末日,欧洲战场溃败,盟国空军按城市地图,有系统地轰炸柏林,而且事先预告,你们如仍不投降,明天炸毁哪几条街。影片上逐日照出地图区域和轰炸前后实况，可谓弹如雨下，只见整排整排的街道都在盟军炸弹之下灰飞烟灭成为瓦砾，原来这权力之都百分之六十以上是如此毁灭的。五月二日盟军进城之日，幸存的百姓躲进地下室，被抢先进占的俄国兵拖出来刺死、强暴，接着进城的英国军车在路边捡拾小孩，带他们去吃饭，美军在旁警戒……画面清晰详细，不忍看也得看。这是德国人自己摄制的记录，留给后世子孙看的。

这天我回到住所天已黑了，全楼未亮灯，原住楼上的房东太太气喘病发，住在医院。我一个人夜坐灯下，反复出现《柏林沦陷四十年》许多城毁人亡的场景，不免想起重庆在日机轰炸下的那些年，我们对死亡不得不采取赌命的无奈态度。看了柏林被炸毁的区域地图，才明白这美丽的新城原是盖在废墟上的！这书桌，这床铺下面会不会原是上一代的埋骨之地呢？悚然而惊，连续数日夜不成眠。

那一周的《时代》杂志以柏林投降四十周年为主题，有一篇社论《空前的灾祸》（There Is No Comparative Disaster），大意是德国投降时，苏俄坑杀降卒二十万，埋在由汉堡流往捷克的易北河（Elbe River）沿岸；而日本投降前，广岛、长崎毁于原子弹，两国都认为自己灾难最大，但是遭受最大灾难的岂不是死了数百万的犹太人吗？其实，灾难是无法比较的，对每个受苦的人，他的灾难都是最大的。

从此，我和自由大学这班学生问答之间就有了一层层沉重的涵义。阅读王祯和《小林来台北》时，他们认为你必须到柏林才能感觉到德国近代史的深度，这吸引观光客的围墙，只是一道浅浅的象征罢了。我提到初闻柏林钟声的喜悦，有人说，战后许多不同宗教教派在不同的灾难地点修筑教堂，不仅是追祭亡魂，也是希望有持久的赎罪，终得平安的祈求之地。你看！柏林的教堂特别多！从此，我听到钟声再无喜悦之感。回到台湾，连寒山寺夜半到客船的钟声也没有，小林到了台北又如何？

战后柏林复苏，在废墟上重建大城市，遍植树木，用欣欣向荣的生命覆盖死亡。英美占领的西德实行真正的民主选举，政治稳定，经济繁荣，她最大的愿望是恢复为文化大国，所以国际文化活动很多。我到柏林不久即见街头挂出"地平线（Horizon）世界文学会议"的预告，也知道将有盛大的大陆作家团参加。开会前我收到白先勇短简，他与陈若曦、钟玲、李欧梵和郑树森受邀将代表台湾和海外华文作家参加。他们到柏林后，郭教授与我和车慧文竭诚招待，但是主办单位虽在节目表上排出他们五人的发言及作品朗读时间，会议大厅竖立的大型看板上有大陆的作家，却无台湾五人，我们都很愤慨。虽然自由大学先举办台湾文学座谈会，但是，形势比人强，大陆十位作家受到的关注和接待明显热烈。柏林和旧金山一样，对这些由"文革"后的中国来的作家充满好奇和趋炎附势的姿态。

一九九〇年代以后，欧洲的台湾文学研究渐渐被中国大陆的"苦兔儿"所取代了。

5 译介台湾文学的桥梁
──"中华民国笔会"

自一九八五年柏林经验之后，我得以从美国以外的大框架──欧洲，思索台湾文学已有的格局和未来的发展。令我震撼至深的是一九八六年在德国汉堡举行的笔会年会上，西德著名作家格拉斯（Gunter Grass）对支持苏联威权的东德作家咆哮责问："文学良心何在？"一九九二年在巴塞罗那的笔会年会，几乎是该城向西班牙争取独立的一个论坛，我们收到的文件一半是使用该城的加泰罗尼亚语（Catalan），以示他们古老语文的存在意义。而最强烈的启发则是一九九四年，在捷克布拉格的笔会年会，主题是"国家、种族、宗教、社会的容忍与文学"，由捷克作家总统哈维尔（Havel）主持，其中有一场座谈会题目是"小语言与伟大文学（Small Languages, Great Literature），小语言写作者的难题"。另一场是"我们自知几许？"（How Much Do We Know about Ourselves？）第一次看到语言有大小之分,第一次听到苏俄解体后,五十多位作家各自回到独立的国家,不用俄语陈述,而是重用小语言的母语创作,陷入另一种困境。我曾根据他们的话写了一篇《我的声音只有寒风听见》,文中并未明言我的忧虑,世界的汉学界已将注意转移至中国大陆,台湾重要的作家多已停笔,本土化的声浪日益高涨,当年大家用中文写作的热情不再,会不会有一天,我们也面临小语言、小文学的处境?从此,我对台湾文学的关怀,就不再只是单纯地鼓励与评介,而是它在未来的发展和定位。一九九二年我正式接任"中华民国笔会"英文季刊总编辑的工作,将近十年,得以深耕台湾土地的文学创作,对这个大问题有切身的领悟。

这本英文季刊自一九七二年创办以来,我一直是个实质的顾问。主编选集后,我对台湾文学的发展,以不遗漏的阅读,保持真正的了解。因为"台大哲学系事件"(一九七三年)而离开的赵天仪被"教育部"安排到编译馆任人文组编审,以及接办《现代文学》的柯庆明,都助我深入认识本土作家。当时台湾诗社如雨后春笋,我一直是订户读者,日后主编笔会英文季刊选稿来源仍是维持公平的态度,尤其没有"政治正确"的立场。

文学作者原不必有"会",写作是个单打独斗的行业,文坛原本无"坛",只是有时文人相聚也有可谈之事。一九二一年由英国和一些欧洲作家在伦敦成立了国际笔会(The International PEN),PEN 是 Poet、Essayist、Novelist 的缩写。一九二四年,"中华民国笔会"成立于上海,加入总会,发起人有林语堂、胡适、徐志摩等人,第一任会长是蔡元培,开始做各种文化交流、作品互译、作家互访等拓荒工作。我自幼逢书便读,读后常有难忘之事,他们邀请印度诗人泰戈尔访华的事,启发我多年的想象。

第二次世界大战期间,笔会会员国参加战争,立场对立,文学交流停止,直到一九四六年,在中立的瑞典重开。"中华民国笔会"一九五三年在台湾复会,第一、二届的会长是张道藩和罗家伦。

第十章 台湾、文学、我们

一九五九年首次回归国际总会，参加每年一度的年会。一九七〇年林语堂当选会长，在台北召开第三届亚洲作家大会，邀请川端康成、张大千等及韩国、泰国、菲律宾等国重要作家前来，台湾作家将近百人参加盛会。王蓝、彭歌（姚朋）和殷张兰熙（Nancy Ing）三人负责办事，在刚刚落成的圆山饭店将大会办得有声有色，大大地提高了台湾的声誉。林语堂说，台湾应该有一份发表作品的英文刊物，让我们在东方与西方之间搭一座桥。

一九七二年秋天，《中华民国笔会季刊》（*The Chinese PEN*）创刊号出版，由母语是英文的殷张兰熙担任总编辑，王蓝和彭歌是编辑顾问。从创刊到一九九二年，殷张兰熙独撑二十年，我继编九年，彭镜禧、张惠娟、高天恩和现任的梁欣荣都是我台大外文系的年轻同事，以拔刀相助之情前来兼任总编辑，助理编辑兼秘书只有一人，前十五年是刘克端女士，近十五年是项人慧，发书时增一工读学生，大

多年聚首好友：（左起）齐邦媛、林海音、林文月、殷张兰熙。（一九八三年，台北）

出版社很难想象那种"孤寂"。三十六年来，春、夏、秋、冬四季运行，和大地运行一样，《中华民国笔会季刊》至今发行一百四十四期，从无一季脱期，是国际笔会最稳定最持久的刊物。在一百多个会员国的文学界，台湾是个有信誉的地方。

殷张兰熙是最早作台湾文学英译的人。一九六一年美国新闻处资助 Heritage Press 出版社出版英译小说和新诗，殷张兰熙就是《新声》（*New Voices*）的主编，选入白先勇、敻虹、王文兴、陈若曦、叶珊（后改笔名为杨牧）等作品。因此执编笔会季刊之前，殷张兰熙已有数年孤军奋战的经验了。

殷张兰熙的名字和季刊几乎是不可分的，她选稿，翻译每期的诗，寻找高水准译者，读译稿、校对、发排。创刊后三年开始用台湾艺术作品作封面，刊内介绍，她又增加了另一个领域的挑战，在这方面协助最多的是王蓝，我接编后是林文月、丁贞婉等好友。

殷张兰熙金发碧眼的美丽母亲，一九一七年嫁给中国同学张承槱先生（来台后曾任审计长），由美国弗吉尼亚州到中国湖北县城成家，生儿育女。十多年后兰熙长大，毕业于成都华西大学外文系，一九四九年随夫婿殷之浩先生来台湾，创立大陆工程公司，因为出国开会而冠夫姓，文坛好友都只称 Nancy。她爱文学，有时也写诗，一九七一年曾出版 *One Leaf Falls* 诗集。

6　文学的"我们"

出版期刊是个日月催迫的事，那二十多年间，兰熙和我这顾问之间的热线电话从来没有停过。电话解决不了的时候我们便须见面，譬如书稿的编排，与新的译者见面，分享好文章的发现，文字推敲的喜悦等。一九七八年底，林文月和我参加教授访韩团期间，结成谈心的朋友，回台后也常参加我和兰熙的小聚，不久林海音也常来。十余年间，每月或隔月聚会，每聚都兴高采烈地说最近写了什么，译了什么，颇有各言尔志的舒坦和快乐。

　　林文月和我在台大同事，她在中文系，我在外文系，结成好友却是由于书缘。我最早读她的《京都一年》，印象很深，认为那才是一个读书女子该写的游记。有一天下午我在文学院十六教室上课，回廊上有一位女老师穿着一双黑色的半筒靴子走过，后来学生告诉我，她就是《京都一年》的作者——林文月老师。创立比较文学学会的时候，她和郑骞、叶庆炳先生是中文系的发起人。初期开理事会，她和我常常坐在一起，出去开会也因为只有我们两位女士，都安排在一间客房。到韩国访问第一天，车行出汉城郊外，旅馆旁有农家，大白菜和萝卜堆在墙旁，待做渍菜，令我想起童年在东北家乡看着长工运白菜入窖，准备过冬。晚上与文月谈起我们的母亲，虽已倦极，竟谈至夜深仍感叹不已。教授访韩团之后，我们又同去日本，十余天中，两个人休戚与共，有许多的感想与看法可谈。

　　一九七二年起，她沉潜六年，精译的日本经典之作《源氏物语》，由《中外文学》以五册形式初版，应是中文首次完整的学术译本，令我甚为佩服。文人好谈不朽，这才是不朽的功业。在我们聚会的四人中，文月很少有激昂慷慨的样子，常常是那个"你爱谈天，我爱笑"的笑者。发表意见，也是语调沉稳，不着急的样子，也许是因为她比我年轻十岁吧！《源氏物语》之后，她接续译成《伊势物语》、《枕草子》。就在我们四人一次餐聚时，海音说要帮她出版新译的《和泉式部日记》。下个月再聚时，初校本已印出来了，海音问她可否在一星期内初校完成，我在旁说："大概三天就会校好。"果然，这本雅致的书，加上郭豫伦先生的封面设计，不到两个月，纯文学出版社最后的纪念本已经问世了。

　　不久兰熙病了，失去记忆。在文月随夫移居美国之前，我们经常在两家之间，和平东路与新生南路口，一家名为"法哥里昂"的咖啡店小聚，除了说不完的话，她还帮我做笔会季刊的封面等。我们常坐的桌子在大玻璃窗前，人们走来走去，互相看着，倒都是一闪即过罢了。有一天,窗外一个人站着往里看,然后走进店来,是主编《中央日报》副刊的诗人梅新。他走到我们桌前说:"我们常常在想,你们两个人都说些什么呢?"那天正好我们正忙着季刊一百期纪念号的封面,文月正帮我剪许多桂树的叶子,贴成一个桂冠花环,中间嵌上刊名 *Chinese PEN 100*。不久梅新病逝,我们觉得那天好似来作告别。

文月至今出版散文和随笔已有二十多本,举凡阅读、交谈、生活、旅行或访旧怀人,无不委婉真挚。一九九九年出版《饮膳札记》,从一些宴客菜单追忆家人、师友相聚情景。此书兴起台湾"饮膳文学"之风,大约也记录了国富民安后的生活趣味。其实她的真意是在记录人生每场聚会后,分散的惆怅吧。

文月离开台北后,海音也卧病,客厅灯也熄了。

我从台中搬到台北后,最早受邀到同街巷的琦君和李唐基先生家,餐后梁实秋先生签赠他悼亡妻的《槐园梦忆》,很多人颇为他伤心,那是我对台湾文坛的第一个记忆。那些年,海音和何凡(夏承楹)的客厅,经常高朋满座,隐地称之为"台湾一半的文坛"。有《国语日报》、《联合报》和《纯文学》月刊和出版社的朋友,在这里也遇到几位早期的女作家,其中我最想多了解的是孟瑶和我始终最佩服的潘人木。

自从主编《中国现代文学选集》之后,不仅持续读所有的创作新书,我也经常担任《联合报》、《中国时报》、吴三连等文学奖评审,一直是个认真读作品的评审。笔会季刊有一个很大的初选来源,便是隐地主持的尔雅出版社年度小说选(一九六八~一九九八年)。三十一年间,每年的编选可说是台湾文学点将录,所以仍如当年初编选集时一样心胸——"放眼天下"。

隐地是台湾文坛一个令我尊重的出版家,后来也成为好友。他由文艺青年起家,二十多岁主编《书评书目》月刊,评论水准高,对台湾文学发展有相当影响。凭借一颗爱文学的赤诚之心创办尔雅出版社,三十三年来,每年固定出二十本书,不受时势影响。出版的六百六十本书,清一色是文学创作,诗集、诗评、诗话竟达一百本。

第十章 台湾、文学、我们

隐地《涨潮日》写父亲由上海来台的种种坎坷和自己童年在台北的困窘,真切坦率,虽是悼念初期流亡族群的遭遇,全书却充满了积极进取的生命力。

相对于大出版公司如联经、时报文化、天下文化、远流等,与尔雅并称为"五小"的洪范、纯文学、大地、九歌出版社,是当年文坛佳话。都是由作家创办经营,专印行高格调文学作品的出版社,对台湾文学的推动有着不朽的贡献。他们之间的和谐,见证了一个"文人相重"的良性发展时代。

台湾文学以中文写作,以沈光文结东吟诗社为始(一六八五年),可溯者已长达三百余年。中间虽经日本占据五十年,努力推行日语,台湾人以日语创作之文学流传至今,且得到中译与多方面的研讨者,赖和、吴浊流、龙瑛宗、杨逵、吕赫若等,都已获得尊荣定位。而

齐邦媛(前排右四)与台湾出版界专出文学书的"五小"。前排:"纯文学"林海音(右一)、何凡(左二),"九歌"蔡文甫(右二),"大地"姚宜瑛(左三)。后排:"尔雅"隐地(右),"洪范"叶步荣(左)。右三为日本文学专家郑清茂,最左为郑夫人秋鸿女士。

一九四九年后来台的作家，六十年来，写尽了漂流与乡愁，对父祖之乡、骸骨的留恋，终也被岁月湮没。但是他们的作品已融入台湾土地，战后生长的孩子，大约都未分省籍地"读他们的书长大的"！在报纸副刊，文艺杂志，社团三十周年，四十周年，五十周年庆祝会上，钟肇政、叶石涛、纪弦、林亨泰、余光中、周梦蝶、洛夫、痖弦、杨牧、吴晟、琦君、林海音、黄春明、白先勇、李乔、郑清文、张晓风和席慕蓉……并肩而坐，笑语盈盈；被政治选举语言撕裂的读书人，怎能否认，这群老中青作家灌溉培植了台湾文学的土地，使它丰美厚实，令世人刮目相待，在文学面前，没有"他们"、"你们"，只有"我们"啊！

7　接任笔会主编

一九九二年五月初的一天早晨，兰熙家人打电话给我，问我能不能立刻去她家一趟？我到她家书房，看到她双手环抱打字机，头俯在打字机上哭泣。她抬头对我说："邦媛！我翻不出这首诗，季刊下一期要用，我怎么办？"那是白灵的短诗《风筝》。过去整整二十年间，季刊大约英译二百多首台湾新诗，几乎一半是她快快乐乐的译作，如今兰熙出现失忆现象。当时无可奈何，以承受好友阵前托孤的心情，我接下笔会英文季刊的编务。

我在笔会季刊快乐地建立了一支稳健的英译者团队，我们称为"the team"。最早的一位是康士林（Nicholas Koss），他在一九八一年初到辅仁大学英文系任教时，由在台大兼课的谈德义（Pierre E. Demers）介绍给兰熙和我。康教授对宗教与中国文学多年来有相当深入的研究，他是印第安那大学比较文学博士，专修比较小说、西方文学中的中国、宗教与文学、华裔美籍作家作品研究、中英翻译小说。

因为他在宗教的献身精神，对人有由衷的同情。兰熙初病之时，有一次我们数人在约好的餐厅久候她不至,他沿着逸仙路那条巷子挨家找去,果然在另一家餐厅找到她。我搬至"最后的书房"后,他经常由新庄到桃园来看望,邀同行友人如李达三、高天恩等来谈谈中外文坛近况和当年乐事,中英并用,令我重温当年一笔在手,推敲两种文字之间的扉门,顿忘山中岁月之隔绝。一九九〇年代初期加入我们队伍的鲍端磊(Daniel J. Bauer)也是辅大英文系教授,他多年来且在台湾最老的英文报《中国邮报》(*China Post*)写专栏,最爱诗意强的作品,至今仍是我们最好的伙伴。

辅仁大学另一位加入我英译团队的是欧阳玮(Edward Vargo)。他担任辅仁外语学院院长时,与康教授热忱推动的翻译研究所,一度遭"教育部"搁置,兰熙与我曾到"高等教育司"陈情,力言翻译人才学术培育之重要,终得通过。该所第一、二两届的毕业生皆极优秀,如吴敏嘉、汤丽明、郑永康、杜南馨皆为笔会季刊英译散文、小说与艺术家评介逾十余年,我们看到了培育的花果,满是欣慰。在不断延揽人才的过程中,我们结交了许多海内外英译高手,如葛浩文(Howard Goldblatt)、闵福德(John Minford)、马悦然(N.G.D.Malmqvist)、奚密(Michelle Yeh);尤其是陶忘机(John Balcom),从二十余岁之龄为季刊译诗,自一九八三年至今已翻译数百首台湾最好的新诗。

起初接主编的时候,我常望着编辑桌旁架子上那一排排季刊,它们和市面上一般杂志很不同,没有一张广告,没有任何装饰,多么像是一本本的书啊!我要给它们书的内容、书的精神和书的永久性,而不只是与笔友定期对谈,说些近日的收成。我要给每一本季刊一个主题,由不同的角度去呈现,让它可以独立存在。

第一个来到我心上的主题,是半个世纪以来台湾出版量很大的"军中文学",有时被整体称为"乡愁文学"。实际的原因是一九四九年前后,来台的外省人大多数与军队有关,中国军中一直有儒将的文化传统,来台之后,有些人退役去办报或杂志,有人去教书;年轻时投入文学写作的成功诗人有纪弦、覃子豪、商禽、洛夫、痖弦等,他们最早的作品经常以乡愁为题材,很多是有血有泪的好文章,不能用后来的政治观点一概贬为"反共八股"。

在眷村长大的第二代,受了很好的教育,思想有宽广的视野,有才华的更汲取了世界文学各种技巧。台湾经济繁荣之后,《联合报》和《中国时报》创立了一年一度的文学奖,犹如旺火加柴,鼓励了许多第二代作家,爱亚、孙玮芒、朱天文、朱天心、张大春、萧飒、苏伟贞、袁琼琼和张启疆等,我经常被邀为决审委员,或担任颁奖者说些勉励的话。我不仅是他们最早作品的最早读者,也得以看到一九八〇年后整体的发展。一九九〇年,美国科罗拉多大学召开"台湾现代文学国际研讨会",我所发表的论文即以"眷村文学"为名,分析"乡愁的继承与舍弃"。七年后,再度发表《乡、愁俱逝的眷村——由张启疆〈消失的□□〉往前看》;又于香港中文大学宣读《二度漂流的文学》,以及连续在笔会季刊出版三期相关主题的英译小说、诗、散文,均专注且广泛地研究台湾文学这一面的深层意义。二〇〇三年我与王德威主编《最后的黄埔——老兵与离散的故事》,英文版书名 The Last of the Whampoa Breed,中英文版各一册,算是做个总结,也了却我自己一个心愿。

另一些我在大量阅读后编选的主题有:"现代女性处境"、"书"、"你是谁?——不同人生"、"台湾科幻小说"、"自然之美与情"、"童年"、"亲情"、"乡土变迁的记忆"等。每一期的原作都很精彩,编译成集,值得读后思考。

我记得一九九四年春季号是因为读到韩秀《折射》中一篇《你是谁》而深受感动,这篇作品叙述她的身世——美军父亲和中国母亲的女孩在大陆"文革"中流放新疆的故事。我另外找来台湾诗人苏绍连《苏诺的一生》和美国生长的华裔青年的故事《浮世》,合成一集,探讨那一代的青年,因政治的环境不同而面临如此不同的人生情境。

那年的冬季号主题则是亲情,有罗兰《时光隧道"小时候"》、杨牧《十一月的白芒花》、袁琼琼《秋千》、心岱《落发离家时》和陈芳明《相逢有乐町》。有位澳洲的笔会读者来一封长信,说她读时如何怀念她父亲在相同的时代所遭遇的战争,可见同样的感情是不分国界的。

一九九五年秋季号主题"自然之美与情",是受刘克襄散文集《小鼯鼠的看法》触动,以如诗的散文书写自然界的生灵,是一个纯净心灵对大自然、对生命的看法;同时又受到陈煌《鸽子托里》的启发,开展自然知识的视野。这两本书至今仍是我的珍藏。天生万物,生存奥秘之美,在三四十岁这样年轻作者的笔下,充满了诗意的关怀,不仅出于热切的保育观念,更是目睹所谓文明对生态破坏的无奈。这样的写法,也许只有现代台湾才有。台湾地少人多,文学对土地之爱常充满了感谢与珍惜,而这种温柔的、悠闲的心情,只有安居岁月才有。我认为近几十年的山岳、海洋、生态保育的作品是现代台湾文学的特色。这本季刊发行近四十年了,对台湾的文学可说是一座忠诚坚固的桥。未来研究台湾文学史的人,当会与我们在这桥上相逢。

翻译本身实在是个相当迷人的工作。但是,必须当你已能达到两种语言的很高领悟层面,可以优游于两种文化的情境,进出自如,才能做文学翻译,字典反而只是一种辅助,一种验证而已。我和这个团队快乐相聚、工作,谈文学内行话,有时默契于心,进而关心彼此。虽然"耽误"了我的创作岁月,却也是愉悦充实的。对于年轻的译者,应该是更有意义的。

我为笔会季刊奋斗了九年,加上前面兰熙的二十年,后继者八年,已经英译短篇小说四百多篇,散文三百多篇,诗近八百首,艺术家及作品介绍一百三十多位,几乎很少遗漏这三十七年台湾有代表性的作者。国际笔会总会每年两期刊物,几乎每期都有台湾作品的转载,有时封面也用我们的图片,如一九九三年秋季号"野塘残荷"。我不知会不会有一天,有人写国际文化交流史,写到"台湾文学"曾这样坚定地随着季节的更换,以精致素朴的面貌,从未中断地出现,而肯定我们这份持之以恒的精神以及超越地理局限的文化自信。

8 意外的惊喜：
"台湾现代华语文学"英译计划

一九九六年王德威邀我参加哥伦比亚大学出版社的"台湾现代华语文学"（Modern Chinese Literature from Taiwan）英译计划，由他、马悦然和我组成编辑委员会（Editorial board），计划资助者是台湾蒋经国国际学术交流基金会。这是我今生最后一次意外的惊喜，一个完成心愿的良机。这个合作在文化意义之外，尚有一层层的公私缘分。

王德威在一九七六年毕业于台大外文系后，到美国威斯康辛大学修得比较文学博士，一九八七年已在哈佛大学东亚系任教，兰熙和我邀他做笔会英文季刊的顾问。他经常回台湾省亲，参加文学会议，对台湾文学的论评幅度相当深广，也有相当影响。一九九〇年他转往哥伦比亚大学任丁龙讲座，且获聘为哥大出版社咨询委员，并受委托推行蒋氏基金会推动的台湾文学英译计划。他邀我合作至今，目前出版作品有三十本。即将出版的尚有张贵兴《猴杯》、朱天心《古都》、骆以军《月球姓氏》、蔡素芬《盐田儿女》、吴继文《天河撩乱》等。以下列出由我和王德威主编出版的作品：

王祯和《玫瑰玫瑰我爱你》（Wang Chen-ho, *Rose, Rose, I Love You*）

郑清文《三脚马》（Cheng Ch'ing-wen, *Three-Legged Horse*）

朱天文《荒人手记》（Chu T'ien-wen, *Notes of a Desolate Man*）

萧丽红《千江有水千江月》（Hsiao Li-hung, *A Thousand Moons on a Thousand Rivers*）

张大春《野孩子》（Chang Ta-chun, *Wild Kids: Two Novels About Growing Up*）

奚密、马悦然主编《台湾现代诗选》（Michelle Yeh and N.G.D. Malmqvist, editors, *Frontier Taiwan: An Anthology of Modern Chinese Poetry*）

李乔《寒夜》（Li Qiao, *Wintry Night*）

黄春明《苹果的滋味》（Huang Chun-ming, *The Taste of Apples*）

张系国《城三部曲》（Chang His-kuo, *The City Trilogy: Five Jade Disks, Defenders of the Dragon City, Tale of a Feather*）

李永平《吉陵春秋》（Li Yung-p'ing, *Retribution: The Jiling Chronicles*）

施叔青《香港三部曲》（Shih Shu-ching, *City of the Queen: A Novel of Hong Kong*）

陶忘机（John Balcom）主编《原住民文学》（*Indigenous Writers of Taiwan*）

齐邦媛、王德威编《最后的黄埔》（*The Last of the Whampoa Breed*）

平路《行道天涯》（*Love and Revolution*）

吴浊流《亚细亚孤儿》（*Orphan of Asia*）

一九八九年，王德威回台安葬父亲，葬礼后不久，我家世交梁肃戎先生问我："你知道他是王镜仁先生的儿子吗？"我听了惊愕良久，真是悲欣百感交集。当时我父亲刚逝世两年，他生前一切，我记忆犹新。他来到台湾后已一无所有，肯帮助他保住《时与潮》一线香火的都是雪中送炭的朋友，让我终身感激。

王镜仁先生在日军盘踞东北期间，任吉林长岭县教育局局长，暗中参加抗日地下工作，支援由我父亲负责的革命活动，充满了爱国心和正义感。抗日战争胜利后，由于国民党国际和国内政策失误，东北首先落入中共之手。他辗转万里，孤身来到台湾，家国俱失，何等悲怆！来台初期，由革命同志石坚先生推荐，加入在台复刊的《时与潮》社，担任撰述编辑，后亦曾负责社务。一九五〇年代后期至七〇年代，义助我父亲维持周刊发行十余年，不仅不支薪水，且随时因鼓吹政治思想自由，面临政治不正确的牢狱之灾。曾经是抗战八年重庆最有分量的国际政治评论的《时与潮》杂志，经常濒于倒闭边缘，被数度勒令停刊，但期满

齐邦媛（左）与学者王德威（右）合作 Modern Chinese Literature from Taiwan 英译计划，由美国哥伦比亚大学出版社出版，成功地把台湾文学介绍到西方世界，两人合作无间，多年后才发现王德威的父亲王镜仁与齐父世英竟然是患难至交，两代的缘分不可思议。

又出刊，屡仆屡起。最后一次出版一百五十三期，竟得官方一百五十二个警告，终至休刊！那十多年间，在台北由许昌街迁至锦西街租来的斗室中，不顾外面的风雨飘摇，分享难以实现的文人理想与抱负，需要多大的勇气！镜仁叔的道义与风骨令我感激钦佩。他们老兄弟若能在天上重聚，当会欣慰看到德威与我接续两代的文字缘。

十年后重读当年信件，想到德威与我为选书、译稿、出版的种种奋斗，真可说是一种革命情怀。德威的母亲姜允中女士，早年在沈阳加入当地的道德会，以妇女识字班、技艺班、幼稚园等社会服务为终身事业。当年的道德会，有宗教的胸怀而无宗教的形式，也不参加任何政治活动，以最贴近民情的素朴方式，在闭塞的北国家乡，帮助了无数的妇女走出愚昧悲惨的命运，从东北到台湾，始终在办这些事业。德威一九五四年出生在台北，由一个"找一个角落坐下就可以读书"的童子长大，成为真正的学者，也极为乐于助人，不仅是与生俱来的血脉继承，也是与生俱来的人生态度。我们对台湾文学的共同态度是奉献，是感情，是在"你爱不爱台湾"成为政治口号之前。很幸运的是，哥伦比亚大学存在一天，出版社即能永续经营，我们的这套书亦能长存。后世子孙海外读此，对根源之地或可有真实的认识，德威与我这些年的努力也该有些永恒的价值。

9　鼓吹设立"国家文学馆"

"国家文学馆"之设立，是我以个人微弱的力量，向政府文化政策所作的最后一个挑战。一九九八年三月底，报纸有一篇报道筹备多年的"国家文学馆"将附设于文建会"国立文化资产保存研究中心"，不能独自设馆，或亦可将它附设于大学院校一事，令我感到学术界又受一次政治愚弄。因远在七年之前，文建会由黄武忠先生等人策划，请我与四五位专家学者，多次顶着大太阳前往台中、台南、高雄等地探勘馆址，同行者有罗宗涛、陈万益等中文系教授。经过半年的讨论，决定在台南设馆，然后就被他们延搁多年，如今竟是这样！

我曾写了一封信给向阳（林淇瀁），希望他们以诗人的洞见（vision）加强我提出的中心意象，我这样写：

> 当人们说到"文学殿堂"时，有时会有嘲讽之意；但想到文学馆，我认为它在教化的功能上应有殿堂的庄严涵义，所以不宜与别的实用工作组织挤挂一张牌子而已。
>
> 这个馆应该有一个进去就吸引人的明亮的中心，如大教堂的正厅穹苍圆顶，或现代的展示核心，用种种声光色电的技术，日新月异地说明文学是什么？围绕着它的是台湾文学的成绩与现况，世界文学的成绩与现况，在后面是收藏、展示。它不是一个死的收藏所，而是一个活的对话！进此门来能有一些启发，激荡出更多的思索，至少不空心出去。
>
> 这样具有象征意象的馆，也许不是目前所能建立的，但是

往长远想，我们应该先说明或描绘一个真正的理想，也许政府，乃至私人捐募，可以有日建出一个有尊严独立的国家文学馆，远超政治之上。

我知道现在的文建会林澄枝主委已尽心尽力在独立设馆的争取，盼大家共筑远景！

向阳是文字灵活、意境却沉稳的诗人，笔会季刊译者陶忘机英译他的"春、夏、秋、冬"四个系列的长诗，所以是可以谈话的朋友，也了解兰熙和我对"我们台湾"愚忠心情的年轻文友。他曾主编《自立晚报》的自立副刊，更重视台湾文学的处境。同年他也写了一篇火力全开的《打造台湾文学新故乡》，为文学馆催生，我们大家最怕它在所谓"文化政策"下只是一个角落里挂着的一个牌子，丧失了文学应有的尊严。也许我们的努力没有白费，二〇〇三年十月，由台南马兵营旧址整修而成的，新名为"国家台湾文学馆"灯火辉煌地开幕了。我在新闻报道中看到，首任馆长成功大学教授林瑞明（诗人林梵）和副馆长陈昌明（成大文学院院长）竟都是我台大"高级英文"班上的学生！这一座曾经历史沧桑的建筑，如今堂皇地以文学馆为名，站立在遗忘与记忆之间，总比个人的生命会多些岁月，具体地见证我们的奋斗与心迹。

近年来台湾已有十多所大学成立了台湾文学研究所，自清华大学的陈万益，成大的吕兴昌等创系人，到较新成立的政治大学陈芳明，中兴大学邱贵芬，台大何寄澎、柯庆明、梅家玲，都是我的学生。有时看着各种会议的议程以及论文主题，真觉得那些年我在教室的心血，算是播下了种子吧！那一刻，我想高唱圣歌《普天颂赞》三六五首："埋葬了让红花开遍，生命永无止息吧。"

而我多年来，当然也曾停下来自问：教学、评论、翻译、做交流工作，如此为人作嫁，忙碌半生，所为何来？但是每停下来，总是听到一些鼓声，远远近近的鼓声似在召我前去，或者那仍是我童年的愿望？在长沙抗日游行中，即使那巨大的鼓是由友伴背着的，但我仍以细瘦的右臂，敲击游行的大鼓……

第十一章 | 印证今生
——从巨流河到哑口海

1　母亲的安息

进入一九八三年，八月，酷热异常，母亲的身体渐显衰退，我们送她到三军总医院看心脏科做些检查。

她出院第三天早上六点多钟，内湖家中来电话，说老太太过去了。这样突然，真是令我惊骇莫名，与妹妹宁媛奔回家，看到八十四岁的妈妈安详地躺在床上。她早上起来自己梳洗，去阳台浇了花，回房坐在床沿吩咐女佣给老先生做午餐，然后清晰地说："主啊！你叫我去，我就去了。"坐着就逝世了。——那时父亲坐在门边的椅子上，听得清清楚楚。她离世时有如此确切的皈依感，是我们最大的安慰。

母亲皈依基督教是一九五○年初，刚由我那甘蔗板隔间的陋室搬到建国北路，那时南京东路的国语礼拜堂，也刚在一间旧木屋开始聚会，主持的吴勇长老用很强烈的语言讲道，用天堂、地狱等鲜明的善恶对比，解释世间喜乐与悲苦。我的母亲，半世忧苦，十年苦候之后，到了南京，随着我父亲，奔波漂流二十年，从来没有自己的家。如今渡海来到全然陌生的台湾，与儿媳一家挤在三十个榻榻米大的日式房子里，切断了昨日，不知会有怎样的明日，苦苦想不出苦难的意义。虽然她不相信天堂和地狱那么强烈的赏与罚，但开始认真地读《圣经》。她把我结婚的礼物——一本大字《圣经》（父执董其政伯伯赠，扉页写"己所欲施于人"）三十五年间捧读万遍，红笔勾画背诵经文。这里面一定有一些解答她困惑的篇章，也许这是她真正崇拜的方式，是她为丈夫子女活了一辈子之外，唯一属于自己的心灵天地。

我应该是她最持久坚定的知音吧！我亦步亦趋地跟着她，走过一切寂寞的日子。虽然我们的时代和受教育的机会那样不同，六十年间存在着各种不同的"沟"，但是我们都轻易地以爱跨过。她在我最需要帮助的时候，总适时地伸出双手，助我脱困，得路前行。我在台中十七年，每次到火车站接她和送她都是生命的转折；我的三个儿子，在我出去求学的几年，因为有她，从未缺少母爱。她在台中得与聚居五廊巷的,当年逃难路上的老友重聚叙旧,每年有一段假期心情。父亲给我理想深度,而我的文学情怀和待人态度却是得自母亲。在我成长的岁月里,颠沛流离的道路上,躲避轰炸的树下,母亲讲着家乡原野的故事、家族的历史。我儿孙都知道她勉励读书向上的故事:"不可成为打狼的人!"不能因怠惰而落后,为狼所噬。百年之前,她幼小时的东北家乡,犹是狼群出没的草原。她故事中的朔风寒夜,虎狼出没的威胁,春夏牧草重生的欢乐,激发了我一生的想象。

母亲猝逝之前,我们虽知双亲日渐老迈,却似从未想到他们会死亡,更未谈过后事。仓促之间,我妹宁媛随着"立法院"的一位先生去淡水三芝乡找到了一块山坡地。地势开阔,面对太平洋,坡地依靠着巨大的面天山。如此,我齐家在台湾似乎有了一个立足点,母亲火化后埋骨于此,父亲在世时也常来墓前坐着,可以清晰地看到远洋的船驶过。他说往前看就是东北方,海水流向渤海湾就是大连,是回家的路,"我们是回不去了,埋在这里很好"。四年后父亲亦葬于此。裕昌与我也买下了他们脚下一块紧连的墓地,日后将永久栖息父母膝下,生死都能团聚,不再漂流了。如今已四代在台,这该是我落叶可归之处了吧!

2 飞来横祸
——诗与疼痛

一九八五年九月我由德国柏林途中经过英国,在牛津大学参加了一个国际文化研讨会,我发表了煞费苦心写的论文《台湾中国现代诗的成熟》(*The Mellowing of Modern Chinese Poetry in Taiwan*)。回到已是空巢的台北家中,准备开学上课。

开学前的礼拜日清早,原与好友贻烈、俊贤和宁媛约定去登大屯山,我们五个人一起登山已十年了,贻烈称为"阿呆登山队"。五个在现实生活里很有头脑的人(贻烈是台糖副总经理,俊贤是台电会计处副处长，裕昌是台湾铁路总工程司，宁媛任中兴票券公司副总经理，我在台大教书）十年来风雨无阻，专找游客少的景点，爬遍了台北郊区的山，裕昌是可靠的司机，自以为已是半职业登山水准啦！我们到了山里，跳、叫、呼、啸，全然回归自然，进山后头脑放空，如同呆人。

这个礼拜天清晨，这位可靠的司机必须去开会，我自己到丽水街口对面的师大人行道等计程车，沿路去接他们三人。天太早，人车不多，我专注地往左看有没有空车，突然十字路口一辆摩托车横冲出来，被遵守绿灯行驶的计程车拦腰撞上，摩托车弹至半空，一些闪光的碎片在阳光下四散，朝我站立的树下飞来。我下一个知觉，发现自己头枕在一双破球鞋上，而我的左脚不见了，我的右臂也不能动，勉强用左臂支持坐起，我看到我那穿了新鞋的左脚，像折叠椅脚似的，折断了，被压在左腿下面；右臂也断了，空荡在袖子里。但是尚未大痛，只感麻痹而已。这时有三四个路人俯身来看我还活着，其中一个人问我名字，我请他立刻打电话给我丈夫。一辆汽车停下来，一个壮汉走下来，看到我血流如注，立刻将我抱起放到他车上后座，一位路人说："你不能动她，必须等警察来。"他怒吼道："等警察来时她已流血过多死了。"他一面开车一面问我要去什么医院，我说："三总！（三十年来一直是最有安全感的地方）但请先在建国南路口转一下，有人等我。"到了桥下看到贻烈焦急地站在那里张望。我还清醒地告诉他去接我妹再去三总！我记得到医院拉住这位送医者的衣袖，问他大名，但他不愿说，勉强留下个地址，我家人后来始终没有找到他。但我一生忘不了他。

这一切都发生在十五分钟之内，那闯红灯的年轻人刚刚退役，被撞断双腿的他，和被撞解体的摩托车由半空飞落到我站立的树下，一些零件击中了我，医生说右肩那一片离我颈动脉只有一吋。我倒地时，头部倒在那骑士软软的破鞋上，下面是一堆石头，所以它保护了我的头。

第十一章　印证今生

（上）
齐世英逝世前三年，甥毛中颖（颖达），女儿齐宁媛、邦媛陪同访高雄。
（下）
阿呆登山队：左起杨俊贤、余贻烈、齐邦媛、罗裕昌。
淡水三芝乡土地公祠。一九八三年。（齐宁媛摄影）

多年来我百思不解，为何像我这样一生与世无争的人，会遇到这种飞来横祸？莫非那也是上帝的意思，教我亲身体验这一层的人生苦难？是惩罚我欧洲之行太快乐，纵情于历史陈迹和山川美景，不知躲避这尘市街角的杀机？

在三军总医院八楼的外科病房一个多月，我似真正走过"死亡的幽谷"。撞击初期的麻木过后，全身剧痛，止痛针、呼喊诅咒都没有用，我仍能维持一些沉静的自尊，那痛彻骨髓的疼痛，随着日升月落运行全身。左腿折断之处骨碎不能接合，膝盖之下须植入约八吋长的钢钉加以固定，右臂手术接合，盼能自然愈合。为我做这些手术的医师林柳池是神采焕发、英俊自信的年轻主治医师，他除了手术台上操刀，每天清早来查房，总是说："今天我们要进行……"他的笑容带我回到人间，也是终身难忘的。

那个酷暑尾声的初秋，漫漫长夜，我怎样度过的呢？只记得努力摆脱但丁《神曲》地狱十八层的景象，攀爬到华兹华斯《露西诗》中最宁静的那首："当我灵魂暂息，我已无尘世忧惧。"（A slumber did my spirit seal, I have no human fears.）我必须站起来，重拾大步行走的快乐；不长期依靠止痛剂，必须靠自己的心智抵抗这样暴虐的疼痛。一年之后，我按照台大复健科医师的指导，靠骨内钢钉撑持，回校上课。

感谢天主，妈妈已经安详逝世，她不必再为我流这一场眼泪。

3　哑口海中的父亲

但是，万万想不到，现在轮到爸爸为我流泪了。

妈妈去世已经两年，他从不知人生这一步的寂寞。凡是他在家的日子，从来都是"饭来张口，衣来伸手"，妈妈全程照顾数十年，去世的早上还在嘱咐女佣中午要做的菜。留下他一个人后，我千方百计求他，哄他，甚至骗他，搬来和我同住，但他坚持不离内湖的家。我

第十一章　印证今生

齐世英晚年在内湖寓所,齐邦媛记忆中,"直到晚年,他的腰板始终挺直不弯"。后为婿罗裕昌。

和宁妹每隔两天回内湖去看他，都在下课下班后，但是他早上九点起就在临街的阳台上张望。

我车祸后，他多日不见我回去，就不断问，妹妹说："临时有事出国开会去了。"他说："她不是刚从德国回来吗？"如此过了十多天，妹妹只好说："姐姐摔了一跤，不能走路。"他说："我可以去看她呀！"这样闹了一个月，他突然肠胃不适，也送到三总内科，就在我病房的楼下。我那时上半身已拆了石膏，左腿还裹着石膏。心中思念病中的爸爸，过几天得到医师准许，坐轮椅去他的病房探视。下半身用被单盖着，已经不是最初那木乃伊的样子了。我进他的病房，叫了一声爸爸，他就哭起来，说："你怎么了？你怎么摔成这样？"

他紧闭了四十年眼泪的闸门，自此冲破，再也关不上了。这位被尊称为"铁老"的汉子，在所有逆境中，不曾被世人看到他的眼泪，这之后，他在世一年多的日子里，每次看他"捡回一条命"的女儿，就流泪不止。他有时会说："那些年，我去革命，你妈妈带着你可没少跟我吃苦，这么多年我都不知道她帮我撑这个家多么辛苦！"

他最后几年孤独的日子里，回忆往事大约占据了他的心思意念。他有时对我说，心中常是千军万马在奔腾，慨叹中国命运的大起大落。"文革"结束后，渐渐由各方面传来许多人和事的消息，让他更能从整体了解当年的情况。譬如说，一九八一年他在荣总住院时，张学良突然去病房看他。自一九三五年汉口不欢而散，近半世纪首次再见，令他心情很不平静。当年雄姿英发的青年，都已八十二岁了，乡关万里，一生坎坷，千言万语都说不尽，也不必说了。常常自问："如果当年能够合作，东北会是什么样子？中国会是什么样子？"事实上，时光即使能够倒流，合作亦非易事。张学良二十岁继承奉军地盘，毫无思考判断准备，只知权力，冲动任性地造成贻害大局的西安事变，使东北军数十万人流落关内，失去了在东北命运上说话的力量，他和这个坚持人性尊严、民主革新的理想主义者齐世英怎么合作？那一天会面，两人唯一共同心意，是怀念郭松龄将军。张学良想

第十一章　印证今生

的是郭将军对他权力的辅佐；我父亲想的是，如果巨流河一役郭军战胜，东北整个局面必会革新，不会容许日本人进去建立傀儡满洲国，即使有中日战争，也不会在战争胜利之后，将偌大的东北任由苏俄、蒋中正、毛泽东、杜聿明、林彪，这些由遥远南方来的人抢来打去决定命运！这些憾恨，虽已还诸天地，却仍折磨着他的余年岁月。

晚饭时，我和妹妹总是给他斟一杯酒，每端起酒杯他就流泪，断断续续说当年事：明明不该打败仗的局面，却败了，把那么大的东北丢了。那些年，布满东三省，一心一意跟着我十多年在敌后抗日的同志都白死了。他们盼望胜利的中央会照顾他们的孤儿寡妇，也全落了空。那些人都是爱国的知识分子，如不去革命，原可以适应生存，养家活口，都是我害了他们，是我对不起他们！这些话，他反反复复地说着，折磨着他最后的日子。

妈妈去世后，他言语更少，近乎沉默，正似从汹涌的巨流河冲进了哑口海——台湾极南端鹅銮鼻灯塔左侧，有小小一泓海湾，名为哑口海，太平洋奔腾的波涛冲进此湾，仿佛销声匿迹，发不出怒涛的声音。正似莎士比亚的名句，人的一生，"充满了声音与愤怒，全无意义"。(full of sound and fury, signifying nothing.) 长日无言，有时他独自坐在阳台上望着我们来时的路。秋天白昼渐渐短了，我回去与他对坐，又念起他也爱的济慈《秋颂》(*To Autumn*)：

  Where are the songs of spring, Ay, where are they?
  Think not of them, thou hast thy music too.
  春天的歌声呢？春之声在哪儿？
  别想它了，你也有自己的乐音。

他又问，那些傻蜜蜂呢？我们就是那些傻蜜蜂，以为只要花仍开着，温暖的夏日永无止境。诗人记得那秋天，"燕子在秋天的穹苍下回旋飞鸣"（And gathering swallows twitter in the skies）。他说这一生在家乡时间太少，还记得庄院瓦房的屋檐下有许多燕子做窝，开春时总盼望它们回来。

一九八七年八月父亲节的下午，他勉强从床上起身，坐在床旁藤椅上，溘然逝世，宁静地放下了这一生所有的理想、奋斗和失落的痛苦。我们将他的骨灰埋葬在母亲身旁，面对着太平洋的穹苍。在这安居了四十年的岛上，冬季无雪，夏季湿热，太阳猛烈地照在他们埋骨的石座之上。

整理他们的遗物真是容易的事，我母亲一生没有一件珠宝，也没有一件值钱的东西。她的柜子里有一个小破皮箱，装了一些从南京到重庆，复员回北平又来台湾都不肯丢的老照片（我的童年一张照片都没有），最高一层放了八床棉被，我知道她搬到内湖后，常去台北长沙街一家传统弹棉花被的店，定做了各式厚薄的棉被，她说："现在我有自己的家，客人来可以好好招待了。"事实上，她招待的人都已不在了，革命的、抗日的，守山海关的，打台儿庄的，拼滇缅路的，逃难的乡亲，流落的青年……全都走过去了。我留下她的两床棉被，在丽水街的冬天盖了十多年，那传统手弹的棉被时代也走过去了。

收拾我父亲遗物更是容易，他在一九五四年离开国民党后，一直有人跟监，一九六〇年雷震伯伯被捕前后，他已把所有通信函件、文稿焚毁，以免连累友人。以后多年他也不留来信，我在他书桌抽屉中只看到几封张群为日本断交商谈的信，日本首相吉田茂的女儿麻生和子谢我父去日本吊唁的信；还有一个木盒装了吉田葬礼送的红色包袱巾，上面有四行中文诗；还有孙子女们寄给他们的小猫、小熊的生日贺卡；卧房内找到一本日记；他从德国买的《哲学丛书》二十册（一九二〇年版精装）；当年在上海购买精制的全套二十四史一直在他书架上。母亲死后，我们不知该去为他晒书，这时被白蚁啃食残破不堪，只剩上半页和封面，木盒已触手即碎，只有焚毁。

双亲俱逝之后，在层层的失落感中，我挣扎奋斗，游不出他的泪海，我的血液继承了他的漂泊之泪。第二年夏天我自台大提前退休——车祸之后重回讲坛，保持自己教书风格，连续两小时站立已感辛苦，下课提着书本和试卷等资料，由文学院走到大门口，寒冷或炎热,站在新生南路口拦不到计程车时,已无法走回家去。这是我该坐下来,想和写的时候了。

4 齐世英先生访谈录

一九九〇年八月,父亲逝世三周年。我兄妹授权同意,由我整理,台北"中央研究院"近代史研究所出版《齐世英先生访问纪录》。这项由首任所长郭廷以教授拟订进行的口述历史计划,开始于一九五九年。一九六九年沈云龙先生主持,林泉与林忠胜先生访问我父共十九次,口述录音之笔录文稿由林忠胜先生整理后执笔定稿。此稿虽完全保留口述原意,未予刻意修饰,但林忠胜先生文笔流畅,思考达到叙述者复杂经验的深度。访问前后,他对我父所处时代与理想产生了真正的兴趣与同情,详细检查求证,亦不断与我父讨论、核对,全书人名、地名、事件,甚少错误。书成后,不仅学术研究者肯定其价值,一般读者也会因文字的明快、清晰、中肯,以及内容的丰富而感兴趣。

林忠胜先生宜兰人,师大历史系毕业,访问时只有二十八岁,有真正研究历史的志趣,他后来经营大型补习班,事业有成,在宜兰创办慧灯高级中学,作育家乡子弟。他还出钱出力继续做访谈工作,在美成立"台湾口述历史研究室",出版了《陈逸松回忆录》、《朱昭阳回忆录》、《杨基铨回忆录》、《刘盛烈回忆录》、《廖钦福回忆录》及《高玉树回忆录》等。十余年间,林忠胜独力撰述,贤妻吴君莹记录,为台湾本土人物留下可贵历史,文化深意,真令人钦佩。

在访谈录"前言"中,林先生回忆当年访问我父印象:"先生英逸挺拔,气宇轩昂,举止温文,谈笑儒雅,有古大臣之风。……可叹人世沧桑,在本人离开近史所近二十年,先生访问纪录行将刊印之际,重校斯稿,而先生与云龙先生皆已相继辞世。哲人日远,往事历历,前辈风范,永铭吾心。深信先生的见证,必能为这动荡纷扰、是

"父亲的晚年,言语更少,近乎沉默,正似从汹涌的巨流河冲进了哑口海。"——台湾极南端鹅銮鼻灯塔左侧,佳乐水附近有个哑口村,那一片山峦环抱的小小一泓海湾,名为"哑口海"。太平洋奔腾的波涛冲进此湾,音灭声消。(齐宁媛摄影)

非难窥的时代网住一片真。"在这篇"前言"中他亦简洁提到，大陆"沦陷"，政府来台，齐先生不仅结束东北工作，"甚且后来被迫离开他曾准备为之身殉的此一政党，心中感触必深。惟先生雍容大度，处之泰然……"可惜访问时，我父秉持理想，坚守原则，笃信自由、民主、法治的理念，与雷震、李万居、夏涛声、高玉树等筹组"中国民主党"未成，与郭雨新、吴三连、许世贤等，鞠躬尽瘁于撒播自由、民主的种种努力，访谈时未肯谈及，不无憾焉。

这种种顾忌与遗憾大约是我父在世之日不愿访谈录出版的主要原因吧！他的一生，牺牲奉献，大半生有家归不得，对所谓荣华富贵不屑一顾，亦从未为妻子儿女安顿忧虑打算。在他逝世之前，更感一生亏欠，失落，一切随风而去，不必再留个人痕迹。"中央研究院"的访谈录也不必出版，世我两忘即好。

访谈录中以"凄凄吾行飞台湾"一节告别大陆之后，未有一字谈及台北的政局，而以对日交往至一九六七年参加日本首相吉田茂国葬典礼结束。幸有梁肃戎先生为此书撰写《立法院时期的齐世英》一文，不仅追怀革命同志情谊，也详述我父与国民党关系，及初来台湾时"立法院"之状况。他认为"铁老一生，风骨嶙峋，对国家，对党都有贡献，对政治有极高理想。……艰苦奋斗，不屈不挠的精神，（我）理解最深，师承最久"。

访谈录即将出版之时，我在台大"高级英文"班上，历史研究所的学生李孝悌和陈秋坤已从哈佛和斯坦福大学读得博士学位，在中研院近史所任研究员，他们帮助我审阅全书，提供意见。孝悌陪我去访问正在办《首都早报》的康宁祥先生。康先生于一九七二年当选为第一批本省籍"立法委员"，与我父结为忘年交，当时他三十多岁，我父七十三岁，在长达七年多的时间里，每月两次周末在我们内湖家中，吃我母亲做的家乡菜，对饮畅谈。我去访问时，他与我对谈开始即说："我一直想把铁老与我个人，和台湾政治前辈的关系，以及他对民主政治的关怀，留下一个记录。"那一天，孝悌为《纪念民主的

第十一章　印证今生

播种者齐世英先生》做了极好的记录。

我父访谈录既未谈及他来台后为民主、自由、法治所做之事，我遂将他逝世时，报章杂志几篇不同角度之悼文作为重要附录，可以客观看到他后半生在台湾的经历，不仅是前半生理想的延续，亦是一种人格的完成：民进党创党人之一傅正，为《新新闻》周刊写《东北最后一位铁汉》；政论记者于衡《悼念和中国现代史有关联的齐世英先生》和田雨时《齐世英先生盖棺论》。田先生早年曾在张学良所组"四维学会"担任秘书长，与我父在中央主持东北抗日之"东北协会"竞争。但在西安事变后，田先生进入政府工作，对我父有进一步认识。齐氏家族早期由山西移民东北，有山西人传统忍耐而沉潜的性格。此文说："他继承了从关内移居东北的先民创业精神；而留学德国接受日耳曼民族熏陶，混合成其刚毅果敢的气魄，实事求是的作风。对人热情义气，对事冷静沉着，铸有坚强意志，献身革命，奋斗不息。……自中年至老年，视野广阔，胸襟放宽，迈进而深入于'中国问题'。先后却一直全走崎岖不平的道路，且越走越坎坷。……但他却有似'不义而富且贵，于我如浮云'。"此文不仅为齐世英作盖棺论，亦富有当年东北人进关的史料。

访谈录后尚有一篇《吉田茂与齐世英》节稿，由林水福教授译自猪平正道《评价吉田茂》（东京，读卖新闻社，一九七八年初版），详述郭松龄反张作霖事件，两人因此相识，彼此感到个性十分投合。吉田茂对于齐世英磊落的人品深具好感，中日战争时各为其国，但齐世英在日人眼中却是可敬的敌人。

书成之时，我也在致谢文《二十年的声音》中说明我随侍一生的看法："先父自二十七岁加入当年形象清新之国民党，至五十五岁因拂逆权力中心，被开除党籍，一生黄金岁月尽在理想与幻灭中度过。个人得失，炎凉世态皆可淡然处之。但一九四八年，东北再度沦陷则终身伤痛，伤痛之心长年在沉思之中。郭松龄兵谏革新，兵败身死，或可说是时代尚未成熟；而东北，乃至全部大陆在胜利

349

之后迅速弃守，核心原因何在？筹组新党，绝非出于失意之情，而是对未来的期望。"

这篇致谢文回溯《时与潮》在台湾复刊，一九六六年七月起连续选译《艾德诺回忆录》，我引用了宋文明先生执笔之社论《从艾德诺回忆汲取教训》。这位领导西德自战败废墟中重建的老人，曾经历德国两次世界大战的惨败，对于他的国家的过去与将来，曾下过一番沉痛的思考："民主政治是一种思想，它的根源在于承认每个人的尊严、价值及不可让渡的权利。"宋文明说："这些说法，虽然听起来很简单，很平实，但在实际的德国政治中，这一字一句，都代表了千百万人的鲜血，千百万人的眼泪，千百万人的颠沛流离。"这个基本却必须坚持的政治理想，即是先父自学生时代至埋骨台湾的心声。

他生前常言，到台湾来后，许多人仍热衷追逐已不重要的权势，他已脱离那个框架，求仁得仁，恢复了自由身。即使已经没有当年革命维新的大天地，仍然恪尽书生本分，在"立法院"和革新俱乐部同仁推动加强民主法案的诸多法案，如出版法、言论自由、司法独立、法官调度法制化、辩护律师之设立、人权之保障等，皆以人民福祉为主要考虑。其他如建立国会图书馆、印行"立法院"公报及各种记录、档案之整理，以供民间参考……这一切，在台湾政治史上有极大意义，却不是他一个人的功劳。他的前半世历经狂风暴雨，他尊敬蒋先生北伐和抗日的功勋，对目前小长安的局面可以无言矣。

一九九八年十月四日，我父亲小友陈宏正先生发起，和梁肃戎先生在台大校友会馆举办了"齐世英先生百岁冥诞纪念会"。陈宏正经营商业有成，向来关怀民主、人权与文化，他对父亲一生相当了解，热心地提起此议。那天到场的不仅是师生故旧，还有许多政治上当年立场不同的人。会场挤得水泄不通。我父革命老友、已近百岁高龄的陈立夫先生坚持亲自到场，"有几句话要说"。他到的时候已无通道可走，几乎是被抬到前排，他站立致辞，说的是五十年前的革命感情，齐世英光明磊落的政治风骨令人敬佩。他也最了解我父对东北用情之

第十一章　印证今生

一九九八年十月二日，齐世英先生百岁冥诞，生前好友出席，讲话者是九十九岁的陈立夫，旁边是康宁祥、梁肃戎、宋长志。

深，失乡之痛。

当日在纪念会发言的尚有高玉树先生，谈他一九五〇年代参加筹组"中国民主党"（当时一般人称为"新党"或"党外"）的往事。梁肃戎、康宁祥、杜正胜、刘绍唐、郭冠英等人出席谈话，认为当年组新党如成，今日台湾政治对立或可避免，不致如此突兀生涩。胡佛、张玉法先生更由历史看台湾与东北同为日本殖民地的影响，两地民间对自己命运的挫折感与希望。

二十年来，我无数次坐在双亲墓前，望着太平洋浩瀚波涛，想着他的一生，我多么幸运和这样的父母结缘，能有如此前世今生。

5　为诀别而重逢

一九八七年十一月开放大陆探亲，六年后，我终于也回去了。那几年间，几乎所有"外省人"都回去过了。炽热的探亲文学已由重逢相拥的痛哭激情渐渐冷却，甚至开始出现了幻灭的叙述。隔着台湾海峡，漂流者日思夜想的是故国山川和年轻的亲友，即使父母也应尚在中年，隔了四十年，回去时所见多是美梦的骨骸。还乡者已老，仍是断肠，所以我更迟迟不敢回去，不仅我无亲可探，也因怕幻灭毁了珍藏的记忆，更是近乡情怯。

一九九三年五月，我在武汉大学校友通讯《珞珈》上读到鲁巧珍肺癌已至末期的消息，如遭电击，立刻决定去上海和她见最后一面。巧珍是在通邮后最早由大陆写信给我的好友。她和我的友情也是我最美好的青春记忆，嵌在四川乐山的三江汇流之处。我怎能这样无情，不早一点去看她，竟拖到已经太迟的时候！

定了去上海的日期，我先与她的丈夫许心广学长通了电话，约好时间，电话里知道，一直住在上海的俞君已于一年前因心脏病去世。当年若嫁给他，我"黑五类"的身份必然是他的噩运。乐山老友姚关福、苏渔溪、彭延德都已前后去世。我在上海可以看到的只有巧珍一人，而巧珍已至弥留阶段。

那时的上海机场还相当混乱，我没有找到接我的武大校友，将近五十年岁月，恐怕对面也不相识了。我几乎上了一辆由女子带路的假计程车，幸好到了车旁感觉不对劲，回到大厅找警察招来一辆真计程车，到了原定的希尔顿饭店，放下行李，即由在大厅等我的许学长带着到了邮政医院。巧珍被扶着坐起来，眉眼灵秀仍在，她说：

"知道你要来，我一直等着。"

她从枕下拿出一张纸，隆重地，像致迎宾辞似地念杜甫《赠卫八处士》诗："人生不相见，动如参与商。今夕复何夕，共此灯烛光。少壮能几时，鬓发各已苍。访旧半为鬼，惊呼热中肠。……"她气息微弱地坚持念下去，直到"明日隔山岳，世事两茫茫"。我俯身在她床沿，泪不能止。她断断续续在喘息之间说了些别后五十年间事，青春梦想都已被现实击破："你到台湾这些年，可以好好读书，好好教书,真令我羡慕。"她劝我珍惜已有的一切,好好活着。——我茫然走出医院时,知道这重逢便是诀别。回到台湾便接到她去世的消息。那年,她六十九岁。

对于上海我本无甚好感,此行更无逗留心情,由医院出来,坐车在原是最繁华街上慢慢驶过,想半世纪前我穿着抗战衣裳与他们格格不入的情景,真有啼笑无从之感。故人往事都已消逝,这时的我已见过世上许多重要都市,看遍各种荣华,而最重要的是读了许多当读的书,做了一些当做的事,一生没有白活。当年上海的虚荣(pomposity)若是吸引了我留下,我早已成"黑五类"而被斗死,即使幸存,也必须耗尽一生否定真正的自我。

6 铁石芍药的故乡

由上海我立即飞往北京,由外甥甘达维买到火车票,到辽宁铁岭去看我生身之地。白天班的快车,早上八点钟开,晚上十点到。我可以和六十多年前一样,看到每一寸土地。可以真真确确地看到那些听了一辈子的地方,车过兴城、葫芦岛市、锦州、沟帮子、新民……我几乎一直在兴奋的心情中,身体疲劳,却半刻不愿闭上眼睛。一九二五年冬天,我的父亲曾随着郭松龄将军率领千军万马攻占了这片江山。车过巨流河铁桥的时候,天已经黑了,铁桥很长,什么也看不到。我买来回票,希望回程时可以在早上过桥时清楚看看,谁知回程换了飞机,未能在那长长的铁桥上,看到巨流河东岸,怀想我那年轻的父亲,在雄心壮志的郭将军身旁,策马布阵,一心相信明天会进沈阳城,想不到一夜之后逃亡终身,脱身之时,曾一寸一寸地爬过这座铁桥。

这一趟还乡之旅,原已令我激动得目不交睫,竟还有惊异的奇遇。我用台胞证买到的是一张软卧头等票,一间车厢四个人,同车厢内是两个俄国人和一位通译。他们是从俄国海参崴到中国安徽省包工程的工程师,我是从台湾来的英国文学女教授。他们看我好似火星人,我看着他们,想着三十多年来"反共抗俄"的大口号,如今竟然和"敌人"十四个小时关在一间疾行快车的车厢里!四个人局促对坐,好似不同星球的人相遇于太空。他们对台湾好奇的范围超过了那位通译的词汇范围,所以有时用几个英文字,摊开他们随身带的世界地图,他们不停地问我问题,台湾的地理、历史、教育、家庭、女子地位,衣、食、住、行……我也问他们俄国的问题,从托尔斯泰到斯大林……那真是一场丰富的交流。

车过沈阳大站,上上下下,人人热闹一场,再过一小时,已夜晚十点半,车进铁岭站,但是除了站牌以外,一片漆黑,伸手不见五指。车上播音说正在更换电力设备,车外是月台吧,只见一个站员提着一盏风灯走过来,好似从黑暗的深渊中冒出来,看不见旁边还有没有人。我提着小箱子下车,那两位外太空的俄国人说:"太暗了,别去!"(Too black, don't go.)我说有人接我,他们说:"但是看不到人啊!"随后竟然跳下车,用手比画,叫我跟着他们到哈尔滨,明早让他们的通译带我回铁岭,他们脸上充满不放心的关切和诚恳,就像托尔斯泰书中的俄国农民那般朴实。在犹豫中,我对着黑暗的站台喊我堂弟的名字:"振烈!振烈!"这时听到远远有人喊:"三姐,三姐!"(我在老家大排行)然后就是一阵脚步声,振烈带着他一家人跑过来。虽然都已老了,还是认得出来的。俄国人回到车上,车开了,他们伸出手来拼命挥着,在车厢的灯光中,可以看出来他们放心的感觉。

多年来有时回想,那真是一趟奇异的、充满象征意义的还乡之旅。我们到台湾反共抗俄,恨了他们半辈子,而在我家乡黑茫茫的车站,是这两个俄国人跳下车来要保护我!而他们带回俄国的台湾印象(在地图上和俄国比,是极大和极小的土地),应该是一个现代化、人民有充分自由的地方,所以一个女子能一个人拎着手提包,万里出山海关,寻找暌别六十年的故乡。

第十一章　印证今生

我能找到齐振烈，得以重回故乡的路，该是天意吧。

一九八七年台湾开放探亲时，我父亲已去世了，内湖的家空置没人居住，渐渐也疏于整理，院子里的草长得掩住了花床。我与妹妹已无能力维持一所没人住的空院，只能有时回去看看那满目凄凉。第二年过年前，我回去在已装满落叶的信箱看到一封信，封面有辽宁铁岭的地址。

振烈和我同太祖，抗战胜利后我母亲住在北平的两年，他两兄弟为了上学，曾去同住，四哥振飞读辅仁大学，六弟振烈读中学。他记得我两次暑假回家总是逼他念书，严格地给他补英文。我记得这哥俩都长得很英俊，很有精神。一九四七年我一个人来了台湾，家乡的人和事对于我，像铁岭那晚的车站一样，黑茫茫的一片。我们必须大声呼唤半世纪前的名字，才找到我回乡的路。大陆解放后，振飞哥辗转到了江苏镇江，因为大学资历，或因当年曾参与美国调停国共之战的马歇尔计划外围译事工作，在江苏理工大学找到工作，娶了贤慧妻子，三个女儿女婿都很孝顺顾家，是少数幸福的人。振烈中学毕业后投考空军，已经到飞行阶段，在"三反"、"五反"运动中，因地主家庭背景被停飞，命令回乡耕地，在小西山种庄稼十多年，终得平反到铁岭市石油公司工作，妻子在卫生所作护士，一家得以温饱。但"从天上掉到地里"（东北人称"田"为"地"），对他心理创伤很大，一生未能平息怨愤。临别时，弟媳请我劝他脱掉那件空军皮外套，已经磨得发白了，他就是不肯丢掉，那是他一生最辉煌的纪念。

另一位堂兄齐振武，原在家乡种地，淳朴本分。一九五〇年韩战爆发（韩战又称朝鲜战争），大陆一片"抗美援朝"声（中国人民志愿军参与朝鲜战争）。他参加村民大会时，冬天大家坐在热炕上，征兵的干部请志愿参军者站起来，一面叫人在炕下加火，热得坐不住的人刚一起身就被鼓掌，欢迎参军！不由分说拖上了瓦罐车（运货的火车厢）。第二天早上，车已过了鸭绿江，到了韩国的新义州车站，从此是连年苦战的生活，不断的血战，不断的转移，人只是个拿枪的机器,敌人是谁都不清楚,家乡当然不能联络。一九五三年七月韩战结束后,幸存者选择自由退伍或回乡;不愿回大陆的一万四千多原志愿军官兵来台湾,成为全球瞩目的"一二三自由日",这些士兵给蒋介石的反共声音增加了很大的声势。

全世界的记者都到"义士村"访问,台北采访记者发现名单上有位齐振武,辽宁铁岭人,回来问我哥哥:"会不会是你的家人?"我哥哥即亲自去探访,临去时问我父亲,如何相认?父亲说,你问他爸爸的小名叫什么。他说他爸爸的小名是"老疙瘩"。我父亲自己也前去相认,是同曾祖兄弟的儿子,我们称他五哥。他退伍后找了个守仓库的工作,一九七〇年后期死于脑溢血,我哥哥和我大姑的儿子——在高雄传教的毛中颖表哥,把他葬在高雄燕巢乡的基督教公墓。

又三十年后,振武哥的亲侄子齐长凯不知如何由一本笔会季刊看到我的名字,由沈阳打电话到台北笔会找我,取得联系。他说自抗美援朝战争结束之后,就不知他伯父齐振武生死存亡或流落何方,已到处打听多年了,如今得知他已死,埋葬台湾,电话中哭了起来,说:"他怎么死了呢?怎么会是这样呢?"(我请中颖表哥托人照了墓地的照片寄给长凯,他们看到白石墓的照片,似乎感到一些安慰。)

怎么会是这样呢?当我回到小西山时,我也问,怎么会是这样呢?

我独自从北京坐白天的火车回辽宁铁岭,就是为了要看见每一寸土地。堂弟振烈带我由铁岭去小西山。我回到村庄旧址问人:"鬼哭狼嚎山在哪里?"所有的人都说从来没听说过这个山名。我才明白,幼年时听母亲说的"鬼哭狼嚎山",原来就是她当时的心情。

由于父亲一直在国民党政府做事,祖居庄院早已被摧毁,祖坟也犁平为田,村子已并入邻村茨林子。我曾满山遍野奔跑、拔棒槌草的小西山,半壁已削成采石场。各种尺寸的石材在太阳下闪着乳白色的坚硬冷光,据说石质甚好,五里外的火车站因此得名"乱石山站"。齐家祖坟既已被铲平,我童年去采的芍药花,如今更不见

第十一章　印证今生

故乡小西山——齐邦媛幼年与哥哥满山遍野奔跑，去拔棒槌草、黑浆果……冬天到结冰的小河上打滑溜的地方。半个多世纪后返乡，半壁已削成采石场，远处一排排的防风林，伸向默默穹苍。

踪影，而我也不能像《李伯大梦》中的 Rip Van Winkle，山里一睡二十年，鬓发皆白，回到村庄，站在路口悲呼："有人认得我吗？"我六岁离开，本来就没有可能认识的人。这万里还乡之旅，只见一排排的防风林，沃野良田，伸向默默穹苍，我父祖铁石芍药的故乡，已无我立足之地了。

　　许多年来，我到处留意芍药花，却很少看到；在台湾大约因为气候的缘故，更少看到。几乎所有的人都住在公寓大楼里，没有庭院，也没有闲情逸致去种那种娇贵的花吧？我记得陪着哭泣的母亲去的祖坟，四周种满了高大的松树，芍药花开在大树荫庇之下，风雪中有足够的挡蔽。我记得祖母把我采回的一大把花，插在大花瓶里，放在大饭桌上，整个屋子都好像亮起来了。祖坟松柏随着故园摧毁，那瓣瓣晶莹的芍药花却永远是我故乡之花。

357

7　一九四三春风远

我在大陆住了二十三年,半世纪后回去,真正认识我的只有一起长大的同窗好友。抗战八年,重庆是我的家。到台湾之后,回忆最多的是沙坪坝;家和学校之间三里路,无数的水田,一条朴实的街,接着到小龙坎公路口,是我感恩难忘的母校,南开中学一九四三班同学见证了我成长的过程。开放探亲之后,大约是由在美国的同学开始,有了油印手写的通讯录,我收到的第一封信来自加拿大的潘英茂,只是一张简朴的明信片,上面写了两行近况和她的住址。英茂是我高中三年的好友,总是排在邻座,宿舍床铺也常靠着。她的母亲是法国人,所以她是双语的人,有时又似徘徊在两种文化之外的梦想者。熄灯后,轮到我讲新看的书或电影故事,她是那最忠诚的,"我爱谈天,你爱笑"的听众。我记得最早讲拉玛尔丁《葛莱齐拉》的初恋与殉情,她一直不停地哭。拉玛尔丁是法国浪漫诗人,而书中的葛莱齐拉,和我们那时一样,也是十六岁。

胜利之后,英茂与我失去联络,她的明信片到台湾时,我们都已七十岁。我原拟去欧洲开会,回程到纽约会晤哥伦比亚大学出版社的总编辑康珍馥(Jennifer Crew),再到加拿大去看望英茂。谁知正逢美国的感恩节,安排旅程的人说:"所有的人都在公路上赶路,都回家团聚去了。"所以我就未去美加,想着明年开会再去。谁知第二年收到吕文镜由北京来信,说英茂因病已去世。我与她当聚而未聚,是我极大憾恨。以此歉疚之心,我写了一封无法投递的长信——《寄英茂》:

> 恕我迟迟至今才给你复信。初接到你的信时,我兴奋许久,当年一切美好的、困惑的、可憾的记忆,都随你的信潮涌而至。你还记得么?我们毕业那年夏天,大家等着联考放榜,我们去重庆城里看你,五个人手牵着手往车站走,突然一辆吉普车冲来,把我们冲散,惊魂初定时,你用一贯静静的声音说:"我们以后

第十一章 印证今生

恐怕不能再见面了,我母亲的法国迷信说,牵着的手被人从中冲开,就是分散的预兆。"这些年中,我有时会想起那一次的离别。那预兆可真准,这么彻底的分散,天南地北各自过着无从存问的日子……

这封长信祭念我们战火下的青春,依偎取暖时不能遏止的悲与乐。我也将此信寄给了不断催促我回大陆团聚的一九四三班的好友,不久《四三通讯》将此信刊出,由此得到更多的讯息和催促。

促使我终于在一九九九年去北京参加四三班的年度聚会,是我另一位好友赖叔颖去世的消息。她与我小学、中学两度同学,她的父亲是江西人,却在奉直军阀战争中,与我祖父相识,是我同学中最老的父亲。

我记得她家好像住在重庆曾家岩的山坡上,我父亲带着我很恭谨地拜望他。叔颖不是我那些幻想型的死党,却是我沙坪坝家中的常客,与我父母更多一层亲切。两岸开放探亲后,她即写信给我,请我帮她寻找当年随政府来台的哥哥赖光大的下落,我尚未打听到,却由班友通讯突然得知她因病去世。我知道她嫁给北京的吴姓名医,解放后受中共高层信任,大约未受折磨。但是怎么七十岁就死了呢?我再不回去聚会,还能看到多少人呢?

我回到北京时是农历暮春三月的夜晚,北国的春天仍有相当寒意。负责一直与我联络的邢文卫已在旅馆等我。我进了大厅,远远看到她在人来人往的接待柜台前站着的样子,脸上等待的神色就是与众不同。迎向我走过来的,就是邢文卫!南开中学真正的校花,男生宿舍"遥望受彤楼(女生部)"的焦点,她是我所见过最端庄美丽的中国少女。高一时,我座位、排队在她与英茂之间,羡煞许多人。如今紧紧握住我的,当然已不是那冷艳、矜持的少女,明亮的眼睛也黯淡了,但是她仍然与众不同。与她同来的是余瑜之(与柳志琦和我是班上三文友)。她们说柳志琦住在天津,这几年她一直说,等齐邦媛回来时,她一定来北京开班会。她们离开我的旅馆时,我说此行专为欢聚,一不谈病痛健身灵药,二不谈台湾回归祖国之事。

第二天早上我到邢文卫家(她大学毕业后,嫁给我们同班的男生,康国杰终生是她的仰慕者)。当年同班女同学到了十多位,见面都已不识,都是老太太了。只有在说出名字时惊呼一番,我们疾速地把五十年前的影像延伸到眼前的现实,无数的"你记得吗?……"都似在解答我在台湾难解的谜,验证了我今生确曾那般欢跃活过的青春。这些人,这些事,那鱼池,那梅林都真正存在过,岁月能改变,但并不能摧毁。

快到中午的时候,门铃响,邢文卫把我叫到门边,对我说:"柳志琦从天津来看你,你不要说你认不出她。"门开处,一对年轻人扶着一个勉强站立的老妇人走进来。我实在无法想象那倔得一寸都不肯让的柳志琦会弯腰!在进门的甬道,她抱住我,哭着说:"想不到今生还会看到你!"——昨晚她们没有告诉我,她脊椎的伤已不能坐火车,为了与我们团聚,她的女儿为她雇了一辆出租车,一路上可以半躺,由天津开了一百多公里路来北京。半世纪前,她与友伴去了中共的解放区,我只身来到台湾,两人不同的命运已定。吟诵清代顾贞观《金缕曲》"季子平安否?便归来,平生万事,那堪回首"的词句,不胜欷歔!

一九四六年暑假,胜利复员的各大学,开始由四川、云南迁回原校。秋季上课,柳志琦也兴冲冲地离开四川家乡到了北平。她读的燕京大学战时迁往成都华西坝,我们同班大约有十人在那里,都只差一年大学毕业。我在复员到武汉上学前,与她在北平重逢,也同游欢聚。她初次到北方,充满了好奇,古都的政治文化场面很大。柳志琦应是亲身目睹燕京大学末日的人,因是"美帝"的基督教会大学,解放之初即被断然废校,美丽的校园,著名的未名湖(多不吉祥的名字!)硬生生地变成了北京大学校园;一九五〇年以后写未名湖畔大学生活回忆的是北京大学校友。我相信在二十世纪后半叶的中国,没有多少人可以公开怀念燕京大学和她的优雅传统。我那充满文学情怀的好友,在五十年激荡之后,如何回首我们分手的一九四九年?

这一场令我一直近乡情怯的重聚啊！时时刻刻都那么宝贵，说不尽的当年趣事，唱不够的当年歌曲，苍老的声音，疲惫的记忆，努力重燃南开精神……第二天下午分手之前，我们开始唱当年的班歌，那是我十八岁文艺青年情怀写的班歌："梅林朝曦，西池暮霭，数载无忧时光在南开，而今一九四三春风远，别母校何日重归来……"

当年在后方风起云涌的学潮，由街头游行演进成实际参加，我们班上大学后有几位也去了延安，每一位都有很长的故事吧。其中一位是傅绮珍，她从山西太原来，仍是高大爽朗，我立刻想起她在校时和我谈话响亮的笑声。上大学不久，听说她与几位友伴到延安去了。在中学时几乎看不出谁"前进"，谁"反动"，原来都是深藏不露的人啊！——这半世纪来，延安的人在中国当家，她的境遇应该是幸运的吧！（五年后曾接到她寄来南开时代的照片，有一张是她穿着解放军制服，旁边注"随军入太原城"，她信上说那不完全正确。）我充满了想问的问题，但是在十多个人团团坐的场合，确是不知怎么问这些纯属个人攸关生死（vital）的大问题。如今在近六十年后，用忆起的热情一遍又一遍地再唱少女时的歌，这些饱经忧患的心啊！你们怎么还记得呢？我们这一代，在抗战的重庆长大，在荒郊躲警报时为《天长地久》、《葛莱齐拉》里的痴心爱情而神往，但是我们的一生，何曾有过蔚蓝的海湾？何曾有"黑发随风披散，腮际掠过帆影，倾听渔子夜歌"的可能？留在大陆的，历经政治动荡，很多尝过苦难；到台湾或到国外的，又总感到在漂流中，如此相见，真如隔世。当一切都是"一言难尽"时，一遍又一遍地唱着"而今一九四三春风远"时，记忆与遗忘似双股柔丝，层层绕着这一屋子白发的小友。这些当年精英中的精英，因为政治的对立，婚姻的牵绊，失去了许多正常生活的岁月，成为失落的一代，吞没在"春风远"这么简单直率的叹息之中，无须记忆，也无法遗忘。

那一天中午，我们从邢文卫家走到巷外大街的饭馆吃饭，街名我忘了问，只记得沿街种的是杨柳或马缨花，四月正是柳絮飘飞的季节,扑头盖脸地落下,我和余瑜之在后面牵手而行,我看着前面七八位同学的白发上和肩头洒的零零落落的柳絮,不禁忆起当年在孟志荪老师词选课上,背过苏东坡咏杨花的《水龙吟》,她说记得开头是"似花还似非花,……"我们接力背诵下去:"也无人惜从教坠,抛家傍路,思量却是,无情有思。……一池萍碎。春色三分,二分尘土,一分流水。细看来,不是杨花,点点是离人泪。"——站在这陌生的北京街头,白茫茫的柳絮中,人生飘零聚散之际,这铺天盖地的惆怅,是诗词也无法言说的啊!

两年后,我在台湾收到新的《四三通讯》,登着"邢文卫病逝"的消息。初看时,我不相信自己的眼睛,把它拿近灯光再读,它是真的了,到了我们这年纪,死亡原已临近,但是,我竟不知她已生病,对她无一句慰问!而她的死讯却是用这个我不认识的名字宣告。[1]最后一次相聚人多,无法说明白各人遭遇,歌声笑语,好似都不怨尤生不逢辰的痛苦和遗憾,早已将苦杯饮尽。——那样六十年后的聚首,对于我只是印证今生果真有过的青春吧!

渐渐地,班友的通讯也停了。一九四三的春风不但远了,也永久消逝了。

四三班会之后,我去朝阳门看两度与我同学的杨静远。她在南开比我高两届,曾住同寝室。我到武大的时候她已上外文系三年级,是朱光潜老师的高徒。在乐山我曾去她家吃过年夜饭。她的父亲杨端六教授是经济系货币学专家,母亲袁昌英教授,自一九二九年由欧洲回国,即在武汉大学外文系教戏剧和莎士比亚(我曾受教两年),被称为"珞珈三杰"之一,另两位是凌叔华和苏雪林。

在这样家庭长大的杨静远,书读得扎实,思想相当有深度,天性善良、浪漫,在正常的时代,应可成为她向往的真正作家,也必然是作学术研究的知识分子。但是,在一九四五年大学毕业前,她已卷

---

[1] 作者记忆中邢文卫名字的写法为繁体的"邢文衞"。——编者注

入困惑着每一个大学生的政治思潮。同学中倾向共产党的自称为"前进",称倾向保守的为"反动派"。那时,正面抗日的中央军在苦战六年之后,正陷入湖南、广西、贵州保卫战最艰苦的阶段。四川太大,一般城乡的人过着平静的日子,但是逃难来的下江人,又陷入战火逼近的恐慌中。

杨静远在二〇〇三年出版《让庐日记》里记述她早期受吸引,觉得政府已经"彻底腐败",必须改组,左派同学借给她《延安一月》和《西行漫记》,使一直用功读英美文学作品的她说:"我必须看它,我得抓住每一个认识共产党的机会。"父母苦口婆心劝她先读书,不要冲动卷入政党之中:"政治和恋爱很相像,相处久了,就不能脱身。"她从武大毕业后,父母全力助她去美国密歇根大学英文系深造,但是她在解放的浪潮下,因爱情径自放弃学业,回来建设新中国。五十年后她将当年两地情书结集出版《写给恋人——1945—1948》(河南人民出版社,一九九九年)。那一年我在北京看到她与恋人严国柱(武大工学院,与我大学四年同届),知她一生在爱情中是幸福的。但是她的父母所受的政治迫害,那般惨痛也许是难于释怀吧!二〇〇二年她主编《飞回的孔雀——袁昌英》(北京人民文学出版社),相当详细地叙述了袁老师晚年极悲惨的遭遇:在校园扫街,被逐回乡,年老孤身寄居亲戚家,她自称为坐"山牢"的岁月,孤凄至死。令我这当年受业的学生泪下不已。

我也想到亲自召见劝我转入外文系、慨然担任我指导教授的朱光潜老师。台湾开放回大陆探亲初期,我在武大校友通讯《珞珈》读到一位王筑学长写《朱光潜老师在十年文革浩劫中的片段》中得知,四年"牛棚"生活之后,一九七〇年朱老师被遣回北京大学的联合国资料翻译组,继续接受监督劳动改造,扫地和冲洗厕所之外,可以摸到一些书本了。有一天在西语系清扫垃圾时,偶然从乱纸堆中发现自己翻译的黑格尔《美学》第二卷译稿,那是他被抄家时给当作"封、资、修"的东西抄走的。重见这些曾付出心血的手稿,如同隔世,幸得组长马士沂取出掩护，他在劳动之余，得以逐字逐句推敲定稿，并且译出第三卷，"文革"后得以出版。在这方面，朱老师幸运多了。一九八九年钱穆先生到香港新亚书院演讲，重晤朱先生，我原也想去香港拜谒，未能成行，钱先生回台北告知，朱老师已不大认得人了。

而当年以"佛曰：爱如一炬之火，万火引之，其火如故"期勉，支撑我一甲子岁月以上的吴宓老师，也在政治迫害下，失去学术尊严。近半世纪后，吴宓老师几位已是名学者的学生将他"文学与人生"的大纲和上课若干讲义合辑出版，钱锺书封面题字，有一些手稿是用毛笔写的，中英文并用。北京大学外文系退休教授王岷原是编者之一，将英文译成中文，当时已八十二岁，"面壁而坐几个月，用放大镜逐字逐句辨认研究手迹，译完并作注释……"书中叙述吴老师一生勤于读书教书，自己俭朴却不断助人，然而在"文革"期间却"不得善终"——不准授课、遭批斗、屈辱、逼写检讨、强迫劳动、挨打、罚不准吃饭、挟持急行摔断腿、双目失明……在生命的最后时刻神志昏迷，频频发出声声呼喊："给我水喝，我是吴宓教授！我要吃饭，我是吴宓教授！"他之所以受这样严重的迫害，是因为他竟敢在"批孔"会上说："孔子有些话还是对的。"当有人要强迫他批孔时，他的答复是："宁可杀头！"王教授的后记写着："在任何文明社会都应受到尊敬的人——深切怀念雨僧师。"

这些我在大学受业的老师几乎都未能身免，所受之苦，是中国文人百年来受政治播弄之苦的极致，即使倾三江之水，也洗不去心中的愤慨憾恨啊！

8 英雄的墓碑

北京聚会后，我到南京去，接待我的是四三班的同学章斐。我们在校即是好友，她个性爽朗、善良，从不用心机。她的父亲也是文化界人，所以我们生活态度和谈话内容也接近，她也是台湾开放探亲后最早写信给我的人。五十多年后首次相见,立刻可以相认。她仍是高高大大,乐观、稳妥的样子,似乎面对老年也有一种从容不迫的雍容。

回到南京,我怀着还乡的心情。第一天我们和四位班友午餐聚会,她们与我在南开的时候并不密切,所以无法深谈,人少,也没有唱歌。然后按着我的计划,我一个人去找以前宁海路的家。先找到三条巷宁海路,除了街名什么都不认识了。山西路小学挤在两栋旧楼房中间,几乎没有可称为操场的地方。鼓楼小学竟然距离我住的"假日饭店"只有百尺左右,我从它门口走过去走过来,没有看到那黯黑狭隘的一扇破门上挂的是我母校的校名!两旁小商店的招牌几乎遮住了它,我走进去,简直不能相信它会如此窄小简陋破旧。鼓楼小学在南京算是个有相当历史的小学,如果没有亲眼看到它如今的光景,绝不相信记忆与现实会有这么大的差距!一九三七年以前,曾是"黄金十年"的首都,曾有过恢弘建国计划的南京,全然不见踪影了。

第二天早上,章斐和她的老伴刘寿生来带我看看现在的南京。先去新建的南京大屠杀纪念馆,进门是大片黄沙铺地的前院,四周用石块刻着城区里名和死亡人数,宽阔厚重的平房里面是相关照片、资料。沉重的惨痛以最简朴的方式陈列人前——我至今也无法清楚地记得,自己是如何走出那屋子的。

下一站我希望去看看中山陵。小时候,北方有客人来,父母常带我陪他们登上那走不完的石阶。但是,出租车抵达的时候,只见一堆杂树之间各种杂乱的小贩,没有看到石阶的进口,我下车站着往上看白色的陵墓,疏疏落落地有些人在石阶四面上下,没有一点肃穆气氛。我突然很泄气,就不想上去了。回到车旁,想起昨晚看的南京地图,我问章斐知不知道有座航空烈士公墓也在紫金山里?她说知道,也曾想去看看,就问司机路程多远,能不能去?他说绕着山往南走,三十多里路,可以去,也愿意等着带我们回城。

车子在山路上绕行的时候,我好似在梦游境界,车停处,山路也宽阔起来，走进宽敞高昂的石头牌坊大门时，开始登上石阶，我仍疑似梦中，这是万万想不到的意外之旅！直到迎面看到亭里立着国父孙中山所写"航空救国"的大石牌，才开始相信，这是真的了。再往上走，到了半山坡，是一大片白色的平台，中间竖立巨大的石碑和两位穿着飞行衣的中美军人雕像，碑上写着："抗日航空烈士纪念碑"。第一层坡地上是刻着七百多位美国烈士的浅色碑群，有些碑前有献上的花束（纪念册上说至今仍有后代由美国前来凭吊）。往上坡走，第二层是更大的一排排黑色大理石碑，刻的是三千多位中国空军烈士的名字，后面山壁上树木稀落，五月初的太阳照着，这一大片墓碑，并没有阴森肃杀之气。走完最高几层石阶时，我放开章斐牵着的手，静静地说，我要自己去找那块编号 M 的碑。去北京前，张大飞的弟弟曾寄给我一本纪念碑的册子，说他的名字刻在那里。

那么这一切都是千真万确的事了。M 号的碑上刻着二十个名字，他的那一栏，简单地写着：

张大飞　上尉　辽宁营口人

一九一八年生　一九四五年殉职

一个立志"但使龙城飞将在，不教胡马度阴山"的男子，以血肉之身殉国，二十六岁的生命就浓缩到碑上这一行字里了。是不是这一块碑、这一行字，能成为一种灵魂的归依？

这一日，五月的阳光照着七十五岁的我，温馨如他令我难忘的温和声音。——到这里来，莫非也是他的引领？如一九四六年参加他殉身一周年纪念礼拜一样，并不全是一个意外？我坐在碑前小小石座上许久，直到章斐带我下山，由玄武湖回城。玄武湖原是我必访之地，但此时将近日落，湖水灰黯，树色也渐难辨，童年往事全隐于暮色之中。

在那一排排巨大、没有个人生死特征的墓碑之间，我想起一九三六年冬天，在宁海路我家炉火前听他艰困地叙述他父亲被日本人酷刑烧死的悲恸。那是我第一次明白我的爸爸为什么常常不在家,自从九一八事变以后,他回北方,在死亡边缘所做的工作;也明白了为什么在北平和天津,妈妈带着我不断地随着他改姓王,姓徐,姓张……我也才真正地明白了盖家小兄弟爸爸的头颅为什么挂在城门上!

踏上流亡第一段路程,由南京到汉口,中山中学高中部男生是我家共生死的旅伴。我重病的母亲和三个幼小的妹妹,全由他们抬的抬,抱的抱,得以登车上船。这些都不满二十岁的男孩,在生死存亡之际,长大成为保护者。船到汉口,学生队伍背着自卫的一百支枪,被分派住在一所小学的大礼堂。十二月的夜晚,衣被不够御寒,日本飞机日夜来炸,城里、江边,炸弹焚烧昼夜不熄,他们之中年满十八岁的十多人过江去中央军校临时招生处报了名,张大飞报的是空军。他说,生命中,从此没有眼泪,只有战斗,只有保卫国家。

此后,他一心一意进入保护者的新天新地了。严格的入伍训练,由冬至夏,使他脱胎换骨,走路都得挺胸阔步。飞行教育开始之后,他又进入另一境界。他二十岁生日,写信给妈妈、哥哥和我,很兴奋地说他读了爱国志士高志航的传,决心更加努力精研技术,一定要考上驱逐机队,在天空迎战进犯的敌机,减少同胞的伤亡。"死了一个高志航,中国还有无数个高志航!"——必须同时养成沉稳、机智、精准的判断能力,在空战中以极锐利的眼睛和极矫健的身手,驱逐、击落敌机才能生还。

那时年轻的我们多么崇拜飞驱逐战斗机的英雄啊!那种崇拜,只有那种年纪,在真正的战争中才有,纯洁诚恳,不需宣传,也无人嘲弄。常年在凄厉警报声中奔跑躲避的人们,对于能在天空击退死亡的英雄,除了崇拜,还有感谢和惭愧——更有强烈的亏欠感。当我们在地上奔跑躲避敌人的炸弹时,他们挺身而出,到天空去歼灭敌机。当我们在弦歌不辍的政策下受正规教育时,他们在骨岳血海中,有今天不知明天。

但是他信中一再地说,在他内心,英雄崇拜的歌颂更增强他精神

一九九九年五月，在南京"抗日航空烈士纪念碑"——
张大飞列名的碑前。

的战斗（conflict）。随军牧师的梦始终未曾破灭，一九四二年到美国受训时和科罗拉多州（Colorado）基地的牧师长期共处，参加他们的聚会更增强了这个意念。回国在昆明基地参加当地的教会，得到他一生最温暖的主内平安。他后来大约也知道中国军队中没有随军牧师这制度，但是这个愿望支撑着他，不在醇酒美人之中消磨，可以有个活下去的盼望，得到灵魂真正的救赎。他是第一个和我谈到灵魂的人，《圣经·诗篇》第二十三篇是祈求平安的名诗，但是他却诵念"使我灵魂苏醒"那一段。在我们那时的家庭和学校教育中，没有人提到灵魂的问题，终我一生，这是我阅读深切思考的问题。

在我母亲遗物中，我找到两张他升上尉和中尉的军装照，脸上是和硬挺军装不相衬的温煦的笑容，五十年来我在许多的战争纪念馆重寻他以生命相殉的那个时代。

一九九八年他弟弟寄来河南《信阳日报》的报道，追述他殉身之处："在一九四五年五月，确有一架飞机降落在西双河老街下面的河滩上，有很多人好奇前去观看，飞机一个翅膀向上，一个翅膀插在沙滩里。过了几日后，由上面派人把飞机卸了，用盐排顺河运到信阳。"

三千字的报道中，未有片语只字提到飞行员的遗体，飞机未起火，他尸身必尚完整，乡人将他葬于何处？五十多年来似已无人知道，永远也将无人知道，那曾经受尽家破人亡、颠沛流离之苦的灵魂，在信仰宗教之后只有十年生命中，由地面升至天上流浪，可曾真正找到灵魂的安歇？还是仍然漂泊在那片托身的土地上，血污游魂归不得？

收到这张《信阳日报》的深夜，市声喧嚣渐息，我取下他一九三七年临别相赠的《圣经》，似求指引，告诉我，在半世纪后我该怎么看他的一生，我的一生？毫无阻隔地，一翻开竟是旧约《传道书》的第三章：

> 凡事都有定期，天下万物都有定时，生有时，死有时……寻找有时，失落有时，保守有时，舍弃有时；撕裂有时，缝补有时，静默有时，言语有时，喜爱有时，恨恶有时，争战有时，和好有时。

这一切似是我六十年来走过的路，在他的祝福之下，如今已到了我"舍弃（生命）有时"之时了。所以《传道书》终篇提醒我，幼年快乐的日子已过，现在衰败的日子已近；而我最爱读的是它对生命"舍弃有时"的象征：

> 日头、光明、月亮、星宿变成黑暗，雨后云彩反回……杏树开花，蚱蜢成为重担，人所愿的也都废掉，因为人归他永远的家，吊丧的在街上往来。银链折断，金罐破裂，瓶子在泉旁损坏，水轮在井口破烂，尘土仍归于地，灵仍归于施灵的神。传道者说，虚空的虚空，凡事都是虚空。

我再次读它已是由南京归来，看到了黑色大理石上"张大飞"的名字，生辰和死亡的年月日，似乎有什么具体的协议。一些连记忆都隐埋在现实的日子里，渐渐地我能理智地归纳出《圣经》传的道是"智慧"，人要从一切虚空之中觉悟，方是智慧。

张大飞的一生，在我心中，如同一朵昙花，在最黑暗的夜里绽放，迅速阖上，落地。那般灿烂洁净，那般无以言说的高贵。

9　灵魂的停泊

二〇〇一年初秋，九一八事变七十周年，哥哥带着我和两个妹妹，宁媛、星媛由太平洋两端回到沈阳，参加东北中山中学"齐世英纪念图书馆"揭幕典礼，纪念他那一代漂泊的灵魂。

自一九二五年随郭松龄饮恨巨流河，至一九八七年埋骨台湾，齐世英带着妻子儿女，四海为家，上无寸瓦，下无寸土，庄院祖坟俱已犁为农田，我兄妹一生填写籍贯辽宁铁岭，也只是纸上故乡而已。

东北中山中学的命运，自开创就在颠簸之中。一群失家的孩子和老师，从北平的报国寺招生起，组成了一个血泪相连的大家庭，从北平到南京，从南京到汉口，到湘乡，到桂林，到怀远，有车搭车，无车走路，跋涉流离进入四川，托身威远的静宁寺，得以安顿八年，弦歌未绝。抗战胜利载欣载奔回到故乡，却遭停办四十六年，不见天日，直到一九九四年由各地及海外老校友推动，才得复校，重见天日。

为图书馆揭幕典礼搭建的台上，坐着地方首长、学校负责人和为复校出力最多的郭峰、李涛先生，他们说明东北中山中学自创校至今六十七年的坎坷校史，他们欣慰地说，只这几年工夫，由于教学品质优良，如今已是沈阳的一所重点学校。——这一天也是校友返校的日子。操场四周列队站着新世代的学生，唱新的校歌。接着是老校友的合唱，他们唱的歌唤醒深埋的记忆，那是我生命初醒之歌，曾经伴着我从南京到湖南，从湘桂路到川黔路，是八千里路云和月，在逃难人潮中长大成人的歌啊！初秋的晨风里，站在故乡土地上，这些曾经以校为家、生死与共的白发老人，白发飒飒，歌声中全是眼泪，松花江的水中，仍有嘉陵江的呜咽，但是呜咽中有坚持的刚强。

唯楚有士，虽三户兮，秦以亡！

第十一章　印证今生

二〇〇一年初秋，九一八事变七十周年，齐邦媛（前排左三）和哥哥振一（前排左二）以及两个妹妹宁媛（前排左一）、星媛（前排左六）回到沈阳，参加东北中山中学"齐世英纪念图书馆"揭幕典礼，这个图书馆是齐氏兄妹及家人捐赠的。遇见前来参加的齐家人，他们衷心希望能给父亲终生漂流的灵魂一个停泊之处。

　　我来自北兮，回北方。

　　自会场出来，我去瞻拜了九一八纪念馆，然后一个人坐火车到大连去。车过营口，我想起一九二五年冬天，父亲奉命与马旅长进占营口，由沟帮子到营口对岸下车，和旅参谋长苏炳文带先头部队渡辽河，河水还未完全封冻，满河流冰，大家坐小木船，冒着被冲入大海的危险渡过，到营口上岸，所遇阻挡竟是日本关东军……

　　我到大连去是要由故乡的海岸，看流往台湾的大海。连续两天，我一个人去海边公园的石阶上坐着，望着渤海流入黄海，再流进东海，融入浩瀚的太平洋，两千多公里航行到台湾。绕过全岛到南端的鹅銮鼻，灯塔下面数里即是哑口海，海湾湛蓝，静美，据说风浪到此音灭声消。

　　一切归于永恒的平静。

——全书完——

二〇〇八年十二月三十一日,齐邦媛和她的小儿子罗思平,坐在哑口海畔的礁石上。(齐宁媛摄影)

后记　　如此悲伤，如此愉悦，如此独特[1]
　　　　——齐邦媛先生与《巨流河》
　　　　　　　王德威

---

[1] 齐邦媛先生引自覃子豪诗《金色面具》（原句："活得如此愉悦，如此苦恼，如此奇特。"）；齐邦媛，《巨流河》（台北：天下，2009），131页。以下引文出自同书。

齐邦媛教授是台湾文学和教育界最受敬重的一位前辈，弟子门生多恭称为"齐先生"。邦媛先生的自传《巨流河》今夏出版，既叫好又叫座，成为台湾文坛一桩盛事。在这本二十五万字的传记里，齐先生回顾她波折重重的大半生，从东北流亡到关内、西南，又从大陆流亡到台湾。她个人的成长和家国的丧乱如影随形，而她六十多年的台湾经验则见证了一代"大陆人"如何从漂流到落地生根的历程。

类似《巨流河》的回忆录近年在海峡两岸并不少见，比齐先生的经历更传奇者也大有人在，但何以这本书如此受到瞩目？我以为《巨流河》之所以可读，是因为齐先生不仅写下一本自传而已。透过个人遭遇，她更触及了现代中国种种不得已的转折：东北与台湾——齐先生的两个故乡——剧烈的嬗变；知识分子的颠沛流离和他们无时或已的忧患意识；还有女性献身学术的挫折和勇气。更重要的，作为一位文学播种者，齐先生不断叩问：在如此充满缺憾的历史里，为什么文学才是必要的坚持？

而《巨流河》本身不也可以是一本文学作品？不少读者深为书中的篇章所动容。齐先生笔下的人和事当然有其感人因素，但她的叙述风格可能也是关键所在。《巨流河》涵盖的那个时代，实在说来，真是"欢乐苦短，忧愁实多"，齐先生也不讳言她是在哭泣中长大的孩子。然而多少年后，她竟是以最内敛的方式处理那些原该催泪的材料。这里所蕴藏的深情和所显现的节制，不是过来人不能如此。《巨流河》从东北的巨流河写起，以台湾的哑口海结束，从波澜壮阔到波澜不惊，我们的前辈是以她大半生的历练体现了她的文学情怀。

东北与台湾

《巨流河》是一本惆怅的书。惆怅，与其说齐先生个人的感怀，更不如说她和她那个世代总体情绪的投射。以家世教育和成就而言，齐先生其实可以说是幸运的。然而表象之下，她写出一代人的追求与

后记　如此悲伤，如此愉悦，如此独特

遗憾，希望与怅惘。齐先生出身辽宁铁岭，六岁离开家乡，以后十七年辗转大江南北。一九四七年在极偶然的机会下，齐先生到台湾担任台大外文系助教，未料就此定居超过六十年。从东北到台湾，从六年到六十年，这两个地方一个是她魂牵梦萦的原籍，一个是她安身立命的所在，都是她的故乡。而这两个地方所产生的微妙互动，和所蕴藉的巨大历史忧伤，我以为是《巨流河》全书力量的来源。

东北与台湾距离遥远，幅员地理大不相同，却在近现代中国史上经历类似命运，甚至形成互为倒影的关系。东北原为满清龙兴之地，地广人稀，直到一八七〇年代才开放汉人屯垦定居。台湾孤悬海外，也迟至十九世纪才有大宗闽南移民入住。这两个地方在二十世纪之交都成为东西帝国主义势力觊觎的目标。一八九五年甲午战后，中日签订马关条约，台湾与辽东半岛同时被割让给日本。之后辽东半岛的归属引起帝俄、法国和德国的干涉，几经转圜，方才由中国以"赎辽费"换回。列强势力一旦介入，两地从此多事。以后五十年台湾成为日本殖民地，而东北历经日俄战争（一九〇五）、九一八事变（一九三一），终于由日本一手导演建立满洲国（一九三二～一九四五）。

不论在文化或政治上，东北和台湾历来与"关内"或"内地"有着紧张关系。两地都是移民之乡，草莽桀骜的气息一向让中央人士见外。两地也都曾经是不同形式的殖民地，面对宗主国的漠视和殖民者的压迫，从来隐忍着一种悲情和不平。《巨流河》对东北和台湾的历史着墨不多，但读者如果不能领会作者对这两个地方的复杂情感，就难以理解字里行间的心声。而书中串联东北和台湾历史、政治的重要线索，是邦媛先生的父亲齐世英先生（一八九九～一九八七）。

齐世英是民初东北的精英分子。早年受到张作霖的提拔，曾经先后赴日本、德国留学。在东北当时闭塞的情况下，这是何等的资历。然而青年齐世英另有抱负。一九二五年他自德国回到沈阳，结识张大帅的部将、新军领袖郭松龄（一八八三～一九二五）。郭愤于日俄侵

犯东北而军阀犹自内战不已，策动倒戈反张，齐世英以一介文人身份慨然加入。但郭松龄没有天时地利人和，未几兵败巨流河，并以身殉。齐世英从此流亡。

"渡不过的巨流河"成为《巨流河》回顾忧患重重的东北和中国历史最重要的意象。假使郭松龄渡过巨流河，倒张成功，是否东北就能够及早现代化，也就避免"九一八"、西安事变的发生？假使东北能够得到中央重视，是否满洲国就无法建立，也就没日后的抗战甚至国共内战？但历史不是假设，更无从改写，齐世英的挑战才刚刚开始。他进入关内，加入国民党，负责东北党务，与此同时又创立中山中学，收容东北流亡学生。抗战结束，齐世英奉命整合东北人事，重建家乡，却发现国民党的接收大员贪腐无能，听任俄国人蹂躏东三省。中共崛起，东北是首先失守的地区，国民党从这里一败涂地，齐世英再度流亡。

齐世英晚年有口述历史问世，说明他与国民党中央的半生龃龉，但是语多含蓄，而他的回忆基本止于一九四九年。[1]《巨流河》的不同之处在于这是出于一个女儿对父亲的追忆，视角自然不同，下文另议。更值得注意的是《巨流河》叙述了齐世英来到台湾以后的遭遇。一九五四年齐世英因为反对增加电费以筹措军饷的政策触怒蒋介石，竟被开除党籍；一九六〇年更因与雷震及台籍人士吴三连、许世贤、郭雨新等人筹组新党，几乎系狱。齐为台湾的民生和民主付出了他后半生的代价，但骨子里他的反蒋也出于东北人的憾恨。不论是东北，还是台湾，不过都是蒋政权的棋子罢了。

渡不过的巨流河——多少壮怀激烈都已付诸流水。晚年的齐世英在充满孤愤的日子里郁郁以终。但正如唐君毅先生论中国人文精神所谓，从"惊天动地"到"寂天寞地"，求仁得仁，又何憾之

---

[1] 林忠胜、林泉、沈云龙，《齐世英先生访问纪录》（台北："中央研究院"近代史研究所，1990）。

有?[1]而这位东北"汉子"与台湾的因缘是要由他的女儿来承续。

齐邦媛应是台湾光复后最早来台的大陆知识分子之一。彼时的台湾仍受日本战败影响,二二八事件刚过去不久,国共内战方殷,充满各种不确定的因素。就在这样的情况下,一位年轻的东北女子在台湾开始了人生的另一页。

齐先生对台湾的一往情深,不必等到九十年代政治正确的风潮。她是最早重视台湾文学的学者,也是译介台湾文学的推手。她所交往的作家文人有不少站在国民党甚至"大陆人"的对立面,但不论政治风云如何变换,他们的友情始终不渝。齐先生这样的包容仿佛来自于一种奇妙的,同仇敌忾的义气:她"懂得"一辈台湾人的心中,何尝不也有一道过不去的巨流河?现代中国史上,台湾错过了太多,也被辜负了太多。像《亚细亚的孤儿》和《寒夜三部曲》这类作品写的是台湾之命运,却有了一位东北人做知音。

巨流河那场战役早就灰飞烟灭,照片里当年那目光熠熠的热血青年历尽颠仆,已经安息。而他那六岁背井离乡的女儿因缘际会,成为白先勇口中守护台湾"文学的天使"。蓦然回首,邦媛先生感叹拥抱台湾之余,"她又何曾为自己生身的故乡和为她而战的人写过一篇血泪记录"?《巨流河》因此是本迟来的书。它是一场女儿与父亲跨越生命巨流的对话,也是邦媛先生为不能回归的东北、不再离开的台湾所作的告白。

四种"洁净"典型

《巨流河》见证了大半个世纪的中国和台湾史,有十足可歌可泣的素材,但齐邦媛先生却选择了不同的回忆形式。她的叙述平白和

---

[1] 唐君毅,《中国文化之精神价值》,《唐君毅全集》(台北:学生书局,1991),卷4,366页。

缓，即使处理至痛时刻，也显示极大的谦抑和低回。不少读者指出这是此书的魅力所在，但我们更有不妨思考这样的风格之下，蕴含了怎样一种看待历史的方法？又是什么样人和事促成了这样的风格？

在《巨流河》所述及的众多人物里，我以为有四位最足以决定邦媛先生的态度：齐世英、张大飞、朱光潜、钱穆。如上所述，齐世英先生的一生是此书的"潜文本"。政治上齐从巨流河一役到国民党撤离大陆，不折不扣的是个台面上的人物，来台之后却因为见罪领袖，过早结束事业。齐邦媛眼中的父亲一身傲骨，从来不能跻身权力核心。但她认为父亲的特色不在于他的择善固执，更重要的，他是个"温和洁净"的性情中人。

正因如此，南京大屠杀后的齐世英在武汉与家人重逢，他"那一条洁白的手帕上都是灰黄的尘土……被眼泪湿得透透地。他说：'我们真是国破家亡了。'"重庆大轰炸后一夜大雨滂沱，"妈妈又在生病……全家挤在还有一半屋顶的屋内……他坐在床头，一手撑着一把大雨伞遮着他和妈妈的头，就这样的等着天亮"……晚年的齐世英郁郁寡欢，每提东北沦陷始末，即泪流不能自已。这是失落愧疚的眼泪，也是洁身自爱的眼泪。

齐世英的一生大起大落，齐邦媛却谓从父亲学到"温和"与"洁净"，很是耐人寻味。乱世出英雄，但成败之外，又有几人终其一生能保有"温和"与"洁净"？这是《巨流河》反思历史与生命的基调。

怀抱着这样的标准，齐邦媛写下她和张大飞（一九一八～一九四五）的因缘。张大飞是东北子弟，父亲在满洲国成立时任沈阳县警察局长，因为协助抗日，被日本人公开浇油漆烧死。张大飞逃入关内，进入中山中学而与齐家相识；七七事变他加入空军，胜利前夕在河南一场空战中殉国。张大飞的故事悲惨壮烈，他对少年齐邦媛的呵护成为两人最深刻的默契，当他宿命式地迎向死亡，他为生者留下永远的遗憾。

齐邦媛笔下的张大飞英姿飒飒，亲爱精诚，应该是《巨流河》里

后记　如此悲伤，如此愉悦，如此独特

最令人难忘的人物。他雨中伫立在齐邦媛校园里的身影，他虔诚的宗教信仰，他幽幽的诀别信，无不充满青春加死亡的浪漫色彩。但这正是邦媛先生所要厘清的：他们之间的关系不容如此轻易归类，因为那是一种至诚的信托，最洁净的情操。我们今天的抗战想象早已被《色·戒》这类故事所垄断。当学者文人口沫横飞的分析又分析张爱玲式的复杂情事，张大飞这样的生，这样的死，反而要让人无言以对。面对逝者，这岂不是一种更艰难的纪念？

上个世纪末，七十五岁的邦媛先生访问南京阵亡将士纪念碑，在千百牺牲者中找到张大飞的名字。五十五年的谜底揭开，尘归尘，土归土，历史在这里的启示非关英雄，更无关男女。俱往矣——诚如邦媛先生所说，张大飞的一生短暂如昙花，"在最黑暗的夜里绽放，迅速阖上，落地"，如此而已，却是"那般无以言说的高贵"，"那般灿烂洁净"。

朱光潜先生（一八九七～一九八六）是中国现代最知名的美学家，抗战时期在乐山武汉大学任教，因为赏识齐邦媛的才华，亲自促请她从哲学系转到外文系。一般对于朱光潜的认识止于他的《给青年的十二封信》或是《悲剧心理学》，事实上朱也是三十年代"京派"文学的关键人物，和沈从文等共同标举出一种敬谨真诚的写作观。但这成为朱日后在大陆学界争议性的起源。一九三五年鲁迅为文批评朱对文学"静穆"的观点，一时沸沸扬扬。的确，在充满"呐喊"和"彷徨"的时代谈美、谈静穆，宁非不识时务？

齐邦媛对朱光潜抗战教学的描述揭露了朱较少被提及的一面。朱在战火中一字一句吟哦、教导雪莱、济慈的诗歌，与其说是与时代脱节，不如说开启了另一种响应现实的境界——正所谓"言不及己，若不堪忧"。某日朱在讲华兹华斯的长诗之际，突有所感而哽咽不能止，他"快步走出教室，留下满室愕然"。就此令人注意的不是朱光潜的眼泪，而是他的快步走出教室。这是种矜持的态度了。朱的美学其实有忧患为底色，他谈"静穆"哪里是无感于现实？那正是痛定思痛后

的豁然与自尊，中国式的"悲剧"精神。然而狂飙的时代里，朱光潜注定要被误解。五十年代当他的女弟子在台湾回味浪漫主义诗歌课时，他正一步一步走向美学大辩论的风暴里。

钱穆先生（一八九五～一九九〇）与齐邦媛的忘年交是《巨流河》的另一高潮。两人初识时齐任职"国立编译馆"，钱已隐居台北外双溪素书楼，为了一本新编《中国通史》是否亵渎武圣岳飞，一同卷入一场是非；国学大师竟被指为为"动摇国本"的学术著作背书。极端年代的历史被极端政治化，此又一例。但钱穆不为所动。此无他，经过多少风浪，他对传承文化的信念唯"诚明"而已。

此时的钱穆已经渐渐失去视力，心境反而益发澄澈。然而大陆经过"文革"摧残，台湾的本土运动山雨欲来，"一生为故国招魂"的老人恐怕也有了时不我予的忧愁。有十六年，齐邦媛定时往访钱穆，谈人生、谈文人在乱世的生存之道。深秋时节的台湾四顾萧瑟，唯有先生居处阶前积满红叶，依然那样祥和灿烂。然后一九九〇年在"立法委员"陈水扁的鼓噪、"总统"李登辉的坐视下，钱被迫迁出素书楼，两个月之后去世。

钱穆的《国史大纲》开宗明义，谓"对其本国历史略有所知者，尤必附随一种对其本国以往历史之温情与敬意"。但国家机器所操作的历史何尝顾及于此？是在个人的记录里，出于对典型在宿昔的温情与敬意，历史的意义才浮现出来。二十世纪的风暴吹得中国满目疮痍，但无论如何，"世上仍有忘不了的人和事"，过去如此，未来也应如此。这正是邦媛先生受教于钱先生最深之处。

知识的天梯

由三十年代到九十年代，齐邦媛厕身学校一甲子，或读书求学，或为人师表，在见证知识和知识以外因素的复杂互动。她尝谓一生仿佛"一直在一本一本的书叠起的石梯上，一字一句的往上攀登"。但

后记　如此悲伤，如此愉悦，如此独特

到头来她发现这石梯其实是个天梯，而且在她"初登阶段，天梯就撤掉了"。这知识的天梯之所以过早撤掉不仅和半个多世纪的历史动荡有关，尤其凸显了性别身份的局限。

九一八事变后，大批东北青年流亡关内。齐世英有感于他们的失学，多方奔走，在一九三四年成立国立中山中学，首批学生即达两千人。这是齐邦媛第一次目睹教育和国家命运的密切关联。中山中学的学生泰半无家可归，学校是他们唯一的托命所在，师生之间自然有了如亲人般的关系。"楚虽三户，亡秦必楚"成为他们共勉的目标。抗战爆发，这群半大的孩子由老师率领从南京到武汉、经湖南、广西、再到四川。一路炮火威胁不断，死伤随时发生，但中山的学生犹能弦歌不辍，堪称抗战教育史的一页传奇。

中山中学因为战争而建立，齐邦媛所就读的南开中学、武汉大学则因战争而迁移。南开由张伯苓先生创立于一九〇四年，是中国现代教育的先驱，校友包括周恩来、温家宝两位国家总理，钱思亮、吴大猷两位"中央研究院"院长，和无数文化名人如曹禺、穆旦、端木蕻良等。武汉大学是华中学术重镇，前身是张之洞创办的自强学堂，一九二八年成为中国第一批国立大学。抗战爆发，南开迁到重庆沙坪坝，武大迁到乐山。

邦媛先生何其有幸，在战时仍然能够按部就班接受教育。即使在最不利的条件下，南开依然保持了一贯对教学的质的坚持。南开六年赋予齐邦媛深切的自我期许，一如其校歌所谓，智勇纯真、文质彬彬。到了乐山武汉大学阶段，她更在名师指导下专心文学。战争中的物质生活是艰苦的，但不论是南开"激情孟夫子"孟志荪的中文课还是武大朱光潜的英美文学、吴宓（一八九四～一九七八）的文学与人生、袁昌英（一八九四～一九七三）的莎士比亚，都让学生如沐春风，一生受用不尽。在千百万人流离失所，中国文化基础伤痕累累的年月里，齐邦媛以亲身经验见证知识之重要，教育之重要。

然而战时的教育毕竟不能与历史和政治因素脱钩。齐邦媛记得

在乐山如何兴冲冲地参加"读书会",首次接触进步文学歌曲;她也曾目睹抗战胜利后的学潮,以及闻一多、张莘夫被暗杀后的大规模抗议活动。武汉大学复校之后,校园政治愈演愈烈;在"反内战、反饥饿"的口号中,国民党终于军队开进校园,逮捕左派师生,酿成"六一惨案"。

半个世纪后回顾当日校园红潮,齐邦媛毋宁是抱着哀矜勿喜的心情。她曾经因为不够积极而被当众羞辱,但她明白理想和激进、天真和狂热的距离每每只有一线之隔,历史的后见之明难以作判断。她更感慨的是,许多进步同学五十年代即成为被整肃的对象,他们为革命理想所作的奉献和他们日后所付出的代价,往往成为反比。这就不能不令人深思知识分子和国家机器之间艰难的抗争了。

反讽的是,类似的教育与意识形态的拉锯也曾出现在台湾,而邦媛先生竟然身与其役。时间到了一九七〇年代,"反攻复国"大业已是强弩之末,但保守的国家栋梁们仍然夙夜匪懈。彼时齐先生任职"国立编译馆",有心重新修订中学国文教科书,未料引来排山倒海的攻击。齐所坚持的是编订六册不以政治挂帅,而能引起阅读兴趣、增进语文知识的教科书,但她的提议却被扣上"动摇国本"的大帽子。齐如何与反对者周旋可想而知,要紧的是她克服重重难关,完成了理想。

我们今天对照新旧两版教科书的内容,不能不惊讶当时惊天动地的争议焦点早已成为明日黄花。"政治正确"和"政治不正确"原来不过如此这般。倒是齐先生能够全身而退,还是说明当时台湾政治社会环境与大陆的巨大差距。日后台湾中学师生使用一本文学性和亲和力均强的国文教材时,可曾想象幕后的推手之所以如此热情,或许正因为自己的南开经验:一位好老师,一本好教材,即使在最晦暗的时刻也能启迪一颗颗敏感的心灵。

齐先生记录她求学或教学经验的底线是她作为女性的自觉。一九三〇、一九四〇年代女性接受教育已经相当普遍,但毕业之后追求事业仍然谈何容易。拿到武汉大学外文系学位后的齐邦媛就曾着实彷徨过。她曾经考虑继续深造，但国共内战的威胁将她送到了台湾，以后为人妻，为人母，从此开始另外一种生涯。

但齐先生从来没有放弃她追求学问的梦想。她回忆初到台大外文系担任助教，如何一进门就为办公室堆得老高的书籍所吸引；或在台中一中教书时，如何从"菜场、煤炉、奶瓶、尿布中偷得……几个小时，重谈自己珍爱的知识"的那种"幸福"的感觉。直到大学毕业二十年后，她才有了重拾书本的机会，其时她已近四十五岁。

一九六八年，齐邦媛入美国印第安那大学研究所，把握每一分钟"偷来的"时间苦读，自认一生是"最劳累也最充实的一年"。然而就在硕士学位垂手可得之际，她必须为了家庭因素放弃一切，而劝她如此决定的包括她的父亲。

这，对于邦媛先生而言，是她生命中渡不过的"巨流河"吧？齐先生是惆怅的，因为知道自己有能力、也有机会渡到河的那一岸，却如何可望也不可即。值得我们思考的是，如果在齐世英先生那里巨流河有着史诗般的波涛汹涌，邦媛先生的"巨流河"可全不是那回事。她的"河"里尽是贤妻良母的守则，是日复一日的家庭责任。但这样"家常"的生命考验，如此琐碎，如此漫长，艰难处未必亚于一次战役，一场政争。在知识的殿堂里，齐先生那一辈女性有太多事倍功半的无奈。直到多年以后，她才能够坦然面对。

千年之泪

《巨流河》回顾现代中国史洪流和浮沉其中的人与事，感慨不在话下；以最近流行的话语来说，这似乎也是本向"失败者"致敬的书。邦媛先生对此也许有不同看法。齐世英、张大飞、朱光潜、钱穆等人所受到的伤害和困蹇只是世纪中期千万中国人中的抽样；如果向他们致敬的理由出自他们是"失败者"，似乎忽略了命运交错下个人意志升华的力量，和发自其中的"潜德之幽光"。《圣经·提摩太后书》的箴言值得思考："那美好的仗我已经打过了，当跑的路我已经跑尽了，所信的道我已经守住了。"

而邦媛先生本人是在文学里找到了回应历史暴虐和无常的方法。一般回忆录里我们很难看到像《巨流河》的许多篇章那样，将历史和文学做出如此绵密诚恳的交会。齐邦媛以书写自己的生命来见证文学无所不在的力量。她的文学启蒙始自南开，孟志荪老师的中国诗词课让她"如醉如痴地背诵，欣赏所有作品，至今仍清晰地留在心中"。武汉大学朱光潜教授的英诗课则让她进入浪漫主义以来那撼动英美文化的伟大诗魂。华兹华斯清幽的"露西"组诗，雪莱《云雀之歌》轻快不羁的意象，还有济慈《夜莺颂》对生死神秘递换的抒情，在让一个二十岁不到的中国女学生不能自已。

环顾战争中的混乱和死亡，诗以铿锵有致的声音召唤齐邦媛维持生命的秩序和尊严。少年"多识"愁滋味，雪莱的《哀歌》"I die! I faint! I fail!"引起她无限共鸣。但"我所惦念的不仅是一个人的生死，而是感觉他的生死与世界、人生、日夜运转的时间都息息相关。我们这么年轻，却被卷入这么广大且似乎没有止境的战争里"。在张大飞殉国的噩耗传来时刻、在战后晦暗的政局里，惠特曼的《啊，船长！我的船长！》沉淀她的痛苦和困惑。"O the bleeding drops of red，/ Where on the deck my Capitan lies，/Fallen cold and dead．""那强而有力的诗句，隔着太平洋呼应对所有人的悲悼。"悲伤由此提升为悲悯。

多年以后，齐先生出版中文文学评论集《千年之泪》（1990）。书名源自《杜诗镜铨》引王嗣奭评杜甫《无家别》："目击成诗，遂下千年之泪。"生命、死亡、思念、爱、亲情交织成人生共同的主题，唯有诗人能以他们的素心慧眼，"目击"、铭刻这些经验，并使之成为回荡千百年的声音。齐先生有泪，不只是呼应千年以前杜甫的泪，也是从杜甫那里理解了她的孟志荪、朱光潜老师的泪，还有她父亲的泪。文学的魅力不在于大江大海般的情绪宣泄而已，更在于所蕴积的丰富思辨想象能量,永远伺机喷薄而出,令不同时空的读者也荡气回肠;而文学批评者恰恰是最专志敏锐的读者,触动作品字里行间的玄机,开拓出无限阅读诠释的可能。

杜甫、辛弃疾的诗歌诚然带给齐邦媛深刻的感怀,西方文学希腊、罗马史诗到浪漫时代,维多利亚时代,甚至艾略特等现代派同样让她心有戚戚焉。齐先生曾提到西方远古文学里,她独钟罗马史诗《伊尼亚特》(*The Aeneid*)。《伊尼亚特》描述特洛伊战后,伊尼亚斯(Aeneas)带着一群"遗民"渡海寻找新天地的始末。他们历尽考验,终在意大利建立了罗马帝国。但是伊尼亚斯自己并无缘看到他的努力带来任何结果;他将英年早逝,留下未竟的事业。这样的史诗由齐先生道来显然此中有人,呼之欲出,由是我们对她的心事又有了更多体会。成功不必在我,历史胜败的定义如何能够局限在某一时地的定点?

一九九五年,抗战胜利五十年,齐邦媛赴山东威海参加会议。站在渤海湾畔北望应是辽东半岛,再往北就通往她的故乡铁岭。然而齐是以台湾学者身份参加会议,不久就要回台。她不禁感慨:"五十年在台湾,仍是个'外省人',像那永远回不了家的船(The Flying Dutchman)。"——"怅望千秋一洒泪",杜甫的泪化作齐邦媛的泪。与此同时,她又想到福斯特(Foster)的《印度之旅》的结尾:"全忘记创伤,'还不是此时,还不是此地'(not now, not here)。"这里中西文字的重重交涉,足以让我们理解当历史的发展来到眼前无路的时刻,是文学陡然开拓了另一种境界,从而兴发出生命又一层次的感喟。

也正是怀抱这样的文学眼界,齐邦媛先生在过去四十年致力台湾文学的推动。甲午战后,台湾是在被割裂的创伤下被掷入现代性体验;一九四九年,将近两百万军民涌入岛上,更加深了台湾文学的忧患色彩。齐邦媛阅读台湾文学时,她看到大陆来台作家如司马中原、姜贵笔下那"震撼山野的哀痛",也指出本土作家吴浊流、郑清文、李乔的文字一样能激起千年之泪。

海峡两岸剑拔弩张的情况如今已经不复见，再过多少年，一八九五、一九四七、一九四九这些年份都可能成为微不足道的历史泡沫。但或许只有台湾的文学还能够幸存，见证一个世纪海峡两岸的创伤？齐先生是抱持这样的悲愿的。她也应该相信，如果雪莱和济慈能够感动一个抗战期间的中国女学生，那么吴浊流、司马中原也未必不能感动另一个时空和语境里的西方读者。她花了四十年推动台湾文学翻译，与其说是为了台湾文学在国际文坛找身份，不如说是更诚恳地相信文学可以有战胜历史混沌和国家霸权的潜力。

《巨流河》最终是一位文学人对历史的见证。随着往事追忆，齐邦媛先生在她的书中一页一页地成长，终而有了风霜。但她娓娓叙述却又让我们觉得时间流淌，人事升沉，却有一个声音不曾老去。那是一个"洁净"的声音，一个跨越历史、从千年之泪里淬炼出来的清明而有情的声音。

是在这个声音的引导下，我们乃能与齐先生一起回顾她的似水年华：那英挺有大志的父亲，牧草中哭泣的母亲，公而忘私的先生；那唱着《松花江上》的东北流亡子弟，初识文学滋味的南开少女，含泪朗诵雪莱和济慈的朱光潜；那盛开铁石芍药的故乡，那波涛滚滚的巨流河，那深邃无尽的哑口海，那暮色山风里、隘口边回头探望的少年张大飞……如此悲伤，如此愉悦，如此独特。

二〇〇九年十一月

齐邦媛纪事

◆ 一九二四
  ·元宵节生于辽宁省铁岭县。父：齐世英（铁生）母：裴毓贞（纯一）。
◆ 一九二五
  ·父亲自德国留学归国，回到沈阳。
  ·参加郭松龄将军倒戈反张作霖，兵败，流亡。
◆ 一九三〇
  ·随母前往南京，与父亲相聚。
◆ 一九三一
  ·九一八事变。
◆ 一九三七
  ·抗日战争开始。日军进入南京大屠杀前二十日全家随国立东北中山中学经芜湖到汉口。
◆ 一九三八
  ·春初由汉口前往湖南湘乡永丰镇。
  ·仲秋由湘桂路往桂林，再由黔桂路流亡至贵州怀远。
  ·十一月底由父亲带往重庆，就读南开中学。
◆ 一九四三
  ·联考入武汉大学哲学系，前往四川乐山，一年后转入外文系，受教于朱光潜先生。

◆ 一九四七
- 大学毕业。九月得国立台湾大学聘任外文系助教，来台北。

◆ 一九四八
- 与罗裕昌于武大校友会相遇，十月返上海由父母主持，在新天安堂基督教会结婚。回台。

◆ 一九五〇
- 随夫调职台湾铁路管理局台中电务段，定居台中十七年，三儿皆诞生于台中。

◆ 一九五三
- 台中一中任教高中英文（至一九五八）。

◆ 一九五六
- 考取美国国务院战后文化交流计划，Fulbright Exchange Teachers' Program 赴美半年。

◆ 一九五八
- 至"国立"中兴大学（原为省立农学院）任讲师。
- 兼任台北故宫博物院英文秘书（一九五九至一九六五）。
- 兼任静宜文理学院副教授（美国文学），东海大学外文系讲授翻译课程。

◆ 一九六七
- 随夫调差，迁回台北。
- 第二次考取 Fulbright Exchange Fellowship 赴美任教于印第安那州 St. Mary-of the-Woods College 教授中国现代文学。
- 同时正式注册进 Indiana University 进修比较文学。

◆ 一九六九
- 返台回中兴大学，出任新成立之外文系系主任。

◆ 一九七〇
- 开始在台大外文系兼任教授。讲授文学院高级英文课程。

◆ 一九七二
- 出任台湾"国立"编译馆编纂兼人文社会组主任，兼任教科书组主任。

- 一九七五
  - 主编《中国现代文学（台湾）选集》英文版，Washington Univ. Press 出版发行。中文版：《中国现代文学选集〔诗〕〔小说〕〔散文〕》，台北：尔雅。
  - 秋季再度赴 Indiana University 进修比较文学。
- 一九七六
  - 伦敦大学访问两个月，赴苏格兰、瑞典北极、斯德哥尔摩附近 Balkan 岛，Vikings 古坟群，由瑞典乘夜航船渡海赴芬兰。
- 一九七七
  - 台大外文系专任教授（讲授英国文学史、高级英文、翻译等课）。
  - 十一月参加台湾教授访韩团两周。
  - 去北海道，由日本回台。
- 一九七八
  - 参加台湾笔会。赴瑞典参加国际笔会年会（International PEN）。
- 一九八二
  - 应邀前往美国旧金山加州州立大学（San Francisco State University of California）讲授台湾文学一学期（春季班）。
  - 暑假至纽约 St. John's University 开中国现代文学会议。首次与大陆文学界同时出席。
- 一九八三
  - 母亲八月十五日逝世。
- 一九八五
  - 应聘为德国柏林自由大学客座教授，讲授台湾文学（春季班）。
  - 再度北欧行，丹麦、瑞典、挪威（至北极 Norscap）。
  - 赴英国牛津大学参加中国现代文化会议。
  - 回台后于人行道上遭遇车祸，重伤。
- 一九八六
  - 车祸后恢复正常生活，五月赴德国汉堡开 International PEN。
  - 与殷张兰熙合编之德文版《源流》，在德国慕尼黑出版。
- 一九八七

- 父亲逝世。

◆ 一九八八
- 由台大外文系退休。次年台大颁赠名誉教授位。

◆ 一九八九
- 主编《中华现代文学大系：台湾一九七〇至一九八九》，小说卷一至五。台北：九歌。

◆ 一九九〇
- 评论集《千年之泪》出版，台北：尔雅。
- 十一月再访柏林，德国统一后二十天，首次开车进入东柏林，赴莱比锡，再访海德堡，初访甫获自由之布拉格。

◆ 一九九一
- 年初首访爱尔兰（都柏林，Galway）、西班牙、希腊。

◆ 一九九二
- 接 Chinese PEN Quarterly 总编辑工作（至一九九九）。
- 林海音原著、殷张兰熙、齐邦媛英译《城南旧事》出版，香港：中文大学。

◆ 一九九三
- 二月，澳洲、新西兰之行。
- 五月，首次回大陆与大学好友鲁巧珍病榻重聚亦诀别。
- 首次回故乡辽宁铁岭小西山。
- 九月赴马来西亚吉隆坡开华人女作家年会。访问槟榔屿、新加坡。

◆ 一九九四
- PEN 年会再访布拉格。再访爱尔兰 (Galway、Sligo)。

◆ 一九九五
- 应邀参加香港笔会三十周年年会。
- 赴山东威海参加两岸"自然环境与文学"会议。

◆ 一九九七
- 三访爱尔兰（南部 Cork 郡欲寻十六世纪行踪 Edmund Spenser）。
- 参加在苏格兰爱丁堡九月举行之 PEN 年会。
- 与王德威合作 Modern Chinese Literature from Taiwan 小说系列，由美国

哥伦比亚大学出版社出版,至二〇〇九年已出书三十本。

◆ 一九九八
- 夏季先赴柏林住一个月,再赴芬兰参加 PEN 年会。
- 十月,评论集《雾渐渐散的时候:台湾文学五十年》出版,台北:九歌。

◆ 一九九九
- 四月赴北京与南开中学班友作五十年后首次重聚。
- 五月初赴南京访紫金山麓抗日航空烈士纪念碑。
- 主编《中英对照读台湾小说 Taiwan Literature in Chinese and English》,台北:天下文化。

◆ 二〇〇〇
- 齐邦媛、王德威主编英文版《二十世纪后半叶的中文文学》论文集,美国:印第安那大学出版社出版。
- 为香港中文大学主办之"新纪元全球华文青年文学奖"评审开会(二〇〇三年又开一次)。

◆ 二〇〇一
- "九一八"七十周年纪念。
- 回故乡沈阳,兄妹四人向东北中山中学捐献"齐世英纪念图书馆"。

◆ 二〇〇二
- 八月赴日本金泽。
- 十二月起由"中央研究院"欧美研究所单德兴、赵绮娜研究员开始作口述历史访谈。

◆ 二〇〇三
- 十月,催促"国立文学馆"于台南设立,经"立法院"改名为"国立台湾文学馆"。

◆ 二〇〇四
- 齐邦媛、王德威主编《最后的黄埔——老兵与离散的故事》出版,台北:麦田。
- 五月,散文集《一生中的一天》出版,台北:尔雅。

◆ 二〇〇五

- 齐邦媛主讲《我对台湾文学与台湾文学研究的看法》DVD出版，台北："国立"台湾大学出版中心。
◆ 二〇〇九
- 记忆文学《巨流河》出版，台北：天下文化。

《巨流河》参考书目

— 《齐世英先生访问纪录》 访问：沈云龙、林泉、林忠胜 记录：林忠胜 台北"中央研究院"近代史研究所 一九九〇年八月初版

— 《白崇禧先生访问纪录》（上、下两册）（校阅：郭廷以）访问兼记录：贾廷诗、马天纲、陈三井、陈存恭 台北"中央研究院"近代史研究所 一九八四年五月初版

— 《民国大事日志》（一、二两册） 刘绍唐主编 传记文学出版社 台北 一九八六年版 沈云龙、吴相湘、刘绍唐 序皆写于一九七三年 上册一九八九年、下册一九八六年再版 共一四三三页（传记文学虽非正式史馆，多年来登载许多可贵的近代中国史资料）

— 《中国东北史》（第六卷） 佟冬主编 （本卷主编：刘信君、霍燎原）吉林文史出版社，主编序 一九九八年（无版权页）

— 《中华民族抗日战争史略》 胡楚生著 台中 大社会文化出版社 二〇〇五年

— 《细说抗战》 黎东方著 台北远流出版公司 一九九五年

— *The Generalissimo Chiang Kai-shek and the Struggle for Modern China*, by Jay Taylor London, Harvard Univ. Press, 2009

— *Mao: The Unknown story*, by Jung Chang and Jon Halliday N.Y. Alfred A.

Knopf，2005（《毛泽东：鲜为人知的故事》 张戎译 香港 开放出版社 二〇〇六年九月初版）
— 《雪白血红——江山争霸辽沈会战》（上、下两册） 张正隆著 台北风云时代出版社 一九九一年初版
— 《徐蚌会战》（淮海战役） 周明、王逸之著 台北知兵堂出版社 二〇〇八年十一月初版
— 《被遗忘的大屠杀——1937南京浩劫》（*The Rape of Nanking——The Forgotten Holocaust of World*） 张纯如（Iris Chang）著 中文译者 萧富元 台北天下远见出版公司 一九九七年十二月初版
— 《荻岛静夫日记》 台北立绪文化公司 二〇〇五年五月初版
— 《东北变色记》 陈嘉骥著 台北汉威出版社经销 二〇〇〇年二月
— 《废帝、英雄、泪》 陈嘉骥著 台北南京出版公司 一九七六年八月初版
— 《白山黑水见闻录》 陈嘉骥著 台北南京出版公司 一九七八年四月初版
— 《东北文学通览》 任惜时、赵文增、臧恩钰主编 沈阳辽宁大学出版社 一九九四年十一月初版
— 《张学良·共产党·西安事变》 苏墱基著 台北远流出版公司 一九九九年二月初版
— 《张学良·宋子文·档案大揭秘》 林博文著 台北时报文化出版公司 二〇〇七年十二月
— 《成败之鉴——陈立夫回忆录》 陈立夫著 台北正中书局 一九九四年六月初版
— 《大是大非——梁肃戎回忆录》 梁肃戎著 台北天下文化出版公司 一九九五年十一月初版
— 《雷震与台湾民主宪政的发展》 任育德著 台北"国立"政治大学历史学系出版 一九九九年五月初版
— 《高玉树回忆录：玉树临风步步高》 林忠胜撰述 台北前卫出版社 二〇〇七年七月初版
— 《张伯苓与南开》 王文田等著
— 《朱光潜出世的精神与入世的事业》 钱念孙著 北京文津出版社 二〇〇五年一月初版

— 《朱光潜与中西文化》 钱念孙著 合肥 安徽教育出版社 一九九五年十二月初版

— 《朱光潜与中国现代文学》 商金林著 合肥 安徽教育出版社 一九九五年十二月初版

— 《吴宓传：泣泪青史与绝望情欲的癫狂》 沈卫威著 台北立绪文化事业公司 二〇〇〇年十一月初版 （王德威序："苦难之后的探掘与深省"）

— 《文学与人生》 吴宓著 英文讲授提纲，王岷源中译 北京清华大学出版社 一九九三年八月初版（书末有北京大学哲学系教授周辅成、英语系教授李赋宁之论评及王岷源之追悼及论评"在任何社会都应受到尊敬的人——怀念雨僧师"）

— 《八十忆双亲·师友杂忆合刊》 钱穆著 台北东大图书公司 一九八三年一月初版

— 《钱穆宾四先生与我》 严耕望著 台湾商务印书馆 一九八一年四月初版

— 《犹记风吹水上鳞》 余英时著 台北三民书局 一九九一年十月初版

— 《冯友兰学思生命前传（1895—1949）》 翟志成著 台北"中央研究院"近代史研究所 二〇〇七年八月初版

— 《杨宪益传》 雷音著 香港明报出版社 二〇〇七年十月初版

— 《王蒙自传》 第一部半生多事 王蒙著 广州花城出版社 二〇〇六年五月初版

— 《飞回的孔雀——袁昌英》 杨静远著 北京人民文学出版社 二〇〇二年一月初版

— 《让庐日记》 杨静远著 武昌武汉大学出版社 二〇〇三年十一月初版

— 《写给恋人——1945—1948》 杨静远著 河南人民出版社（沧桑文丛之一） 一九九九年初版

— 《高志航传》 吴东权著 台北希代书版公司 一九九三年七月初版

— 《陈纳德》 赵家业编著 沈阳辽海出版社 一九九八年十月初版（当然多年前我们都先读了陈香梅的《一千个春天》）

— *Chinese Fiction from Taiwan*, Ed. Jeannette L.Faurot Indiana U.Press, 1980

— *Remembrances-the experience of the Past in Classical Chinese Literature* by Stephen Owen （宇文所安） Cambridge MA, Harvard University Press

1986年初版　中译：《追忆：中国古典文学中的往事再现》译者：郑学勤　台北联经出版社　二〇〇六年十一月初版

— 《长城》（上卷：边关万里，下卷：分野消失）李守中著　台北远流出版公司　二〇〇一年八月初版
— 《台湾文学史纲》叶石涛著　高雄：文学界杂志社　一九八七年二月初版
— 《钟肇政集》台湾作家全集短篇小说卷　彭瑞金主编（前后有二序，有详细评介且有"评论引得"）台北前卫出版社　一九九一年七月初版
— 《给大地写家书——李乔》许素兰著　台北典藏艺术家庭公司　二〇〇八年十二月初版
— 《台湾现代文学的视野》柯庆明著　台北麦田出版社　二〇〇六年十二月初版
— 《昔往的辉光》柯庆明著　台北尔雅出版社　一九九九年二月初版
— 《台湾：从文学看历史》王德威编选导读、编选顾问：黄英哲、黄美娥　台北麦田出版社　二〇〇五年九月初版
— 《后遗民写作（Post-loyalist Writing）——时间与记忆的政治学》王德威著　台北麦田出版社　二〇〇七年十一月初版

Simplified Chinese Copyright © 2016 by SDX Joint Publishing Company.
All Rights Reserved.

本作品中文简体版权由生活·读书·新知三联书店所有。
未经许可，不得翻印。

图书在版编目（CIP）数据

巨流河／齐邦媛著．—北京：生活·读书·新知三联书店，
2016.3 （2025.3 重印）
ISBN 978-7-108-05618-4

Ⅰ．①巨… Ⅱ．①齐… Ⅲ．①长篇小说-中国-当代
Ⅳ．① I247.5

中国版本图书馆 CIP 数据核字（2016）第 015108 号

责任编辑　刘蓉林
装帧设计　蔡立国
责任印制　董　欢

出版发行　生活·讀書·新知三联书店
　　　　　（北京市东城区美术馆东街 22 号 100010）

网　　址　www.sdxjpc.com
经　　销　新华书店
印　　刷　河北松源印刷有限公司
版　　次　2016 年 3 月北京第 1 版
　　　　　2025 年 3 月北京第 12 次印刷
开　　本　635 毫米×965 毫米　1/16　印张 25.5
字　　数　331 千字
印　　数　120,001－130,000 册
定　　价　79.00 元

（印装查询：01064002715；邮购查询：01084010542）